宋姐
会一直一直在一起的。

KUWEI
酷威文化
图书 影视

幼儿园的卡耐基 著

目录

第 一 章　初遇　001

第 二 章　惊天大新闻　041

第 三 章　睚眦必报　057

第 四 章　我们的约定　081

第 五 章　未知的期待　105

第 六 章　冒出来的机灵鬼　133

第 七 章　寝室大乱斗　161

第 八 章　学习经验传授大会　175

第 九 章　无可救药　205

第 十 章	一起努力吧	233
第 十 一 章	比吃小甜点更快乐的事	263
第 十 二 章	厨房杀手	281
第 十 三 章	因为有你在	301
第 十 四 章	带你去个地方	319
第 十 五 章	有幸遇到你	329
番 外 一	一眼万年	339
番 外 二	想见你	345
番 外 三	谢谢你来爱我	357

外面天气阴沉阴沉的,偶尔有一两只鸟儿扑扇着翅膀从窗外飞过,没有留下一丝痕迹。

床头柜上的手机响个不停,不知是谁打来的电话,一通又一通,已经持续了十几分钟,吵得沈念耳朵嗡嗡的。

她终于忍无可忍地睁开了眼,烦躁地抓了抓头发,伸手拿过床头柜上的手机,瞥了一眼备注:孟仙女。

沈念脑子里划过一丝念头,她在思考孟欢啥时候不要脸地把备注改成了孟仙女。

下一秒,沈念接通电话。她的思绪还有些混沌,语气有些不耐烦:"孟铁柱,给你一分钟,开始你的表演。"

电话那边似乎已经对沈念这种行为习以为常,脾气暴躁道:"沈念!我是仙女,怎么能称呼仙女'铁柱'呢?"

重点不是这个。沈念翻了个身,往上拽了拽自己的被子,找了个舒服的姿势,轻轻"哼"了两声:"好吧,孟仙女,有什么话快说,我还要继续睡觉呢。"

那边停顿了几秒,语气微颤:"大姐,你不会……还没起床吧?"

沈念一愣,把手机从耳边拿下来,看了一下时间,早上七点四十分。

平常这个时候,自己还在睡梦中,沈念有些不解,把手机重新放回耳边,拧着眉道:"八点都不到,起床干吗?"

电话那头似乎是听到了什么不可思议的事情,突然痛心疾首道:"今天开学啊!你还好意思说不到八点?"

沈念被孟欢的河东狮吼吓了一跳,当下也不困了,猛地坐起来,脑子转了一下,今天好像确实是开学。

嗯，高三开学了。

下一秒沈念猛地一惊。

忘了要开学了！

容德一中。

偌大的校园里，一个学生都没有。大概此时是上课时间，只是偶尔走过一两个抱着课本的老师。

容德一中的校规非常严格，教导主任每天都会来回巡查。

教学楼就在正前方，沈念心虚，她很清楚开学第一天就迟到意味着什么。

这可不是写两张检讨就能完事儿的啊，要是让她爸知道的话，自己会死得很惨啊！

因为不想被爸爸叨叨个没完，沈念鼓足了勇气，抓紧了自己的书包带，深吸了几口气，嘴里念念有词："教导主任不要抓到我，教导主任千万不要抓到我。"

可能是沈念的念叨过于频繁，后面不远处突然传来一声中气十足的怒吼："给我站在那儿！"

沈念的身体一僵，双腿止不住发抖，脑子瞬间就空白了。

妈呀，教导主任，这……这是在说自己吗？

她不敢相信，于是紧闭双眼，试探性地往前微微挪了一小步。

"都说了，不要动，没有听见吗？！"

空气仿佛突然静止，这下沈念真的不敢动了。她的身体下意识往后缩了缩，额头冒出了一层冷汗，她此时不知道是要哭还是要笑了。

为什么自己迟到被抓到的概率这么高啊？！

沈念在心里默默地想了千百个借口。就说自己半路回家换校服去了？还是说自己的书包忘记带了？嗯，换校服这个理由……应该可以吧？

沈念拼命地眨了眨眼，企图挤出两滴眼泪，准备回头表演一场和教导主任的"生死搏杀"。就在这个时候，旁边一道黑色的身影经过，那身影朝着教导主任的方向走了过去。

那个身影的步伐格外懒散……

沈念下意识地转过头，男生已经走到了教导主任面前。他穿了一身黑色衣服，显得整个人的身形利落修长。不知为何，沈念总感觉他有些眼熟，好像之前在哪里见过。

从沈念的角度，她并不能看到男生的正脸，但依稀能察觉出男生没有一丝的不耐烦，在面对教导主任时，也没有一丝的害怕。

他个头很高，整整比教导主任高出一头，对比之下，倒是让严肃的教导主任也变得不那么可怕了。

容德一中的教学质量在全市是排得上名的，而且升学率也颇高。

沈念还没上高中之前就经常来容德一中玩，不为别的，就是为了看一看容德一中优秀的学长。后来她立志一定要考上容德一中。只是让她没想到的是，他们这一届长得好看的男生只有个位数！

沈念把目光再次转移到男生身上。

不远处的男生似乎往这边轻轻地瞥了一眼，沈念这才回过神来，想起自己也迟到了。

于是她又看了一眼这个替她接受教导主任责罚的恩人，内心想着下次看见他一定要好好感谢他。

下一秒，她的眼睛转了转，嘴角勾出一抹狡黠的笑容。

此时不跑，更待何时？

就这样，一个娇小的身影趁教导主任不注意，悄无声息地溜进了十几米远的教学楼。

与此同时，教导主任的双手背在身后，看着站在自己面前正光明正大走神的宋遇，忍不住脑袋一阵抽痛。

宋遇可是他从业这么多年以来最难管的学生了，自从上了高中，这两年没少给他惹事儿。回回检查迟到都有他，如果是别的学生还好，偏偏宋遇不吃这一套，你越是硬着撑他，他越是敢硬着跟你来。

教导主任轻轻咳了一声："宋遇，你有没有听我说话？"

见女孩消失在教学楼里，宋遇慢悠悠地收回视线，轻轻点头："主任，我在听。"

"说说为什么迟到？"

男生穿一身黑色衣服，漫不经心的声音传到教导主任的耳朵里：

"主任，我回家换校服去了。"

嗯？你穿着一身黑色的衣服，跟我说你回家换校服去了？真当我瞎啊？

教导主任看了他一眼，实在无话可说："下次不许这样了！以后也不要迟到了。"

宋遇认真点头："嗯，记住了。"

见男生态度诚恳，教导主任也不打算为难他："行了，回班吧。"

岂料，男生低头不知道想到什么，又抬头看了一眼教导主任，然后轻轻挑眉，说："主任，我能去你办公室外面罚站吗？"

"……"

早上八点二十分，高三（10）班门口。

一个娇小的身影看起来鬼鬼祟祟的，正偷偷扒开门缝往里面看。

这节课是英语，英语老师正在黑板上写着什么。沈念悄悄地来到后门，趁英语老师不注意溜到了最后一排，在孟欢的旁边坐下。

简直是一场与时间的赛跑啊！

孟欢转过头来，看了一眼沈念，把凉过的温度正好的水递到沈念面前，语气上扬："来得正好，我刚刚凉好的。"

沈念也不客气，一口气喝光："铁柱，你都不知道我这二十分钟怎么度过的！"

孟欢恨铁不成钢地看着她，说话的语气一点都不温柔："你要是再来晚一点都下课了，你怎么不等放学再来？真以为学校是你家开的啊？"

学校倒不是自己家开的，不过……

沈念犹豫了一下，很认真地看向孟欢："铁柱，要是你不提，我都忘了我爸是校长了。"

"……"

沈念的爸爸沈石蹊是容德一中的校长。孟欢清楚地记得高一开学那天，沈念她爸像拎小鸡一样，把沈念带到高一（10）班，然后一句话都没有说，转身就离开了。然而沈念并没有因为爸爸是校长而受到格外的照顾，老师反而对她更加严格。

孟欢跟沈念从小一起长大，自然知道沈念有多么害怕她老爸。如果沈父知道沈念开学第一天就迟到了，估计她今天晚上回去就见不到明天的太阳了。

孟欢对沈念能够安然无恙地来到教室很感兴趣："念念，话说你是怎么逃脱教导主任的魔爪的？"

想起教导主任那张脸，孟欢本能地哆嗦了一下。

听到这个问题的沈念，脑袋里却突然冒出那个没有穿校服的男生。她莫名有些愧疚。唉，当时只顾着自己了，也不知道那个男生怎么样了……

过了一秒，沈念突然抬头看向孟欢："这一切多亏了我那不知名的救命恩人！"

沈念暗下决心，等有时间自己一定要找到恩人，好好报答他！

孟欢跟沈念从小一起长大，看到她的表情，就知道她在想什么："念念同学，你究竟做什么坏事儿了？"

沈念下意识往讲台上瞥了一眼："我就是趁教导主任训一个男生的时候，悄悄地跑进了教学楼。"

这种行为方式确实像沈念的画风，但孟欢的兴趣并不在这上面，她的语气带着一丝兴奋："男生？长得好看吗？"

沈念回忆了一下那个男生的身形，虽然看不清脸，但是应该挺好看的吧？沈念有些遗憾道："当时那么紧张，我哪有时间去看那男生长什么样子。"

听到沈念这么说，孟欢也没有把这件事情当回事儿。

即使沈念把人看清楚了，转过头她也会忘了人家长什么样子，毕竟现在都高三了，她连班里一半的人都没有认全。单凭一眼就能把那个男生记住，对沈念来说，根本就是不可能的事情。

沈念却真挚地说："虽然没有看清，但直觉告诉我，他绝对长得好看。"

能让沈念给出这么高的评价，孟欢也来了兴趣："比苏洵南还好看？"

沈念嘴角弯弯："都说了没有看清他的脸，你已经走火入魔了。"

提起苏洵南，孟欢情绪高涨，轻轻把耳边的碎发撩到耳朵后面，有些不好意思地说："其实也不能这么说啦，万一有那么千分之一的可能，你的那个不知名的恩人比苏洵南帅呢？"

每次孟欢都强拉着自己去（6）班门口找苏洵南，沈念多多少少对他有些模糊的印象，依稀记得他戴着一副金属框眼镜，还有什么特征……沈念却怎么也想不起来。她干脆不再纠结这个，毕竟自己已经习惯了这种面孔遗忘的感觉。

一想到这儿，沈念微微顿住，自己有轻微脸盲症啊！这样还怎么找自己的恩人？

讲台上的英语老师已经将板书写好，回过头来将手里的粉笔丢到盒子里，环视教室一圈，目光落在沈念身上。笑着出声："沈念同学回来了？"

这是啥意思？沈念不懂。

班里人的目光瞬间聚集到了沈念身上。沈念浑身一抖，虽然不知道什么意思，但自己似乎得配合她一下。

于是沈念顶着众人的目光，站起身来，乖巧地对着老师点点头："是的老师，刚刚回来。"

英语老师不再多说，对着沈念摆摆手，示意她坐下："以后一定要注意饮食，先坐下吧。"

同时下课铃响起，英语老师没有多说，抱着课本走出了教室。

沈念糊里糊涂地坐下，想了半天还是想不明白老师的话是什么意思，于是她轻轻戳了戳旁边一心一意写东西的孟欢，不解地问道："英语老师什么意思啊？我饮食一直都很规律很正常啊。"

孟欢歪了歪头，有些不好意思地摸了摸鼻头："可能她当真了。"

沈念不明白什么意思："你说啥？"

沈念脑海里闪过一丝不祥的预感，下一秒沈念就听到孟欢面不改色地说："刚刚老师问我你为什么不在教室，我说你早上吃坏肚子，拉屎去了。"

"……"

"再加上你刚刚说你才回来，她可能误会你拉了一节课的屎吧……"

拉屎？！铁柱，你好歹用个文明的词啊！

沈念脑袋顿时有些空白，她突然觉得累了。

高三（6）班门口，几个不穿校服的人低着头不知在说些什么，其中一个理着寸头的男生往教室里面最后一排靠窗户的角落看了一眼。

那张桌子上堆着满满当当的白花花的试卷，位置上却是空空如也。刘正业摸了摸自己的脑袋，忍不住看向旁边的邱子博："宋遇怎么不在啊？被叫去办公室了？"

容德一中管得严，刘正业早就习惯整天被叫到办公室写检讨的流程了。不过比他们更过分的是宋遇，一个学期里，大半个学期是在教导主任办公室度过的。一来二去，教务处的老师也因此都认识宋遇，平常走路见个面都会互相打个招呼。

听到刘正业这么说，邱子博抬起手盘了两圈刘正业的小寸头，笑得吊儿郎当："你以为宋遇跟你一样，天天被叫去办公室写检讨啊？"

刘正业没反应过来，下意识道："还真去写检讨了啊？"

邱子博一乐，一巴掌拍在刘正业脑袋上，"啪唧"响亮的一声："哈哈哈，他宋遇可不是轻易向检讨低头的人。"

巴掌落在刘正业脑袋上，震得他一麻，下意识嚷了句："你真下手啊！"说罢，趁着邱子博不注意，笑得一脸凶狠，"过来让你也感受下……"

邱子博连忙躲开，往走廊那头瞥了一瞥，看到正往这边走来的宋遇，微微一顿，也不再跟几个人瞎说，直接往宋遇这边跑。

跑到宋遇身边，邱子博把胳膊揽在宋遇肩膀上，咧开了嘴，笑道："这是英雄救美回来了？"

宋遇没工夫陪他闲扯，想到自己回教室的目的，便掀起眼皮看了邱子博一眼："带校服了吗，把你的校服借我穿穿。"

邱子博有些蒙，好端端的穿什么校服啊，于是有些不好意思地挠了挠自己的脑袋："不是……你知道的，我这种人校服早不知扔哪儿去了……"

宋遇没理他，目光瞥向旁边的几个人。

这几个人都是隔壁班的，宋遇目光扫过他们，只对中间那个黝黑的男生有印象。

见宋遇看向自己,刘正业下意识地举了举手,露出一排大白牙:"宋遇,我带了,我这就去给你拿。"

刘正业在(7)班,教室就在(6)班隔壁,于是他小跑了几步,就拐进了(7)班教室。

见刘正业的身影消失在教室外面,邱子博还是有些反应不过来:"宋遇,还真要穿校服啊?可是我这……"邱子博扯了扯自己身上的白色T恤,语气有些为难,"我就穿了这一件来学校。"

宋遇语气淡淡道:"你不用穿,是我穿。"

邱子博有些不理解:"为啥啊?校服这种东西哪有自己的衣服穿得爽啊!"

宋遇脑海里闪过一个娇小的身影,轻轻舔舐了一下自己的上颚,一本正经道:"闲得慌。"

九月的天气格外地炎热,热得让人喘不过气来。

教室里所有的风扇都在"嗡嗡"地转着,但仍然不能消解沈念身上的躁意。地理老师在讲台上轻声细语地讲着些什么,让原本就沉闷的教室更显得压抑。

沈念实在听不进去,有一下没一下地按动着手里的圆珠笔,发出"啪嗒——啪嗒"的声音,在安静的教室里格外地清晰。

"无聊?"见沈念有些蔫蔫的,孟欢试探性地问道。

沈念摇摇头又点点头,默默凑近孟欢,小声道:"还有几分钟下课?"

孟欢把手深深地伸进书包里,左右翻找了一下,摸出一块手表看了一眼,又塞回去,轻轻凑近沈念:"还有五分钟。"

还有五分钟下课。这句话给了沈念一丝动力,她勉强打起精神来,从兜里掏出一包口香糖,自己拿出一片来,把其余的几片递到孟欢面前:"来一片?"

孟欢点点头,接过沈念递过来的绿色包装的口香糖,有些开心:"薄荷味的?"

"知道你爱吃薄荷味的啦。"

"念念最好了!"

孟欢不再说话，顺手打开一片放进嘴里慢慢咀嚼，直到嘴里传来一股子激烈的清爽感，才回过神继续去听地理老师讲课。

沈念看不进去书，于是左手撑着下巴，默默地扫视教室一圈，最后视线移到教室后门外面。

因为沈念跟孟欢坐在最后一排，再加上后门没有关上，所以沈念轻而易举地就能看到教室外面走廊里的景象。

在（10）班斜对面就是教导主任的办公室，门口零零散散地站着几个罚站的身影，都是沈念比较熟悉的身形。

倒不是沈念认识，只是因为每次罚站，外面必有这几人，长时间下来，即使沈念有轻微脸盲症，也对他们的特征印象深刻。

沈念眯了眯眼，根据几人站的顺序，嘴里轻轻呢喃道："胖子、大壮、黄毛、眼镜……"

哎？看到最边上多出来的那个身影，沈念微微一愣：今天的罚站人员怎么还多出来一个？

依稀可以看出男生的个头很高，比旁边的"眼镜"高出半头。他的长相出众，鼻梁挺直，虽然零星的碎发遮在眼前，但还是可以让人看出他漆黑明亮的眸子，以及漫不经心又懒散的表情……

不知为何，一种熟悉的感觉萦绕在沈念心里。

让沈念觉得好玩的是，这个男生身上还套了件校服，虽然与他的黑裤子格外不搭，但是看着还蛮顺眼。

沈念的眼睛没有从男生身上离开，心想：果然帅气的人可以撑起一切。

就在这个时候，原本低头漫不经心的男生突然抬起了头，往沈念的方向直直地看了过来，目光与沈念的视线对个正着。

男生眼里闪过一秒钟的呆滞，他的情绪很快恢复正常，重新往沈念的方向看了一眼后，这才慢悠悠地收回视线，恢复到那副漫不经心的模样。

清朗矜贵，利落干净。

男生眼里的小情绪没有躲过沈念的眼睛，沈念默默地收回视线，不动声色地坐好，嘴巴不自觉地瞰了瞰，心里忍不住想：这个男生……是不是在哪里见过？

这么想着，沈念脑海里竟然浮现出男生那漆黑的眸子，总觉得在哪里见过，但是怎么也想不起来。

这种无能为力的感觉已经伴随沈念好多年了，但这么强烈的熟悉感却很少见。沈念随手摸过一旁的草稿本，思索了一会儿，低头在本子上画了起来，不一会儿，一双栩栩如生的眸子便出现在草稿本上。

从远处看到的感觉和自己画在纸上的感觉是不一样的。看着自己的杰作，沈念心里那股子无能为力的感觉竟然奇迹般地消失了。

沈念慢吞吞地思考着，下意识回头看向刚刚男生站过的地方，但那里已经空无一人了，那个人就像从来没有出现过一样。

下课铃应时响起。

老师前脚刚离开教室，下一秒孟欢就伸了个懒腰，语气轻松道："下课喽。"余光随即瞥向沈念，她好像正在很专注地看着什么东西。孟欢下意识凑过来，伸出手把沈念手底下的草稿纸抽了出来，笑嘻嘻地说："什么呀，看得这么专注？"

孟欢的视线移到草稿纸上，看到沈念画的画，微微一愣。

只是一双眼睛！

虽然不知道为什么沈念画了一双眼睛，但是这双眼睛怎么这么熟悉？好像在哪里见过……

孟欢不由自主地皱起了眉：好像是宋遇。

沈念看出孟欢有些不对劲，双手托腮，眼巴巴地看向孟欢："铁柱，你认识这双眼睛的主人吗？刚刚在教导处外面罚站来着，我觉得熟悉就画下来了。"

孟欢点点头，把草稿纸还给沈念，随后道："虽然不确定，但是百分之八十是宋遇。"

空气顿时安静了一秒。

沈念有些愣怔："宋遇？"

沈念好像听说过这个名字，但是印象并不深刻。容德一中很大，文科班楼层跟理科班楼层是分开的，根本不在一起，以至于孟欢提到他的时候，她多少会感到一些疑问和好奇。倒不是因为别的，就仅仅是单纯地好奇。

见沈念有些迷茫，孟欢把凳子往前拉了拉，开始给沈念普及："宋遇你应该听说过吧，他跟苏洵南是一个班的，不过和苏洵南不同的是，苏洵南是好学生，宋遇就不一样了。"

孟欢经常去楼上的（6）班门口玩，因此也多少知道点关于宋遇的事儿。

比如说，宋遇这人很奇怪，一下课就窜得没影了，听说他交朋友都是看眼缘，顺眼就能跟你玩到一块去，不顺眼找你麻烦你也没有地方说理去。

孟欢见过宋遇浑身充满戾气的样子，似乎是因为宋遇听到某个男生背地里说别人坏话，至于说了谁的坏话，大家就不清楚了。不过有一点大家心里都明白，以后不要在宋遇面前说别人的不是。

容德一中的人没有不认识宋遇的，大家看见他都是躲着走的那种。但是也有例外，沈念就属于另一种人，她除了自己感兴趣的事物，外界的一概自动屏蔽，以至于宋遇这么有名，她都不清楚。

不过这样也好，一些无关紧要的人或事儿，少了解一些，未尝不是坏事。

听到孟欢提到"捐钱"这件事儿，沈念下意识地点了点头，看向孟欢，迟疑地问道："这个人是不是我们高二的时候转过来的？"

沈念突然想起为什么会觉得宋遇这个名字这么熟悉了。去年年底的时候，她听到爸爸提起过，一个慈善家匿名给容德一中捐了一大笔资金，但是前提条件是让他的儿子来容德一中上学。学校经过商量以后同意了……

后来的事情沈念就不知道了，只知道那个转校生姓宋……

"应该是吧。"孟欢想了一会儿，有些迟疑地说道，"念念，你还记得我们之前高二文理分班吗？"

沈念当然记得，她还清楚地记得，因为自己当初死活都要选文科，跟爸爸周旋了好久，他才同意自己选了文科。

孟欢一下子就想起了很多往事："你这么说，我才想起来，当初宋遇转学来的时候好像来的是咱们班。虽然两天以后咱们就文理分班了，但不管怎么说，我们好像跟宋遇当过一段时间的同学，哈哈……"

沈念想了半天都没有回想起来，那些事情对她来说太遥远，可以说她根本就不记得宋遇这个人。沈念慢吞吞地思考着,所以说刚刚宋遇之所以看了自己一眼,难道是因为认出自己是他之前的"同学"了?

见沈念长时间没有说话,孟欢以为沈念对宋遇这号人不感兴趣,轻轻挥了挥手,语气有些随意道:"不记得也没有关系的,毕竟我们跟他们又不会有太多交集,还有几个月就高考了,现在呢,最重要的是学习喽。"

听到孟欢这么说,沈念收回思绪,眯了眯眼,语气有些微妙:"你说得也对,毕竟这种财大气粗的转校生一般都不好惹,而且我还注意到他罚站的时候还假惺惺地穿着校服!"

孟欢:"……"

下一秒,沈念用非常真诚的眼神看向孟欢,语重心长道:"铁柱,远离宋遇,从你我做起!"

高三的课程要更紧一些,开学两个星期以后,学校便组织了一场摸底考试,老师会根据这次考试的成绩给每个班安排学习计划,希望可以最大程度地把学生的成绩都给提上去。

星期五下午放学,沈念给孟欢打过招呼便离开了教室。

由于放学,走廊里的人很多,沈念像往常一样下意识地贴着走廊的左边走。这是她从小就养成的习惯,无论在哪里走路都会下意识贴着墙边走。

一是靠墙边走路没人打扰比较清静,二是她有脸盲症。即使面上不显,但是看着一个个陌生又熟悉的面孔,她真的害怕哪天突然窜出一个人来挡在她面前,大声地喊:"嘿,沈念,记得我是谁吗?"

今天是妈妈的生日,沈念跟爸爸商量好下午放学一起回家,顺便去一家很有名的蛋糕店拿预订的蛋糕。

想到晚上能吃到蛋糕,沈念十分开心。她伸出手指数了数,大约三个月没有吃过甜食了,她都快要忘记蛋糕是什么味道的了。

妈妈因为是瑜伽教练,对饮食要求很严格,尤其是高热量的东西,一直都控制得很到位,平时对沈念也很严格,所以沈念根本没有什么机会可以吃到甜食。

也正是因为这样,沈念的身材保持得非常纤细,皮肤又很白,骨子里散发着一种普通人没有的气质，走在路上一眼就会被人注意到。

校长办公室在四楼。

沈念慢悠悠地走到办公室门口，门没有关紧，沈念轻轻推开，把头趴在门缝处轻轻往里面扫视了一眼，试探性地喊道："爸？"办公室很大，但奇怪的是她爸爸并不在办公室里。

沈念噘了噘嘴，心想：好吧，爸爸又去开会了。

她忘记了今天是星期五，每个星期五是校长跟老师们开会的日子，说些什么呢？无非是总结一下每个班的学习情况跟学习进度，说来说去就那些事儿。

沈父的办公室是向南的，阳光透过窗户照在窗台上的一盆盆绿色植物上，显得绿植更加充满了活力，整间屋子都鲜活了起来。

在办公室中间有一扇简约现代版的屏风，屏风左边是茶几跟沙发，是沈父平常洽谈工作的地方，右边是一整张办公桌，是沈父平常用来办公的地方。

桌子上摆了两张照片，一张是全家人的合照，另一张是沈念的单人写真。

照片上，女孩黑发散落，眉眼弯弯看向镜头，神情专注又认真，仔细一看，女孩的眼神却是柔软的，让人看到就有一种很舒服的感觉。

办公室门外有走动的声音，沈念抬起头，因为有屏风，隐隐约约可以看到一个黑色的身影。沈念语气有些娇憨，也有些埋怨："你怎么现在才回来啊，'红林'都要关门了。"

"红林"是沈父给沈母订蛋糕的那家店的名字，在容德市就只有一家，平常买糕点都要去店里提前预约才可以买到，不过也幸亏离自己家的小区不远，所以自家才能提前订到蛋糕。

眼看已经晚上六点半了，沈念有些担心爸爸要是再晚一些，那家店就要关门了。

那个人影微微一愣，竟然停在了原地。

沈念还没发觉有什么异样，站起身来，有些小性子地噘了噘嘴，目光直直地看向屏风，嘴里的话已经吐出来了："虽然我在这儿等了这么久，但是爸，看在今天是妈生日的分儿上我就原谅你了。"

空气突然安静一瞬，屏风后的人影听到女孩的声音后，眼神微闪。原以为自己听错了，没有想到真的是她！

沈念的目光移到屏风那侧的人影身上，这人要比爸爸高一点，身形也不像，刚才自己只注意那人穿的黑色衣服，所以误认为是爸爸了。

一想到这里，沈念看向屏风那边的眼神也变得十分不好意思，语气不由自主地放轻："那个，不好意思啊，我刚刚看错人了。"沈念鼓起了勇气，向屏风那边的人道了歉，心里微微松了一口气。

宋遇的眼睛轻轻眯了眯，他慢慢绕过屏风走到沈父的办公桌面前，与沈念的视线对个正着，嘴角勾起一抹笑容，不紧不慢道："看错人了？"

男生的声音里带了丝沙哑和不易察觉的慵懒，沈念微微一顿，下意识地抬起头来，这才看清楚男生的长相。

那张脸棱角分明，双眸黑亮又深邃，浑身透露着一种张扬而又凌厉的帅气。他很高，高到沈念觉得自己踮起脚才到他的肩膀。她没有意识到自己已经盯着男生看了许久，直到看到男生眼里一闪而过的笑意，沈念才倏地回过神来，有些不好意思地轻咳一声："是……是看错人了。"

原以为男生会就此放过这个话题，没有想到男生低低笑了一声，目光灼灼地看向女孩，说出来的话像是故意的一样，只听她漫不经心道："所以，刚刚……喊我爸？"

沈念默默地睁大了眼睛，她不是认错人了嘛，他干吗揪着这一点不放？再说了，她也不认识这人啊，怎么还跟自己说上话了？

沈念眼里一闪而过的错愕没有逃离宋遇的视线。

宋遇微微一顿，微微眯了眯眼，默默地舔了舔上颚，心里莫名地烦躁。他在心里默念了两句：嗯，不能生气，她还不认识你。她有脸盲症，所以不认识你。

通过良好的心理暗示，宋遇的心情得以慢慢平复下来。再次看向女孩时，他发现女孩的神情已经变了，变得有些莫名其妙。下一秒，他听到女孩颤颤巍巍地说道："宋……宋遇？"

她越看男生越觉得熟悉，尤其是看到那双眼睛微微一顿，有些像自己在教室里画的那双眼睛。

孟欢说他叫什么来着？哦，宋遇。

宋遇？沈念默默地睁大了眼睛，咽了口口水，这就是那个财大气粗的转校生宋遇！这就是那个浑身充满戾气的宋遇！

于是沈念鼓足了勇气，轻轻喊了一声："宋……宋遇。"

…………

男生似乎没有想到她认出了自己，表情有些怪异，但还是没有跟女孩说话。

沈念心里微微松了一口气，决定再接再厉，从孟欢的描述来看，宋遇可是容德一中的"扛把子"啊。沈念心里有了主意，于是她抬起头看向男生，试探性地再次喊道："宋遇。"

宋遇还是没有搭理她。

沈念继续试探道："宋遇，宋大侠。"

宋遇安静了一瞬，默默地看向沈念，微微皱眉："这是个什么……奇怪的绰号？"

沈念干笑一声，心里暗想，确实挺奇怪的。

宋遇并没有纠结这一点，抬眸看向女孩，神情有些微妙："你能认出我？"

嗯，不仅能认出，我还认识您，连您那些丰功伟绩我也知道得一清二楚……

不知想到什么，沈念浑身一僵，愣愣地看向面前的男生，难以置信地眨了眨眼睛，伸出手在宋遇面前晃了晃，宋遇的脸她竟然认得一清二楚！

沈念欲哭无泪，她突然觉得认不清人还挺好的了。

看得出沈念的抗拒，宋遇攥在右边口袋里的拳头又慢慢打开，再抬起头时，眼睛里一片清亮。他似乎不打算再跟沈念聊下去，把左手的那份文件递到沈念面前，语气恢复漫不经心："帮我把它交给校长。"

似乎是想到什么，宋遇微微挑眉，话锋一转，道："哦不，你爸——"

沈念知道他在调侃自己，也没有心情去反驳，她还沉浸在可以认出宋遇的震惊中。为什么认出的不是别人，而是学校里的"扛把子"呢？沈念有些想不通。

她敷衍地点点头，接过宋遇递过来的文件，目光从文件的题目上一扫而过，是一个有关钢琴比赛的通知。宋遇还会弹钢琴？

沈念多多少少听说过这个钢琴比赛。

容德一中每年都会选出几个人代表容德市参加国内的比赛。选拔的过程非常严格，经过专业老师的审核后，才会把参赛人选的名单送到校长办公室来。

宋遇能参加这个比赛，说明他的实力不容小觑，这是她没有想到的。

不过换个思路，宋遇他爸能给学校捐这么多钱，说明他家庭条件肯定很好，给宋遇报一些特长班也不为过。再说了，也没人规定他不能搞这种文艺的事情啊。

这么想着，沈念也不太惊讶了，就像自己去年暑假闲得无聊，跟妈妈学了一个假期的舞蹈，虽然不是多么专业，但最起码能拿得出手。

沈念的目光下意识瞥向宋遇微微下垂的手，干净修长且骨节分明，隐约可以看到他手上的青筋。可以说他的手很好看了，比她见过的所有帅哥的手都好看。

沈念收回思绪，看向宋遇，轻声问道："那你还有什么问题需要我转达吗？"

还有什么问题？不想参加比赛算不算问题？

宋遇懒散地往办公桌上一坐，盯着沈念看了几秒，轻轻地笑出了声："没有了。"原本是有的，但是现在看到她，突然就没有了。

沈念点点头，还想说些什么，放在桌子上的手机轻振。两人同时把头转向办公桌，手机屏幕很亮，备注也很引人注目，"宇宙无敌超级爆炸帅但是很严格的老爸"。

宋遇轻轻挑眉，沈念双颊忍不住发红，快速地把手机拿了起来，手指往上轻滑接听，乖巧地喊了声："爸爸！"

沈念的声音带有一丝软糯，让人听了心里甜甜的。宋遇眼神微暗，一时让人看不出他在想什么。他不着痕迹地移开目光，视线轻轻扫到办公桌上的照片时微微一顿。

不知电话那边说了什么，沈念点了点头，笑着说了声："我知道了，现在就下去。"

沈念挂断电话的瞬间，宋遇收回了自己的视线："你爸怎么说？"

沈念有些不好意思地说:"那个,今天是我妈的生日,我爸已经开完会了,现在就在楼下停车场等着我。你今天来办公室这件事儿,我会跟他说的。"

宋遇点了点头,起身便往门外走去,就在他出了门即将拐弯的时候,沈念隐约听到他说了句:"麻烦了。"

宋遇的身影消失在门口,沈念收回目光,伸出手拍了拍自己的脸蛋,忍不住想,其实宋遇也不是很吓人。随后自顾自地摇了摇头,他吓不吓人和自己有什么关系?

不再多想,沈念收拾好东西,便把办公室门从外面锁上,朝着自己来的方向走去。

等沈念走远,一道身影从楼道口出来。看了会儿女孩远去的背影,宋遇回过神来,默默地拿出了手机,拨通了一个号码。

电话那头很快接通了,是一道很温柔的女声:"怎么了,遇遇?"

女人故意喊出宋遇的小名,声音中还带有一丝调侃。

宋遇伸出手撅了撅自己的眉头,出乎意料地没有发火,反而声音懒洋洋地问道:"妈,晚上吃什么?蛋糕怎么样?突然想吃了。"

沈念从教学楼出来的时候,校园里已经没有多少人了,显得格外空荡安静。

沈父的车停在不远处的花坛那边,旁边还有一辆黑色的迈巴赫格外显眼,沈父正在跟迈巴赫的车主说着什么,看样子正在谈论工作。沈念微微一顿,站在原地,没有再往前走,等到那辆迈巴赫离开以后,沈念才慢悠悠地往自家车的方向走过去。

沈石蹊正在手机上记着什么,沈念余光扫过,是一串号码,备注是"宋总"。沈念并不感兴趣,她不紧不慢地扭过头,打开手机连上车里的蓝牙,一首旋律非常欢快的音乐从车载音响里倾泻出来。

沈父这时候也已经记完了,把手机随意地放在一边,转过头来看向沈念:"念念等久了?"

沈念摇头笑了笑:"没有啊,就在办公室里等了一会儿,然后你就给我打电话了。"

沈石蹊推了推自己的眼镜,启动车子,嘴上带着一丝笑意,继续对沈念说着:"没有等久就行,要是你妈妈知道我让你在办公室等了这么久,她又该叨叨了。"

沈念不知如何接话,对于这种三句话里两句话都离不开自己老婆的人,她不知该说什么。

沈念跟沈石蹊到家的时候,顾漫丽已经做好饭了。见两人回来,顾漫丽把手里的最后一道菜放到餐桌上,向两人招手道:"回来得正好,快来吃饭吧。"

顾漫丽长得很美,再加上自身工作性质,一直都保养得很好,四十多岁了看着倒像是三十岁,沈念的长相也随了顾漫丽六分。

见母亲招呼自己过去,沈念笑了笑,把手里的蛋糕递给她,笑嘻嘻地说:"老妈生日快乐啊,希望沈太太越来越美丽,越来越年轻!"

顾漫丽抱了抱沈念:"谢谢宝贝,我的宝贝女儿每天都开开心心的,便是妈妈最大的愿望了。"

沈念噘了噘嘴:"老妈,即使你不许这个愿我也会天天开心呀,生日愿望怎么可以这么随便。"

沈石蹊把外套脱下来,随意放在一旁的沙发上,然后往餐桌的方向走去,边走边说:"你们两个啊,干脆都不要许愿了,留给我算了。"

还不等沈石蹊坐下,顾漫丽走过去拍了一下沈石蹊正打算往盘子里伸的手,语气不悦:"去去去,洗手了吗你?能不能别让我老是说你?都四十好几的人了,还整天这么不着调。"

"好好好,我这就去洗,这不是看你做的饭这么香,一时忘记了嘛。"沈石蹊连忙把手拿开,乐呵呵地看向自家媳妇儿。

顾漫丽不理会沈石蹊的糖衣炮弹,见沈石蹊往洗手间的方向走去,忍不住双手叉腰,嘴里开始絮絮叨叨:"你说我当年怎么就看上你爸了呢?除了空有一副帅气的外表,他还有什么?哦不,现在他连一副帅气的外表也没有了,你看看那大腹便便的样子哦。"

顾漫丽虽然嘴里念叨着,但是面上没有一丝嫌弃。

沈念笑了笑没有接话,这种事情在家里经常发生,作为一只年满十八岁的单身狗,她早已经习惯了。

晚上吃完饭,沈念回到自己的房间。

孟欢这时给沈念发来了一张图片,后面还附带着一句话。

念念！刚刚他们发在群里的照片，被我偷来了，你看苏洵南，太帅了！

沈念打开那张照片，一看就是在教室偷偷拍的，画质有些模糊，中间一个男生正在很认真地做题，周围所有的人都变成了他的背景。

沈念大体能看得出这个人是苏洵南。苏洵南确实很帅，但是沈念作为一名脸盲症患者，实在是感受不到他的帅点，只能隐约从其他人的描述里，自行体会她们对于帅的定义。

沈念打算把这张照片关上，目光瞥到照片里最角落的地方趴着睡觉的某人时微微一顿。

不知为何，沈念心中萌发了一种独特的感觉，尤其是她记不清别人的模样，但突然有一天竟然能够记清一个人的脸时，那种心情简直无法用言语表达。

照片角落里那个睡觉的人正是宋遇，许是偷拍照片的人角度选得很好，正好拍到了宋遇趴在桌子上睡觉的模样。他背对着镜头，只露出一个后背，透出一种闲人勿扰、慵懒清冷的气息。

沈念轻轻敲了敲手机壳，心里忍不住想：看样子睡得挺香的。

沈念给孟欢回了几条消息，两人又聊了一会儿。

之前的那场摸底考试试卷已经批改完了，成绩差不多下星期一就能出来。沈念倒没有多担心，虽说自己平时不怎么认真学，但学习成绩在班里还是名列前茅的，没有让爸爸妈妈操过心。

想到这里，沈念微微噘了噘嘴。

现在跟以前可不一样了，毕竟上了高三，虽然爸爸妈妈从来没有在自己面前提过成绩，但是有哪个家长会不希望孩子的学习成绩越高越好呢？

再加上爸爸工作的原因，沈念多少比其他人多了一丝对考上好大学的执着。这不仅是为了她自己，她也想让别人看看，她不是只有容德一中校长女儿这一个身份，她沈念也是可以凭自己考上一个好大学的。

那就好好努力学一年吧，不负当下，也不负自己。

想好以后，沈念的眉头渐渐舒展开来，她既然决定了要好好学习，那就从现在开始吧。

门口传来一阵敲门声，沈念的心情很好，笑着说了一声："请进。"

顾漫丽从外面进来，把刚切好的水果放到沈念的桌面上。顾漫丽看出女儿的心情很好，声音放柔，轻轻抚了抚沈念的头发："宝贝，怎么这么开心？"

沈念笑盈盈地挽着妈妈的胳膊："妈，你希望我考一个什么样的大学啊？"

沈念有自己的想法，先不管妈妈怎么回答，如果妈妈说出了某所高校，那就可以考量一下自己的实力能不能达到妈妈心目中的高度，如果到了，自己也不能松懈；如果没有到，那自己也有了一个奋斗的目标。

顾漫丽不知沈念心中所想，只当是沈念随意问的。她轻轻地把沈念的碎发撩到耳朵后面："当然是你喜欢哪个就考哪个呀，不要给自己太大的压力。"

沈念点点头，她从来没有给自己太大的压力。

顾漫丽想起来沈念屋里的目的，在脑海中过了一遍，缓缓开口："念念，现在高三了，听你爸说，历届高三生都是需要住校的，妈妈来问问你的意见，如果你不想住的话，那妈妈就去跟爸爸说说，没有关系的。"

顾漫丽跟沈石蹊就只有沈念这一个女儿，把她疼到了骨子里。沈念从小到大都没有住过校，所以顾漫丽还是想问一下女儿的意见，尊重女儿的选择。

沈念知道容德一中高三住校这件事。高三学习很紧，所以高二生十月中旬左右，便可以申请住校了。住校这件事情有利有弊，往坏处说，确实在吃饭和睡觉方面不如家里条件好；但是往好处说，可以空出很多时间拿来学习，也未尝不是一件好事儿，所以大多数高三生都是会选择住校的。

沈念心里有了主意，微微点头："妈，我住校。"

顾漫丽还是有些顾虑："念念，妈妈尊重你的选择，但是如果在学校里住得不习惯，一定要告诉爸妈，知道吗？"

沈念小幅度地摇了摇顾漫丽的胳膊："妈，不要担心我，再说了，还有一个星期呢，而且如果有事情我就去办公室找爸爸啊，所以没有关系的。"

听到沈念这么说，顾漫丽才放下心来。

沈母走后,沈念也没了看书的心思,给孟欢发了一条消息,大体的意思是说自己打算住校,问孟欢作何打算。发完以后,沈念给手机充上电,然后起身去浴室洗漱,等到她回来的时候,孟欢已经回了很多条消息了:

住住住,你住我就住。

念念,明天陪我去个地方吧。

小道消息,(6)班明天下午有一场聚会,我要去看苏洵南!!

字里行间可以看出孟欢有多激动。

(6)班吗?沈念轻轻理了理自己的头发,慢悠悠地给孟欢回了一条消息:

好。

孟欢对苏洵南的执着已经到了疯狂的地步。从孟欢不断地给自己打连环电话的时候,沈念就知道了。

"喂?念念!我已经收拾好东西了,现在就去你家找你!"孟欢欢快的声音从电话那边传过来。

沈念微微愣住,默默地看了一眼床头的闹钟,抿了抿唇:"铁柱。"

孟欢有些不明所以:"怎么了,仙女?"

沈仙女并不吃她这一套:"你是有多么迫切见到苏洵南,才会在早上七点钟给我打电话?"

"啊?"

孟欢那边也有一瞬间的迟疑,把手机拿下来看了一眼时间,下一秒便又恢复了欢快的语气:"哈哈哈,我就说这天怎么还没亮,原来才早上七点钟啊。"

"……祝你早日和苏洵南搞好关系。"沈念突然语重心长地说了一句。

"念念真是我的好姐妹,我一定会努力的!"孟欢突然认真起来,大有不能辜负沈念之志。

"不,我的话还没有说完,这样我就可以逃脱被你折磨的魔爪了。"沈念语气平淡地说完这句话,快速挂断了电话。

嗯，不能留给孟欢一丝反驳的机会，要让她认清事实。

下午五点半。因为沈母是瑜伽教练，每一天的课程都被排得满满的，所以即使是星期六，她也像往常一样去了培训机构。

距离和孟欢约定的时间还有半个小时，沈念提前收拾好东西，跟爸爸打了声招呼，便出了家门。

外面的天气已经不是很热了，微风吹来，拂在沈念身上，有一种说不出来的惬意。

沈念打开手机看了一下昨天晚上孟欢发过来的地址，（6）班聚会的地点在市中心，距离沈念家多少有段距离。孟欢离得也不算很近，如果孟欢再过来找自己的话，路上肯定会耽误很长时间。

想好以后，沈念给孟欢打了一通电话："铁柱，一会儿你直接去那儿吧，我这边远一些，打车过去好了。"

"好的好的，念念路上注意安全，等会儿我就在那家饭店门口等着你，如果找不到我一定要给我打电话。哦，对了对了，我今天穿了一件黄色的衬衫，比较好认一些。"

听到孟欢的叮嘱，沈念笑着应了一声："好。"

沈念跟孟欢算是发小，从小一起玩到大的那种。

两人也没少闯祸，一起哭过笑过。后来上了初中，孟欢一家人搬家了，孟欢也跟着转学了。

沈念的性格很好，长得也好看，在学校里自然而然人缘也不错。自从孟欢转学以后，虽然沈念不怎么孤单，但是像从前和孟欢在一起的那种感觉却再也没有了。值得庆幸的是，高中两人又考到一个学校里了。

因为脸盲症，她从来不在外人面前透露出自己的情绪变化，生怕被别人发觉或是以奇怪的眼光看自己。

除了父母，便只有在孟欢面前，她才能真正做自己，只有跟孟欢在一起的时候，她才敢肆无忌惮地说说笑笑。可是不知从什么时候开始，孟欢也有了自己的烦恼……

远处驶来一辆出租车，沈念收回自己的思绪，对着出租车招了招手。

站在二楼的窗户往外面看，对面是一片人工湖，一抹淡淡的光晕笼罩在水面上,透出一阵阵波光粼粼的浅蓝色,偶尔有一两个身影走过,倒也不显得空荡。

邱子博来到包厢的时候,看到的就是这幅景象。

宋遇双手撑着站在窗前,目光瞥向窗外,表情疏淡,脸上看不清什么神色。

邱子博拿出手机"咔嚓"一声,拍了一张宋遇的背影。看着手机里这张身形修长、充满诗情画意的照片,邱子博揉了把脸,嘴里嘟囔着:"人和人的差距怎么就这么大。"

宋遇抬眸往这边看了一眼,见是邱子博,转过身来,神情散漫道:"怎么找到的?"

"机缘巧合呗。"邱子博把手机塞进兜里,左右打量了一下这个包厢,比他们聚会的那个还要宽敞一点,窗外就是一眼望不尽的人工湖。"你自己又定了一个包厢?"

宋遇看了一眼邱子博,漫不经心地坐到沙发上,把腿抬起搁到桌面上。

不用说,邱子博也懂了。

原本班里搞了个聚会,一起来热闹热闹,来了以后才发现是班里一个女生专门为苏洵南组的局。邱子博待着没劲,左右环视一圈,没有发现宋遇的身影,从包厢出来以后,见对面门没关紧。得亏瞄了这么一眼。

"早知道这么没劲我就不来了,原本约着(7)班那几个朋友晚上去打台球来着,要是时间不紧的话,等会儿叫上大家去玩会儿?"

宋遇没有吱声。

邱子博学着宋遇的模样,坐到沙发上,姿态懒散地把脚放到桌面上,轻叹了一声:"哎哟,这姿势太舒服了。"

宋遇没理他,扯过一旁的抱枕垫到自己的脑袋下面,闭上眼睛:"把刚刚拍的照片删掉。"

邱子博"嗯"了一声,掏出手机来重新看了一眼那张照片,有些可惜:"啧,好不容易拍到这么一张高级的照片,还得删掉。"

"要不要揍你一顿,给你表演一下什么叫作真正的高级?"

跟宋遇玩得久了,邱子博自然知道宋遇这人有多疵毛。他语气带了一丝挣扎,看向宋遇:"宋遇,你总得给人家一个理由吧。"

宋遇没有说话,目光重新回到窗外,渐渐发散开来。他心里有道墙,所以拒绝别人是本能。

宋遇动了动有些僵硬的脖子,后背倚到沙发上,声音有些沙哑:"还记得我刚转学来容德一中的时候吗?"

刚转学来的时候?

宋遇是高二转到容德一中来的,邱子博从见到宋遇的第一面起,直觉就告诉他,这人不好惹。

怎么说呢,就是宋遇先把书包往他旁边一甩,再往他旁边一坐,浑身充满了一种"我身上长了刺,都不要惹我"的感觉。后来熟了以后,他才知道宋遇这人不是不好亲近,他只是不把你放在眼里。

再后来因为文理分班,两人又碰巧分到一个班来了。一年多的时间,两人自然而然也就成了好哥们儿。

那些事情太遥远,邱子博脑海里模模糊糊有些印象,但要是细想还真的想不起来。至于其他的,邱子博更没有头绪了。

宋遇轻笑了一声:"不记得也没关系,毕竟不止你一个。"

什么意思?什么叫不"止你一个"?邱子博这下可真有些蒙了:"不是,你到底想说啥啊?"

"哦,没啥意思。"

邱子博呼出了一口气,没啥意思就行,宋遇啥心思,一般人可猜不到。

结果这时候,旁边传来一阵幽幽的声音:"就是某人一年过去了,也啥都不敢说。"

……啥?

邱子博吓得手一抖,吧唧一下,把手机上的那张照片给删除了,但他现在顾不上什么照片不照片的了。这是什么惊天大新闻,重点是还不敢说?邱子博看向宋遇的眼神带上了一丝同情。

宋遇看在眼里,没有过多解释,慢悠悠地转过身去,含糊道:"我睡一会儿,等会儿走的时候叫上我。"

邱子博有些不理解,冒着被踢飞的风险,笑嘻嘻地问了一句:"反正来都来了,我刚刚在那边都没吃饱,能不能叫俩小菜?"

过了半响,邱子博才隐隐约约听到宋遇冒出来一句:"随便。"

邱子博放宽了心，随即叫来了服务员，大手一挥，叫了一桌子的硬菜。

因为路上堵车，沈念到饭店门口时，比和孟欢预定的时间晚了一些。

孟欢站在饭店门口来回踱步，见沈念从车上下来，眼前一亮，对着沈念挥了挥手："念念，在这儿！"

（6）班聚会的包厢是在二楼，包厢号是666。

两人来到包厢门前，包厢门关得很紧，但是隐约还是可以听到里面传来一两声起哄声。

孟欢瞬间就红了眼，这是直接被人捷足先登了。

门就在自己面前，但是孟欢的腿就像被灌了钢筋混凝土一般，半点都动弹不得；整个人就像是掉进了冰窖里一样，浑身发冷。

旁边伸过来一只柔软的小手慢慢地握紧了她的手。孟欢回过神来，看向沈念。她吸了吸鼻子，语气发闷："念念，我不难过的，只是心里有些发堵。"

明明昨天之前还是好好的，可是现在听到包厢里这么欢快的声音，却是如此刺耳。一想到有人捷足先登，她这心里恶心得就像吃了苍蝇一样。

看到孟欢如此落魄，沈念轻轻摇了摇头，目光柔和地看向孟欢，语气放轻："铁柱，你应该知道苏洵南不是这样的人。"

虽然跟苏洵南不熟，但是跟孟欢在一起久了，沈念多少也了解了一些关于苏洵南的事情，孟欢和苏洵南唯一的话题大概就只有学习了。

孟欢粗鲁地抹了把眼角并不存在的眼泪，语气有些冲："我才不在乎，他爱怎样就怎样，以后我要是再搭理他，我就是狗！"

空气中突然安静了两秒钟，沈念发觉有些不对劲，下意识往旁边的包厢门口看去，一道莫名熟悉的身影不知已经站在那里多久了。

沈念心里一顿，下意识想要拽住旁边的孟欢，还不等沈念动手，那道身影便缓缓移动，直直地从两人之间走过，半点眼神都没有分给两人。

苏洵南的身影渐行渐远，沈念才默默地扯了扯孟欢的袖子："铁柱，那个浑蛋……好像刚刚从你面前经过了……"

孟欢微微一愣,没有反应过来:"什么?"

"喏。"沈念瞥了一眼正走向走廊那边的苏洵南,轻抬下巴,"你的浑蛋啊。"

看着苏洵南渐渐远去的背影,孟欢有些欲哭无泪:"我说的话,他都听到了?"

沈念摇摇头又点点头:"我发现门口站了一个人的时候,你已经痛快地骂完了。"

孟欢此刻十分崩溃,甚至有些悔不当初:"啊!就这一次说了他坏话,偏偏就这一次,他在我身后!"

两人不知道苏洵南为什么会突然从包厢出来,想到这里,沈念轻轻拍了拍孟欢的肩膀,语气前所未有地认真:"铁柱,赶紧去问问吧……"

孟欢咬了咬牙,风风火火地朝着苏洵南的方向追去。

沈念收回自己的视线,脚尖轻轻在地板上画了一个圈,又眨了眨眼睛,视线从一间又一间的包间号上滑过,最终停留在离自己距离不远的一串数字上面——777。

"777"啊!

这间包厢的门牌与其他包厢略显不同,多了一些复杂的金色花纹,其中还有些淡淡的紫色。

她轻轻舒展眉眼,有些莫名地开心,自己的幸运数字就是"7",从小到大,只要是和数字"7"有关的东西,沈念都很感兴趣。

沈念突然眯了眯眼睛,轻轻舔了舔自己的嘴唇。虽然不知道包厢里是谁,但是这么有眼光,肯定是位厉害的人物!

手机微微作响,沈念收回视线,从兜里拿出手机,上滑接通:"喂,铁柱。"

"念念,啊啊啊,我跟丢了,怎么办!我明明看到他从走廊那头左拐下楼的,可是等我走到走廊这头时他已经消失了……"

孟欢有些焦躁的声音从电话那边传来,甚至有一些咬牙切齿:"苏洵南以后见到我最好躲着走!念念,你说是不是我平时对他太好了,才会让他产生一种我很平易近人的感觉,所以他才会觉得我对他来说,可有可无?"

听到孟欢气急败坏的声音,沈念有些哭笑不得,她的身体轻轻斜靠在墙上，手指顺着墙纸上的纹理不断地打着转转。

孟欢那边传来窸窸窣窣的声音，声音忽大忽小："喂，念念？信号不好？能听到我说话吗？"

沈念拿下手机看了一眼手机信号，许是走廊有些封闭的原因，信号确实不好。

沈念不自觉地往左边走了走，发现信号格子升了一格，于是对电话那边说道："铁柱，现在听到了吗？"

"啊，听到了听到了，你刚刚说什么？"孟欢欢快的声音从那边响起。

自己刚刚想说什么来着？沈念脑袋有一瞬间的短路。这时，旁边的包厢门突然就开了，一只脚迈了出来，伴随着一个粗犷的声音传来："我刚刚已经跟（7）班那几个同学说好了，咱们现在就过去，正好能赶上再打两场台球。"

随后一个低沉的声音紧接着从背后传来："嗯。"

沈念专注于打电话，没有发觉旁边的包厢里有人出来，接着对电话那边说道："我们要好好学习，等考上一所好一点的大学，什么帅哥见不到！"

邱子博听到声音，下意识往旁边看了一眼，莫名觉得女孩的身影有些熟悉。

因为女孩背对着两人，只能看到她的侧脸。小巧的鼻子，软嘟嘟的嘴唇张张合合，零碎的秀发落在女孩的耳鬓两旁，显得格外温柔。女孩站得挺直，脖颈修长白皙，像一只洁白美丽的天鹅。

邱子博眼里闪过一丝惊艳，鬼差神使地停在了原地。

前面的人突然停下，正在想事情的宋遇差点撞到邱子博身上，他眼里闪过一丝烦躁，刚准备发火，却听到了一阵熟悉的声音。

"再说了，你又不是不知道，像我们这种仙女，普通的凡人是配不上我们的。"女孩的声音生动而又软糯，给人一种如沐春风的感觉。

仙女？宋遇挑了挑眉，眼里滑过一丝笑意，仙女这是在说她自己吗？不过确实挺像个仙女的。

电话那边孟欢的语气渐渐平复下来："说得对，我不能生气，生气伤的是我自己。念念，我现在已经出来了，就站在我们刚刚来的地方，我在这里等你。"

"好。"

紧接着女孩站直了身体,往走廊那边走去。女孩的身影渐渐走远,隐隐约约还能听到女孩有些苦恼地说道:"容德一中什么都好,就是长得帅气的男生太少太少,尤其是咱们这一届,也就你那个(6)班的苏洵南还入得了眼……"

苏洵南?宋遇眼里的笑意渐渐消失。看着那道渐渐走远的身影,宋遇嘴角微抿,陷入了沉思。苏洵南长得有自己帅吗?

沈念的身影渐渐走远。邱子博眯着眼,仔细瞧了会儿,越来越觉得这道身影很熟悉。过了半响,邱子博有些犹豫道:"这是不是……沈念啊?"

沈念的名字全容德一中的人都知道,就跟宋遇一样出名。但是沈念跟宋遇可不一样,大家提起沈念,想到的都是美好的词汇。

比如沈念的成绩很好,是年级前十;比如沈念的家境优越,家教很不错。人也长得好看,很有气质。再加上高一的时候有幸跟沈念一个班,所以邱子博对沈念多少有些印象。

旁边的宋遇长时间没有说话,邱子博抬头看了一眼,宋遇神色慵懒,露出邱子博看不懂的神情。

宋遇一向对女生避之不及,而且好像宋遇转学过来的时候,已经文理分班了,所以不认识沈念也很正常。

想通以后,邱子博抬起手抓了一把自己的头发,自顾自地点了点头,对宋遇乐呵呵道:"你应该不认识沈念。不过没有关系,以后你们也不会认识,毕竟你们不是一个世界的人。"

听到邱子博这么说,一直没有说话的宋遇轻掀眼皮,眼神微暗,语气不悦:"我和你是一个世界的?"

见宋遇走远,邱子博有些讪讪地摸了摸鼻头,跟紧宋遇的步伐,在宋遇看不见的地方轻轻吐了吐舌头。自己好像没有说啥啊,这么生气干吗?

沈念出来的时候,孟欢正蹲在地上,手里拿着一根树枝,在地上画着什么，嘴里念念叨叨："苏洵南，画个圈圈诅咒你！"

沈念没有听清孟欢在说什么，她慢慢走近，悄悄地站到孟欢后面："铁柱，你在说什么？"

孟欢沉浸在自己的世界里，听到沈念的声音吓了一跳，她站起身来，拍了拍屁股，露出洁白的牙齿："没什么啊，就是日常诅咒一下苏洵南。"

"……哦，好的。"

天色已经暗了下来，饭店外面的装饰灯光也亮了起来，一闪一闪的像星星一样，给人一种很舒适的感觉。对面不远处是一片望不尽的人工湖，此刻看起来更像是一片深蓝色的天空，一股清冷的气流吹过来，整个人感觉清爽极了。

孟欢指了指不远处那片湛蓝色的湖水，对沈念说道："念念，其实这家饭店这么有名，一部分的原因是这个人工湖。"

"什么？"沈念没有听清孟欢说的话，小声地问了一遍。

孟欢重新指了指那边的湖："这个人工湖是有故事的。"

沈念的视线随着孟欢的手指移到那片人工湖上，随着微风轻轻吹拂，湖面荡起一波又一波的花纹，像是被撒上金粉一样，亮晶晶的。

"它有一个好听的名字，叫作姻缘湖，而且还有一个说法，在这里见面的男女都会成为情侣，是不是很神奇啊？"

孟欢眼睛亮亮的，充满了向往。是挺浪漫的，一男一女，站在这么漂亮的人工湖面前，男生俊朗，女生娇羞，许下一生一世的诺言，光是想想孟欢就羞红了脸。

沈念仰着脸，目光平静地看向那片湖面，深深浅浅的斑驳光线落在她的身上，朦朦胧胧的。过了许久，沈念把头转过来看向孟欢，眼睛眨啊眨的："可以尝试一下。"

"尝试什么？"

沈念眼里充满了笑意："等我以后有了喜欢的人，我就把他骗过来——骗到这儿来。"

外面渐渐起了风，吹得沈念的发丝有些凌乱。她仔仔细细地把发丝理顺，再抬起头来，眼里闪过一丝认真。不知想到什么，她轻轻地笑出了声："人这一生得过且过，遇到喜欢的人难免会有些小心翼翼，如果以后我遇到了喜欢的人……"

孟欢来了兴致,她往沈念那边靠了靠,闻到一阵清香,接着问道:"如果以后你遇到喜欢的人会怎样?"

沈念的皮肤很白,在灯光的照射下更加亮眼。

孟欢作为一个女生都控制不住自己的目光,总是往沈念的方向瞥去。她觉得沈念各方面都好,哪儿哪儿都好,总有一天,沈念会遇到那个十分优秀的男孩子。

孟欢挽起沈念的胳膊,把头轻轻靠在她的肩膀上:"念念,你说世界上真的会有人一直喜欢另一个人好多年还不说吗?"

沈念的思绪渐渐放空:"会有的吧。"

世界这么大,当然什么事情都会发生。

"被喜欢的那个人一定很幸福。"孟欢的语气里有些许羡慕。

沈念没有接话,也许会很幸福吧,但是也有可能很心酸。虽然没有经历过情感的挫折,但是她总觉得,爱而不得最让人难过。

时间不早了,孟欢还想说些什么,兜里的手机嗡嗡作响。

沈念轻抬下巴,目光下移至孟欢上衣口袋的位置:"接电话啦。"

"哦。"孟欢拿出手机,来电显示是"大魔王",她微微一愣,随后嘴角咧开一个微笑:"嘿,陈泽君这时候给我打电话干吗?"

"陈泽君?"沈念挑了挑眉,"就是之前你专门去隔壁学校看的那个帅哥?"

沈念可是对孟欢的事情记忆犹新。当时的孟欢还没有认识苏洵南,听说隔壁学校有帅哥,她还专门去要了对方的联系方式。

孟欢眼里冒出一丝亮光:"对对对,就是那个大帅哥!"

两年多的时间,两人也成了好朋友。孟欢原以为陈泽君只是长得好看一些,接触后发现,私底下也非常幽默开朗。

不过话说回来,陈泽君主动给自己打电话,还真是有史以来的第一次。

她不打算浪费时间,轻轻戳了戳沈念的肩膀,语气带有一丝兴奋:"念念,我去那边接电话,你现在叫一辆车,等下我们一起回家!"

"好!"

沈念点点头,看着孟欢走远,随后叫了一辆附近的出租车。

大约两分钟的时间,孟欢拿着手机气冲冲地走过来。

沈念有些纳闷:"怎么了,接了通电话这副样子?"

"念念。"

"嗯?"

"我就知道陈泽君给我打电话没有好事儿!"孟欢把手机随意地塞回自己的兜里,原本接电话的兴奋劲儿一点都没有了。"陈泽君来市中心玩,结果刚刚不小心把别人的摩托车给刮了。"

刮到车了?

沈念顿了顿,随后开始回想:"市中心的话……我知道不远处有一家维修店,要是需要的话,我可以把联系方式推给他。"

孟欢点了点头,随后语气有些迟疑:"车刮坏了赔偿就可以,毕竟陈泽君家里也不差钱,但是……"

"嗯?"沈念有些不懂。

孟欢抬眸看了一眼沈念,有些欲哭无泪:"但是这车可不是一般人的车啊。"

不是一般人的车?

沈念脑袋有一瞬间的放空,随后孟欢的声音渐渐变小:"是……宋遇的。"

哦,陈泽君这小伙子还挺厉害的。

纠结片刻后,两人决定还是过去看看。

一路上孟欢的嘴就没停过,嘟嘟囔囔道:"我以后再也不跟陈泽君玩了,果然他就只有一副好看的皮囊,我真想扒开他这副臭皮囊看看他的内心有多丑陋,一天天的就知道坑我!

"我还记得之前他连根雪糕都不给我买,你看看现在,还是我够义气,他一个电话我就来了……

"宋遇这人多可怕啊,你说我为什么要为了陈泽君跑去跟宋遇求情啊?

"虽然同学过几天,但是我俩话都没说过一句啊。

"要不咱回去吧!"

孟欢眼里瞬间有了光彩,转过身来看向沈念:"念念,反正现在还没到,要不咱回去,就当没有来过,怎么样?"

沈念默默地听着孟欢的碎碎念,听到她说出的最后一句话,慢悠悠地抬起头往车窗外面瞥了一眼,"啧"了一声。

"走不了了,陈泽君说的地方已经到了。"

孟欢随着沈念的目光往车窗外看去,"雅城台球馆"五个大字映入眼帘。门口有几个人站在那儿正说着些什么,其中一个高个子孟欢认识,是原来高一时候的同班同学邱子博。最左边是陈泽君,他时不时加入几人的对话,丝毫没有刮人车的愧疚感。

孟欢瞥到那道熟悉的身影,顿时来了火气:"陈泽君!"

听到有人喊自己的名字,陈泽君抬起头往这边看过来,看到车上的孟欢时,站起身往这边走来,露出一个痞帅的笑容:"哎哟喂,欢欢妹妹咋个来得这么快?"

陈泽君高高瘦瘦的,给人一种很干净的感觉,但是孟欢才不吃他这一套,她现在一看到陈泽君这张脸就气不打一处来:"陈泽君我告诉你,下次你再有这种破事儿不要叫我,我跟你不熟!"

"行行行,多谢孟大侠百忙之中救小弟于水火之中!"

陈泽君一只手撑在车窗上,眼神往里面轻瞥,一眼就看到了坐在孟欢旁边的沈念,陈泽君眼睛一亮,忍不住调侃道:"孟欢可以啊,从哪儿拐来的小妹妹?"

孟欢想到陈泽君没有见过沈念,于是伸出手揽了揽沈念的肩膀,一脸炫耀地看向陈泽君:"当然是小时候还穿漏洞裤的时候就拐来的!这是闺密,你懂个屁!"

沈念朝陈泽君挥了挥手,露出一个礼貌的微笑:"你好。"

女孩笑起来很好看,她温柔地跟陈泽君打了个招呼以后,便把头转回去摆弄自己的手机。零星的碎发遮在眼前,依稀还可以看见女孩美丽的眸子透出一丝认真。

这让从小就受女生欢迎的陈泽君挑了挑眉,自己这么不受待见还真是第一次。不知为何,陈泽君莫名其妙地对女孩来了兴趣,语气上扬但是不带恶意,笑嘻嘻地问道:"美女叫什么名字?"

孟欢没好气地瞪了他一眼,语气不快:"你给我打电话,就是为了来看我家念念?"

"那当然不能。"陈泽君不再开玩笑,默默地看了沈念一眼,收回自己的视线看向孟欢，语气有些漫不经心，"就是不小心刮到了人家的车，然后那人是你们学校的，容德一中我就认识你一个，就给你打电话了呗。"

孟欢瞪大了眼睛："你好意思吗你？！"

陈泽君从车窗处把手伸进出租车里，从里面打开车门，把孟欢一把给拽了出来："哎呀，算小弟求你了还不成吗？"

随后陈泽君轻抬下巴瞥了瞥围在摩托车那边的几个人，装作很委屈的样子："你看你们学校那几个壮男，人家好怕怕。"

你在睁眼说瞎话吗，哥哥？同样是一米八几的个子，你就不是壮男了吗？

"行了，有事儿说事儿，到底怎么了？"

陈泽君耸了耸肩："就碰巧了呗，我急着开车走，然后没有注意到旁边还有辆摩托车，一不小心刮了人车一下，本想着小事儿化了，但是这几个人好像做不了主，然后聊天知道他们是你们学校的，我就给你打电话了。"

陈泽君几句话就把事情简单地概括完了，孟欢微微皱眉，真是宋遇的车？

"我看了一下，宋遇好像不在。"

从旁边传来一个憨憨糯糯的声音，孟欢转过头来，不知什么时候沈念从车里出来了，而两人坐的出租车已经渐渐开远。

沈念把手机塞回兜里，伸出手理了理自己的头发，重新扎了一个松散的马尾。她眨了眨眼睛，看向孟欢和她旁边的陈泽君："要等宋遇来吗？"

孟欢点了点头："我早就发现宋遇不在，虽然说他们几个做不了主，但是好歹同学一场，如果可以的话，看看怎么解决这件事情……"

话还没有说完，孟欢的声音渐渐变小，随后突然愣住，下一秒才反应过来刚刚说话的是她们家沈念。

于是她默默地转过头来看向沈念，一脸惊恐："念念，你怎么知道宋遇长什么样子啊？"

脸盲症好了？也不对，脸盲症不是说好就好的，能让沈念记住模样，肯定是见过很多很多次！既然这样，那沈念肯定跟宋遇发生了什么!

　　孟欢脑洞大开，瞬间来了精神，一把揽过沈念的肩膀，语气兴奋："哎呀，念念，深藏不露啊！"

　　"快说快说，你怎么认识宋遇的？"

　　孟欢的声音很大，她的话音刚落，摩托车旁边那几个"壮男"的视线瞬间往这边看了过来。

　　沈念轻轻咬了咬自己的下唇，连忙对着孟欢使眼色，声音压到最低："这个有些说来话长，等以后我慢慢跟你讲，反正就……就挺神奇的。"

　　确实挺神奇的，好不容易记得住一个人的脸，还偏偏是跟自己八竿子打不着的人，沈念这心里真的是悲喜交加。

　　孟欢赞同似的点点头，原本是兴奋，但是现在整个人静下心来以后，心头浮上一层担忧，但愿两人之间没有什么恩怨，要不然像宋遇这种人，肯定谁碰着谁吃亏。

　　"都围在这儿干吗呢，过家家啊？"旁边传来一个懒散却又不容忽视的声音。

　　众人皆是一愣，随后往沈念身后看去。不远处，一个身形修长的男生一只手插在兜里，另一只手拿着手机，慢悠悠地往这个方向走过来。稀碎的刘海零零星星地垂在眉眼间，让人看不清他的神色。

　　邱子博看到来人，嘴角露出一个笑容，大大咧咧喊道："宋遇！"

　　宋遇？沈念微微一愣，然后顺着邱子博的视线往自己的身后看去。

　　宋遇上身只穿了一件简约的黑色卫衣，衣服的右上角有一个类似刺绣的数字，是一个小小的紫色的数字"7"。沈念眼前一亮，根本没有发现自己的注意力已经被转移。哎哟，好巧哦，"7"可是自己的幸运数字。

　　男生正往这边走过来，经过沈念的时候没有停顿，直直地往邱子博几个人那边走过去。不知为何，男生就这么随意地往几人中间那么一站，就让人忍不住把目光移到他的身上。

　　他打断了邱子博跟陈泽君的对话。

　　"怎么回事？"

　　宋遇盯着陈泽君，但是说的话却是对邱子博说的。

听到宋遇问自己，邱子博大体把车子的事情说了一遍，然后看了一眼陈泽君，又回过神来看向宋遇："你没来，我就没敢让这兄弟走。"宋遇最宝贝的车被人刮了一下，他要是今天放陈泽君走了，估计明天宋遇就直接让自己升天了。

宋遇看着陈泽君，没有说话。宋遇不说话，没人敢动。

周围一片安静，沈念抬起头看了看宋遇。

孟欢没有注意到沈念的表情，她现在满脑子都是宋遇想要为难陈泽君，心里急得不得了。跟陈泽君认识了这么长时间，她知道陈泽君这人虽然嘴欠点，但其实人还是蛮仗义的，要是真得罪了宋遇，估计以后他的日子可不好过。

孟欢咬了咬牙，在心里狠狠地骂了一遍陈泽君，随后向前一步，一把将傻乎乎的陈泽君拉到自己的背后，心虚得不行地看向宋遇："宋遇啊，好歹同学一场，能不能看在同学的分儿上放过他啊？他这人就是长得还算个人，其他的什么都不是，跟人半点搭不上关系。哦，对了，你看看你的车多少钱，让他赔！最好是坑他一把，让他长长记性。"

说完以后，孟欢深深吐了一口气，双手叉腰往后退了一步，完全忘记自己是来帮陈泽君求情的了。

她露出一个认真的眼神坚定地看向宋遇，一本正经道："我突然不想帮他求情了！"

空气静止了一秒，大家都沉默不语，只有陈泽君一脸惊恐地看着孟欢："你是来救命的还是来害我的啊？"

孟欢轻轻拨了拨自己的空气刘海，心情愉悦："你管我，当然是怎么开心怎么来！"

陈泽君已经开始崩溃了："孟铁柱！你的开心是建立在我的痛苦之上的！"

听到"铁柱"两个字，孟欢猛地往前一步，薅住陈泽君的头发，面部狰狞道："大魔王！我说了多少次了！不要叫我铁柱，这是我家念念给我起的专属名称！你不能叫！你已经成功地激怒我了！"

头发猛地被人抓了起来，陈泽君觉得自己的头都要断了，嘴都跟不上脑袋，连忙求饶："大哥！大哥，我错了，别薅我头发！太疼了！"

两人开始厮打，准确地说是孟欢单方面的殴打，而比孟欢整整高出一头的陈泽君毫无还手之力。

听到孟欢这么说,宋遇眉心跳了跳,嘴角微弯,余光往她身后沈念的位置扫去。"铁柱"两个字如此接地气,倒也是难为她想得出来了。

一件浅蓝色法式复古连衣裙穿在女孩的身上,给人一种气质甜美的感觉,头发被她随意地扎了起来,露出修长白皙的脖颈。

女孩正往自己这个方向看,目光非常认真,似乎是在思索,嘴巴还往上轻轻嘟了一下。宋遇眼神里有一丝不易察觉的柔软一晃而过,心里猛地跳动了一下,她是在看自己吗?

孟欢突然这么暴力,沈念已经没法看了,她无奈地摇了摇头,慢吞吞地把视线移回宋遇的身上。就在沈念打算移开目光的时候,那道身影突然动了一下,然后开始往她的正前方走动。

沈念好奇地盯着那道身影。那道身影慢慢向前,离自己越来越近,直到与自己一米远才停住了脚步,只听男生带着笑意的声音从自己头顶传来:"盯着我发呆好玩?"

沈念浑身一僵,意识到宋遇是在跟自己说话,她的脑海里现在满满的只有一个想法:他为什么要笑?

女孩没有说话,嘴唇微抿,似乎是在思考什么。

微风吹过,吹起女孩淡蓝色的裙角,露出她一截白皙的小腿。宋遇微微皱眉,不动声色地往前一步站到风口那边,替她挡住风。

沈念却不知宋遇心中所想,见男生又往自己旁边走了走,只以为他要发火,吓得立马闭上了眼睛,声音不自觉地颤抖了起来:"宋……宋遇,我不是故意盯着你看的。"

宋遇微微一顿,不知道沈念为什么这么说,不过听到她承认刚刚确实是在看自己,忍不住心中愉悦起来,他张了张嘴:"嗯。"

沈念随后指了指宋遇身后的两人,试图转移宋遇的注意力:"你看陈泽君都被铁柱打成那样了,你能不能大人有大量,放他一马啊……"

不远处,孟欢正在追着陈泽君打,陈泽君被打得嗷嗷乱叫,沈念看着都替陈泽君疼。

宋遇漫不经心地回头看了一眼两人,没有说话。

见男生没有说话,沈念心里有了底气,沉吟了一会儿,她抬起头,拿出自己的手机一边调出自己的通信录,一边说道:"这样好了,我把维修店的电话给你,你先过去修车,至于多少钱我们会给你的。"

沈念说的这家维修店,在市中心非常有名,经常会有一些有钱人专门去那里改装汽车或去维修,普通人根本约不上号。

很巧的是,那家店是沈念上初中时候认识的一个好朋友家里开的,所以倒是也熟悉。

听到女孩把你我分得这么清楚,宋遇不自觉地蹙了蹙眉,掀起眼皮看了一眼沈念,平静地说道:"不用了,不需要赔偿。"

不需要赔偿?沈念愣了愣,没有想到宋遇这么好说话。但回过头来想到宋遇家里并不缺钱,一辆车而已,确实不是什么大事儿。

她抿了抿唇,小声道:"钱不钱的无所谓,如果这辆车对你很重要的话……"

她的话没有说完,却又不知道该怎么说了。

如果这辆车对他重要又能怎么办?刮都刮到了,她刚刚往那辆摩托车那边看了一眼,一道大约五六厘米的划痕,确实挺明显的。

似乎是看出女孩的顾虑,宋遇轻笑了一声,解释道:"这辆车不是我的,所以对我来说不怎么重要。再者说,学生就应该乖乖在学校上课,逃课打架骑'鬼火',那是坏学生做的事情。"

听到男生说完,沈念慢慢地眨了眨眼睛。虽然不知道宋遇是怎么昧着良心说出这些话来的,但还是忍不住发出疑问:这难道不是他的标配吗?

沈念内心突然产生一种复杂的情感。想不明白,沈念干脆不想。宋遇这个人太矛盾,而且两个人的关系好像也没有太好,充其量算是过了期的同学,总是去思考关于宋遇的事情确实不太像自己的风格。

女孩轻轻咳了一声,然后慢慢把手机收了回来,放进自己的口袋里。

手机刚被放进口袋里,安静的空气中突然响起了一阵熟悉悦耳的音乐声,是沈念的手机铃声。她微微一顿,下意识又拿出自己的手机看了看,发现并不是从自己手机里传来的声音。

但是声音离自己很近,好像是从自己旁边某人身上传出来的。沈念有些惊讶,没想到两人的手机铃声竟然是同一首曲子。

她调整好自己的情绪,慢慢指了指宋遇的裤兜:"宋遇,你的手机响了。"

宋遇表情没有变化，又轻轻看了沈念一眼，眼里闪过一丝笑意，然后转身走到两三米远的地方去接电话。

沈念的视线从宋遇身上收了回来，她深深地吐出一口气，这应该只是碰巧吧。

世界这么大，用同一首钢琴曲当作手机铃声是一件很正常的事情啊。

之前在老爸的办公室看到宋遇那个关于参加钢琴比赛的文件，那他应该是很会弹钢琴，而且宋遇手机的铃声虽然跟自己的一样，但感觉还是有区别的。

就像是……

就像是他自己弹奏，自己录出来的曲子。

想通以后，沈念放宽了心，这只能说明两个人的审美有些相似，并不能说明别的。

宋遇接得快，挂得也快。

他回来的时候，沈念还待在原地，拿着手机不知正在跟谁发消息，手机的亮光照在沈念的脸上，可以看见她因为心情好而缓缓勾起的嘴角。

宋遇微微一顿，若无其事地走到沈念的面前，轻声问道："一会儿怎么回去？"

宋遇声音有些沙哑，他的声线很好听，给沈念一丝缠绵的感觉。

虽然不知道宋遇为什么这么问，但是沈念还是乖乖地回答："一会儿坐车跟铁柱一起回去。"

因为已经习惯了，沈念下意识叫出了"铁柱"两个字，说完以后才想起来，宋遇不知道孟欢的外号。

于是沈念回头指了指身后疯跑的女人，有些不好意思道："我给她起的外号，叫作铁柱。"

宋遇倒是没有多大的反应，听到沈念这么说，放下了心，随意地点了点头："我知道，刚刚听到孟欢说了，是你给她起的专属名称。"

"专属名称"四个字被男生一字一句地说出来。

沈念一时没有听出他有些郁闷的语气，自顾自地点了点头，笑着说道："铁柱这个名字虽然有些不好听，但是会给人一种安全感呀，孟欢就带给我很多安全感。"

虽然名字有些土气，但是这个专属名称可是代表着两个小姐妹之间的情谊，就只属于她们两个的情谊。

听到沈念带着笑意的声音，宋遇轻抿了一下嘴角，烦躁地抓了把头发，轻轻"啧"了一声。

偏偏沈念没有注意到宋遇的表情，继续说道："一个外号解千愁，以前我都不敢一个人走夜路，到了后来我就一边喊她的名字，一边走夜路，真的就不害怕了。"

还有放学路上的那条大狼狗，它最害怕自己喊出"铁柱"两个字了！

沈念眯了眯眼，看样子心情十分好。

宋遇盯了她半晌，轻扯了一下嘴角："其实我平时也挺没有安全感的，你给我起一个呗。"

给宋遇起外号？沈念整个人僵住，表情有些微妙，随后小幅度地噘了噘嘴。

容德一中就这么大，差不多都知道宋遇的名号，恐怕整个高中也就只有宋遇的名字最有安全感了吧。

女孩一脸无语的表情被宋遇看在眼里，过了半晌，他有些不自然地挠了挠头，含糊道："算了，开玩笑的。"

第二章

惊天大新闻

宋遇已经来了，几个人围在人家台球馆门口也不像个样子。

路人总是控制不住自己的眼神，老是往这边瞥，就连原本打算来打台球的人，看到这里站了一堆类似不良青年的人，也愣愣地放慢了步子，不敢往前。

宋遇和沈念两人就这样陷入了安静之中。

沈念踮了踮脚，一时间也不知道该跟他说些什么，只能在心里盼着孟欢能够早点过来。

令沈念有些安慰的是，孟欢似乎听到了沈念的心声，不一会儿便对着沈念这个方向喊道："念念，过来一下！"

沈念心里呼出一口气，再抬起头来，脸上的表情让人挑不出错来，她微微弯唇，指了指后面正在呼叫她的孟欢："那……我先过去了。"

不等宋遇说话，沈念便自顾自地回过头往孟欢那边走去，走了两步，沈念想起什么又往回小跑了两步，看向宋遇，语气轻松："宋遇，你平时用微信聊天吗？"

夜色有些黑，女孩眼睛亮亮的，软糯糯地喊出了宋遇的名字。

宋遇愣了愣，半晌才回过神来，忍不住笑出了声："用啊，怎么，想要我的联系方式？"

听到男生的调侃，沈念不自觉地睁大了眼睛，一脸难以置信："谁想要你联系方式啦？就只想把维修店的地址发给你！"

宋遇才不管她怎么想，慢悠悠地拿出手机，作势要把联系方式给她，语气是前所未有的愉悦："看在你这么主动的分儿上，我就把联系方式给你吧，我可从来没有给过女孩子联系方式。"

旁边的路灯应景一般，"啪"的一声亮了起来，灯光有些昏黄。

男生睫毛低垂，双眸黑亮又深邃，明明表情没有变化，但是沈念还是捕捉到男生微微上扬的嘴角。

沈念不知为何心里莫名有些发堵。有什么好开心的？

沈念心里对宋遇仅存的一丝同情心也一扫而光。哼，她就不该管这些闲事儿，活该他车子被刮！

想通以后，沈念轻轻瞥了一眼，转身面无表情地往孟欢的方向走去。

她现在一点都不害怕宋遇了，再厉害又怎么样？

见沈念一句话都不说，转身就离开，宋遇心里"咯噔"了一下，往前一步："沈念。"

等了一会儿，宋遇还是没有说话，只是静静地看着自己。沈念被盯得有些发毛，不由自主地伸出手揉搓自己的胳膊，脚步开始往反方向移动，嘴里还默默地嘟囔了一句："神经病。"

见沈念还没有过来，孟欢已经等不及了，目光下意识往沈念这边看过来。

昏黄的路灯下，男生比女生高了一头，两人的氛围有些怪异。男生弯腰与她平视，稀碎的刘海遮住眼睛，看不清脸上的神色。倒是女生，正在小步小步地往后退着。

孟欢瞪大了眼睛，撸起袖子就往那个方向跑，嘴里忍不住冒出了句："宋遇，你是个男人就别欺负我家念念！"

沈念不断往后退的模样，让宋遇低低地笑出了声。

他故意往前一步，缩短两人之间的距离。看着呆住的沈念，他轻轻挑了下眉，语气有些调侃："你看，我一步的事儿，你白白走了半天。"

说完以后，男生还故意往后退了一步，又重新迈回来，示范给沈念看。

沈念有些哭笑不得，这是什么行为啊？

气消了一大半，沈念也不打算浪费时间，她抬起头看向宋遇："你快说吧，把我叫回来有什么事儿？"

不等宋遇开口，旁边突然挤过来一道身影挡在沈念的面前。孟欢像护着小鸡崽一样护着沈念，恶狠狠地看向宋遇："欺负一个弱小儿童算什么本事？"

"弱小儿童"沈念："？"

宋遇低眸看了一眼沈念，竭力压下自己语气中的笑意，意味不明地重复孟欢的话："弱小儿童？"

沈念没有把宋遇的调侃放在心上。知道孟欢是担心自己，但是宋遇真的没把自己怎么样。她轻轻扯了扯孟欢的衣袖，小声道："铁柱，我们回家吧。"

"我不！"

孟欢现在什么话都听不进去，一想起宋遇欺负沈念，她这气就不打一处来。她使劲地瞪了瞪宋遇，怂归怂，但是声音不自觉地放大："有什么事儿你冲着陈泽君去，欺负一个小女孩算什么本事？"

冲着陈泽君去？沈念眨了眨眼睛，微微弯起了嘴角。陈泽君要是听到孟欢这么说，可能会哭死吧。

宋遇余光瞥了一眼沈念，回过头来，恢复了平常那股子懒散的模样，对着孟欢淡淡地"嗯"了一声。

孟欢还没有回过神来，她压根没想到宋遇会理会自己，继续说道："社会现在提倡保护弱小儿童，你身为学校的'扛把子'更应该奉献出自己的一份力量不是吗？"

学校"扛把子"——宋遇轻轻抬了抬眼皮，又看了一眼恨不得把头埋进地底下的沈念，这才慢悠悠地点了点头，眼里掠过一丝调侃，从嗓子里发出阵阵笑意："当然要保护她。"

沈念有些发呆，听着这话有些别扭，但是又说不出哪里奇怪。

孟欢倒是没有觉得哪里不对，反倒觉得宋遇不可能这么好说话，她伸出手挽住沈念的胳膊，狐疑地看向宋遇："我可没跟你开玩笑，虽然我挺害怕你的，但是兔子急了还会咬人呢！"

宋遇顿了顿，目光转移到女孩的胳膊上，然后不着痕迹地移开目光，轻轻"啧"了一声，散漫道："没跟你开玩笑。"

随后他转过身轻轻揉了把脸，声音小到不能再小地嘟囔了一句："保护弱小儿童可是我的事儿。"

声音很小，两人都没有听到。

见宋遇没有开玩笑，孟欢竟然破天荒地相信了他，同时第一次觉得宋遇还挺善良的，最起码在保护弱小儿童这方面，还是挺值得钦佩的。

她把不远处的陈泽君叫了过来，又当面给宋遇道了歉。在提及关于刮伤车的赔偿方式的时候，沈念抢先了一步说话："宋遇不需要赔。"

沈念随后觉得不解气，抬起头，语气认真地又补充了一句："刚刚我问他要联系方式，想把维修厂的地址给他，是他说不需要的。"

而且还误会我，说我主动要他的联系方式！

虽然沈念很开朗活泼大方，但是在此情此景下她还是有些脸皮薄，没好意思说后半句。

仅仅一两个小时的时间，沈念就完全颠覆了对宋遇"不好惹"的看法。果然是人前一套，背后一套，即使她说了，也不会有人信，干脆还是不说的好。

哼，省得心烦。

沈念说完，宋遇的手指动了动，抬起头瞧着女孩的眼睛，过了几秒，才慢条斯理地说道："嗯，是我说的。"

孟欢松了口气。

陈泽君也伸出手抱了个拳，大大咧咧地说道："兄弟，以后我们就是朋友了！这就叫作不打不相识！"

随后他又想到了邱子博，那个刚刚一直拖延时间，不让自己走的烦人精。他左右搜寻了一下，并没有发现他的踪影，于是伸出手挠了挠头："刚刚那位壮男呢？咋不见了？还想来个桃园三结义呢。"

宋遇没吱声，孟欢看不下去了，跳起来给了陈泽君脑瓜一下，有些恨铁不成钢地小声嘟囔："大魔王，你是不是有病，人家宋遇和你八字没一撇，桃园结什么义啊！"

孟欢现在已经冷静下来了，那股子冲动劲儿完全消失了，一想到自己刚刚竟然敢跟宋遇叫板，她这心就慌得不行。

虽然宋遇现在挺好说话，万一回学校看自己跟念念不顺眼怎么办啊？

一想到自己跟念念可能会被堵在学校小巷子里，孟欢就打了个寒战，她现在只想离开这个是非之地。

她十分敏捷地伸出胳膊拉住沈念的手，拼命地眨着眼睛，对女孩使着眼色，示意"要不要回家"。

沈念接收到信号，虽然不知道为什么，但还是很听话地点了点头。

"宋遇！"

正巧邱子博往这个方向跑了过来，他在几个人身上看了一圈，回过头来对着宋遇，指了指身后摩托车的位置，笑着说："我刚刚问了一下老板，他说在商业街对面有一家维修店，距离这边并不是很远，车就先放在这儿吧，等明天再把车弄到店里去。"

宋遇漫不经心地点了点头，不知有没有把邱子博的话听到耳朵里。

邱子博说的那家维修店就是沈念打算介绍给宋遇的那家。听到他这么说，沈念不自觉地把目光移到宋遇脸上，正巧视线与他对个正着。

路灯洒下一片淡黄色的光，正好打在宋遇的脸上，在眼睫的下方映出一片阴影。他的眼睛很深邃，瞳孔里映出沈念的身影。

沈念下意识躲开宋遇的目光。

偷看沈念被抓了个正着，宋遇也不慌张，越发得寸进尺地看着女孩，嘴角的弧度越来越大。

她轻轻咳了一声，随后拽住孟欢的衣角往后拉了拉："铁柱，我们回家吧，天太晚了。"

"我也觉得有点晚了。"孟欢没有发现沈念的不自然，只以为沈念跟自己一样是真心不想在这个地方待下去了。她快速地点了点头，又回过头很大力地拧了陈泽君一下："走啊，别想着结义了，滚回家睡觉。"

女孩从宋遇面前经过，浅蓝色的裙摆掀起小小的弧度，伴随着一股女孩特有的花香味。

宋遇眼神微暗，随后咽了口口水，伸出手拦住女孩，看着女孩有些愣怔的模样，他嘴角微勾，突然冒出来一句话："有联系方式的。"

男生的声音是从喉咙里发出来的，但是沈念没有听清。

她回过头来看向宋遇，眨了眨眼睛，小声问道："什么？"

相隔一米，就在这一刻，她的眼睛里就只有自己。

宋遇嘴角的弧度越来越大，低低地笑出了声，他一字一句说得清楚："沈念，我们有联系方式的。"

沈念脑海里闪过一丝什么，她没来得及抓住，便被孟欢带走了。

女孩纤细的身影渐渐远去，宋遇的目光还一直停留在她身上。

直到沈念几人坐上了车，宋遇才回过神来。嘴角的笑容没来得及消散，心里微微一滞。

他好像透露出了什么不得了的秘密。

思考了片刻，宋遇深深地吐出一口气。

掏出手机，点开聊天框里的唯一置顶，噼里啪啦打了一堆字，却在最后的发送键上面犹豫不定。

沈念的聊天头像是一张和孟欢的自拍合照，女孩笑意盈盈地看向镜头，给人一种很舒适的感觉。

宋遇盯了沈念的头像半晌，最后抿了抿唇，把打出来的字全部删除，又把手机塞回兜里，转头看向旁边一直盯着自己的邱子博，语气有些烦躁：

"有病？"

邱子博对宋遇这一番神操作已经目瞪口呆了，刚刚那个角度，自己刚好可以看见宋遇打出来的那些字。

大体的意思是，跟一个女孩介绍自己的名字。

他伸出手在宋遇的眼前晃了晃，不由自主地咽了咽口水，小声说道："宋遇，你不是有欣赏的人吗？"

宋遇收回目光，像看傻子一样看了邱子博一眼，随后嗤笑一声："真不知道你是真傻还是假傻。"

这就是他欣赏的人，邱子博是眼瞎所以才看不出来吗！

宋遇不想理他，转身往另一个方向走去。

邱子博愣愣地回不过神来。过了半晌，他伸出手摸了摸自己的脑袋，觉得有些无辜，自己又没有说错话。再说了，不是你自己之前说欣赏一个女生的嘛……

想到这里，邱子博嘴角一动，开始回想宋遇今天的举动，觉得有些不对劲。不对啊，宋遇这性子这么怪，什么时候主动对别的女孩说过话啊！可偏偏今天破了例，不仅说话，还笑得跟傻子一样，而且刚刚那个头像……

随后他慢慢地睁大了眼睛，宋遇这不明摆着的，欣赏的人就是沈念吗！

邱子博紧紧地抱住自己，妈呀，突然觉得自己发现了一件了不得的事情。

夜色降了下来，天气也变得有些压抑，似乎是要下雨的节奏。

陈泽君在路边拦下一辆出租车，上了车以后便报了几人的地址，陈泽君跟孟欢顺路，所以打算先把沈念送回家。

出租车里放了一曲舒缓的纯音乐，轻柔的，很好听，很有凝神的作用。

沈念把头靠在车窗上，伸出手在车窗上画了一个小圆圈，再用手轻轻抹去。

坐上车以后，孟欢整个人都松了一口气，全身瘫软地靠在车座上，还有些神思不定。她伸出手拍拍胸口轻轻顺了两口气，有些惊魂未定："我竟然敢大声对着宋遇说话，我出息了啊！"

陈泽君听到孟欢这么说，从前排往后探头，眼睛眨啊眨的，不停地对孟欢放电，说出来的话也有些欠揍："太感动了，小孟欢竟然为了我，公然跟学校的头头对着干啊！"

孟欢使劲儿瞪了陈泽君一眼，气不打一处来："你给我闭嘴，我后悔死来这儿了！"

随后她的身体慢慢靠在沈念的身上，声音有些微颤："哎哟，念念，不行了，腿软……不对，是全身都软……"

沈念不由得觉得好笑，她伸出手轻轻拍了拍孟欢的肩膀，又帮她轻轻地捏了捏腿，然后抬头看向孟欢，轻声道："怎么样？现在好些了吗？"

双腿的酸软感渐渐褪去，孟欢轻轻点了点头，揉了揉自己的鼻子，小声道："我怎么感觉宋遇也不像传闻中那么可怕啊，还是说他们这种人还是挺有原则的？"

也有可能是看在之前老同学的分儿上才这么好说话的。

沈念的心里默默地嘀咕了一句，没有出声。

孟欢实在是想不通，她往前倾身，试图靠近前排的陈泽君，有些好奇地问道："大魔王，你拥有男人的身份，站在男人的角度上，你觉得宋遇这人怎么样？"

陈泽君熟练地打开自己的手机游戏,无所谓地问道:"什么怎么样,你是指哪一方面?"

孟欢的脑子静止了一瞬,还能是哪一方面?当然是为人处事了!

陈泽君手机里传来游戏开场的声音,又等待了几秒,他转过头来看向孟欢,面色凝重:"要是说个头的话,他就比我高那么一点点,就一点点;要是说帅气……"

孟欢连忙接口:"要是说帅气,人家高你一大截!"

"这不就完了。"陈泽君出乎意料地没有反驳她,回过头坐好,视线回到手机上,有些好奇,"我说孟欢,你当初要我联系方式的时候不是说你们学校没有帅哥吗?"

孟欢无所谓道:"有又怎么了,也就那两个。"

一个就是苏洵南,还有一个就是宋遇。

想起苏洵南,孟欢就很生气,她决定从今天晚上开始,哦不,从明天开始,再也不要主动跟他联系了!哼!

陈泽君摸了把脸,似乎是对自己的颜值很满意。他吊儿郎当地说道:"行了孟欢,不要解释了,崇拜我就直说,但是我们现在最重要的还是学习。"

孟欢翻了个白眼:"原以为你是个高冷的,原来是个低热的。"

陈泽君来了兴趣:"'低热'是什么意思?"

孟欢一脸无情:"哦,就是和高冷不沾边的意思,低俗、闷热,不懂趣味。"

陈泽君内心遭受了一万点的伤害,他决定单方面冷战孟欢一万秒!

孟欢又坐不住,一会儿玩玩手机,一会儿照照自己随身携带的小镜子。

最后又开始往前倾身,戳了戳陈泽君的肩膀。

出乎意料的手感,孟欢回过头对着沈念小声嘟囔一句:"念念,你别看他高高瘦瘦的,小身板还挺结实。"

陈泽君闻言,抬头看向孟欢,冲着她吹了一口气,轻轻挑了挑眉:"小爷这肌肉可不是白练的。"

孟欢的空气刘海被陈泽君吹得凌乱开来,她大叫了一声,下意识捂住自己的空气刘海,语调升高:"陈泽君你恶不恶心,你有没有口臭先不说，你吹我一脸的口水。"

陈泽君嘴角闪过一丝得逞的笑容，声音愉悦，故意说道："其实我今中午吃完饭没有刷牙，你难道没有闻出大蒜味儿吗？"

"你太恶心人了！"

"恶心的就是你，哈哈哈哈哈哈！"

"……念念，我们把他丢下去吧，这种调戏主人的狗，我们不要也罢。"

突然听到自己的名字，沈念下意识抬起头看了一下两人，虽然他们在拌嘴，但是沈念莫名觉得两个人很搭，忍不住嘴角微弯。

其实，相比苏洵南那种高冷学霸类型的男生，她个人认为还是陈泽君这种类型的男生比较好相处一些。

陈泽君有些不服气，刚想怼回去，余光瞥向一旁正在笑的沈念，一时也不好意思再爆粗口。

孟欢就算了，本来就一个男孩子的性格，可是旁边还坐着一个长得这么好看的小姐姐啊，自然要维护好自己的形象。

陈泽君轻轻咳了一声，随后露出一个尽显帅气的笑容看向孟欢："好男不跟女斗。"

孟欢跷了跷自己的二郎腿，不着痕迹地吹了吹自己的指甲："念念，告诉他下一句。"

沈念皱了皱眉，似乎有些漫不经心："好狗不跟主人闹？"

陈泽君的笑容倏地停在嘴边，上也上不去，下也下不来，形成一个比较尴尬的表情。

沈念跟孟欢对视了一眼，再也忍不住了，扑哧笑出了声："哈哈哈哈哈哈！"

陈泽君整个人都不好了，他绝对是被沈念的外表给欺骗了！绝对是！

能跟孟欢玩得这么好的人，怎么可能是个小白！

孟欢挑了挑眉，拍了拍陈泽君的肩膀："兄弟，这人跟人之间是没法比的。"

陈泽君也不再跟孟欢开玩笑，他盯了沈念一会儿，随后退出游戏界面，笑得吊儿郎当："给个联系方式呗？"

沈念歪了歪头，视线从陈泽君脸上扫了一瞬，随后毫无波澜地把头扭开，似是不经意地问道："你加我？"

女孩视线对过来的那一刻，陈泽君心头那股子疑惑越发重了。

虽然女孩看似不经意，但是他还是注意到沈念的眸子深处那一瞬间的陌生，就像是……

就像是不认识自己一样。

不应该啊，陈泽君压下心中的疑问，随后大大咧咧道："对，我加你。"

加上陈泽君以后，陈泽君那边发来一个男生专用表情包。

沈念没有回复，默默地备注上他的名字，然后返回微信主页面。

沈念的微信上好友不少，但是平常有联系的就那几个，她上下滑了两下，一一回复完朋友发来的消息。

脑子里突然冒出来宋遇之前说的那句话："沈念，我们有联系方式的。"

沈念大脑有一瞬间的空白，随后下意识去翻了翻通讯录，没有备注的人太多，要想找到宋遇的联系方式，简直是难上加难。

先不说宋遇的话是真是假，就算是真的，两人也不会有太多联系，干吗非要把他的联系方式找出来？

她噘了噘嘴，干脆把手机塞回口袋里，脑袋贴到车窗上开始发呆。

别人眼里的坏孩子宋遇，站在办公室门外罚站的宋遇，会弹钢琴的宋遇，乐于助人的宋遇，还有贼兮兮的宋遇……

他是百变马丁吗？竟然有这么多不同的面。

余光瞥见正在发呆的沈念，孟欢伸出手碰了碰沈念光滑的小脸蛋，有些好奇道："念念，你怎么老是走神啊？"

坐上车这么久了，她注意到沈念走了好几回神了。

沈念回过神来，眼神里闪过一抹不自然："铁柱，你说什么？"

不像平时那么活泼，此刻的沈念憨憨的，呆呆的，眉头微皱，似乎是在纠结什么事情。

孟欢很有耐心地重新说了一遍，随后想到什么，问出声："是不是又晕车了？"

沈念摇了摇头，张了张嘴，似是无意间问了一句："铁柱，你有宋遇的联系方式吗？"

孟欢并不清楚沈念跟宋遇的对话，再加上刚刚着急离开，所以也没有听清宋遇说的最后一句话。

她没有感到奇怪，看到沈念没有事情，放下心来，一边回复着苏洵南发过来的消息，一边随意地回答道："我怎么会有他的联系方式，之前好像听他们说过，宋遇从来不加任何女孩的联系方式的。"

这件事儿也是之前去（6）班找苏洵南的时候听他们说的。

虽然宋遇这人脾气大，但是他也有自己的原则，这一点可是好些男生都学不来的。

沈念有些错愕，想起之前宋遇说的那句玩笑话——我可从来没有给过女孩子联系方式。

原来这句话是真的？

可是下一秒沈念直接呆住，宋遇说……有自己的联系方式啊。

沈念皱了皱眉，想要说话，手机响了起来，备注是"宇宙无敌超级爆炸帅但是很严格的老爸"。

她指了指手机，示意孟欢，她先接个电话。

孟欢小幅度地点了点头，回过头去继续跟苏洵南发消息。

因为时间已经很晚了，她料想到沈父给自己打这通电话的意思，语气下意识放软："喂，老爸。"

沈父语气倒是轻松，没有沈念想象的那样严厉："念念，我和你妈妈今天晚上不回家吃饭了，冰箱里还有一些寿司，要是不喜欢吃的话，就去外面超市买一些东西。"

怪不得一直没有给自己打电话催自己回家，原来是又偷偷背着自己带老妈出去吃饭了。

沈念噘了噘嘴，早已习惯天天吃狗粮的日子，她看了一下车窗外一晃而过的建筑物，心里盘算着距离到家还有多长时间，沉吟了几秒，开口道："好的，老爸，一会儿我就去超市。"

"好，出门的时候注意安全，爸爸就先挂了。"

沈念没有给沈父说自己现在还没有到家的事情，乖乖地答道："好。"

看到沈念挂断了电话，孟欢凑了过来，语气有些兴奋："念念，你还记得你昨天晚上问我住不住校的事情吗？"

不等沈念说话，孟欢拿过手机，给沈念看刚刚和苏洵南的聊天记录，语气里透出些许兴奋。

"苏洵南竟然主动问我这件事儿！"

沈念大致地看了一下，十条里面有四条都是苏洵南回的，相比之前，现在简直是好太多。

孟欢开始跟沈念解释："苏洵南刚刚问我要不要住校，我说住校，过了会儿他回我一个'嗯'字，然后我问他什么意思，他说他和我一样！"

"啊啊啊！苏洵南和我一样啊！他也住校！还是他主动问的我！"

孟欢的脸上已经乐开了花，不停地摇着沈念的胳膊："我太开心了。"

原本以为苏洵南不会回答自己的问题，但是当他真的回复的时候，孟欢感觉整个人都不好了，不是字面上的不好，而是开心得不能自已。

陈泽君看了一眼后排笑疯了一样的孟欢，给她浇了一盆冷水："你咋就知道人家是为了你啊？也许就是随口一说，你刚刚不是还说再也不跟他联系了吗？"

孟欢理直气壮："我是说明天！明天才开始不理他好不好……"

"女人心，海底针啊！"

孟欢不理他，抬起头来看向沈念，嘴里突然冒出一句："你说，宋遇会不会住校？"

"啊？"

孟欢的表情突然认真起来，拉住沈念的手开始解释："你想啊，今天宋遇这么反常，说不定心里已经埋下了记恨我们的小种子，万一他也住校的话……"

后面的话，孟欢不说，沈念也能想到。

沈念的眼皮跳了跳，瞅着孟欢像看三岁儿童一样，小声嘟囔："你傻了啊，既然是自愿住校，当然是我们这种有上进心的乖孩子才会积极做的事情，宋遇怎么会做。"

"你是觉得他上进还是觉得他乖？"

好像……这两个词跟宋遇都不怎么搭边，孟欢放了心，自顾自地点了点头:"嗯,说得对!"

上不上进不知道,反正宋遇这人看着就不乖。

出租车停在小区门口,沈念跟两人打过招呼以后便往旁边的超市走去。

陈泽君看着沈念下车,等出租车再次启动时,陈泽君收回目光,看了看后排正在玩手机的孟欢,忍不住开口:"小孟欢,我总是感觉沈念有些怪怪的,但是又说不上来哪里奇怪……"

孟欢正在打字的手微微一顿,抬头看了陈泽君一眼,又低下头继续玩手机,嘴不饶人:"我看你才奇怪。念念是我最好的朋友,你不要轻易招惹她,要不然有你好看的。"

陈泽君有些不自然地挠了挠头:"我就是问问啊,又没有别的意思。"

怕孟欢不相信,陈泽君又说道:"虽然我第一眼见到沈念的时候就觉得她很惊艳,但是……"

陈泽君看向孟欢,语气有些迟疑:"怎么说呢,我觉得沈念身上有一种从骨子里散发出来的气质,让人忍不住去靠近,但是靠近了以后呢,你就会发现她给人一种若有若无的疏离感,看待所有人都像是陌生人一样。我这么说,你懂吗?"

听到陈泽君这么说,孟欢眼神里闪过一丝诧异,又对陈泽君这人有了新的看法。

没有想到陈泽君虽然看着很随便,但观察事物倒还挺仔细。

苏洵南又开始玩消失,孟欢撇了撇嘴,心里暗骂了他两句,随后收起手机,开始认真地跟陈泽君回话:"我懂你说的啥意思。你知道轻微脸盲症吗?就是她明明见过你好几次都不一定认识你的那种,我家念念就是。所以说,念念能把你的名字记住就已经很给你脸了好吧。"

孟欢倒是没有夸大其词。跟沈念玩的时间久了,自然而然也了解她的性子,她很聪明,也有自己的法子,会细心地记住某些人的特征来认识这个人。她不轻易交朋友,一旦交了朋友,那便是一辈子的好朋友。

陈泽君心下了然,摸了摸下巴小声嘀咕了一句:"怪不得。"

孟欢的一番话让陈泽君心里舒服了一点,他咂了咂嘴,恢复成平常吊儿郎当的样子，笑了笑："其实我对沈念以后的男朋友还挺感兴趣的，女朋友总是记不住自己是一种什么体验？"

孟欢听出陈泽君语气中的调侃意味，瞪了瞪他："用你管！你要是敢在别人面前乱说话，我把你舌头拔出来。"

陈泽君摸了摸鼻尖，讪讪道："我就随口一说嘛，干吗生气？"

孟欢才不管陈泽君怎么说，她张了张嘴，随后调整了一个姿势坐好，看向前排的陈泽君。

"大魔王。"

"干吗？"

"你得相信一个事实。"

"什么事实？"

"世界这么大，一定会有那个特殊的人会发现你的好，只为你而来。"

孟欢的声音很好听，说出来的话让陈泽君心头一跳。

他不自然地轻轻咳一声，下意识整理了一下自己的衣领，说话都不利索了："这……这我当然相信了，我这么有魅力……"

孟欢听到陈泽君这么说，觉得自己这话有点不对劲，她连忙摆了摆手，眸子里透出些许嫌弃："我不是说你好啊，我就是举这么个例子。"

"……"

"我的意思是，念念一定值得更好的人，肯定有人懂她的特殊。"

随后孟欢一脸歉意地看向陈泽君："刚才表达得可能不太对，让你误以为我是在说你，不好意思啊。"

陈泽君尽力将自己的火气压制住。瞧瞧她，会说人话吗？

第三章

睚眦必报

回到家以后，沈念习惯性地上楼，打开衣柜翻了翻，换上了一身家居服。

家里十分安静，钟表的秒针发出清脆的声音，卧室里被沈母重新换了干花，这一次的味道很清新，是薰衣草的味道。

沈念给孟欢发了条消息，大体意思是让孟欢到家的时候，给自己发一条消息。

沈念不急于等孟欢的回复，把手机放到桌子上充上电，下楼去把买回来的意大利面煮上。

吃完饭以后，沈念洗漱完回到了自己的房间，不知道爸妈什么时候回来，她很贴心地在客厅留了灯。

卧室里靠写字台的地方摆放着一个很可爱的史迪仔，上面刻了几个字母，她忘了这个史迪仔是谁给的了。

好像是之前有一次过生日的时候收到的生日礼物，因为觉得好看，就随手摆放在了桌子上，这一放就是很长时间。

手机嗡嗡响了两下，沈念回过神来，伸手捞过一旁的手机。

手机页面显示是微信上一条未读短信，手机型号的原因，每一次只要锁屏，就看不到是谁发来的消息。

有一条未读消息是：

在吗？

不等她回复，紧接着对方又发来一条消息：

我到家了。

沈念没有多想，以为是孟欢到家了。

楼下传来一阵门铃声，还有沈父深沉的声音从外面传来："念念？"

沈念往外探头，一边解锁手机，一边对着楼下喊着："来啦！"

没有解锁，她轻轻看了一眼手机，走得很急，她只是轻轻一瞥，是一个黑色头像。

来不及打字，只好先回了一条语音。

"等下我给你回消息，我爸妈回来了。"

随后迈着步子往楼下走去。

…………

沈父已经从外面把门打开，微微侧身先让沈母进来，随后把手里的东西放在玄关处，从下面的鞋柜里拿出两个人的拖鞋，递给沈母一双，这才抬起头看向下来的沈念："怎么这么慢？我还以为你去超市还没回来呢。"

顾漫丽有些不乐意，轻轻瞥了沈父一眼："干吗说女儿？你不是带钥匙了，再说进都进来了。"

沈父一噎，气得笑出了声，摆摆手："行行行，我不说了，我忘了，你们两个才是同一战线的。"

沈念看了沈父一眼，干脆往客厅走去，拿着遥控器把电视打开，随后才回了沈父一句，语气里满是炫耀："老爸，知道我和妈是同一战线，你还整天欺负我？"

沈父临危不乱："那我就再忍几天，反正你也快住校了。"

沈母笑了笑，拿着手里的蔬菜往厨房的方向走去，过了一会儿从厨房传来一阵声音："念念，晚上自己煮的面？"

沈母应该是看到垃圾桶里的袋子了。

手机嗡嗡又响了两声，沈念一边打开手机，一边对着厨房那边回了句："对，意大利面，我还给自己加了颗蛋呢。"

顾漫丽倒是没有别的意思，但是当了这么久的瑜伽教练，还是忍不住说了一句："以后尽量少吃这种食品，尤其是你现在正在长身体。还有啊念念，过段时间你不是要住校吗，一定要记住妈妈的话，不要在学校里乱吃东西，知道吗？"

沈念乖乖地点了点头，虽然控制饮食有些残忍，但不得不说，进行身材管理还真有必要！

视线回到手机上，孟欢给自己回了好几条消息：

念念，我刚到家。

刚刚手机没电了，没有来得及回你的消息。

哈哈哈哈哈哈，不用担心我哦。

沈念回了一句：

好。

随后把两人发的聊天记录上下翻了几遍，觉得有点不对劲。手机上面显示，两人上次聊天时间在中午一点左右截止，可是两人刚刚不是还来回发了两条消息吗？

下一秒，手机上弹出来一条未读消息，紧接着又弹出来一条。是一个陌生的微信号，头像跟孟欢的差不多，都是类似黑色的图案。

她颤颤巍巍地打开，竟然看到不知名人物发过来的消息：

行。

等会儿聊。

沈念慢慢地睁大眼，愣了几秒才回过神来，心里有一种不祥的预感。

妈呀。

她……刚刚那条语音，好像回错人了啊。

宋遇看着手机上女孩发过来的消息，忍不住伸出手盖住自己的眼睛，心情很好地勾了勾嘴角。

他微微抬起身，后背紧靠在椅背上，尽力克制住自己有些颤抖的手，缓缓地打开那条语音，女孩温柔软糯的声音从里面传出来。

"等下我给你回消息，我爸妈回来了。"

宋遇微微一怔，大脑有些回不过神来。等下给我回消息？

女孩简简单单的一句话，无疑给了自己巨大的冲击。宋遇抿了抿唇，眼里难得闪过一丝无措，这种情况下自己应该说些什么？

宋遇把手机放回桌子上，有些无措地抓了把自己的头发，不能太直白，也不能太委婉……

宋遇的大脑飞速运转着，然后抬起头拿过一旁的手机，修长的手指在上面飞快地打字。过了会儿，他删来删去，就只剩下两句话：

行。

等会儿聊。

宋遇手指轻点发送，随后深深地呼出一口气，忍不住重新点开女孩发过来的语音，仔细地听了一遍又一遍。

女孩的声音很好听，有些柔软，像极了慵懒乖巧的小猫，听得宋遇心痒痒，就好像被羽毛轻轻地刮了一下。

怎么会有这么好的女孩子啊？长得好看，脾气性格还好，声音还这么好听。

宋遇忍不住把手机贴在自己的胸口，低低地笑出了声。

屋门被人从外面推开，伴随着一道温柔的声音："遇遇啊，妈妈给你切了一些水果，你要不要尝一尝？"

宋遇微微一愣，随后坐直身体，若无其事地把手机从胸口拿下来放回桌子上，有些心不在焉："不吃了，妈。"

宋母不理他，自顾自地把水果拿了进来，放到他的书桌上，目光不着痕迹地从宋遇的桌子上一扫而过。

桌面上杂七杂八摆放着几张空白的卷子，还有一些看似崭新的书籍，手机放在桌面上，屏幕还闪着亮光。

家境优越的缘故，宋母保养得很好，即使已经四十多岁了，岁月也并没有在她的脸上留下多少痕迹。

她把水果放到桌面上，视线也随之收回，似是不经意地问了一句："下午是你哪个朋友送你回来的？"

上午宋遇出门的时候，宋母注意到他是骑着摩托车出去的，可是到了晚上回来的时候，却看到宋遇从别的车上下来。

宋母自然是了解宋遇的，虽说不会主动惹事儿，但他向来爱随着自己的性子，就怕他又在外面惹出什么事儿来。

宋遇把桌面上的手机拿了过来，无意识地翻了翻沈念的朋友圈，确认过像往常一样是一片空白以后，才慢悠悠地回答宋母的问题。

"骑到半路车没油了，停在路边了。"

宋母微微一顿，心里松了一口气，不是惹出了什么事儿就行。

"明天你去把车骑回来，过两天你堂哥应该就会把车骑走了。"

这车是宋遇的堂哥宋越的车，他前段时间因为有事儿回家了一趟，所以没有来得及把车骑走，就一直在宋遇家放着。但是上午宋越打来了电话,说是过两天来取车。

宋遇点了点头:"回头我跟我哥说。"

宋母不知道宋遇把车刮了一下的事情,听到他这么说也没有多想,笑道:"我忘了,你跟宋越两人一直是有联系的,那行,回头你们两个说就行。那妈妈就不打扰你了。"

宋母的视线又在宋遇的手机上停顿了一秒,随后她走到门口,从外面把门带上,不再打扰宋遇。

沈念还没有给宋遇发消息。

宋遇给堂哥宋越打了个电话,那边倒是接得很快,宋越因为比宋遇大几岁,说话沉稳很多:"宋遇?"

"是我,哥。"

"打给我什么事儿?"宋越应该是在开车,隐约可以听到那边传来的汽车鸣笛声。

宋遇回过神来,直接步入正题:"哥,过两天来取你的摩托车?"

"嗯,大后天刚好去容德市出差。"

宋越还是一如既往的话少,他毕了业便顺从父母的意愿,管理起了自家公司。兄弟两人虽然没有以前联系得密切,但两人之间一点都不生分。

听到宋越这么说,宋遇挑了挑眉,难得语气里多了一丝兴趣:"哟,你这是打算骑摩托车从容德回清源?"

清源市是宋越工作的城市,也是宋遇从小长大的地方,距离容德市不是很远,但也说不上近,最起码得有二百公里以上,单单是骑摩托车,也需要三四个小时。

宋越那边安静了一瞬,随后声音不急不缓地传了过来:"宋遇,你对我的车做了什么?"

宋遇倒是一点都不慌张,把手机放在桌子上,打开免提,随后走到衣柜面前,从里面随意地拿出一件睡衣,语气里丝毫没有愧疚之意:"我没对你的车做什么啊。"

宋越一向对文字很敏感,故而抓住了宋遇话语中的重点,一击即中:"你没有做,不代表别人没有做。"

宋遇"啧"了一声,脱下自己的上衣,换上睡衣以后,控制住自己烦躁的语气，尽量心平气和地说道："是出了点事儿，哥，这车就归我了行吗？回头我把钱给你打过去。"

宋越不为所动："虽然长这么大，你第一次用商量的语气跟我说话，但我并不打算原谅你。"

宋遇干脆破罐子破摔，气得笑出了声："行，反正就把话撂在这儿，你的车被人刮了一下，你要是还想要我也没法儿。"

宋越出乎意料地平静："所以说，你没有把刮车的人给揍一顿吗？"

宋遇眼皮跳了跳，在他哥眼里，自己难道是随便打人的那种人吗？不就是一辆车吗，又不是自己的，至于这么睚眦必报吗……

宋遇活动了一下手腕，随后语气淡淡地说道："我是好学生，不干打人的勾当。"

可惜宋越并不像宋遇想的那样善解人意，只听他那边笑了一声，随后低沉的声音从那边传来："宋遇，这一次，还是因为那个人吗？"

宋遇终于按捺不住，抢先一步开口："哥，我还有事儿，先挂了。"

下一秒便果断地挂断了电话。

窗外的风吹进来，带着一丝凉意，渐渐地渗透宋遇的睡衣。

宋遇自己待了一会儿，觉得无聊，于是叫上邱子博几个人陪自己打了两局游戏。

半个小时以后，游戏完胜，邱子博来了劲头，开麦对宋遇说："宋遇，再来一局！好久没有这么爽过了。"

宋遇眉头皱了皱，随后懒散道："你们玩吧，我先下了。"

"不是，你今天怎么这么早？"

"早吗？"宋遇看了看手机，漫不经心道，"都十一点了。"

刘正业嘴里还吃着东西，说出来的话让人听不清楚："是啊，宋遇，再来两局。"

宋遇真没了玩的心情，换了只手拿着手机，有些心不在焉："回头吧，回头再玩，我睡觉了。"

挂断之前宋遇还友情提示了几人一句："你们早点散，大晚上玩游戏影响睡眠。"

虽然这话没毛病，但从宋遇嘴里说出来怎么就这么别扭呢？

……………

宋遇下线以后，才发现宋越十分钟之前又给自己发了两条消息：

车送你了。

加油。

第一句话宋遇倒是知道就单纯是字面上的意思。

宋越这人有病，喜欢玩车人还疵毛，虽然这辆摩托车他只骑过一两次，但是知道车上有了一点刮痕，就不打算要这辆车了。

看到第二句话，宋遇挑了挑眉，宋越竟然还有心情给弟弟发消息，让弟弟加油？不过看在宋越这么有眼力见的分儿上，宋遇决定好心情地回他一句：

好的哥，借您吉言！

不等宋遇发过去，宋越又给他发了一条消息：

不该发"加油"的，毕竟你宋遇可不是一般的瓜。

过了一秒，宋遇面无表情地把辛辛苦苦打出来的字删掉，然后把宋越拉黑，一气呵成。

呵，果然就不该对宋越抱太大希望。

……………

偌大的卧室里格外安静，宋遇直直地躺在床上，伸出手垫在脑袋底下出神。

宋越说得没错，不管是这一次，还是上一次，都是关于沈念。这一次是因为她在，他不想找别人麻烦；而上一次是有人说她坏话，他很清楚地记得那个男生说了什么。

当时他路过小巷子，只听见一个很不屑的声音，他似乎正在给谁打电话，语气里充满了不屑。

"沈念啊，也就长得挺好看的……她人缘好？"

男生像是听到了什么笑话。

"哈哈哈哈哈，她在班里一共就认识几个人啊，大家不得'照顾照顾'她？再说了，要不是她身份特殊，你看看别人还跟她玩吗？"

男生话音刚落，宋遇便控制不住自己了。他只听到巷子外面有惊呼声，甚至还有人说要去叫老师。

他不记得是什么时候开始在意起那个女孩的。他见不得别人说她坏话,也不想让别人说她坏话。谁说都不可以。

时间已经很晚了,宋遇拿着手机又等了半个小时,女孩还是没有给自己回消息。抹去心头的失望,宋遇开始安慰自己,不管怎么说,两人也算是有联系了不是?

想到什么,宋遇眼睛一亮,突然从床上爬了起来,撸了一把自己的头发,小心翼翼地打了几个字过去:

我是宋遇。

嗯,他觉得肯定是这个原因,一定是因为沈念还不知道自己是谁,所以才不理自己的。

…………

晚上十一点半,沈家客厅的灯依旧亮着,一家人整整齐齐地坐在沙发上,看最近很火的一档综艺节目,时不时发出笑声。

三个人一坐就是一个半小时,直到综艺节目结束。沈念伸了伸懒腰,揉了揉有些发酸的肩膀,还有些意犹未尽。

自从上了高中,和父母坐在一起看完一整期综艺节目的次数是少之又少,也幸好今天是星期六,所以倒是满足了自己想看综艺的一个小心愿。

顾漫丽看向自家女儿,语气放轻:"时间不早了,快去睡觉,要不然明天又起不来了。"

倒是沈父怡然自得地换了个姿势坐好,瞥了沈念一眼,又看向自家媳妇儿,爽朗地笑出了声:"你生的女儿,你还不了解她?之前熬夜写作业写到凌晨都不带困的,怎么到你这儿,看个电视就起不来了?"

顾漫丽根本不听这一套,给沈念一个眼神,示意她回房间,随后轻瞥了沈石蹊一眼:"这哪能一样,好不容易赶上个星期六星期天,早睡觉对身体好,你懂什么?"

沈父推了推自己的眼镜,故意道:"念念,回卧室去复习复习你们上星期学习的内容,过一会儿再睡觉。"

"不行!你要给孩子多大压力?"顾漫丽瞪了沈石蹊一眼,大晚上的复习什么啊。她随后看向沈念,"念念,不听你爸的,晚上早点睡觉,明天早上起来再复习。高三学业很紧的,之前学校里一个跟我关系不错的老师,他家孩子高考那年,每天都规划好复习和休息的时间,这不,人家孩子考上了隔壁市重点大学。"

"叫什么来着?"沈父仔细想了想,随后伸出手点了点,语气里满是赞扬,"好像是叫程颐。"

"闭嘴吧你,沈石蹊。"

"……行行行,听你的,闭嘴,闭嘴。"

"这还差不多。"

"媳妇儿的话,不能不听啊。"

沈念觉得自己莫名其妙地被秀了下恩爱。

回到卧室,沈念才发现手机上多出来一条未读消息。还是那个黑色头像,但具体是什么内容,在锁屏页面上是看不到的。

沈念微微一顿,想起刚刚那条误发的语音,有些愣神。

其实在发现自己误发了那条语音之后,沈念去翻了一下这个人的朋友圈,可惜的是除了一个黑色的头像跟一个随手拍的背景图,其余的就什么都没有了。

因为没法判断这个人是谁,再加上这个人也一直没有联系自己,所以沈念就没打算再回。

可是现在陌生人又发来一条消息,沈念是真的有些欲哭无泪了。

要是自己班的同学还好,可万一是什么坏蛋跟踪狂……

沈念的后背突然冒起了一层冷汗。

喂,不能再想了!

女孩摇了摇头,轻轻安慰着自己,这种事情怎么也不会摊在自己头上,她面不改色地解锁,心里给自己打气。

管他是人还是妖,总得给人一个交代啊。

屏幕亮了亮,对方发来的消息映入眼帘,简简单单的四个字:

我是宋遇。

看到这条消息,沈念伸出手轻轻按在自己的胸口上,整个人都松了一口气。

吓死人了,幸好不是什么别的人啊……

怎么突然觉得宋遇能给人带来一种安全感呢?

沈念怀着充满感激、死而后生的心情给宋遇回了一条消息：

　　宋遇哥哥好，我是沈念。

那边倒是回得快，虽然只是一个省略号。

沈念并不在意宋遇是怎么回复的，反正只要自己的那条消息不是给别人发的就好。

她打了几行字，想要解释一下刚刚发错语音的事情，还没有打完字，对方又发来一条消息：

　　还不睡觉？？

两个问号是双重疑问的意思吗？

沈念在脑海里想象了一下宋遇此时此刻的场景。

某男子躺在自己家中豪华的床上，伸出一只手拿着手机，眉头紧皱，眼里闪过一丝不耐烦的样子。

嗯，肯定是宋遇嫌弃自己发消息太晚，打扰到他睡觉了！

沈念继续打字的手指微微一顿，随后删掉已经打出来的话，重新回复：

　　我这就去睡觉！

语气十分诚恳与乖巧。

发完以后，沈念捧着手机看了一会儿两人的对话，嘬了嘬嘴。

瞧瞧啊，宋遇给自己发消息这么不耐烦，可自己还这么乖巧地回复他。

沈念都要被自己感动哭了！

…………

铁柱突然给自己发了几条连环消息，沈念的手机"叮叮叮"地响了起来。

沈念愣了愣，随后打开两个人的聊天框，一条一条地看着孟欢发过来的消息：

　　念念，我现在才突然想起来，刚刚遗忘了一件大事儿！
　　你还没有告诉我，你是怎么认得清宋遇的！！！！
　　啊啊啊啊啊啊，什么时候的事儿啊！
　　我好激动！
　　你是什么时候发现自己可以认清他的啊？

....

沈念的眼中滑过一丝笑意，要不是孟欢现在突然想起，她都要把这件事情忘记了。

是什么时候认得清宋遇的？

也许是在办公室的时候，再往前推，也许是在他罚站的时候……

当她能把宋遇那双黑漆漆的眸子凭着记忆画出来的时候，她就已经可以认清他了吧。虽然过程有些曲折，但宋遇并不像别人说的那么可怕。

沈念想了半天，在脑海里组织好语言，打算给孟欢发一条长长的语音过去。

就在这个时候，宋遇突然又给自己发了一条消息。沈念顿了顿，下一秒便默默地关掉了与孟欢的聊天框，丝毫没有愧疚感地打开了与宋遇的聊天框……

令沈念诧异的是，宋遇发过来的是一条语音，她一下愣住了，随后怀着莫名的心情打开了宋遇仅仅三秒钟的语音。

可能是已经晚上十二点的原因，沈念觉得自己可能出现了错觉，竟然从男生的语气中听出了一丝缠绵。

他的声音有些温柔，还有些沙哑。

男生的语调一如既往地慵懒，他说："沈念，晚安，好梦。"

听完以后，沈念心脏颤了颤，半天回不过神来，下意识咽了咽口水以后，才慢慢地打开与孟欢的聊天框，手指微颤地打着字：

铁柱，先不说我怎么认得清宋遇的。

就凭他刚刚那么有礼貌地跟我说了句晚安，我后悔没有早点认识他！

....

孟欢被沈念突如其来的不矜持给吓到了，下一秒就打了一通语音电话过来。

"不是吧，不是吧，念念！我刚刚是不是看错了，你竟然说宋遇有礼貌？"下一秒孟欢反应过来，语气更加激动，"不对！重点是他竟然跟你互道晚安！！"

不算是互道，顶多算他单方面给自己说晚安。

沈念鼓了鼓自己的腮帮子，虽说宋遇只是对自己不耐烦，想让自己不要打扰他睡觉，但确实是说了句晚安，声音还怪好听的。

不不不，这一切肯定都是错觉，下一刻，沈念眼底一片清明，一本正经地说道："我应该给自己定好位的，一定是他嫌我烦，怕我打扰他睡觉。"

至于晚安……呵呵，肯定是语言警告。

两人又聊了一会儿别的，其中提到了陈泽君。孟欢说，陈泽君明天打算约两人出去吃饭，就当是还今晚上的人情。

沈念想了想还是拒绝了，她真不觉得是自己帮上了什么忙，主要还是看在孟欢的分儿上才跟着去的，而且要说谢谢，也应该对宋遇说。

听到沈念拒绝，孟欢也不再强求，点了点头，在电话那边开朗地说："那成，明天我出去的时候给你带好吃的，就之前你给我提到的那个'红林'怎么样？"

沈念眼睛一亮，轻声说了句："好！"

挂断电话以后，沈念躺回床上，看着天花板，这才想起自己还没有洗澡。

虽然没有干什么别的事情，但是忙活完，已经十二点多了，实在是不想去洗澡，干脆定了个早上七点的闹钟，打算明天早上再洗。

宋遇自从给自己发完那条语音以后，就再也没有回过。

沈念把两人的聊天记录看了两遍，又想到刚刚孟欢对自己说过的话，觉得不管怎么说，确实应该跟他说声谢谢。

但是这个时间点，要是再给他发一条消息，是不是显得太刻意了？

沈念有些纠结，虽然确实该有礼貌一些，但是对于不能打扰到宋遇睡觉这件事情，她还是明确的。

想着想着，沈念的困意也上来了。

明天再说吧，要是还能想得起来，就给他发句感谢，要是想不起来，就当作没有这回事儿。

这天晚上，沈念做了一个很长很长的梦。

她梦见自己特别大胆地给宋遇发了一封很长很长的感谢信，不仅提到了关于车子的事情，竟然还提到了他的爸爸妈妈，谢谢他的爸爸妈妈把宋遇生得这么帅气。正打算进入下一步，谁知宋遇却变成了妖怪。

就在这个时候响起一阵敲门声,妖怪突然变了脸,转过身来一口就把沈念给吃了。

"咚咚咚。"

沈念被这个无厘头的梦给惊醒了,浑身是汗,睡衣都浸透了。她深呼吸了几次,等醒过神来,才发现这是一个梦。

还没有完全从梦境中出来,此刻沈念还能清清楚楚地想起宋遇从一个帅气的小伙子变成一个满脸麻子的大妖怪的画面,做这种奇怪的梦还真是第一次。

过了半晌,沈念伸出手挡住眉眼,忍不住呻吟出声。这都是什么事儿啊,做个梦还能梦见宋遇变妖怪!

外面又响起了一阵敲门声,伴随着沈母温柔的声音:"念念,起床了没有?"

沈念揉了揉自己有些无神的眼睛,拿过一旁的手机,看了一眼时间,六点五十分。

距离闹钟响铃还有十分钟,她慢慢地坐起身来,扯了扯自己身上有些汗湿的睡衣,回复道:"这就起。"

沈母顿了顿,有些抱歉地说道:"念念,妈妈一会儿要去外省参加一个比赛,所以现在就要走了。"

沈母说的这个比赛倒不是自己参加,而是带着她的学生们参加。沈念早就习惯了,也对母亲的工作表示理解。

她自顾自地点了点头,又想到妈妈在卧室外面看不到,于是看向门口,提高了语调:"知道了,老妈,路上注意安全。"

"饭菜已经做好了,一会儿起床要记得吃。"

"好。"

沈念顿了顿,打算问一下爸爸是不是也去,结果门口的顾漫丽十分自然地接着说道:"对了念念,爸爸有些担心妈妈,所以也会跟着去的。"

…………

洗完澡以后,沈念整个人都神清气爽了起来。

刚从浴室里出来的缘故,女孩的皮肤比平日还要白一些,小巧的鼻头被毛巾擦得有些发红,黑直的秀发还在滴滴答答地滴着水。

换完衣服以后，她随意地扯过一旁的毛巾擦了擦湿淋淋的头发，又拿起吹风机吹了个七分干。

给宋遇发消息那件事情，沈念一直没忘。

可能是因为宋遇变妖怪的那个梦，沈念拿起手机磨蹭了一会儿，不着急给他发消息，反手给宋遇换了个备注——宋大妖怪。

沈念下楼，纤细的手指毫不停顿地在手机上飞快地点着：

  宋遇，昨天的事情谢谢你啦。

打完字以后，轻点发送。

早餐一如既往的丰盛，一眼望去，都是沈念喜欢吃的。

虽然顾漫丽只做了沈念那一份，但是分量很足，一个人根本就吃不完。

沈念给自己舀了一碗粥，小口抿了一口，心里盘算着，一会儿吃剩的食物中午还够吃一顿，这样自己就可以少出去一趟了。

手机"叮咚"了一声，沈念轻瞥了一眼，随后把碗放下，拿过一旁的手机，打开。是宋遇回过来的：

  醒这么早？

不早了吧，平常要是上课的话，这个时间点，班里已经在早读了。

沈念在心里嘟囔了两句，面上不显，飞快地回了他一句：

  是挺早的，一会儿我还要继续睡。

…………

顾漫丽煲的粥一向都很好吃，又赶上他俩没在家，沈念贪嘴多喝了一碗，以至于剩下的饭也没有多少了。

沈念一边责怪自己没有控制住饭量，一边把余下的一点饭菜倒掉，心里忍不住想中午要不要出去吃一顿火锅。其实她早就打算去吃一次火锅了，之前顾虑到天气太热，估计吃火锅也吃得不舒心，所以一直没有行动。可是现在想想，等过两天住校了以后，连校门都出不了，别说是火锅了，就连一顿正儿八经的肉都不一定能吃得上。

这么想着，吃火锅的想法越发坚定。

沈念掏出手机搜了一下附近的火锅店，在小区外面不远处倒是新开了一家，距离自己家不是很远，沈念想了想，心里有了打算。

就在这个时候手机铃声突然响起,是来自"宇宙无敌超级爆炸帅但是很严格的老爸"的电话。

沈念有些心虚,接通沈父的电话,乖乖地喊了声:"老爸。"

所幸沈石蹊并没有发现沈念的异常,他那边沉稳地问道:"念念吃饭了吗?"

"吃了的。"

家里十分安静,只有时钟"嘀嗒嘀嗒"转动的声音,十分规律。

沈父的声音从那边传来:"念念,爸爸书房里有一份文件,今天上午走得急忘记告诉你了,你把它拿出来,一会儿有人会去家里拿。"

沈念理了理自己的头发,随后走出厨房,问道:"书房里的文件?"

"对,就在我的书房,应该是办公桌上最左边那一摞文件的最上面那一份。"

沈念默默记住爸爸说的话,随后轻轻问道:"那个人什么时候来拿啊?"

最好是早点来拿,她还打算中午的时候去吃火锅呢。

电话那边沈父的声音有些听不清楚,过了好一会儿才恢复正常:"刚刚给他发了消息,应该是一两个小时后吧,反正你在家,不着急的。"

沈念已经走到了爸爸的书房。

书房里的摆设很简单,只放了一张办公桌,对面是一张沙发,那一摞文件很明显,最上方那个是一个类似牛皮纸的文件档案袋。

沈念拿着文件袋走出书房,随后才想起两人还通着电话,于是说道:"老爸,文件袋我找到了,先挂了?"

"好。"

挂断电话以后,沈念把文件袋拿到客厅的桌子上,又想到什么,转身小跑回到了房间,再出来的时候,手里抱了一堆课本与复习资料。

她还有好些作业都没有写完,现在已经开始第一轮复习了,更不该马虎。考虑到一会儿还会有人来家里拿文件,担心在卧室听不到声音,所以沈念决定到客厅写作业。

外面天气阴沉沉的,似乎要下雨,沈念一边祈祷不要下雨,一边安安静静地做着数学题。

等她做了两张数学卷子以后,才发现时间又过去了很久。沈念揉了揉肩膀,随后才拿起手机看了一眼,才十点四十分。天气就这么暗了吗?

沈念微微皱眉,脑海里闪过一个念头,于是下意识站起身往落地窗的方向走去,果不其然外面天空中一朵朵的乌云,显得格外压抑。

女孩脸上闪过一丝难以置信的神情。

天啊,天气这么不好,自己还怎么去吃火锅!!

经过了五分钟的心理挣扎,沈念还是不愿接受这个事实,她现在满脑子都是火锅的鲜香麻辣,实在是经受不住折磨,忍不住崩溃地喊出了声:"我要吃火锅!!我和下雨天不共戴天!!"

从今天开始,她决定再也不喜欢下雨天了,万恶的雨天阻止自己一心向火锅的道路,实在该死!

为了转移自己吃不上火锅的遗憾,沈念默默地打开微信,给孟欢发了几条消息:

铁柱,中午商量好跟陈泽君去哪里吃饭了吗?

火锅店要不要考虑一下?

我们小区外面左拐五十米处有一家火锅店,味道不错哦。

要吃不完就带回来吧,总不能浪费食物。

下一秒,孟欢就回了消息:

???

因为今天有雨,所以我们约好改天再吃饭了。

所以说,念念你是馋火锅了吗?

沈念看着孟欢发过来的消息,默默地流下了不争气的泪水。

不,我不馋,一点都不馋。

跟孟欢发完消息以后,沈念这才发现还有两条来自宋遇的未读信息。

其中一条消息是一个小时之前,也就是自己吃饭的时候发过来的,是宋遇对自己说了一句"不用客气"。

当时她把手机放下以后就没有打开过微信,所以一直没有发现。

另一条是五分钟之前给自己发的:

想吃什么?

沈念愣了半秒,下意识想回他一句:想吃火锅你请吗?

后半秒才反应过来自己的关注点不对劲，不是应该关心一下宋遇为什么要问这个问题吗？还是在自己突然想吃火锅的情况下。

过了一会儿，沈念又觉得自己想太多，人家不过是随便问一句，哪里来这么多为什么。

沈念便只当宋遇在开玩笑，她眨了眨眼，面不改色地回复道：

什么都不想吃。

你不知道吗，仙女是喝露水长大的。

宋遇没有当即回复她，沈念也没有在意，过了一会儿，沈念的手机又振动了起来。

是宋遇发过来的一条两秒钟的语音。

沈念盯着屏幕半响，心脏猛地跳了一下。不知为何，沈念想起昨天晚上那条"晚安"的语音，男生那慵懒又温柔的调调。

沈念做了两下深呼吸，点开这条语音。这条语音里男生的声音带了一丝笑意跟愉悦的心情："沈念，开门。"

熟悉的调调从手机里传出来，沈念的心跳慢了两拍，神情有些不自然。不知道是不是错觉，为什么总感觉"沈念"两个字从他的嘴里说出来就这么好听呢？

反正又没人在家，沈念没有顾忌太多，打开扩音，又把他发过来的语音听了两遍。听了第三遍语音以后，沈念才反应过来男生说了什么。

他说"沈念，开门"。

沈念整个人都顿住了，慢慢地睁大了眼睛，脑子里一片空白。

…………

宋遇静静地倚在沈念家门口的墙壁上，想起刚刚屋里传来的那句崩溃的声音，忍不住弯了弯嘴角。

这么想吃火锅吗？

他掏出手机，毫不犹豫地点了附近最近的一家火锅外卖。

旁边的门把手被人轻轻扭动，随后发出一阵细微的开门声，宋遇微微一顿，随后往声源处望去。

一张洁白的小脸慢吞吞地从门后面露了出来，左右巡视了一会儿，下一秒便与宋遇的视线对了个正着。

宋遇往前走了一步，还不等自己说话，女孩突然动了动，下一秒门就被女孩从里面无情地关上了。

看着紧紧关闭的门,宋遇的眼睛里闪过一丝呆滞。

下一秒门再次被打开,沈念露出一个十分灿烂的笑容看向宋遇:"好巧啊,宋遇,你是来拿文件的吗?"

原本打算偷偷看看宋遇是不是真的在外面,可是看到他的那一刻,自己竟然下意识把门关上了。

脑海里闪过三连问:宋遇怎么会在这儿?他来自己家里干吗?刚刚自己喊得那么大声他应该没有听到吧?

沈念都要被自己蠢哭了,想到爸爸跟自己说的话,这才想明白,原来来拿文件的那个人就是宋遇?

她调整好情绪,露出一个笑容,重新开门看向外面的男生:"好巧啊,宋遇,你是来拿文件的吗?"

宋遇笑了笑,把手撑在外面的门把手上,轻轻挑眉:"是啊,没有想到?"

天知道老爸说的这个人就是宋遇!沈念摇了摇头,随后把门打开让宋遇进来,然后往里面走去。

"你要喝些什么吗?"

冰箱里还有两瓶可乐,沈念干脆都拿了出来,又去厨房接了一杯温水,回到客厅。

男生很高,站在沙发面前微微倾身,正在看沈念刚刚做过的数学卷子,从这个角度看不清男生脸上的神色,只能看到他微微勾起的嘴角。

似乎挺开心的样子。

沈念的视线下意识往自己的那张数学卷子上望去。

一张卷子上面写得满满当当,这张卷子的题目难度不是很大,但是不知道为什么,看到宋遇嘴角的微笑,她的心里就有些发慌。

是自己有什么步骤写错了吗?

沈念不动声色地走到男生面前,把手里的水递给他,看向外面阴沉的天气,似乎试图转移他的注意力,无意地问道:"外面的天气不好?"

果然,听到女孩的声音,宋遇抬起头来,零星的碎发遮挡在他的眼前,眼里隐约闪过一丝迷茫,像是没有听清女孩说了些什么。

"嗯?"

窗户外面的乌云黑压压的一片，似乎在说今天的天气是真的很不好。

沈念觉得自己问得有些多余，不自然地摸了摸自己的鼻头，小声道："没什么。"

两个人独处一室确实挺尴尬的。

之前家里也不是没有来过人，但总归自己认不清他们的模样，倒也没觉得有什么奇怪的地方。

可是不知道为什么跟宋遇在一起，她就浑身不自在。也可能是因为觉得宋遇很帅，沈念同学多少有些不好意思。

宋遇穿着一件黑色T恤，更衬得他肤色白净。同样是黑色T恤，沈念注意到这一件比昨天晚上他穿的那一件还要简单，衣服右上角也没有那个小小的数字"7"的标志了。

男生还在看着自己。

沈念往左边挪了挪，逃避宋遇的视线，随后从一堆作业里面开始扒拉那一份牛皮纸档案袋。

她记得明明就在桌子上啊。

女孩睫毛轻颤，嘴角微微上噘，光线的原因，可以看出她的肤色很白，像牛奶一样白，也像一种近乎透明的白，宋遇隐约看到她的一缕发丝随着她的动作来回地摆动。

那缕发丝很调皮，不断地拂在沈念的脸上，似乎有些痒痒的感觉，沈念轻轻皱了皱眉，然后伸出手轻轻擦了擦脸。

宋遇的目光渐渐变得柔和，眼神闪过一丝笑意。

沈念终于找到了那个档案袋，心里松了一口气，随后站起身来递给宋遇。宋遇接过沈念递过来的文件袋。接着，沈念指了指他手里的档案袋，找了个借口转移话题，问道："不打开看看是不是你要的文件吗？"

宋遇盯着她看了一会儿，歪了歪头，笑道："我还挺希望里面是错的。"

沈念没有听懂，刚想问问是什么意思，一阵熟悉的手机铃声响起，她指了指宋遇的手机，有些不好意思道："上次我就发现了，我们手机铃声一样。"

是邱子博打来的电话，宋遇皱了皱眉，随后接通。

"宋遇！你怎么不在家啊。"邱子博大大咧咧的声音从那边传过来，"我刚从你家出来，宋叔说你一早就起来收拾自己，换衣服就换了不下五套，你干吗去了？"

邱子博的声音不小，宋遇微微顿了顿，害怕邱子博又说出什么不着调的话来被女孩听到，于是往左边走了走，压低自己的声音："你话很多？"

邱子博也听出宋遇压低了语音，故而也明白了什么，笑得有些不怀好意："哦，我懂了，宋遇，你是不是去找沈念了啊？"

宋遇不想理他，随意地敷衍道："你管这么多干什么？"

宋遇的话，无疑是承认了。

邱子博听出宋遇的言外之意，好奇心一下子就上来了："你还真找人家去了啊，沈校长不在家吗？"

"……"

"开玩笑的，开玩笑的。"

宋遇走到一边去打电话，因为背对着自己，又加上离得有些远，所以沈念什么也没有听到。

趁宋遇不注意，沈念深深地吐出一口气，脑海里有一瞬间的空白。

男生动了动，随后挂断了电话，往这边走来。

沈念害怕自己的小心思被发现，张了张嘴，憋出了一句话："宋遇，你要回家了吗？"

"……"

见宋遇有些愣怔，沈念解释道："我的意思是，外面天色这么暗，如果赶上下雨的话，路上会不安全的。"

宋遇勾了勾唇，笑道："既然这样的话，我还是早点回去好了，总不能让你担心。"

沈念下意识地跟着小幅度地点了点头，回应道："嗯嗯。"

下一秒反应过来以后，对上男生有些调侃的眼神时，沈念才后知后觉这话从宋遇嘴里说出来有多么别扭。

闹着玩也得有个度，宋遇心里有谱儿，不再为难她，轻声叮嘱道："刚刚给你点了火锅，等会儿我走以后，有人敲门的话，记得先看看是不是配送员。"

沈念根本就来不及思考宋遇的叮嘱。

重点是宋遇怎么知道自己想要吃火锅？

想到不知道宋遇在自己家外面待了多久，沈念神色一僵，心里隐隐约约浮现出一个想法，该不是自己号叫的那一嗓子被宋遇听见了吧？

此时此刻，她整个人都是崩溃的，这就是所谓的形象崩塌吗？可是，她还没有来得及在宋遇面前树立起一个好形象啊！！

女孩的脸上呈现出各种情绪，似乎内心在做激烈的挣扎。

担心沈念多想，宋遇抿了抿唇，故意说道："就是担心你中午没有饭吃，所以自作主张叫了外卖，也不知道你喜不喜欢吃，要是不喜欢吃火锅的话……"

听到宋遇这么说，沈念心里松了一口气，连忙打断宋遇，大声地说道："喜欢！我喜欢的。"

宋遇走后，沈念心里满满的都是感动。

你见过客人来家里拿文件，还给主人点火锅吃的吗？沈念就见识到了！

这是多么细心的一个男孩子啊，果然，学校里的那些说宋遇的坏话都是假的！她沈念才不相信。

有句话说得好，吃人嘴软，拿人手短，就凭宋遇请她吃火锅这件事情，她决定了，以后要是在学校里听到有人说宋遇的坏话，她沈念第一个冲出去！

冲出去告诉宋遇！

有的时候人就是这样，被一个小小的细节打动以后就会想起他很多的好。

仅仅因为一顿火锅，就在宋遇自己都不知情的情况下，沈念对他的好感度"噌噌"地上涨。

沈念眯了眯眼，重新给宋遇下了评判：

宋遇长得帅气，性格温柔又细心，乐于助人又上进，还有钢琴特长。要是学习再好点，就更完美了。

幸而只是沈念自己想想，要是邱子博等人听到沈念这么评价宋遇的话，一定会惊掉下巴。

沈念说的这个人，怕是个假的宋遇吧。

宋遇走之前，伸手指了指桌子上沈念的那张数学卷子，抿了抿唇说道："能借我看看吗，明天回学校还给你。"

沈念联想到刚刚宋遇微微低头，认真看自己试卷的模样，心里隐约有了微妙的感觉。

她豪气地点了点头，小手一挥："拿走，一张不够的话，就把我卧室里一箱子做过的卷子搬走！"

看着宋遇下楼以后，沈念恋恋不舍地收回视线，深深地吐出一口气，随后掏出手机给孟欢发消息：

铁柱，我好像有些不正常了。

不知道为什么，好像自从跟宋遇有了交集以后，自己就变得有点不正常了。

孟欢回得快：

补脑用脑，多喝六个核桃！

沈念顿了顿，随后收起了自己的手机。

肯定不能怪宋遇，自己天天跟铁柱在一起玩，已经逐渐"铁柱"化了。

第四章

我们的约定

星期一，照常上学。

沈念向来都是自己一个人上学，只有偶尔坐沈父的车和他一起去学校。

再加上沈念知道今天是公布上次小考成绩的日子，她心不在焉地吃了几口饭，便背上书包打算离开。

沈母在她的书包里塞了一盒牛奶，叮嘱她在学校里一定要喝完，沈念没有拒绝，微微弯眉，轻声说了句："知道啦，妈。"

孟欢早就到教室了，趴在桌子上，有些蔫蔫的，见沈念来了，好歹恢复了一点精神，但还是有些难过。

"念念啊，完了，一会儿公布成绩，我肯定又退步了。"

"嗯？"

孟欢双手托腮，见沈念把书包塞进桌洞里，才捂住自己的胸口，缓慢地说道："你是知道我的，每一次公布成绩之前，我这心啊，就忽上忽下的，频率也会突然加快。我真害怕有一天会因为学习压力过大而心跳加快，紧张猝死。"

沈念早就习惯孟欢嘴里突然蹦出的胡言乱语了，她淡定地坐好，从书包里拿出周末的作业放到桌面上摆好，然后轻轻敲了敲孟欢的桌子："数学老师留的那两张卷子，你全都做好了？"

"哦，忘了。"

（10）班每一科老师在作业方面都管得不算很紧，只要你的成绩上去就好了，至于作业只能说是查漏补缺。

但是他们的数学老师李娟就不一样，她最注重同学们平时的学习习惯与状态，因此对他们的作业向来管得很严，只要有一次没及时交作业，便会被叫到办公室。

对大多数同学来说，都会老老实实地交作业，哪怕是不怎么学习的同学，经过一两次去办公室接受老师的"口头教育"，也会心怀畏惧。

别的不说，让孟欢五分钟蒙出一套卷子答案还是可以的。

孟欢已经想到了那幅画面，于是小幅度地打了个寒战，飞快地拿起笔在试卷上疯狂地瞎蒙起来，嘴里喊道："念念，拿你试卷给我借鉴一下后面的应用题，后面的题要是蒙的话，肯定就被数学老师看出来了。"

沈念点了点头，随后翻开书包，找了一会儿，想到什么微微一顿。她昨天一激动，好像把试卷借给宋遇了啊。

随后沈念抬起头，有些不好意思地看了看孟欢："铁柱，我的卷子没有在我这儿。"

孟欢想到沈念的卷子应该是被人给提前借走了，视线依旧停留在试卷上，手里的笔不停。

"没关系的，没关系的。"

"你没有借给隔壁班吧，好像一会儿就要收了。"

沈念轻轻叹了一口气，双手托腮，没有说话。倒是没有借给隔壁班，她直接借去楼上理科班了。

沈念后知后觉在脑袋里突然冒出来一个疑问：自己的卷子是文科班的题目啊，他一个理科生拿去看什么？

"沈念。"

班里一个男生突然走到沈念的桌边，伸出手敲了敲沈念的桌子，又指了指门口的位置，表情有些微妙："外面有人找你。"

见沈念走出教室，男生站在原地，还有些后怕地摸了摸自己的胸口，表情还有些震惊。

天啊，来找沈念的竟然是宋遇？

班长刘泽阳注意到他的表情有些不正常，伸出手在他面前晃了两下，出于关心礼貌地问道："你没事儿吧？"

男生回过神来，指了指门口的位置，小声说道："班长，（6）班那个宋遇，刚刚把沈念叫出去了。"

沈念猜到应该是宋遇来给自己送卷子，但是没有想到他竟然换上了校服。

明明大家都穿着一样的校服，但是不知为何，宋遇穿起来就看着格外顺眼。

男生轻轻倚在门口，校服拉链轻轻敞开，里面还是他惯穿的黑色T恤，棱角分明的脸上没有表情，给人一种说不出来的清爽感跟疏离感。

他一只手插兜，另一只手里拿着一张白色的卷子，微微垂眸，让人看不清他的神色。

许是男生站的位置太过于显眼，已经有不少女生注意到他了，隐约还能听到她们嘴里无意间传来的惊呼声。

宋遇不经常来一楼，偶尔来罚站趁机偷看沈念的时候，也是上课时间，所以一时间这么多人往他的方向看，不由自主地有些烦躁。

肩膀被人轻拍了一下，伴随着女孩身上一股淡淡的花香味，宋遇抬起眼眸，正好跟沈念的视线对个正着。

沈念不着痕迹地移开目光，指了指宋遇手里的卷子，嘴角弯起一抹小小的弧度，声音绵软清甜："宋遇，你是来给我送卷子的吗？"

女孩声音似清泉一样，让宋遇烦躁的心逐渐平静下来，他看向沈念，眼里露出一抹笑意："嗯。害怕你着急。"

（10）班的数学老师李娟，宋遇之前偶然听别人提起过，知道这个老师很严。沈念的课表他那里有一份，所以自然而然知道他们今天第一节课便是数学课。

虽然有点舍不得，但还是把卷子给女孩送过去吧。他可以不交卷子，但是女孩不行，他可不想她哭鼻子。

沈念听到宋遇这么说，微微垂眸，心中划过一丝暖意。

借作业这种事情，她也借给别人过，但是没有一个人会因为害怕你不能及时交上作业而专门给你把作业送还回来。

她已经习惯了。

说实话，如果宋遇没有把卷子送过来，她也已经想好了借口。因为自己数学成绩很好，所以李娟不会把自己怎样的。卷子很整洁，也没有被折叠的痕迹，说明宋遇很爱护它。

沈念接过卷子，想到刚刚男生拿着自己卷子有些愁眉苦脸的样子，抬起头来看他，沉吟了片刻说道："你下午放学有空吗？我可以给你讲一些你不会的题。"

第一节课是数学课，李娟一早就来到了教室，把小测的卷子发了下来，并说道："成绩我就先不公布了，你们好好改一下错题，尽快调整好自己的状态，进行查漏补缺。

"有问题，同桌或者前后桌之间先商量一下，还不会的就圈起来，半个小时以后我统一讲解。"

孟欢的成绩在班里不上不下，说不出好坏来。这一次卷子发下来，她看了看答题卡上大大的红色数字，忍不住拿过一旁沈念的答题卡来做对比。

孟欢的数学不好，成绩从来没有辜负自己的期望，一直就是两位数。

果不其然，看着沈念成绩单上快赶上自己两倍的数字，孟欢哀号出声。

一个七十分，一个将近一百四十分。妈呀，念念怎么考出这么高的分数！

沈念自从回到教室以后，就一直心不在焉的，第一节课都上了一半了，她还没有回过神来。

孟欢轻轻戳了戳她，有些好奇地问道："念念，刚刚你出去干什么了？"

沈念翻了一下手里的试卷，心里琢磨着该怎么开口。

孟欢双手托着下巴，小声地说道："刚刚我看到站在门口的那个人了。"

"那个人"指的是宋遇。

沈念微微一滞，抬头看了看讲台上的老师，又看了看周围正在订正错题的同学，心里松了一口气。

还好，没有人注意到她们。

沈念回过头来，轻轻摸了摸自己的鼻头，放缓了语气，似乎有些纠结："我这人特别容易心软，刚刚他来给我送卷子，然后我就感觉他身上有一瞬间的落寞感。再然后，我就下意识地说，下午放学给他辅导功课……"

沈念突然有些头疼，刚刚一时脑热说出去的话，也没有办法收回来啊。现在好了，宋遇肯定认为自己是故意找理由接近他的。

孟欢睁大眼睛，有些难以置信。

见孟欢表情有些呆滞，沈念弯了弯唇，然后把昨天宋遇来拿文件时，顺便给自己点了火锅的事情解释了一遍。

听完以后，孟欢忍不住有些感慨，谁承想，原来宋遇还有这一面呢？

孟欢实在是忍不住，眼里透着光，再一次低声开口说道："念念，回头你帮我问问宋遇，他的火锅是在哪里买的。"

下午放学，沈念跟孟欢在餐厅吃完饭以后便一起去了（6）班。

都放学这么久了，也不知道苏洵南在不在教室，所以孟欢打算跟沈念去碰碰运气。如今再次踏进理科班的走廊，沈念忍不住从心里发出一阵感慨。

她之前不是没有来过（6）班，但当时是陪着孟欢来，每一次都止步在走廊的拐角处，因此她也没有认真地注意过理科班这边的教室。

穿过走廊，第一个班就是（6）班，然后依次往后排，（7）班、（8）班、（9）班。

许是男孩子多的缘故，楼道里还传来一阵阵篮球拍在地板上的声音和男生们的说笑声。

孟欢很熟练地跟几个人打过招呼以后，便牵住沈念的手往（6）班的门口走去。

难得有两个长得漂亮的女孩站在门口，倒是格外显眼。

沈念眨了眨眼睛，随后视线在教室的四周转了一圈。教室里还有几个人，一心扑在学习上，似乎没有注意到外面的两人。

之前从照片上看到过宋遇所坐的位置，没有多想，沈念直直地就往最后排靠窗户的位置看去。

奇怪的是，那张桌子的位置上并没有人，空有一堆试卷和几本整齐摆放在桌角的书。

教室里面走出来一个穿校服的高高瘦瘦的男生，孟欢对着他招了招手，随后笑着问道："同学，你们班苏洵南跟宋遇怎么不在啊？"

听到宋遇的名字以后，男生愣了一下，随后又在两人身上打量了一下，收回视线，轻轻说道："苏洵南我知道，刚刚被班主任叫走了。"

他又接着说道:"宋遇我就不知道了,一下课就出去了,然后一直到现在都没有回来。"

孟欢点了点头,随后说了句:"谢谢。"

(6)班教室里已经没有多少人了,走廊里安安静静的,十分空荡。办公室和(6)班的距离不是很远,拐过半条走廊,斜对面就能看到办公室里面的景象。

苏洵南背对着孟欢,微微垂头,正在听班主任说些什么。

孟欢两只手撑在走廊这边的窗台上,眼巴巴地往苏洵南的方向看去。

离得很远,孟欢根本看不清他脸上的神色,轻叹了一口气,收回自己的视线,学着沈念的样子,双手抵在自己的后腰上,视线慢悠悠地向远处看去。

仅仅一分钟,孟欢就憋不住了,转过头凑近沈念,语气有些不确定:"念念,我们两个就一直在这里干等着吗?"

倒不是孟欢等不及了,关键是(6)班的人都走光了,宋遇还没有回来,难不成把念念帮他补习的事情给忘记了?

沈念顿了顿,一时也没有了主意。

女孩的眼睛里闪过一丝犹豫,张了张嘴:"要不……"

话还没有说完,后面传来邱子博有些兴奋的声音:"沈念……"

沈念愣了愣,转身向声源处看去,不远处站着两个男生,有一个有些眼熟,另一个自己好像也没怎么见过。

意识到自己想说的话有点不妥,邱子博看了看女孩和旁边的孟欢,立即改口打了个招呼:"嗯,沈念、孟欢。"

孟欢挥了挥手,笑着应道:"好久不见,忘了问你们了,之前陈泽君刮的那辆车,你们修好了没有。"

听到孟欢这么说,沈念心里有了底,弯了弯唇,看向邱子博,露出一抹微笑:"你好。"

邱子博微微一愣,没有想到孟欢还记着这件事,随后大大方方地摆了摆手:"没事儿,没事儿。"

刘正业被几人说的话给整蒙了,趁沈念不注意,使劲地戳了戳邱子博，问道："不是，你们在说什么啊？"

邱子博没有回答，急切地把刘正业往后拉了拉，给他使了个眼色，随后说道："现在不是说这个的时候，快去给宋遇打电话，说沈念来了！"

等刘正业走远以后，邱子博才暗暗舒了口气。

不远处苏洵南往这边走来，孟欢远远地就注意到他，眼睛一亮，招了招手，叫道："苏洵南！"

苏洵南抬眸，思考了两秒，随后往这边走来。

走近以后，孟欢才发现苏洵南的手里拿了一张白色的纸，出于好奇，孟欢往前一步，伸出手去拿这份文件："这是什么啊？"

男生长得很高，挺直的鼻梁上面戴着一副眼镜，让人看不出他眼里的情绪。见孟欢把自己手里的文件拿了过去也不恼，一只手插兜，看着她随口说道："关于播音主持的注意事项。"

"你要参加艺考？"孟欢一脸蒙地看着他，有些不可思议，"不会吧，不会吧，年级第一也要参加艺考？"

听出孟欢语气里的不可思议，苏洵南眼睛微暗，伸出手把那份文件拿了过来，随后语气平淡道："嗯。"

沈念也觉得很诧异，默默地抬起了头，眼神在孟欢跟苏洵南两人之间转了转，心里若有所思。

如果她没有记错的话，之前孟欢也跟自己提起过，她也打算考播音主持来着……

手机嗡嗡作响，沈念的思绪被拉了回来。

是一串未知的手机号码，沈念手指轻轻上滑，转过身去，小声地应道："您好！"

那边传来一阵阵爬楼梯的声音，随后安静了一瞬，男生喘着粗气，语气里带了一丝笑意，一本正经地应道："您好。"

男生的声音清晰地传入沈念的耳朵里，沈念反应过来，莫名觉得耳朵有些发烫："宋遇？"

电话那边又传来了一阵爬楼梯的声音，空荡荡的，却让沈念心里产生出一种安心的感觉来，她没有说话，静静地等待着男生。

过了半分钟，男生倏地开口，语气放轻，似是跟女孩解释："沈念，我没有忘记我们要一起做题的约定。"

沈念没有说话，眼里浮现出了一丝笑意，她轻轻地点了点头："我知道的。"

"但是今天确实有些晚了，我们改天再一起学习好吗？"

听出宋遇语气里的小心翼翼，沈念也猜出他好像是有事情耽搁了。

沈念眨了眨眼睛，手指无意识地从旁边的瓷砖上滑过，随后沉吟了一会儿小声说道："可以的，那我就先……"

不等自己说完，男生突然出声，打断了自己："沈念，你抬头。"

话音刚落，不远处，一双运动鞋映入沈念的眼帘。

沈念乖乖地抬头，视线与比她高了一头的宋遇的视线对了个正着。

不知从哪里突然冒出来的宋遇嘴角微勾，从身后拿过一个精致的红丝绒蛋糕递到沈念的面前，语气放轻："送你的。"

男生的眼睛十分深邃，额头上因为长时间跑步渗出了一层薄汗，手心里放着一小盒精致的粉红色蛋糕，修长的手指小心地包裹着。

沈念没有接过，眼睛小心翼翼地从宋遇的额头上扫过。

随后想起什么，女孩从自己的兜里拿出一小包纸巾，递到宋遇的面前，又害怕宋遇不接受自己的纸巾，干脆从里面抽出一张来，鼓起勇气，走到宋遇的面前。

一股熟悉的味道突然靠近，宋遇下意识弯了弯腰，随后女孩将纸巾递了过来。宋遇接过纸巾，轻轻地擦拭着自己的额头。

沈念自作主张地从宋遇的手里接过那一小盒蛋糕，转过身去小声说了一句："就当是……小蛋糕的答谢啦。"

见沈念有些不好意思，宋遇嘴角的弧度越来越大，最后忍不住伸出手揉了揉自己的额头，低低地笑出了声。

孟欢还在仰着头跟苏洵南说着什么，表情格外生动。

苏洵南一只手插兜，静静地听着孟欢说话，虽然他的脸上没有什么表情，但熟悉的人可以看出此刻的他已经够平易近人了。

沈念走近，隐约听见孟欢说了一句："苏洵南，我求你了，不要学播音主持行不行，能不能给我留一条活路！"

沈念的步子一乱，差点跌倒。

后边伸出来一只强劲有力的手来紧紧地握住沈念的胳膊，继而传来带着笑意的声音:"看好路。"

沈念还是有些不好意思,回头轻声说了句谢谢,然后走到孟欢的身边,小声说道:"铁柱,我们要不要回家啊?"

孟欢又重新看了一眼苏洵南,大声说道:"我走了!"

苏洵南没有抬头,伸出手轻轻拍了拍手里的文件,慢慢地点了点头。

他这副无所谓的样子让孟欢憋了口气,随后转过身来拉起沈念的手就走,边走边说:"我不能生气,不能生气,气坏了没钱买药。"

沈念先是一愣,随后意识到自己被孟欢拉着走以后,下意识就往宋遇的方向看了看。

男生微微垂头,薄唇一张一合,正在跟邱子博叮嘱着什么,侧脸形成一个弧度,可以明显地看出他流畅的下颚线……

沈念心中猛地一跳,快速地收回自己的视线……

星期五上午最后一节课是英语,英语老师露西在讲台上口若悬河,下面的同学一脸认真地看着黑板,面上一副不想错过老师讲的每一个知识点的样子,实际上心里早就飞到学校外面去了。

中午孟欢跟苏洵南约好一起吃饭,虽然是单方面邀约,但她还是精心打扮了一番,此刻正拿着小镜子仔细地看自己的妆容还有哪里不对劲。

英语老师带领着大家复习的这个知识点,沈念昨晚上已经提前看过了,现在听到老师又讲了一遍,多少有些百无聊赖。她回过神来,轻轻地叹了口气,没有了听课的念头,目光忍不住在桌面上来回扫视。

她看到笔袋里放着的一本小小的记事本时微微一顿,随后慢悠悠地把记事本扯了出来。

沈念家里有好多半个手掌大的记事本,她喜欢写东西,也喜欢收集各种小文艺小清新的句子,偶尔也会在本子上记录自己的心情之类的。但是她从来没有把记事本带到学校里来过,这个无意间被她发现的本子,估计也是昨天晚上收拾文具时不小心收拾进来的。

小本子给人一种很清新的感觉,上面还有精心刻画的浮雕,本子的扉页是一句手写的话:

"喜欢的东西要分享给喜欢的人。"

这是沈念之前无聊的时候，无意间写下来的，没有代入很多的感情，只是觉得有点意思。

沈念将记事本打开，翻到第一页，流畅地写下几行字，语气放轻："还有二百五十天。"

还有二百五十天就高考了，到时候想继续听露西的大嗓门也听不到了，这么一想，还蛮遗憾的。

沈念的声音有点小，孟欢只听了半截，余光瞥向沈念手里的小本本，有些好奇地问道："从哪儿搞来的本子？这么可爱。"

沈念翻到的那一页上面写了几个大字——"高考复习计划"，下面还罗列了几个小点，但是具体的复习计划内容并没有填写。

见孟欢感兴趣，沈念把手中的记事本递到孟欢面前，解释道："应该是昨天收拾文具，不小心装进来的，打算写几条复习计划来着，但是还没有想好写些什么。"

孟欢大大咧咧地拿过沈念手里的记事本，对着沈念使了一个眼色："这有啥不好办的，计划这种东西我最在行了！"

只见她咬了咬笔头，过了会儿便在本子上写了一大堆东西。

下课铃声突然响起，英语老师也说得有些口干舌燥了，拿起杯子喝了两口水，环视教室，随后对着大家摆了摆手，说道："行了，今天就先讲到这儿。"

露西走后，教室里瞬间躁动了起来。

孟欢已经写了整整一页密密麻麻的小字，她放下笔伸了个懒腰，看向沈念，轻轻挑了挑眉："瞧瞧，这可是你姐们儿这几年总结出来的好东西。"

果不其然，本子上一行一行写得仔细，不过内容跟标题完全不符合。

沈念一字一句小声读了出来："第一，对方的知识面一定要比自己好，最好是学霸；第二，三观正，修养好，有责任，有担当；第三，有颜值，颜值即正义，一切建立在颜值的基础上……"

孟欢煞有其事地点了点头，补充道："我觉得应该再加一点，性格一定要好，像苏洵南这人就不行，性格不好，也就我受得了他这坏脾气。"

沈念戳破孟欢的小心思:"你这写的哪是复习计划,明明是择偶要求嘛。"

孟欢嘿嘿一笑,丝毫没有不好意思:"念念,你就帮我把我写的这些好好保留下来,说不定以后用得上。"

教室里还有零星几个人,斜前方的刘泽阳正在收拾书包,听见了孟欢的这句话之后,微微一顿,不自觉地放缓了收拾书包的动作。

沈念没有注意到前面还有人,不假思索道:"还有,最起码我能认清他长什么样子。"

"哦哦,能认清样子的那种……"孟欢意味深长地说。

沈念微微一愣,耳朵瞬间就红了起来,有些磕磕绊绊地说道:"你……你说什么啊……"

孟欢没有想到沈念会有这么大的反应,调侃道:"念念,我可没说你们两个有可能啊,是你自己提到的!"孟欢的话刚落下,沈念的耳朵更红了。"喂,念念,你不会真的崇拜宋遇吧?"

黑板上面的钟表分针已经指到了"6"上,沈念没有回答孟欢的问题,反而闷闷地说道:"铁柱,别的先不说,反正现在你要是再不去找苏洵南,他可能就走了!"

孟欢微微一愣,回过神来下意识就往门口跑,嘴里话都说不利索,语气里带了一丝急切:"念念,念念,我先走了,等吃完饭,我们老地方见!"

老地方指的是她们经常去的餐厅一楼最左边那一排位置,那边很少有人去,所以也自然而然成了两人所谓的老地方。

每一次孟欢去找苏洵南吃饭的时候,沈念都会在老地方等着孟欢,然后两人再一起回教室。

声音落下,孟欢的身影已经消失在门口。

沈念被孟欢心急火燎的样子给吓了一跳,随后又轻轻地吐出一口气,心里竟然萌生了一种空落落的感觉。

为什么会有空落落的感觉?是因为铁柱没有继续问下去吗?

沈念有一瞬间的失神,一个声音从旁边传过来,沈念猛地回过神来。

"沈念。"

沈念往前面望去，看到站在自己前面的刘泽阳时，眼神里闪过一丝错愕。她不记得教室里还有人啊。

沈念的脸莫名其妙地开始燥热起来。那刚刚自己跟孟欢说宋遇的事情，别人也听到了？

刘泽阳抿了抿唇，似是无意地问道："你们刚刚说的那个，是（6）班的那个宋遇吗？"

许是身为班长的缘故，刘泽阳平时没少帮助自己，所以沈念对刘泽阳还是心存了一点感激，故而没有多想为什么他会这么问。

既然被人听到了，沈念也不是那种遮遮掩掩的性子，于是点了点头，轻声说道："是。"

刘泽阳眼里闪过一丝诧异，没有想到沈念真的会承认，挣扎了一会儿，他试探性地说道："可是，听说这个宋遇在学校里经常找事儿的。"

沈念微微一怔，想都没有想，直接开口道："班长，以后不要总是随便相信听说的一些东西。至少……我认识的宋遇不像你说的那样。"

说完以后，沈念站起身，随手把小记事本塞进自己的兜里，往门外与孟欢相反的方向走去，留下刘泽阳一个人在教室里，神情变幻莫测。

中午放学的时间，餐厅里正值用餐高峰，沈念已经排队等待了十分钟，也幸好沈念向来比别人多了一点耐心，对这件事情倒也没有什么感受。

打好饭，沈念端着餐盘往最左边靠窗户的位置走去。就在这个时候，从门口那边的方向突然跑过来一道身影，沈念下意识往旁边挪了挪。

"妈呀！"

男生也看到正端着餐盘往前走的同学，连忙急刹车，停住脚步以后，才有些心悸地看向女孩，气喘吁吁地说道："不好意思啊同学，我刚刚跑得有些急，没看见你。"

说完话以后，邱子博才抬头看向女孩。看清女孩的容貌以后，微微怔住，语气格外兴奋："沈念？"

不知道为什么，自从上次知道了宋遇欣赏的人是沈念以后，他走到哪儿都会下意识地看看沈念在不在，没有想到竟然会在食堂遇见她。

沈念微微一顿，抬头看向男生。嗯，有些熟悉，但是依旧没有什么印象。

邱子博眼尖，把沈念的表情全看在眼里。他想到了什么，于是下意识举了举手，补充道："我是宋遇的同班同学邱子博。"

直接说自己是（6）班的不就好了，干吗非要加上一句宋遇啊？

沈念面上不显，微微点了点头，对着邱子博笑了笑："嗯，我记起来了。"女孩的笑容很治愈，很单纯。

两人客套完以后，沈念指了指最左边的位置，对邱子博礼貌地说道："我先走了。"

女孩走远，邱子博默默地从兜里掏出手机，打开相机，拍了一张沈念的背影照，给宋遇发了过去，随后加了一句："今天餐厅的饭真好吃。"

下一秒让邱子博咋舌的是，向来不回他微信的宋遇，这次竟然秒回了：

　　？

　　她一个人？

还是回的两条信息！

他摸了摸鼻头，不知道为什么宋遇的关注点在这里，但还是老老实实地回答：

　　应该是吧，我没太注意。

下一秒宋遇的语音就打了过来。

邱子博挑了挑眉，随后接了起来："宋遇。"

宋遇直奔主题，声音不同往日的无所谓，反而多了一丝认真："什么叫没有注意？你再好好看看。"

虽说长时间盯着一个女孩看确实不是很礼貌，但是宋遇都发话了，于是邱子博很有底气地做了人生中第一次光明正大地偷窥小女孩长达五分钟的事！

五分钟以后，邱子博收回目光，老实道："宋遇，真的就沈念一个人，我还注意到她买了一份鸡排饭。"而且看她吃饭很享受的样子，自己却连饭都还没有买上！

宋遇那边安静了两秒，随后轻轻"嗯"了声，语气恢复至平日的慵懒："你吃完饭了？"

怎么可能!

"还没……"

邱子博想到宋遇此刻还在教室,忍不住说道:"宋遇,你中午真的不来餐厅吃饭了啊?现在的餐厅,人已经少点了。"

"不去。"

"为啥啊?"邱子博摸了摸后脑勺,有些不理解地问道。

"……我在学习。"宋遇漫不经心的声音从电话那边传来。

"哦哦",邱子博道,"原来在学习啊。"

等等!邱子博反应过来,猛地睁大了眼睛。学习?要是别人他可能也不怎么当回事儿,可这人是宋遇啊,他竟然开始说他在学习!

不得不说,这件事儿足够让邱子博在(6)班那几个人面前显摆一段时间的了。

你听过从宋遇嘴里说出"学习"这两个字吗?不好意思,他邱子博听过了!!

电话那边安静了几秒。(6)班教室里,宋遇眯了眯眼,看向自己桌子上的一堆数学卷子,嘴角微勾,语气也不由自主地上扬:"嗯,她说好好学习才有利于进步。"

不知为何,邱子博竟然从中听出了些许炫耀的语气。

虽然有些好奇宋遇的变化,但是邱子博并没有想太多,见宋遇并不想来,他也不强求。伸出脚,用鞋底摩擦了几下地板,才慢悠悠地说道:"那成,我就先挂……"

话没有说完,邱子博看到自己一米以外的地面上有一个小小的粉嫩嫩的本子,他微微一顿,随后下意识往前迈了一步,蹲下,捡起这本小本子。

封面的右下角上写了两个秀气的小字:沈念。

邱子博这边没有说话,宋遇微微皱眉,不耐烦的语气传来:"不说话我挂了。"

"别,宋遇!"邱子博用手擦了两下手里的小本子,轻轻舔了舔嘴唇,用有些邀功的语气说道,"我好像帮你捡到宝贝了。"

沈念吃完饭后,又过了五六分钟,孟欢才抱着一摞错题本姗姗来迟。

沈念被孟欢手里的一摞本子吓了一跳，帮她接过几本，随后放到桌子上，有些纳闷地问道："不是跟苏洵南去吃饭了吗，怎么抱了一堆本子回来？"

一提起这件事儿，孟欢就气不打一处来："以后我再也不跟苏洵南玩了，说到做到！"

沈念笑了笑："上次你也是这么说的。"

孟欢坐到沈念旁边，拍了拍这一沓错题本，冷笑道："他以为我觊觎他的才华，竟然还把自己上了高中以后所有的错题本都借给了我。"

一想起苏洵南刚刚把一摞错题本递到自己面前，眼睛里还闪过一丝可惜的神情："孟欢，就借给你两个星期，下下星期记得还我。"她就十分郁闷。咋的，我还能把他的错题本吃了不成？

沈念拿过一本错题本来翻了翻，不得不说苏洵南的字确实很漂亮，每一笔都给人一种很有力量的感觉。

孟欢噘了噘嘴，轻抬下巴，语气里有些许郁闷。

"苏洵南的字确实很好看，字如其人这话是说得没错，但是他的行为真的很不是人！"

沈念只是随便看了两眼，随后把本子放回原位，看向孟欢："你吃饭了？"

"气都气饱了，还吃饭呢。"

孟欢呼出一口气，站起身来，把这些错题本抱进怀里，看向沈念，语气里有些埋怨："走吧，回教室，我还得把这些错题本看完，然后再给他送回去。"

沈念点点头，随后帮孟欢接过来几本，说道："先去给你买点饭，然后我们再回教室。"

九月末的天气还是一如既往的炎热，两人穿着校服外套，手里还抱着本子，从餐厅走到教室的路上，出了不少的汗。

教室里还没什么人，孟欢把手里的本子扔到桌子上，然后一屁股坐在沈念前桌的位置上，喘着粗气："念念，快把你的小本子给我，我要再加一条！像苏洵南这样的人，以后直接就被我拒之门外了。"

孟欢走了一路，想了一路，心里越来越不是滋味。和以前不一样，这次她是真生气了。她就不相信苏洵南看不出自己仰慕他，都快一年了，就算是块冰也该化了吧。

沈念笑了笑，没有把孟欢的话当回事儿。

她了解孟欢，也知道孟欢是刀子嘴豆腐心，明明心里不是这么想，可偏偏总是口是心非。

沈念伸出手捏了捏兜，白皙的小手伸进口袋里左右翻腾了一下，不像想象中可以摸到一本方方正正的小本子时，微微一愣。

她记得把小本子放在兜里了啊，怎么没有了？

沈念微顿的样子被孟欢看在眼里。孟欢试探性地问道："不会是不小心掉在路上了吧？"

也不是不可能。她隐隐约约有印象，刚刚上楼的时候，因为人多，她往旁边靠了靠，也有可能是刚刚不小心被碰掉的，再或者就是在餐厅不小心掉了出来。

沈念抿了抿唇，伸出空空的双手，有些无奈道："掉了就掉了吧，等明天我再从家里给你拿一本。"

孟欢有些崩溃："可是……念念，你还记得我们的小本子上都写了些什么吗？"

整整好几条"择偶标准"啊！现在去找肯定也找不到了，要是被值日生扫到垃圾桶里还算好，要是被有心人捡到怎么办！

沈念动了动胳膊，有些不在意地笑了笑："哎呀，没有事的，你想想，真被同学发现了，一个这么可爱的小本子，谁会捡起来呢？"

要捡，也肯定是一个少女心十足的小姐姐，就当送给有缘人了吧。

孟欢虽然有些遗憾，但是听到沈念这么说，心里稍微好受了点："好吧。"

"明天再给你带一本新的小本子。"

"好。"

虽然宋遇嘴里说着不吃饭，但是邱子博还是好心地给他带了一份和沈念同款的鸡排饭。

宋遇正在教室里做题，桌子上突然被人放了一个餐盒，随后邱子博大大咧咧地说道："兄弟够意思吧？"

餐盒里鸡排的味道飘进邱子博的鼻子里，邱子博舔了舔嘴唇，笑着开玩笑："宋遇，你还真别说，沈念还挺会吃。"

要不是偶然碰见沈念，他这辈子估计都不会发现原来餐厅的角落里还有鸡排饭这么好吃的东西。

宋遇挑了挑眉，心情很好地"嗯"了一声。

邱子博想起什么，从兜里掏出一本小巧的本子，递到宋遇面前："喏，给你捡的宝贝。"

宋遇放下笔，抬起头将邱子博手里的本子拿了过来，轻轻地打开第一页，还没看清字又迅速地扣上，随后面无表情地将邱子博靠过来的大脸给推到了一边。

邱子博有些不好意思地抬起头，挠了挠头，给宋遇一个"你就想一个人看呗"的眼神以后，在自己的座位上趴着睡觉去了。

宋遇才不管邱子博怎么想，反正他就想自己一个人看。

骨节分明的手心里静静地躺着一个小巧的类似记事本一样的东西，本子很可爱，右下角被认真地写下了"沈念"两个秀气的小字。

宋遇带着一丝好奇心，没有丝毫愧疚地把女孩的小本本打开，扉页只有一行小字：喜欢的东西要分享给喜欢的人。

嗯，很好，对自己很有启发。

接着又翻到第二页。和第一页不同，第二页密密麻麻的都是字，题目还是复习计划。

男生的视线在每一个字上认认真真地停留了一会儿，通篇读完了以后，才微微顿了顿，心里豁然开朗，有种说不出来的感觉。

除了第一点自己目前没有做到，其余的不是很明显说的就是自己吗？

三观正，修养好，有责任，有担当，最重要的是有颜值！

宋遇的表情微妙，看来，除了吃，自己的颜值也很重要。

嗯，从今天晚上开始，他不能再熬夜了。

下午大课间的时候，似乎是被苏洵南刺激到了，孟欢真的开始好好学习，连桌面上的小镜子跟化妆品也都收起来了。

上课就认真听讲，下课的时候就抱着苏洵南的错题本认真看，仔细研究他记录的错题。

原以为孟欢是真的改过自新，一心向学，谁知孟欢从本子里抬起头来，看向沈念，冷笑道："抓住他的弱点，方能百战百胜，等我把这些错题都搞懂，以后从他面前走过都不带看他一眼的。"

果然女人狠起来，就连一直很难搞懂的数学题做起来都不在话下了。

沈念被孟欢这一番话给激励到，于是拿过一旁的书认真地看了起来。

一篇文章看完，沈念深深地吐出一口气，内心十分感慨，不得不说，作者写得真好。

沈念默默地拿起书，看向旁边的孟欢，开心地说道："铁柱，给你分享一篇文章，绝对……"

话还没有说完，沈念神情有些呆滞，孟欢的脑袋已经低得紧紧地贴在本子上了。

孟欢还在努力地睁开眼睛，可惜困意越发明显，尤其是在看到这些跟天书一样的数学题，恨不得此刻就睡着。

沈念不忍心，于是伸出手戳了戳孟欢，小声道："铁柱，要不然你先睡一会儿，过一会儿再学习？"

孟欢猛地醒了过来，下意识擦了擦自己嘴边没有流下来的口水，眼神还有些迷茫："放学了吗？"

你是直接穿越到两节课以后了吗？

好的，她决定推翻刚刚对铁柱改变的看法。想让孟欢改邪归正，简直是在做梦。

距离上课还有几分钟，孟欢已经放弃了，不再继续看这些错题本，她决定放学就把错题本给苏洵南送回去。

戳了戳旁边正在好好看书的沈念，孟欢语气有些蔫蔫的："念念，你有没有带手机啊，我今天没有带。我来学校之前记得陈泽君给我发消息来着，但是我没有回，我登一下我的号，等我回完他消息，就把手机还给你。"

沈念点了点头,从兜里拿出手机开机解锁以后递给她。

孟欢接过手机,嘴里还在嘟囔:"陈泽君最好是不要再求我什么事情了,我是不会再帮他忙的。"

过了一会儿,孟欢抬起头,表情有些微妙,一脸嫌弃的表情:"天啊,陈泽君竟然要约我出去玩?

"这比求我办事儿还可怕。

"他不知道好好学习吗?一天天就知道出去玩。"

孟欢给陈泽君回完消息,刚把号退出来,不小心看到沈念的手机页面上弹出来一条消息。

"哎?"

孟欢把手机递给沈念,指了指那条未读消息:"念念,有人给你发消息。"

沈念点了点头,接过手机,手指在屏幕上滑了几下,随后打开聊天框,看到是宋遇发来的时候,手指微微一顿。

宋遇发过来的是一首音乐,说是音乐但又不像,因为音乐的名字处是一片空白。

聊天框上一直显示对方正在输入……

沈念有些愣怔,目光不自觉地一直盯在这几个字上。

是不是发错人了?

过了两分钟,这首音乐还是没有被撤回。又过了一会儿,对方终于发过来一句话:

　　分享给你。

宋遇突然莫名其妙给自己分享一首乐曲干吗啊?

沈念有些蒙,纠结了半天,还是轻轻点开这首乐曲。不是自己想象中的流行音乐,而是一首舒缓的纯音乐流淌出来。时间不长不短,仅仅两分钟左右,像是特意录制出来的。

听完整首曲子以后,沈念说不出来这是一种什么感觉。觉得有点像海水涌来撞击沙滩的感觉,又觉得像一种很清透干净的感觉,总之让人很舒服。

沈念眨了眨眼,犹豫了几秒,给他发消息过去:

很好听。

考虑到一会儿要上课，沈念没有等宋遇的回复，锁屏以后轻轻按了一下关机键，把手机塞回自己的兜里。

过了一会儿，不知想到什么，她又把手机拿了出来，开机，把手机调到静音以后又把手机放回了原位。

孟欢自从回完陈泽君的消息以后便一直心不在焉的："念念，你觉得一个男生为什么会平白无故地约你出去玩呢？"

沈念想了想，随口道："多半是蓄谋已久。"

孟欢直接否定道："那应该不可能，他是知道我仰慕苏洵南的。"

过了一会儿，孟欢有些纠结："也有可能是他偷偷暗恋我？这么一想的话，也不是不可能……"

沈念没有说话，安安静静地听孟欢在这里自言自语，直到老师来了以后，两人才回过神来，认真上课。

…………

没过一会儿，下课铃一响，班里瞬间都活跃了起来，精神头十足。

数学老师还没有走，看到同学们这副样子，有些哭笑不得，放下手中的粉笔头，也不再继续往下讲，例行说了几句关于这次考试成绩的事情，走之前还表扬了前几名同学的数学成绩。

"还是上学期那几名同学，张晓文、刘泽阳、沈念、顾启然。"

数学老师的目光从班里一扫而过，最后他轻轻敲了敲桌面，沉吟了片刻说道："过段时间学校里可能会组织一次优秀学生传授学习方法的活动，每个班里都得选出两个人来，别的我做不了主，但是数学就从这几位同学里面选出两个来吧。"

"下课。"

数学老师走后，班里才恢复了生气。

沈念把跟数学有关的资料都收拾了起来，有些蔫蔫地打了个哈欠。

数学老师的话她听进了耳朵里，但是并没有多想。

老师点的这四个人里，有两个是正副班长，每一次有什么活动都是他们两个作为代表，即使沈念写了学习方法也不一定用得上，再说了她还真的没有什么学习方法。

就是老师随便一讲，她就这么随便一听，然后就会了。

有的时候她也觉得很奇怪，甚至还忍不住去想，难不成因为自己有轻微脸盲症，所以才附带了一个天生就会学数学的好脑子吗？

孟欢想了一节课关于跟陈泽君的事情，总算是想透彻了。

她坐直身子，看向沈念，心情格外舒畅："念念，通过一节课的自我深刻检讨，我总算是想明白了！陈泽君绝对不是真的仰慕我，他可能只是一时贪图我的美貌。"

沈念笑了笑，从兜里掏出手机，一边打开一边好奇地问道："为什么这么说啊？"

一节课没有打开的缘故，手机上一下子弹出很多条消息，大多数都是垃圾短信，沈念一一清除以后，手指一转便打开了宋遇的聊天页面。

碰巧的是，她才刚刚打开，宋遇那边便过来了几条消息：

喜欢吧？

"分享"给你的。

分享两个字还特别加了引号。

沈念一时间不知道如何回答，打了几个字又删掉。沈念呆呆地看着手机上宋遇发过来的"分享"两个字。

过了一秒，对方又发来一条消息：

以后还会分享。

沈念选择不吱声了，给宋遇友好地回复了一句：

好。

对方很快又发了一条消息过来：

我刚刚做了几套卷子，发现有好些题不会……

看到宋遇发过来的消息，沈念微抿嘴唇，笑意从眼里舒展开来：

那你先留着，改天我给你讲。

不知为何，她眼前浮现出了一幅画面：男生坐在教室里，眼睛里没有了那副漫不经心的模样，取而代之的是认真的神情，偶尔有一丝无奈和烦躁。

孟欢并没有发现沈念的不对劲，还在努力地想着刚刚两人谈论的话题。

"对了，念念，你还记得那本小本子吗？你不是还写过一句话——

喜欢的东西要和喜欢的人分享。"

沈念眼皮轻颤,心里涌起一股强烈的预感。

或许……

她能够让宋遇的数学成绩变得好一些呢!

第五章

未知的期待

时间原因，沈念一直没有挤出时间来给宋遇讲题。

星期三下午最后一节课是自习课，临近放学，班里同学们都已经坐不住了，一片嘈杂的声音从班级里的各个角落传了出来。

靠门口第一排坐着的同学看到门外不远处正往教室这边赶来的班主任，轻声咳了两声，瞬间班里就安静了下来。

高跟鞋的声音由远及近，落在地板上，发出"啪嗒""啪嗒"清脆的声响，过了会儿讲台上传来一阵无奈又悦耳的声音："抬起头来吧，一个个的，大老远都听到班里说话的声音了，现在都不出声了？"

索菲的目光从班里五十多号人身上掠过，因为有更重要的事情，只得先放过他们，她用手中本子轻轻敲了敲讲台，认真地说道："刚刚老师们都去开会了，关于高三，大家也都应该知道，高三这一年跟前两年是不一样的，之前你学也好，玩也罢，那都是过去的事情了。而现在身为高三生，可跟从前不一样了。

"大家应该都知道高三生自愿住校的事情，具体情况都已经详细地写在回执单和安排表上了。一会儿让学委给大家发一下，大家回去以后好好跟家长商量一下，明天回来统计一下。"

班里已经有同学按捺不住了，开始互相商量到底住不住校。

关于住校，沈念跟孟欢早就做好决定了。

与班里其他人相比，两人倒是安安静静的，互相对视了一眼，又默默地把头扭开。

刘泽阳坐在沈念的前面，这时候突然回头看了一眼沈念，似是无意地问了一句："沈念，你住校吗？"

沈念还是没有忘掉上次他在自己面前说宋遇的事情，她转了转手中的笔，慢悠悠地说道："住校的。"

刘泽阳不知想到什么，随后自顾自地点了点头。

"哎，我说刘泽阳，哪一次班里有啥事儿，你都问我家念念，你咋不问我呢？"

孟欢从旁边突然冒出一句，眼睛盯着刘泽阳，不放过他面上一丝一毫的表情。

她早就看刘泽阳有些不对劲了，尤其是这学期开学以后，动不动就在念念面前刷存在感。

身为班长，虽然刘泽阳的"业务能力"确实不错，但是她上次还看到刘泽阳放学跟隔壁班一女生一起走来着！

刘泽阳眼里闪过一丝尴尬，很快又恢复正常，解释道："我这不是就问问嘛，那你呢，住不住校？"

孟欢给他一个白眼，随后伸出手往前推他："管这么多干吗，回你的位置坐好！"

身为沈念的好友加闺密，她当然得尽到自己的责任，像刘泽阳这样的人，当然应该拒之门外。

等刘泽阳回过头去，孟欢才从本子上撕下来一张纸，然后一笔一画地写着什么。

过了一会儿，趁班主任不注意，孟欢快速地把字条递到沈念面前。

沈念接过字条，轻轻打开，低头看了一眼：

　　念念，我觉得刘泽阳最近有些不对劲。

"一会儿放学后，大家抓紧时间回家和父母商量一下，今晚务必做好决定。"

索菲的声音从讲台上面传来，沈念并没有听到心里去。

教室里十分安静，白炽灯光更衬得女孩手指细长白皙。

沈念从小到大，都在极力地减少自己的存在感，面对外人跟自家人总是两种性格，只有在亲友面前她才可以放下一切顾虑，说说笑笑，活成她自己心目中的样子。

但是在平日里，如果自己不细心，连别人的名字都会叫错。像她这样的女孩，又怎么会有人喜欢啊。

脑海里下意识浮现出一道身影来，女孩的睫毛轻微地颤了颤。

过了很久，沈念才轻轻抚平了字条，动了动笔，不紧不慢地将"刘泽阳"三个字轻轻画掉，无意识地重新写了两个拼音：

songyu。

这是一件，她期待但又不敢期待的事情。

学委很快把回执单发到沈念的手里，沈念看向学委轻声说了句"谢谢"，随后接过回执单。

单子上已经写得很清楚了，现在收集同学们的住校情况，大约是国庆节放假回来就可以住校了。

住校以后，高三年级就是封闭式管理了，相对别的年级来说时间更紧，管得也更严了。

沈念之前特意跟上一届学姐聊过天，提起了关于学校封闭式管理的事情。容德一中在教学方面绝对是容德市第一，但在住宿方面还真的是不敢恭维。

比如说，晚上十点十五就要熄灯。

比如说，寝室里的风扇时好时坏，大夏天半夜真的会被热醒。

比如说，宿舍楼里的水流总是让人捉摸不透，时不时给你来个停水，一停就是一整天……

索菲给大家十分钟的消化时间，见大家的心情都平复下来，才慢慢说道："高三生以后时间就紧张了，所以学校里规定这次小长假回来以后，同学们就要上晚自习了。"

以后就要上晚自习了？！

沈念微微一顿，后面的话一点也听不进去了，所有的思绪都集中在这句话上面，脑海中莫名其妙地浮现出男生的影子。

最后女孩放下笔，幽幽地叹了口气。

以后要是上晚自习的话，那自己还怎么给宋遇讲题啊？

下午放学，孟欢跟沈念两人走到学校门口，不远处陈泽君穿着隔壁高中的校服骑在自己的变速车上，正往学校门口这边张望着。

见到孟欢跟沈念两人出来，他忍不住眼睛一亮，招手道："小孟欢！"

　　孟欢下意识看向旁边的沈念，解释道："陈泽君来了。"

　　众多来往的学生中，就陈泽君身上穿着橙白色的校服，所以很有辨识度。沈念想了想，转头对孟欢说道："应该是来找你的，那我先回家了。"

　　孟欢抹了把脸，随后不在意地说道："管他的，天天不干个正事儿，我也跟你一起回家。"

　　转眼间，陈泽君推着车子已经来到两人身边，他看了看沈念，笑嘻嘻地说了句："你好！"

　　沈念顿了顿，有些不好意思地更正道："叫我沈念就好了。"

　　"好的，沈念！"

　　孟欢揪了揪他的耳朵，随后扯了扯他的校服："陈泽君你不好好去你学校，来我们学校干吗？"

　　"这不是想找你玩呗。"

　　"给你发的短信你看到了没？"

　　"回头一起吃顿饭啊，顺便帮我个忙。"

　　两人还在说着什么，沈念弯了弯唇，眼里闪过一丝兴味。趁孟欢没有注意，她不断地往后面退着。大约退了六七步，两人还没有发现自己，沈念拽了拽自己的书包绳，随后深呼了一口气，转身就跑。

　　谁知后面站着一道黑影，沈念来不及反应，一下子撞进了一个温暖的怀抱里。

　　巨大的冲击，两人都没有反应过来。沈念胸口被撞得生疼，眼泪也止不住地往下流，话都说不出来了。男生也不好受，巨大的冲击，让他忍不住闷哼了一声。

　　不过宋遇顾不上自己，下意识去看女孩有没有事，眼神里是丝毫不加掩饰的担心："你没事吧？"

　　宋遇大老远就看到一个熟悉的身影不断地往后小步倒退着，因为担心她不看路出什么事儿，干脆在她不远处一直跟着她。谁承想，她突然转过身来就加速了。

　　宋遇思考了 0.001 秒，决定不躲开，于是眼睁睁地看着她撞了过来。

　　过了半分钟，虽然胸膛还是有些痛，但沈念好歹已经可以睁开眼睛，也可以说话了。她这才想起刚刚撞到了一个人，揉了揉自己的眼睛，有些抱歉地看向对方，不好意思地说道："实在是不好意思，没有撞疼你吧？"

女孩眼眶里还有没有擦拭干净的泪水，鼻头也红红的，声音里带着连她自己都没有发觉的懊恼。

他把女孩的一举一动都看在眼里，看到她没有什么大碍，微微放下了心。

原本还打算说"没事"的宋遇，看到此情此景突然就改变了自己的想法。

过了几秒，宋遇抬起手不经意地从沈念的脑袋上划过，随后捂在自己的胸口处，嘴角不自觉地弯了起来："怎么办，被你撞坏了。"

男生的声音很有辨识度，清冽的语调还带着丝丝慵懒愉悦的语气。

沈念微微一愣，随后抬起头看向男生，正巧对上一双漆黑的眸子。

"宋遇？"

"嗯。"

男生一只手捂住胸口，装模作样地揉了揉，似乎从喉咙里发出了一声轻叹。

沈念没有注意到宋遇眼里一闪而过的笑意，注意力只集中在男生的手上。她微微抿了抿唇，眼里有一丝歉意："不好意思啊，我刚刚没有注意到你就在我后面……"

宋遇打断她："怎么还不回家？"

这是不追究的意思了吧？沈念心里松了一口气，随后乖乖地回答道："现在就回去了。"

宋遇和往常一样，外面只穿了一件黑色T恤，校服被他大大咧咧地搭在肩膀上。听到沈念这么说，他伸出手轻轻拽过沈念的书包，掂了掂："这么沉？"

女孩的书包很沉，似乎把所有的书都装了进去。宋遇轻轻歪了歪头，想不明白就这么小小的一个姑娘，是怎么有力气背得动的。

下一秒宋遇就把校服扯了下来，把粉红色的书包背在了自己的肩头。他看向沈念，说出的话有些理所当然："送你回家？"

沈念被宋遇给搞蒙了，不小心把人撞了，还有包送回家的服务？

她轻轻地摇了摇头,叫住男生,下意识说道:"宋遇,我不需要包送服务的。"

"包送服务"是个什么鬼?

时间静止了一秒,沈念说完恨不得咬断自己的舌头。两人对视一眼,一时不知道该说什么好。

到底是沈念先沉不住气,踮了踮脚,反问道:"你怎么不回家啊?"

宋遇没有想到沈念会问自己,好心情地笑了一声,说道:"就感觉会在这里遇到你。"

"……"

已经有不少人注意到这边的两人了,主要是差不多整个容德一中高三的人都认识宋遇,罕见的是宋遇旁边是个小姑娘。

宋遇歪头瞥了瞥不远处正在说话的孟欢跟陈泽君,心下了然,回过头来,看向女孩,放低了自己的语气:"他们大约还要多久啊?"

什么还要多久?

宋遇的话有些奇怪,沈念脑子里闪过一丝什么,随后往两人身后不远处看去。

果不其然,孟欢正在跟陈泽君说话。

沈念还没有说话,只听某人又慢悠悠地开口,语气里有些许遗憾:"苏洵南……就这么'凉'了啊?"

沈念张了张嘴,小声说道:"其实苏洵南也还好?"

听出女孩委婉地帮苏洵南说话,宋遇轻轻挑了挑眉,背着她的书包就往后走,语气里让人听不出心情来:"你都这么说了,回头我帮他一下不就得了。"

什么意思啊?

沈念眼睛里闪过一丝茫然,再抬起头来,宋遇已经背着粉色的书包走了很远了。

沈念立马瞪大了眼,小跑追过去:"我的书包!宋遇!"

在两人的僵持下,最终沈念还是没有拿回自己的书包。不是她不想拿,是宋遇死活不给,背着她的书包跟背着什么宝贝一样。一个大男生,背着一个粉到不能再粉的书包,死活不松手,真是一幅很奇葩的画面。

两人走出去好远,沈念才掏出手机,给孟欢发了一条消息,说是自己家里有事，先走一步了。

看着沈念收起手机，宋遇若有所思地挑了挑眉："你刚刚为什么跑？"

旁边某人突然出声，沈念才想起来宋遇还在自己身边，她认真地摇了摇头："就是觉得自己跟陈泽君不是很熟。"

沈念一副认真的样子着实让宋遇想笑。他伸出手拍了拍沈念的肩膀，随后放下手说道："我们两个熟，走吧，回家。"

沈念在心里重复了一遍宋遇的话，心里莫名暖暖的。

在学校门口看到的那个男生，宋遇总觉得在哪儿见过，但就是想不起来。

"宋遇，苏洵南是真的打算报艺术生吗？"

宋遇一只手插兜，另一只手往上拉了拉女孩的书包，点了点头："应该是吧，最近他总是往办公室跑。"

沈念没有多想，点了点头，一本正经地说道："其实铁柱也是打算选艺术的，而且在苏洵南没确定之前，她就打算考播音主持了。

"我现在有一个想法，你说会不会是他故意放弃自己的文化课而选择艺术？

"那为什么铁柱不愿意让苏洵南选择播音主持呢？

"是不是她也猜到了苏洵南的真实目的，但是又不想让苏洵南放弃自己原本已经规划好的道路？"

女孩说出的话有点绕，一口气说了好多，但是宋遇没有一点不耐烦，认认真真地听女孩说完，眼睛里荡开一圈又一圈的笑意。

终于，他可以听到女孩嘴里那些再平常不过但又很有意思的小事儿了。

沈念没有发现宋遇此刻越发愉悦的心情，想了想继续说道："其实，也不一定非要这样的呀。还是说学习好的男孩子都是这个性格？"

宋遇眼皮一跳，顿了顿，想到之前邱子博捡到的那个小本子，下意识轻轻咳了一声，随后似是不经意地说道："我觉得……其实学习好的男孩子更有吸引力吧。"

沈念没有发觉男生这句话的深意，想了想，随意地说道："由于我自身的原因，平常在学校里也没有跟男孩子有过多的接触，所以觉得男孩子都是一样的。"

宋遇愣了愣，没有想到女孩会这么回答。但是听完女孩的话以后，心里莫名地舒服了起来。趁她不注意，男生的嘴角微微勾起一个弧度。

"不过……"

不过什么？

宋遇的心一下子又提了起来。

沈念没有注意到宋遇的反应，接着说道："虽然看一个人怎么样跟学习并没有关系，但是在大多数女生的眼里，一般都会崇拜那种学习好的吧。"

时间静止了一秒，沈念这才反应过来自己说了什么，原本没什么感觉，这会儿倒是觉得有些许尴尬。

她面前的男生不就属于那种各方面都很好，除了学习方面还有一些小瑕疵……

沈念脑子里飞快地转着，想着要重新组织一下语言。她现在说自己不是一般人还来得及吗？

谁知男生竟然默默地点了点头，认真地说道："好，以后我一定要认真学习。"

宋遇在心里暗自加上了一句：嗯，以后不仅要认真学习，还要早点睡觉。

沈念有些不好意思地摸了摸鼻头："其实学习不好也没有关系的。"

听出女孩是在安慰自己，宋遇看了她一眼，似乎是在开玩笑："那可不成，学习不好，以后可不一定能上好的大学。"

"……"

两人有一搭没一搭地聊着，不知不觉便走到了沈家小区的拐弯处。

小区围栏边上爬满了植物，隐约有几朵盛开的鲜花，风一吹，飘来一阵阵清淡的花香味。

过了一会儿他歪了歪头，漫不经心地问道："这次国庆节放假有什么计划吗？"

距离国庆节放假还有几天的时间。

沈念想了想，知道宋遇为什么要这么问了。

国庆假期后，高三年级的学生都会上晚自习，所以（6）班也肯定接到通知了，要是这样的话，宋遇肯定是想到以后放学不能帮他补习的事情了……

沈念理所当然地把宋遇的这句话给解读成了：国庆节放假，你来帮我补习吧。

于是，女孩眨了眨眼睛，陷入了纠结中，补习这件事其实也是有利于自己巩固知识的……

旁边零星有几个学生骑着车子飞快地经过，宋遇不着痕迹地把沈念往自己身边拉了拉，女孩还沉浸在自己的世界里，不知正在想些什么。

宋遇若有所思地看着她，心里飞快地盘算着。

过了一会儿，一个清冽的声音在沈念的耳边响起，语气中略带一丝可惜："其实也没有别的事情，就是突然想到中心广场那边新开了一家烤肉店，原本打算带你去试试来着……"

烤肉店？

沈念的脸上终于有了些许变化，经过内心的挣扎后，她抬起头一本正经地说道："原本有计划，但是现在没有了！"

有什么事能比吃烤肉更重要吗？

对不起，没有了。

听到女孩的话，宋遇嘴角不着痕迹地向上扬起，随后从自己的兜里拿出一包包装十分精美的牛轧糖，递到女孩的手里。

"我觉得好吃，所以就给你留着了。"

直到宋遇把包装精美的牛轧糖放到自己手里，沈念还愣愣地回不过神来。

看到女孩有些惊喜又有些诧异的眼神，宋遇的心里涌起了一股暖流。

宋遇一副不容拒绝的样子，倒是让原本打算拒绝的沈念硬生生地把话憋进了肚子里。

糖果的奶香味儿溢了出来。吃着这么香甜可口的糖果，沈念的心情也好了起来，弯了弯嘴唇，内心做了一个重大的决定。

既然拒绝不了，那就好好地帮助宋遇提高成绩吧！

…………

时间不早了，天色也变得昏黄，给人一种十分温柔的感觉。

女孩眼睛亮亮的，微微垂眸，小心翼翼地捏了捏手心里的牛轧糖。似乎没想到牛轧糖会这么软，她小声地惊呼了一声，放缓了手上的动作。

刚刚的小动作被宋遇看在眼里，沈念有些不好意思地接过了自己的书包，轻声说了句："谢谢。"

宽松的校服包裹着女孩纤细的身体，只露出一小截白皙的脖颈，若隐若现的。

宋遇滚了滚喉咙，下意识移开自己的目光。下一秒又转过头来，忍不住轻叹了一声，认真地说道："沈念，我一定会好好学习的。"

沈念微微一愣，听到了男生说的话。

她下意识抬头，男生的眼睛里满是认真，眸子深处还带着一抹缠绵。

沈念以为宋遇只是简单地想要好好学习，她收回自己的视线，嘴角露出浅浅一抹微笑："好。"

宋遇看了沈念一会儿，轻轻"嗯"了一声，说道："回家吧，我看着你回去。"

沈念顿了顿，觉得有些奇怪，但是又说不出哪里奇怪。

听着宋遇的话，沈念乖乖地往小区门口走去。走出去好远，她下意识回头，发现宋遇还站在原地。他就站在后面，静静地望着自己，仿佛没有离开的打算。

她抿了抿唇，倏地回过头去，轻轻地喊了声："宋遇。"

女孩声音不大，但宋遇还是听到了。

沈念没有等男生回答，轻轻垂眸，重复了一下刚才说过的那句话："你学习不好也没有关系的。"

沈念捏了捏自己兜里的牛轧糖，轻轻地舔了舔唇，只有她自己知道，这句一模一样的话，和刚刚的意思不一样。

沈念用钥匙打开门，一进门便听到了客厅的电视机里传出来的综艺节目的声音。爸爸坐在沙发上背对着自己，还没有注意到自己已经回来了。

自知比平常回来得晚了一些，沈念有些心虚，看都不看沙发上坐着的爸爸，直直地奔向自己的卧室。

下一刻沈父便无情地叫住了她，威严的声音从沙发那边传了过来："怎么回来这么晚？"

沈念装作没有听到，继续小步小步地往前挪动着步子。

"嗯？"

仅仅一个字，根本听不出沈父是不是生气了，沈念硬着头皮解释道："路上走得慢了一点。"

嗯，和宋遇走路确实是走得慢了一点，这一点她没有撒谎！

沈父了解般点了点头，随后说道："你是有多慢，才会把十分钟的路程走成半个小时？"

沈念噎了噎，连忙转移话题："老爸，我妈呢？"

果然一提起沈母，沈父的注意力立马转移了。

"你妈她和朋友出去逛街了……"

还没有说完，一串手机铃声响起，沈父拿出手机，对沈念摆了摆手，便接通了电话。

简直是一通救命的电话，沈念心里松了一口气，挪动着步子往楼上走去。

沈父已经走到落地窗面前，笑着道："喂，宋总？"

沈念走到自己卧室，然后轻轻把门带上。卧室里黑黑的，沈念把灯打开，坐到书桌前，拿出自己的作业。想了想还是打算先填一下学校发下来的住校统计表。

表格简约清晰，无非是填一些个人信息。轻轻动了动笔，沈念流畅地把信息都填写完整，最后一行"是否确认住校"那几个大字，倒是让沈念微微顿了顿。

就在一瞬间，她竟然莫名其妙地想起了宋遇。

宋遇应该……不会住校吧？

盯着那几个字足足五秒，沈念才慢悠悠地一笔一画地写上了一个"是"字。

国庆节之前的最后一堂课。

教室里的风扇慢悠悠地转着，丝毫不理会学生们浮躁的心情。

老师例行讲了一下关于假期里的注意事项，然后伸手一挥，洋洋洒洒地写下了满满一黑板的假期作业,便踏着步子离开了教室。

老师刚迈出教室,下一秒班里就发出了一阵嘈杂的声音。

本来假期就已经缩减了,还要给他们留这么多作业!这不是直接将祖国的新鲜花朵做成植物标本了吗!

相比别人的鬼哭狼嚎,沈念倒是很淡定,认认真真将黑板上的假期作业抄在自己的记作业本子上,一副早就预料到的神情。

旁边的孟欢突然哀号了一声,随后拿着手机凑到沈念面前,语气有些蔫蔫的:"念念,你知道咱们跟谁一个寝室吗?"

不等沈念反应过来,孟欢接着说道:"也不知道是不是故意的,咱们两个竟然跟段瑶瑶一个寝室。"

"段瑶瑶?"

段瑶瑶这个名字很熟悉,但是沈念想不起来在哪里听说过。

沈念随后道:"我好像记得你之前说过……"

孟欢鼓了鼓脸蛋,随后说道:"(6)班的一个女生,之前为苏洵南办聚会活动的那个。"

沈念稍微有了些印象,她还记得之前跟孟欢去了饭店,也就是那次跟宋遇有了交集。

孟欢叹了一口气,随后装作不在意的样子:"算了,不就是晚上在一个屋里睡觉吗?跟谁睡不是睡。"

大课间的时候,刘泽阳从教室外面进来,回到自己的座位上坐好,转过身来轻轻敲了敲沈念的桌子,温和地说道:"沈念,这一次的数学学习经验由我们两个来写。"

"我们两个?"沈念抬起头,有些吃惊。

"对。"刘泽阳又看了一眼沈念,轻轻咳了一声,"因为之前都是跟其他人合作,所以我跟数学老师提议这次换成你比较好。"刘泽阳顿了顿,不知想到什么,接着说道,"我还没来得及写,国庆节回来就要演讲了,如果你有时间的话,我们可以一起商量着来。"

说完,余光扫过女孩的桌面。女孩的桌面很整洁,右上角一摞书的最上面摆着一张字迹工整的纸张,上面满满的都是罗列的一些数学重点知识与详细的学习计划。

刘泽阳继续道:"那假期你有时间吗?我们可以一起出来讨论一下。"

沈念心里烦躁得很,微微垂眸,似乎在思考着什么。

刘泽阳看在眼里,然后笑了笑,说道:"没关系,你先好好想想……"

沈念本想拒绝,张了张嘴,余光瞥到了那张给宋遇写的学习计划,微微一顿。

拒绝的话到了嘴边便成了另一番模样:"班长,假期出去讨论的时候,我可以带一个人吗?"

孟欢没有注意到两人在说些什么,埋头趴在桌子上,实则正在下面刷着手机。

刘泽阳没有想太多,以为沈念说的人是孟欢。他点了点头,笑道:"可以啊。"

下午放学。

教学楼大厅中间是一道玻璃大门,两边各有两个小门。从教学楼一楼的大厅穿过一条走廊,转个弯过去就是(10)班的教室。楼道里安安静静的,学生们几乎走光了。零星几个同学注意到男生,也都下意识换个方向再走。

宋遇才不管别人怎么想,他轻轻倚在栏杆上,盯着(10)班教室窗口的位置出神。

离得很远,他依旧能看到(10)班教室门口已经上了锁。

宋遇动了动眉,伸出手捏了捏自己的眉头,忍不住轻轻"哼"了一声,开始试图安慰自己,也许女孩是真的有什么事情呢。

就在宋遇逐渐说服自己的时候,前面不远处,突然传来一个他朝思暮想的声音:"宋遇!"

女孩的声音里还带着一丝欣喜,宋遇还来不及捕捉,那道声音便消失了。

宋遇一顿,抬起头,往声源处看去。

空荡的楼道里,女孩站在正前方,手里抱着书,眼里满含笑意,嘴角微弯,就这样静静地看着自己。

看到沈念的那一刻,宋遇心里那根紧绷着的线,"吧嗒"一声突然就断了，瞬间心里百感交集。

还不等沈念反应过来，男生便大步走上前，嘴角弯起一道自己根本抑制不住的弧度，非常善解人意地接过沈念的书包，若无其事地往沈念来的方向看了一眼。他明知故问道："你去楼上了？"

沈念确实刚从楼上下来。

放学以后，她并没有着急走，反而是上楼去找宋遇。谁承想楼上没有看到他，反倒在楼下见到了。

沈念小声说道："刘泽阳约我出去来着。"

宋遇的好心情一下消失了一大半。

接着女孩又说道："原本去楼上找你，想问问你去不去来着。"

宋遇没有反应过来："我也可以去？"

沈念不懂宋遇眼睛里一闪而过的亮光是为何，点了点头，有些莫名其妙："为什么不能去？咱俩不是约好了一起复习的吗？"

宋遇突然很感动。他刚刚还跟傻瓜一样！他宋遇才是最有可能进攻的那一个！去你的刘泽阳、张泽阳、李泽阳，再来一百个泽阳，他也不屑。

沈念顿了顿，想到自己让宋遇陪自己去的主要目的，忍不住抬起头，脸上带着些许求助的表情看向他："宋遇……"

男生的眸子黑亮，给沈念一种眸子里只有自己的错觉。

想起自己的真实目的，沈念竟然心生一种愧疚之情，咬了咬牙，还是一口气说出："虽然我们不太熟，但……你能……装一下我的朋友吗？"

沈念突然就紧张起来，她还是第一次干这事儿，但是为了少和刘泽阳接触，她没有别的方法了啊。宋遇在楼上理科班，平时也见不到面，最重要的是自己和他在一起很自在。这样的话，他应该会扮演得很好吧？

男生没有说话。

不知为何，沈念心里竟然有一种闷闷的感觉，她张了张嘴："要是你介意的话，就算了……"

宋遇抬起手，将女孩凌乱的发丝整理好，随后微微俯身，凑近沈念的耳朵，低低地笑出了声："沈念，我不介意。"

虽然知道宋遇是在开玩笑,但是沈念还是忍不住夯了毛,耳尖倏地红了起来。

都说了是假的,能不能不要这么当真!你这样,我会想多的啊!

学校附近的一家奶茶店里。

这家奶茶店的名字叫作"拾忆",拾回记忆的意思。这家奶茶店很出名,大约是店里真的留存了学生们很多美好的回忆,奶茶店的墙面上贴满了五颜六色的便利贴,上面写满了励志的话语。

宋遇推开门先让女孩进去,许是男生身高的原因,抬头便碰到了门口的风铃,一阵悦耳的风铃声轻轻响起。

进门的一瞬间,女孩顿了顿,回过头来看向宋遇,小声说道:"加油,加油!"

宋遇勾了勾唇:"我不紧张的。"毕竟这场景在脑海中演练了不下百遍了。

宋遇所在的位置正好被一面墙给挡住,刘泽阳听到风铃的声音转过头来,看向进来的女孩,眼睛一亮,轻轻招手:"沈念。"

女孩站在门口,穿了一件淡紫色的裙子,裙摆上有几朵精致的花,更显得青春又有活力。

阳光从窗户上打下一束光,正好照到女孩的裙摆上,亮亮闪闪的,好看极了。

离得还是有些远,刘泽阳推了推自己的眼镜框,才看到女孩身后一米处不紧不慢跟着一个人。

他想起沈念之前说过的话,微微一愣,表情瞬间变了些许。沈念带来的朋友是个男生?下一秒,看清来人是宋遇以后,刘泽阳的脸色已经不能用难看来形容了。

沈念才不管他是怎么想的,眨了眨眼睛,故作不知情地向宋遇介绍:"宋遇,这是我们班班长刘泽阳。"

"班长,这是我朋友宋遇。"

虽然知道是装装样子,但是沈念在说出"朋友"的时候,余光还是瞥见宋遇的嘴角越发肆无忌惮地往上扬。

刘泽阳动了动嘴唇,心里很不是滋味,面上不显,露出一个笑容,看向宋遇:"你好。"

宋遇倒是自在,目光直直地盯着刘泽阳,过了半响才露出一个笑容:"你好,我是沈念的好、朋、友。"

不得不说,刘泽阳的适应能力倒是很强,听到宋遇这么说,整个人越发地不在意,转过头来看向沈念,笑着说道:"既然来了,我们就讨论一下关于学习经验的稿子怎么分工合作吧。"

几个人落座,刘泽阳拿出自己之前写的手稿递给沈念,步入正题:"沈念,你看看,这是我昨天晚上已经写好的。"

原本以为宋遇会很在意这件事,结果没想到跟自己想的不一样。宋遇给沈念买了一杯热奶茶之后,便静静地坐在一边,视线看向手里的手机,丝毫没有打扰两人讨论事情的意思。

刘泽阳心里松了一口气。

沈念抿了一小口奶茶,随后仔细地看着稿纸上面的内容。

刘泽阳写得很仔细,几乎挑不出什么错来。但沈念还是指出了其中几个不明显的错误,并进行了修改。

时间不是很长,大约二十分钟,稿纸上的内容算是敲定下来了。

原本刘泽阳以为沈念会带着孟欢一起来,于是自作主张在旁边的饭店里订了位子,但是现在计划被打乱,他一时也没了想法。

刘泽阳思考了半响,还是说道:"要是有时间的话,我们……"

还不等刘泽阳说完,一旁的男生突然抬了抬手靠近女孩,碰了碰她的头发。

沈念不懂宋遇什么意思,一脸迷茫地看着他。

宋遇没有半点不好意思,对上沈念的目光,男生的眸子里满是温柔,低声问道:"那天晚上送你回家的时候不是还说好去吃烤肉的吗?"

宋遇这么一说,沈念没有觉得任何不对,眼睛一亮,顺着宋遇的话继续说道:"中心广场那家?"

"对。"

宋遇看了看手机道:"如果我们现在过去的话,到了那边时间应该刚刚好。"

刘泽阳一口气差点没上来,他觉得自己还能再争取一下:"要不然我请你们两个在这附近吃吧,旁边有一家饭店。"

可偏偏沈念丝毫不给刘泽阳面子，装作有些不好意思地说道："谢谢班长，不过我朋友想请我吃烤肉，我们就不和你一起吃了。"

宋遇舔了舔唇，懒散地坐回自己的位置，掀起眼皮看了刘泽阳一眼。

虽然只是轻轻地看了一眼，但是不知为何，刘泽阳竟然从宋遇的眼神里感觉出了一丝不屑，仿佛对方就没把自己当回事。

刘泽阳攥了攥拳头。从小到大，他都是老师眼里的优秀生，同学眼里的好榜样，哪被这么不当回事儿过？

他先是看了一眼沈念，随后把目光转移到宋遇的身上，不知想到什么，站起身来，视线却没有从宋遇身上离开。

"不好意思，我去一趟厕所。"

沈念点了点头，看着脸色不是很好的刘泽阳转身离开。

奶茶店里弥漫着一种香甜浓郁的味道。女孩拿吸管戳了戳手里的奶茶，心情莫名地好了起来。她戳了戳宋遇的肩膀小声道，语气里是不加掩饰的赞扬："宋遇，你太厉害了，看样子刘泽阳真的以为……"

宋遇挑了挑眉，装作听不懂的样子问道："以为什么？"

"以为我们是真的啊。"沈念的声音顿了一下，开启自恋模式，"主要是我演得比较逼真，你最多算是友情出演。"

女孩的表情十分生动，宋遇静静地看着她，嘴角不自觉地向上勾了一下，随后轻轻"嗯"了一声。

不急，迟早有一天会是真的，他会做她一辈子的"友情出演"。

大约过了五分钟，宋遇站起身，低声跟沈念说了两句话，便转身往厕所的方向去了。

刘泽阳从厕所出来，一眼就瞥到站在门口的宋遇。

男生低着头，微微垂眸，不知正在想些什么，身上弥漫着一股漫不经心的懒散劲儿。可偏偏当自己往他的方向看过去的时候，他就像是有感应一般，瞬间捕捉到他的视线，往这边看过来。

犹如一头猎豹，伺机出动。空气中突然安静了下来。宋遇动了动脖子，随后回过头，面无表情地往刘泽阳的方向走了过来。不知为何，刘泽阳竟然有那么两秒钟觉得自己呼吸不过来。走到刘泽阳面前一米远的距离时，宋遇突然停了下来。

出乎意料的是，宋遇只是伸出手拍了拍刘泽阳的肩膀。

一下，两下。

每当宋遇的手落在刘泽阳的肩膀上的时候，就肉眼可见刘泽阳的脸色白了一分。

吓唬够了以后，宋遇轻掀眼皮，看着面前不停哆嗦的刘泽阳，眼里闪过一丝不屑，忍不住嗤笑了一声。

手机微振，宋遇拿起手机，看到女孩发来的语音时，眉毛突然舒展开来，手指轻点屏幕。

下一秒，女孩娇憨的声音透过手机从那边传过来："宋遇，你快点过来啊，我好饿……想吃烤肉……"

宋遇嘴角微勾，修长的手指在屏幕上飞快地点着。回完消息以后，把手机塞回兜里，看都不看刘泽阳一眼，转身往来的方向走去。

走了两步，突然停住。宋遇又抬眼看了一眼刘泽阳，语气漫不经心："忘了告诉你，沈念她认得清，也认识我。"

所以，不用比，你刘泽阳一早就输在起跑线上了。

给宋遇发完消息以后，沈念便又回了几条孟欢的消息：

　　念念，明天一起去图书馆？好久没有去了，我们泡上一泡怎么样？

沈念嘴角微弯，轻轻打字回道：

　　好的，时间你定。

沈念家里的书差不多都被沈念看了个遍，最近她又迷上了林徽因的那本自传，但家里没有这本书，所以她正好想借此机会去图书馆看一看。

就这么想着，一道身影突然移了过来。沈念下意识抬起头，与宋遇的视线对个正着。

宋遇微微俯身，歪了歪头看向沈念，轻声道："等久了？"

男生就在自己的面前，沈念竟然不知道如何回答，连忙移开自己的目光，下意识点了点头。

随后又回想起刚刚宋遇问自己是不是等久了，她又连忙摇了摇头。

宋遇被沈念一系列的动作给搞得哭笑不得，伸手捞起旁边沈念的包包："走吧，带你去吃饭。"

　　…………

两人去到中心广场,直奔新开的那家烤肉店。

宋遇已经提前订好了位子,所以两人到了以后,就直接被带到了座位上。

烤肉店是日式风格,金黄的灯光打在桌面上,给人一种十分温馨的感觉。

穿着和服的服务员很快把烤肉给端了上来,弯腰轻声说了一句:"请慢用。"

宋遇轻声道谢之后,十分细心地将烤肉一块块烤好,用专用的剪刀将烤肉剪成一块一块的。

沈念默默地看着男生细心的举动,不自觉地扬起了嘴角。

服务员还给两人端上了小甜品和水果。

沈念拿了一颗冰镇杨梅塞进嘴里,杨梅酸酸甜甜的十分爽口,简直好吃得说不出话来。出于迫切想要分享的原因,女孩做了一个自己都没想到的举动。

她夹起一颗小杨梅便放进男生的小盘里,随口说道:"你快尝尝,简直太好吃了。"

空气中突然安静了一秒,男生微微垂眸看着碗里的一颗小小的杨梅,零星的碎发遮挡在他的眼前,看不清他的神色。

沈念小脸一红,一时间忘记了动作,胳膊停住也不是,收回来也不是,心中一片波涛汹涌。

啊啊啊!

吃得太投入,她都忘了对面是宋遇,不是铁柱啊!!

女孩轻轻咽了咽口水,决定破罐子破摔,眨了眨眼,小心翼翼地问道:"您还满意吗?"

宋遇挑了挑眉,夹起小杨梅放进了嘴里,清凉爽口的果汁滑入喉咙,更渗进他的心里。

男生的眼里浮上一层笑意,低低地笑出了声:"满意。"

不管是人还是杨梅,都满意。

吃饱喝足以后,两人走在外面的街道上,时不时地聊着天。

沈念摸了摸自己的小肚子,有些回味无穷地舔了舔嘴唇:"宋遇,这是我今年吃过的最好吃的一顿饭了。"

确实是这样。母亲顾漫丽对沈念来说，亦师亦友。平日里两人相处得像姐妹，但更多时候顾漫丽对沈念还是很严厉的，尤其是在健康饮食方面，会尽量避免让沈念吃一些高热量的东西。

这次吃完烤肉以后，沈念才明白了"唯有美食不可辜负"这句话简直是真理。

宋遇眼睛眯了眯，嘴角微微翘了起来，似是在诱惑："那以后经常带你来吃好不好？"

对沈念来说，这是多么有吸引力的一句话啊！

沈念抑制住自己想要一口答应的冲动，纠结之后，摇了摇头，语气也低落了下来："不行的。"

要是被老妈知道了，自己肯定会很惨很惨。

宋遇大概猜出了沈念的顾虑，想了想继续说道："没关系的，要不这样，我一个月带你来一次。要是害怕热量堆积的话，我再陪你一起跑步怎么样？"

说得也还蛮有道理？

宋遇的声音仿佛带了魔力一般。

沈念眨了眨眼睛，脑海里突然冒出一个想法，好像这些事情自己一个人也可以啊。

对上宋遇认真的眸子，沈念舔了舔嘴唇，遵循了自己的内心："好。"

回家之前，沈念把那份自己早就整理好了的纸张递给宋遇，笑着说道："宋遇，今天谢谢你。这是我整理的一些学习知识点，以及平时我总结出来的学习小经验，你没事儿的时候可以看一看。"

宋遇点了点头，随后接过这张纸。女孩字迹工整，写出来的公式之类的也很用心地在旁边做了标注，以便自己更好地理解。

宋遇笑了笑，仔仔细细地把这份资料轻轻地折了一下然后塞进自己的兜里，说道："有什么比较适合的题目吗？我想做做看。"

沈念沉吟了一会儿，点了点头轻声应道："好，那等我回家给你发过去，顺便给你圈几道比较合适的题目，你做做看，有不会的及时问我就行。"

回到家以后，沈念发现妈妈已经到家了。

沈念从玄关处换下鞋子,然后往客厅的方向走去,对着沈母说道:"老妈,今天下班这么早?"

顾漫丽点了点头,笑着说道:"明天中午你爸爸的客人来我们家做客,所以我今天早点回来,一会儿去外面买点菜。"

沈念眼睛一亮:"是不是又有好吃的了?"

沈念的话音刚落,招来沈母一个白眼:"一天到晚就知道吃吃吃。"

沈念缩了一下脖子,小幅度地吐了吐舌头,想起中午还跟宋遇一起去吃了烤肉,不知不觉有些心虚。

顾漫丽给沈念倒了杯水,递给她。

"这个假期有什么计划吗?"

沈念接过水,喝了两口,轻轻地摇头。她没有什么具体的计划,只是想着多用些时间来复习功课。

但是想起之前跟宋遇说过的话,微微一顿,然后抬起头看向沈母,语气里有些许的不确定:"也算是有?"

顾漫丽笑了笑,看向沈念:"什么叫'也算是有'?我准备回清源市看你外婆,你要不要跟妈妈一起回去?"

沈念的外公外婆都在清源市,两个老人对沈念很疼爱。自从上了高中,学习更加紧张,这么说起来,沈念已经很久没有回去看过外公外婆了。

沈念思考了一瞬,乖乖点头道:"好。"

两人又聊了一会儿天,沈念便回到了自己的卧室,准备去看一会儿书。

孟欢给沈念发来了消息,说是明天上午九点左右在图书馆见。

第二天,沈念到的时候,孟欢早就等在了图书馆。

容德市的图书馆在国内都是出了名的好看,不管是设计上还是建筑上都透出一种很典雅的感觉,颜色由白色和金黄色组成,给人一种很舒服又低调的感觉。

许是来得早的原因,这会儿还没有什么人,图书馆里显得空荡荡的。

孟欢虽然去图书馆的次数没有沈念多,但对图书馆也是很熟悉的,轻车熟路地陪沈念找到了几本感兴趣的书，便落了座。

孟欢翻了翻手里的卷子，便拿出手机拍了两张照片，发了一条朋友圈后，这才开始认真地做题。

"念念，你看这道题怎么做？"

孟欢想了半天，还是搞不懂这道题，只好求助沈念。

沈念从书中抬起头来，看向孟欢问自己的那道题。看了一会儿，心里有了思路，手指轻轻点了点笔帽，然后放轻了声音："有练习本吗？"

孟欢把练习本递给沈念，沈念整理了一下思路，随后就把这道题的解题过程给写了出来。

孟欢双手托腮，看着女孩表情不变地把解题的过程给写了下来，忍不住发出一声感叹："天啊，念念简直是无敌了。"

沈念正在写答题的步骤，孟欢有些百无聊赖，瞥向一旁的手机，发现苏洵南给自己发来了消息：

  在图书馆？

孟欢噘了噘嘴，小声嘀咕了一句："干吗这么惊奇？"

心里虽这么想着，但她的面上不显，乖乖地回道：

  对的，在图书馆。

下一秒苏洵南又给孟欢发来了消息：

  最左边倒数第二排，靠窗。

什么啊？苏洵南也来图书馆了？

孟欢愣了愣，然后抬起头从自己的位置往后面扫去。果不其然，靠窗的位子，一道穿着白色衬衫的熟悉身影映入孟欢的眼帘。

苏洵南并没有抬头，发完消息以后就继续坐在自己的位置上学习。

看到苏洵南以后，孟欢眼睛一亮，随后想到了什么，又渐渐地暗了下来，蔫蔫地问道：

  你怎么也在图书馆啊？

苏洵南很快回了一条消息：

  学习。

孟欢翻了一个白眼，喊，谁来图书馆不是学习的？

她的心里还是有些纳闷，苏洵南家里离这边的图书馆明明很远啊，怎么也来得这么早？

沈念注意到孟欢的动作，孟欢有些不好意思地指了指不远处的苏洵南，小声道："就是莫名其妙发现了苏洵南也在这儿。"

沈念的眼睛里闪过一丝"我懂，你们两个商量好了"的意思。

孟欢连忙摆手解释道："不不不。

"我真的没有跟他商量好，我在两分钟之前根本就不知道苏洵南的存在。

"不对，不对，我知道他的存在，但是不知道他为什么也会这么巧出现在图书馆里。"

沈念弯了弯唇角："那你不去那边看看他？"

孟欢张了张嘴，音量逐渐减小："谁要去看他，又不是我让他来的……"

"还在生气？"沈念眨了眨眼睛，一语戳中孟欢的心思。

自从上次孟欢知道苏洵南要放弃文化课参加艺考以后，两人之间莫名其妙地多了一层隔阂。

孟欢的神情稍微滞了滞，随后故作若无其事的样子说道："干吗生他气，他爱怎么样怎么样。"

沈念点了点头，垂眸想了想。

她大概可以明白孟欢的想法。她知道孟欢的性子，孟欢崇拜苏洵南这么久，虽然表面上看着大大咧咧的样子，但是内心比谁都柔软。

她能跟陈泽君这种大大咧咧的人玩得很好，但是对苏洵南是打心眼里的小心翼翼。

崇拜就是崇拜，当她有一天发现苏洵南也有所回应了，原本是应该欣喜的，可当苏洵南也说自己报艺考的时候，孟欢却退缩了。

她很清楚，这意味着什么。

她不想苏洵南因为自己把大好前程都放下了。

沈念轻轻吐出一口气，看着面前的女孩有些无奈，她不知道是该表扬她还是该心疼她。

孟欢垂眸，随后给苏洵南发了一条消息：

好好学习，我就不过去了。

发完以后，孟欢深深吐出一口气，摩挲着手机的外壳，轻声说道："找个机会，我会找他说清楚的。"

她说话的声音很小，小到连她自己都听不清楚。

沈念点了点头，不再说什么了。

这些事情，虽说当局者迷，旁观者清，但终究还是孟欢跟苏洵南自己的事情。

…………

大约又过去了两个小时，沈念拿的这几本书大体看完，孟欢带来的练习题在沈念的帮助下也都全部理解清楚了。

离开的时候，孟欢下意识往苏洵南的方向看了一眼。他还坐在原位，目光直直地看着孟欢，好像已经看她很久了。

孟欢心头一跳，有些心虚地回过头来。

苏洵南盯着孟欢的背影，久久回不过神来。

孟欢跟沈念越走越远，直到两个人的身影消失在拐角处，苏洵南才收回自己的视线，微微垂眸，眼里闪过一丝无奈。

他不知道孟欢最近是怎么了，怎么就……突然拉远了与自己的距离。自己实在是想不通，他也不知道自己怎么了，打听到今天孟欢要来图书馆，一大早就来到了图书馆等着，就为了见她一面。但好像并不怎么管用。

手机"嗡嗡"振了两下。苏洵南抿了抿唇，拿出手机看着班级群里别人新发的消息：

（6）班邱子博：宋遇，看到消息回句话，为什么我给你发消息你不回我？！你是不是把我屏蔽了？！

（6）班张郁奇：子博是不是发错了，哈哈哈哈哈，这是班级群啊。

（6）班邱子博：不是，宋遇已经消失一上午了，我实在联系不上他，所以才往班级群里发消息的。

（6）班张郁奇：那要不然，我也给他发消息试试？

宋遇：不用了。什么事？

看到宋遇终于回了消息，邱子博十分激动。

（6）班邱子博：宋遇！！

（6）班邱子博：太好了！！你终于给我回消息了！！我还以为你消失了，哭泣啊！！！

宋遇：……有话快说。

　　（6）班邱子博：下午出来打球吗？

　　（6）班张郁奇：加我一个！

　　（6）班赵新成：还有我！

班级群里又陆续炸出几个人来，瞬间群里活跃了起来。

　　宋遇：不去，学习。

听到宋遇拒绝的话，邱子博已经免疫了，一时间也忘记了这是班级群，接着回复道：

　　沈念又给你布置作业了？

一句看似不经意的话，群里瞬间安静了下来。

邱子博也意识到不对劲，喊了一句"哎呀"，连忙撤回。

还不等邱子博撤回消息，宋遇的消息已经回过来了：

　　嗯。

苏洵南看着宋遇发在群里的最后一句话，陷入了沉思。

虽然跟宋遇不是很熟，但是他之前偶然看到过宋遇跟一个女孩子一起走，而那个女孩子……好像是孟欢的好朋友。

沈念是孟欢的好朋友，宋遇跟沈念好像有关系，自己又跟宋遇是一个班级里的……

苏洵南仔细琢磨了一会儿，下一秒就点开了班级群里宋遇的那个黑色头像。

虽然两人在同一个班里，却是不同的圈子和不同的性格，自然也没有过多的联系，都同班这么久了，连个联系方式都没有加上。

但是此时此刻，苏洵南毫不犹豫地给他发出了一条验证消息：

　　我是苏洵南。

临近中午，沈念才从图书馆回到家。

刚打开家门，便听到一阵动画片的声音从客厅里传出来。

沈念静悄悄地带上门，抬头往沙发的位置望去，一个毛茸茸的小脑袋映入眼帘，小小的身板，手里抱着一个玩具，正在专心致志地看着电视机里的动画片。

顾漫丽听到门口传来的动静，从厨房里往外面探了探头，看到是女儿，又回到厨房说道："念念回来啦？怎么没把孟欢带回家来吃饭呀？"

沈念把书包放下，往沙发的方向走去，随后应道："我们从图书馆回来以后，孟欢就去她爷爷家了。"

沙发上的小男孩五六岁的样子，长相很精致，也很可爱，听到声音以后抬起头好奇地看了沈念一眼，随后想到什么，转了转眼珠，乖乖地喊道："姐姐好。"

小男孩说话的声音奶声奶气的，可爱极了，甜到沈念的心里去了。

沈念弯了弯唇，轻轻俯身坐到他的身边，小心翼翼地摸了摸他的头发："你好呀。"

脑袋上传来柔软的感觉，小孩浑身僵了一下，随后慢慢放松了身子，由着沈念摸着自己的小脑袋，眼睛还眨啊眨的，乖巧极了。

沈念从桌子上拿了一根香蕉，剥开递到小孩的手里，才站起身来，往厨房的方向走去。

沈母正在厨房里忙活着，旁边的小桌子上已经摆上了几道做好的菜。沈念轻轻倚在厨房门上，视线一一扫过桌面上的菜品。

沈念顿了顿，嘴里开始念叨："糖醋花生、宫保鸡丁、四喜丸子……"

沈念悄咪咪地走上前，趁沈母不注意轻轻夹了一颗花生米放进嘴里，细嚼慢咽以后，一脸意犹未尽的样子。

想到昨天沈母说家里要来客人，沈念心里多少有了底。

顾漫丽走到旁边洗了手，透过窗户往外面客厅看了一眼，随后说道："你爸的客人来了，两人正在楼上谈事情呢。"

怪不得在楼下没有看到人。

沈念小幅度地点了点头，随后又想夹一颗花生米，旁边的沈母轻轻拍了一下沈念的手，瞥了她一眼，小声道："洗手了吗你？"

沈念不好意思地吐了吐舌头，连忙走到一边去洗手，想起刚刚客厅里的那个小孩，下意识以为是楼上客人的儿子。

沈念轻抬下巴指向客厅，语气里满是赞叹："那个小孩子好乖哦，他爸爸不在，他就乖乖地坐在那里看电视，刚刚嘴还特别甜地叫了我一声姐姐。"

"不是他爸爸,楼上那个是他伯父还是什么,孩子应该也是跟着来玩的。"

顾漫丽解释完,又回想了一遍女儿刚刚说的话,有些惊讶地看了沈念一眼:"那孩子跟你说话了?"

顾漫丽惊讶不是没有原因的。小男孩坐在沙发上看电视已经半个小时了,不说话,也不吃水果,只是安安静静地坐在那儿。

沈念这下已经洗好了手,毫无顾虑地重新夹了一颗花生米塞进嘴里,点了点头:"对啊,我还摸了摸他的头,给了他一根香蕉,我看着他马上就吃完了。"

顾漫丽虽然感到新奇,但到底是没有在意,自顾自地点了点头:"那你就去陪他说说话吧,这孩子来到家里以后,一句话都没有说过。"

毕竟也是家里的小客人,还是要尽好待客之道。

沈念重新回到客厅,又坐到沙发的一边,与小男孩距离半米远。

小男孩已经吃完了香蕉,香蕉皮没有随手乱扔,就放在自己的手心里,见沈念走过来,才有礼貌地问道:"姐姐,你们家里的垃圾桶在哪里呢?"

沈念指了指不远处落地窗那边的垃圾桶,告诉他:"就在那里。"

小男孩爬下沙发,小跑到垃圾桶面前扔掉垃圾,又跑了回来,乖乖坐好。

沈念忍不住伸出手摸了摸他的小脑袋,语气里满是表扬:"你好棒呀。"

小孩脸上浮上一片羞红,随后说道:"这是我应该做的。"

第六章

冒出来的机灵鬼

宋越敲响宋遇卧室门的时候，宋遇正在认真地做沈念圈给自己的数学题。

他站起身来走到卧室门口，把门打开，都没有心情看来人是谁，就头也不回地坐回自己的书桌前，继续埋头苦干。

令宋越有些惊讶的是，男生的屋子里到处都是书。

之前宋遇的一面墙上满满的都是他收藏好久的汽车模型，可如今，汽车模型没有了，都换成了历年的高考卷子。

宋越倚在门口挑了挑眉，语气里带有一丝惊讶："我是不是敲错门了？你还是宋遇吗？"

听到宋越的说话声，宋遇才抬起头来，送给宋越一个眼神，随后语气欢快地道："这才是我宋遇好吧。"

宋越轻笑了一声，随后走进宋遇的卧室，整个屋里也就床上还能坐个人。他坐到床边，漫不经心地拿起宋遇床头上摆放的一个类似玩偶的东西。

这个玩具不大不小，大约有他一个半的手掌那么大，他叫不出这个玩偶的名字，反正通身都是蓝色的，还有俩眼睛，耳朵也怪长。

还不等他说话，旁边伸过来一只手一把将玩偶给拿走，宝贝似的拿到了他的书桌上放好。

这么宝贝？宋越静静地看着宋遇的举动，也不恼。他重新开始扫视宋遇的床头柜，看看还有没有什么别的宝贝。

视线扫过宋遇一旁叠得整齐的被子时，宋越微微一愣，发现最边上压着一张类似照片的东西。

离得太远，根本看不清楚是什么，依稀只能看见是个穿着校服、扎着马尾的女孩。

女孩长得倒是不赖。

宋遇不知道宋越心里所想,一个大男人就这么坐在自己的床边,也不说话,虽说是他的堂哥,但他这心里也觉得怪怪的。

挠了挠头发,宋遇干脆转过椅子来,看向宋越:"哥,你怎么有空来容德了?"

宋越的身上还穿着西装,看样子不像是从清源的家里直接过来的,倒像是来这边谈工作的。

宋越收回视线,沉吟了半会儿,沉稳地说道:"来送宋远的。"

宋远是宋越的亲弟弟,也是宋遇的堂弟。小家伙今年才五岁半,跟宋遇相差十四岁,跟宋越更是相差十九岁。小孩虽然不大,但是调皮得很,经常闯祸,搞得他父母一个头变两个大,宋越这个亲哥因为工作忙也管不了他。

可偏偏,宋远这小机灵鬼怕宋遇怕得要死。

只要提到"宋遇"这两字,他就乖得不行,典型的欺软怕硬。

宋遇漫不经心地倚在椅背上,嗤笑了一声:"你把那小孩带来了?放我家里还不得天天哭死。"

宋越倒是很认同宋遇的话,点了点头说道:"哭死就哭死吧,现在也就你能治得了他了。"

宋遇转过身去碰了碰自己桌子上的史迪仔,对宋越的所作所为有些不理解:"他又惹事儿了?半大点孩子,你们让着他点不就行了?又没做什么伤天害理的事情。"

宋越顿了顿,抬起头看向宋遇,沉稳地说道:"伤天害理的事情倒是没有做,只不过是为了不想上幼儿园,偷偷把自己的被子给弄坏了。"

宋遇转了转脖子,一口拒绝道:"我没时间管,把他带回去。"

现在对自己来说,学习最重要。

倒是宋越,似乎早就预料到了宋遇会这么说。他轻轻挑眉,站起身来走到门口,临走之前问了一句不相干的话:"宋遇,你的床上一般会放照片之类的东西吗?"

宋遇转笔的手微微一顿,随后接话道:"不会啊。"

说完以后,宋遇狐疑地看了宋越一眼,然后站起身来往床边走去,一眼便看见了被子下面掖了一半的照片。

那张照片宋遇很熟悉，是高二时偷拍沈念的一张照片，他一直夹在自己的一本书里，因为宋父宋母从来不会翻动自己的东西，所以一直没有人发现。但是现在它竟然出现在自己的被子底下！

宋遇的脸色渐渐变难看，倒不是害怕，只是想到除了自己，还有别人看了女孩的照片，他这心里就很气。

"如果我没有猜错的话，你爸妈应该不会随便翻动你的东西吧？"

"哦，对了，你还没回来的时候，宋远进来过。"宋越适时地加了一句话，毫不犹豫地出卖了自己的亲弟弟。

宋越说出来的前一秒，宋遇也想到了这一点。他语气平淡，目光轻轻瞥了宋越一眼："宋远呢？"

虽然面无表情，但内心犹如火山即将爆发。宋越心里默默为宋远点燃了一支蜡烛，随后说道："刚刚跟你爸出去了。"

"去哪儿了？"宋遇继续问道。

宋越想了想说道："好像是跟着你爸去谈事情了，临走之前我听说好像是去校长家里。"

宋遇突然顿住，抿了抿唇，拿起一旁的衬衫就往外跑。

看着宋遇突然加速的背影，宋越心里大致明白了，开口道："有必要这么急吗？"

不远处宋遇冷笑的声音传来："你不知道你弟弟宋远是个什么货色？"

看着宋遇骑车远去的背影，宋越收回自己的目光，摸了摸自己的下巴。

宋远怎么了？

顾漫丽给两人端来了水果，看着宋远乖巧可爱的模样，越发地喜欢。

家里没有什么玩具，沈念小时候买的玩具也早就不知道被扔到哪里去了。

沈念在卧室里找了一圈，还是没有找到。她打算离开卧室的时候，视线在书桌上一扫而过，当她看到那个蓝色的史迪仔时，身体微微一顿。

就借给小孩儿玩一下下？

…………

沈念下楼，把手里的史迪仔玩具递到小孩的面前，弯了弯唇说道："要不要玩？"

小家伙眼睛一亮，接过去，嘴上像抹了蜜一样甜："谢谢漂亮姐姐。"

宋远抱着史迪仔玩得不亦乐乎，一会儿戳戳史迪仔的小眼睛，一会儿动动它的小鼻子。

沈念双手托腮，看着他手里的史迪仔静静地出了神。

这个史迪仔是别人送给自己的生日礼物。具体是谁送的，她也不是很清楚。是去年她生日那天，有人放在了她的桌子上，还留了一张字条，上面写着：沈念，生日快乐。

沈念很喜欢这个生日礼物，模样憨态可掬，做工十分精致。后来沈念还专门找人问了问，说是市面上买不到这个玩具。

小男孩没有抬头，继续手上的动作。

他轻轻地敲了敲这个史迪仔的肚皮，发出了一阵中空的声音，仿佛里面没有东西一样。

为什么会没有东西呢？

宋远眼睛眨了眨，一脸好奇地看向沈念："姐姐……"

不等宋远说完话，沈念的手机铃声轻轻作响。

沈念不好意思地摸了摸宋远的小脑袋，然后走到落地窗那边轻轻接通了电话："喂，宋遇？"

听到漂亮姐姐喊出"宋遇"两个字，坐在沙发上的小孩突然浑身僵住，然后竖起两只小耳朵，往离沈念最近的沙发边上挪了挪，仔细听着两人的对话。

"嗯，是我。"男生的声音有些不稳，似乎是刚刚跑完步。

沈念眨了眨眼睛，手机贴近耳朵，轻声问道："怎么啦？"

马上就到中午吃饭的点，沈念实在想不通宋遇为什么会这个时候给自己打电话。

过了会儿，宋遇似是无意间问道："你家里那小孩……听话吗？"

想不出别的词，宋遇只能用"你家里那小孩"几个字替代。

听话是蛮听话的，但是宋遇怎么知道自己家里有小孩？沈念想了一会儿，下意识把手搭在了窗台上。

一道目光往沈念的方向看来。似乎感受到什么，沈念偏过头去，一眼就看到了楼下不远处倚在车子上的宋遇。

男生穿了一件白色的T恤，外面还套着一件黑色衬衫，零碎的头发搭在额前，还有些凌乱。沈念发现他就这样静静地看着自己。

终是忍不住，女孩嘴角悄悄地弯了下，小声问道："你热不热呀？"

听到女孩问自己问题，宋遇才回过神来，看了一下自己身上胡乱套上的衣服，也忍不住咧嘴笑了一下。

时间太紧迫，他哪儿来时间想那么多。

沈念想到刚刚宋遇问自己的问题，又回头看了一眼小孩。小男孩长相白净，虽然才五六岁的样子，但是依稀可以看出他长大以后有多么帅气。

沈念回过神来，对上楼下宋遇的眸子，张了张嘴，不自觉就说出了这么一句话。

"我家这个小孩……蛮听话的。"

宋遇挑了挑眉，好心情地重复了一遍："你家小孩？"

这不是你刚刚问的吗？

不等沈念解释，男生又自顾自地点了点头，轻声说道："确实也算是你家小孩。"

"……嗯？"沈念并没有听懂宋遇是什么意思，语气里带了一丝疑惑。

为什么她的第六感告诉她，宋遇跟家里这个小朋友好像很熟的样子？

听出女孩语气中的疑惑，宋遇抬眸看她，眼睛里浮上一抹笑意，也不再绕弯子，语气里带了些许调侃。

"沈念，那个小孩他叫宋远。"

"宋遇……宋远……"沈念在心里重复了一遍两人的名字，想到了什么，微微一怔，脑袋一片空白。

宋遇眼睛盯着沈念，笑了一声，继续逗她："我弟弟当然算是你弟弟？"

对上宋遇略带戏谑的神情，沈念小脸猛地变红。宋遇也不再调侃女孩，低低地笑出了声，解释道："他是我伯父家的孩子，来我家里住几天，过两天就回去了。"

剩下的不用说，沈念多少也能猜到，联想到刚刚沈母给自己说的话，所以楼上沈父的客人是宋遇的老爸。

宋遇轻声说道："念念，能让宋远接个电话吗？"

沈念一时间思绪万千，根本没有注意到宋遇叫自己的名字也从"沈念"变成了"念念"。

女孩点了点头，走上前，轻轻蹲在小孩的旁边，试探性地问道："宋远？"

小孩儿睁大了眼睛，随后下意识小幅度地摇了摇头，眼巴巴地看向沈念，一脸抗拒的模样，似乎是在说，我不是，我不是！我不是宋远！

好的，看样子真的是宋远。

电话还没有挂断，小宋远莫名地就想到了自家堂哥那张拽得不行的臭脸，心里还是有些怵。他咽了咽口水，看向沈念，一脸的无辜："姐姐，我真的不认识这个坏蛋哥哥。"

沈念哭笑不得，这下是真的相信了。不得不赞叹，原来这个世界真的好小。

宋遇还在等着，沈念弯了弯唇，把手机拿到宋远的身边，摸了摸他的小脑袋，不由自主地放轻了自己的声音："宋远，哥哥有事情找你，我们就接一小会儿好不好？"

女孩的声音软糯圆润，对小孩也是格外有耐心，最后语调放轻。

小宋远拒绝般地往身后坐了坐，不停地摇着头："不要，不要。"

他才不要接电话，一定没有好事情！

宋遇猜到了宋远肯定不会接电话，对沈念说道："没关系，你开下扩音。"

沈念乖乖地把扩音打开，下一秒宋遇的声音就从手机那边传来："宋远，小命不想要了？"

宋遇的语气虽然平静，但是饱含杀伤力。

沈念："……"

宋远："……"

一大一小对视一眼，都默不作声。

平时看宋遇温柔惯了,沈念一时间没有反应过来。

沈念眨了眨眼睛,看向宋远的眼神十分同情,无声地说道:"你哥平时就这么对你吗?"

宋远噘了噘嘴,眼泪都快从眼眶里掉出来了。他看向沈念,就像是看到了救星一样,飞快地点着自己的小脑袋,似乎是在说:是的,姐姐!

沈念深深吐出一口气,小宋远是多么可爱的一个"奶包子"啊,怎么能受宋遇的压迫!给了宋远一个放心的眼神,女孩声音平静地问道:"宋遇,我给你布置的作业做完了吗?"

女孩的声音不大,但是同样很有分量。

果不其然,那边顿了顿,传来宋遇有些愣怔的声音:"还没有……"

"那你还不抓紧回家去写!"想了想,沈念继续说道,"晚上我要检查的。"

不知是不是宋遇的错觉,他竟觉得沈念的语气里有那么一丝丝的报复心理。

女孩都这么说了,宋遇哪有拒绝的道理,只得在心中记下宋远,决定改天再好好整治他。

听到沈念这么说,宋远眼睛一亮,这样的话,自己是不是就不用被哥哥折磨了?他看向漂亮姐姐的目光越发真挚,沈念的形象再次在他的心中伟大了起来。

挂断电话之前,宋遇想到宋远的儿童手表,忍不住说道:"我回家可以,但是有一个小小的要求,让宋远把他那个儿童手表开机。"过了会儿,宋遇又说道,"顺便让他把我从黑名单里拉出来。"

听出了宋遇有些无奈的语气,沈念莫名有些想笑。好说歹说,宋远最终还是同意了开机,并且把宋遇从黑名单里拉了出来。

前脚刚被拉出黑名单,宋遇就给宋远发过来好几条消息:

宋远,知道什么该说,什么不该说。

不要在姐姐面前说我坏话,要不然有你好看的。

……照片的事儿也不许说。

小孩眨了眨眼,微微噘了噘嘴,不说就不说,哼!

宋遇没有在楼下待太久,达到了自己的目的以后便回家了。

原本沈念说要宋遇也上来，大家一起吃饭，但是不知宋遇怎么想的，竟然拒绝了，说以后还会有机会。沈念搞不懂他，也就由着他去了。

顾漫丽上菜的时候，沈念已经把桌子收拾干净了。顾漫丽把最后一道菜端上来，看向沈念："念念，去楼上叫一下你爸爸跟宋伯父，要吃饭了。"

沈念应了声："好。"

家里不是没有来过客人，但是不知为何，一想到今天家里的客人是宋遇的爸爸，沈念心里就莫名紧张起来。

走到书房门口，沈念深深吐出一口气，抬起手打算敲门，隐约听到了里面两人的对话。

不知宋父说了些什么，沈父配合着笑着说道："是啊，我们家念念从小就让人省心。"

门外的沈念小幅度噘了噘嘴，脸上划过一丝笑意。明明昨天晚上还说自己不如别人家小孩的。

"要是宋遇能有念念十分之一听话，我也不至于操碎了心哪。这孩子玩心大，再这么下去，恐怕一个普通大学都考不上。"

"哈哈哈哈，哪里哪里，我看哪，宋遇那孩子就不错。"

想到什么，沈父接着说道，语气带有一丝表扬："前段时间有一个钢琴比赛，我有印象，这孩子还提交了申请表，看来是德智体美劳全面发展哪。"

"哦？这倒是没有听他说过。"

宋父笑了一声，接着解释道："我和他母亲工作忙，平时没有好好管他，养成他这么个性子。虽说这孩子从小就有主见，但总归是不爱学习，希望他高三再努力这么一年。要是实在不行的话，我就只能把他送出国去锻炼锻炼了。"

宋父语气平常，就像是在说一件家常便饭一样简单的事情。

送出国？沈念隐约听到这几个字，心里恍惚了一下，再后面的话她已经听不清了，满脑子都是关于宋遇的事儿。

宋遇知道宋父的打算吗？沈念垂下眼，睫毛轻颤。他应该也不想去那么远的地方吧？

女孩深深吐出一口气，平复了一下自己的心情，敲了敲门，随即露出一抹恰到好处的笑容来，说道："宋伯父、老爸，吃饭了。"

在餐桌上，宋父跟沈父两人相谈甚欢，两人还说好下次去宋家做客。

小宋远全程都很黏着沈念，不吵不闹地坐在沈念的身边，直到临走之前才磨磨蹭蹭地要了沈念的联系方式。

沈念也很喜欢这个"小奶包"，见小孩开口，也没有拒绝的打算。

坐上车以后，小宋远趴在车窗上，依依不舍地跟沈念挥手，微微噘嘴，擦了擦自己眼睛虚有的眼泪，小声说道："漂亮姐姐，再见！"

虽然不知道小宋远为什么这么伤心，但是沈念还是弯了弯唇，安慰地说道："有机会一定要再来家里玩哦！"

帮助沈母收拾完餐桌以后，沈念便拿着书回到了卧室。书就摆在自己的眼前，但是沈念怎么也看不进去。

女孩深深地吐出一口气，拿出手机打开了宋遇的联系方式，手指轻点屏幕打出一行字来：

宋遇，你想出国吗？

顿了顿，一字一句地都删掉，重新输入了一行字：

宋遇，你想考哪所大学啊？

看了半晌，又删掉。

沈念咬了咬唇，干脆撂下了手机，趴在桌子上发呆。

不知为何，心里乱糟糟的。一瞬间，她脑海里浮现出好多跟宋遇在一块的场景。他一点都不像是别人说的坏孩子，他也从来没有对自己不温柔过。打电话的时候，虽然他对"小奶包"的脾气一点都不好，可是平时他从来没有大声吼过自己，还总是给自己带很多很多好吃的。

想着想着，沈念鼻头一酸，眼眶瞬间就红了。她把脸埋进胳膊里，说出来的话也带了一丝哭腔："我才不是担心他。要是他真的出国了，以后谁还带我去吃好吃的啊？"

明明说好了的……

宋家门口。

宋远心里有鬼，下了车以后便紧紧地跟在宋父后面，两只小眼睛来回看有没有宋遇的身影。看了半天，坏蛋哥哥还是没有出现，小宋远深深地松了一口气。

不等宋远缓过来，身后不远处一道慵懒的声音传了出来："躲我？"

小孩浑身一僵，转过身来，故作淡定地眨了眨无辜的眼睛："哥哥，我没有躲你呀。"

宋遇才不吃他这一套，轻嗤了一声，走上前一把拎起宋远，往自己卧室的方向走去，边走边说道："宋远，你胆子肥了？"

宋远挣扎了两下，但是并不怎么管用，心里实在是害怕宋遇，小脑瓜飞快地转动着。眼看着马上就要到宋遇的卧室，宋远双眼一闭，大声喊了一句："哥哥，你不能欺负我，我有漂亮姐姐的联系方式！"

"……"

沈念沉浸在坏情绪里无法自拔，不知怎么就趴在桌子上睡过去了。等缓过来的时候，屋子里都有些发暗了，沈念眼睛涩得发疼。

女孩轻轻揉了一把眼睛，有些不理解，自己又没哭，怎么眼睛疼得这么厉害。

去洗手间洗了把脸，再回来的时候看到手机上多出来好几条未读消息，还都是来自宋遇的……

沈念发了一会儿呆，试图把从书房听到的那些事情都忘掉。过了一会儿，她调整好心态，开始看他发过来的消息。

宋遇发的消息大体的意思是想让沈念帮忙讲几道数学题，还发过来一张题目的图片。

沈念认真地看了一下，除了他不会的那几道，其余的题目差不多都做对了，而且解题思路很清晰。

他问的那两道题确实有一定的难度，单纯一条条地发语音也解决不了，经过宋遇同意，沈念干脆给他打了语音电话。

电话接通，宋遇那边嘈杂了一阵，随后立马就安静了下来。他压低了自己的声音，语调上扬："念念？"

沈念呆了呆，差点没有意识到宋遇在叫自己。

原以为自己的名字从宋遇嘴里说出来已经够好听的了，没想到叠音小名更好听。

意识到自己的想法有些好笑，沈念清了清嗓子，回过神来："你哪道题不会来着？"

女孩的声音有些不对劲，宋遇愣了一下，说道："怎么了，你哭过了？"

没有想到宋遇这么敏感。沈念张了张嘴，随便找了个借口："没事的，就是嗓子有些不舒服。"

总不能说是因为你学习不好，然后你老爸要送你出国，但是你走后就没有人带我去吃好吃的了，所以我就有点想哭，然后声音稍微有点鼻音？

怕宋遇继续追问下去，沈念连忙转移话题："我……我记起来你刚刚问的那道题了，我们现在讲题吧。"

电话那边的宋遇听着沈念的回答，微微眯了眯眼。

沈念讲得很仔细，把整道题的知识点都给概括出来了。讲到最后的时候，宋遇已经可以举一反三，几乎不用沈念继续讲，便可以很流利地说出题目下一个步骤应该怎么做。

沈念对宋遇的反应很满意，弯了弯唇，好心情地说道："好啦，我都讲完了，要是有不会的题目再问我。"

"好。"

电话那边安静了一瞬，下一秒，宋遇语气平静，像是无意地说道："刚刚宋远跟我爸回来了。"

沈念从耳边拿起手机看了一眼，自己竟然睡了三个小时，时间过去这么久了，宋伯父跟宋远确实也该到家了。

接着宋遇那边语气一如既往地平稳："我本来想教训他一顿，结果他上来给我来了一句：漂亮姐姐给我联系方式了，让我以后不要欺负他。"

虽然宋遇说话的语气平稳，但是沈念的脑海中还是浮现出了一场风雨欲来的情景。

摸不透宋遇说这句话是什么意思，沈念犹豫地说道："其实不是他主动要的，是我主动给的。"

很好，宋遇更气了。

宋遇装作十分不在意的样子，说道："没关系的，他有联系方式又怎样。"反正有他在，宋远这个小兔崽子是没有机会见到沈念的。

结果下一秒，女孩接着说道："对了宋遇，你之前不是说宋远还要在你家待一段时间吗？要是可以的话下次出来玩，记得带上小宋远，我答应他的。"

宋遇沉默了好久，才从嘴里挤出一个"好"字。他错了，他就不该提小破孩宋远。

沈念轻轻地应了一声，在桌子上趴了这么久，脖子隐隐有些酸痛。

见宋遇还没有想挂电话的意思，沈念干脆把手机开了扩音放在桌子上，伸了个懒腰以后，抬手轻轻地揉捏着自己的脖颈，缓解一下酸痛。

"其实宋远这小孩不像你想象的这么乖，他鬼得很。"宋遇还是有些不放心，接着补充道，"他要是说我什么坏话，你可千万不要相信，相信我就好了。"

见沈念没有说话，宋遇试探性地问道："他没有说我坏话吧？"

沈念没忍住笑了笑："没有，他挺乖的。"

沈念理了理自己的头发，过了会儿，还是说道："宋遇，不要老是欺负小宋远，你中午打的那通电话，语气那么凶，我看小宋远的眼睛里都有泪水了。"

宋遇那边顿了一会儿，再说话的时候，声音里带了一丝笑意："那不行，对别人我可温柔不起来。"

又来了。

男生的声音故意压低，语调缠绵，透过电话的扩音，丝丝缕缕地沾在女孩身上。

隔壁房间便是沈父沈母的卧室，虽然声音不大，但是沈念还是吓了一跳。

沈念下意识把手机关掉了免提，咬了咬唇，脸上浮上一片红晕。她忽略掉自己的心悸，小声打断他："宋遇！你再乱说，我就不理你了。"

女孩的语气带有一丝责怪，害怕女孩真的生气，宋遇认真地"嗯"了一声，接着说道："那就明天再乱说吧，得不偿失就不好了。"

沈念真的是拿宋遇一点办法都没有，就像一拳打在了棉花上一样，一点劲儿都没有，只好转移话题："你把我布置的作业都写完了？"

宋遇挑了挑眉："那当然！等下我就发给你。"

沈念点了点头，想到宋遇又看不到，于是出声道："好。"

不等沈念接着说些什么，宋遇那边响起了一阵嘈杂的声音，紧接着传来一阵东西掉落碎掉的声音，随后伴随着小孩的一阵哭声。

沈念听出是小宋远的声音，不由得心里一怔，接着问道："宋遇，怎么了？"

紧接着是宋遇下楼的声音，又过去了一分钟，宋遇的声音传过来，语气还算平静："念念，宋远不小心打破了热水壶烫到了，我现在送他去医院。"

虽然宋遇的语气还算平静，但沈念还是听出宋遇语气里的着急，下意识从桌前站起身来，语气放轻，似乎带了一丝安抚的魔力："好，先不要着急，路上小心，有事情再给我打电话。"

那边很快挂断了电话，大约过了五分钟，宋遇又给沈念发来一条消息：

  他我倒是不着急，就是那个作业我可能要晚一些发给你了。

沈念拿着手机有些发呆，所以说……在宋遇心目中作业的地位比弟弟还要高吗？

所幸宋远伤得并不是很严重，医生建议住院两天，又给宋远开了两盒烫伤药。

宋越把几人送到了医院，又叮嘱了宋远几句便回了清源市，宋母和宋父去楼下缴费，整间病房里空空荡荡的。

宋远虽说被烫了一下，但不得不说确实长了记性。

宋遇倚在病房门口，看向里面病床上的小宋远，嗤笑了一声，语气里满满的幸灾乐祸："热水壶还好玩吗？"

虽说已经不疼了，但是听到哥哥这么说，小宋远委屈得说不出话来，憋了半天从嘴里憋出一句："呜呜呜，我想和漂亮姐姐玩。"

"呵，做梦吧你。"

看来还是烫得轻了，宋远才会一直这么痴心妄想。

中途沈念给宋遇发消息问宋远怎么样了，宋遇不想让沈念担心，只简单地说没什么大碍,只是需要住院观察两天。随后怕沈念不相信,还偷拍了一张宋远刚睡了一觉,精神头十足的照片给她发了过去。

忙活完已经晚上九点钟了。

宋父接到了公司的电话,所以先开车回家了。宋母坐在病床边,伸手摸了摸已经睡着的小宋远,心疼得不得了:"哎哟,这叫什么事儿啊!"

随后她看向坐在一旁打游戏的宋遇,语气虽然轻柔,但还是带了一丝责怪:"遇遇,弟弟来家里,你就应该负起哥哥的责任,整天抱着手机像什么样子?"

男生懒散地坐在病床对面的沙发上,修长的手指飞快地在手机上滑动着。又过去了两分钟,游戏里传来一声"victory"(胜利)。

游戏胜利。

宋遇没有抬头,手指轻点页面返回主菜单,无辜地说道:"我觉得他躺一下挺好的啊,你看现在乖乖睡觉,多安静。"

正巧沈念给自己发来消息,宋遇坐直身体,嘴角微勾,好心情地点开女孩发来的消息,结果看到短信的内容,嘴角的笑意僵住。

宋遇,宋远怎么样了?

又是宋远?

宋遇懊恼地揉了把头发,乖乖地回复道:

睡得……跟猪一样。

宋远没什么事儿,宋遇倒是吃小孩的醋吃个不停。

宋母还想说些什么,一抬眼看见自家儿子抱着手机跟宝贝一样,脸上的表情十分丰富,一会儿笑,一会儿苦恼的。

宋母的视线移到宋遇的手机上,因为距离不是很远,隐约能看到页面上是一个聊天框,备注看不清,依稀是两个字的样子。

宋遇动了动,宋母若无其事地将视线收回,随后轻展眉头,眸子里闪过一丝若有所思的情绪。

怎么感觉……这幅场景似曾相识呢?

宋遇没有注意到宋母的不对劲,想了想故意给沈念发了一条消息:

忙了一天,还没有吃饭……

等了一会儿,还是没有等到女孩的回复。宋遇抿了抿嘴,有些郁闷地把手机塞回了裤兜。

原本还没有多饿，可是不知道为什么，发完那一条消息之后，自己就真的有些饿了。

站起身来看了病床上还在睡觉的小孩一眼，抬眸对宋母说道："妈，我出去转转，给你带饭吗？"

宋母眼里浮上一层笑意，温柔地说道："不用了，我在这里看着宋远，你快去吧。"

宋遇没有继续再问下去，点了点头，然后转身走出了病房。

儿子修长的身影消失在病房外，宋母轻轻往外探头，见宋遇真的走远了，悄咪咪地拿出手机，眼睛里满是八卦地给宋父发消息：

老公，我觉得儿子有些不对劲。

宋父那边回得快：

嗯？

是谁家白菜被拱了？

看到宋父发过来的消息，宋母撇了撇嘴，干脆不再搭理自己老公。真是的，她要是知道是谁，还会给你这个半老的男人发消息吗？

就在宋母还沉浸在自己儿子不对劲的情绪中，突然病房门被人从外面轻轻地推开，紧接着一个甜糯乖巧的声音传来："请问，宋遇在吗？"

宋母微微一愣，抬起头看向声源处。病房门口，一个十分温柔乖巧的女孩站在那儿。

沈念也不知道自己怎么想的，看到宋遇发的最后一条消息，莫名心里有些发堵。都九点了还没有吃饭吗？

跟沈父打了声招呼，沈念便出了家门，走之前还不忘把自己的史迪仔给小宋远带上。

如果不出意外的话，宋遇现在应该还在医院里。沈念想起宋遇发给自己那张医院的照片，她很心细地注意到在宋远身上盖着的被子上印了"容德市人民医院"几个大字。

等下了车，站在医院门口，她才意识到自己有多么冲动。先不说宋遇在不在医院，就算他在，也不知道小宋远的病房在哪里啊。

抿了抿唇，沈念打算去前台碰碰运气，幸而护士姐姐比较温柔，在沈念描述了一番以后，便告诉了沈念，宋远的病房号是211。

走廊里十分安静，沈念走到211门口，轻轻地往里面看了看，发现宋遇并不在，有一个很温柔的阿姨，细看还跟宋遇有三分像。

愣了愣，沈念轻轻地推开门，放低了自己的声音："请问，宋遇在吗？"

温柔阿姨愣了一下，随后眼睛一亮，走到沈念面前："你是来找宋遇的？"

沈念落落大方，有些不好意思地说道："阿姨好，很冒昧打扰到您，宋遇说小宋远被烫伤了……"

宋母摆了摆手，连忙把沈念迎进来："没事的，小孩子嘛，难免碰碰撞撞。"

沈念弯了弯唇，把从医院楼下特意买的食物放到旁边的餐桌上："想到你们可能没有吃饭，所以在楼下买了一些。"

女孩长得很漂亮，尤其是眼睛，给人一种十分干净的感觉，身上还有一种很吸引人的气质。

宋母越看沈念越顺眼，听到沈念这么说，更是笑得合不拢嘴："谢谢你。"

宋母没有女儿，看到沈念之后，这心里就像是吃了蜜一样甜。

两人又聊了一会儿，沈念也逐渐放松下来。宋母与沈念一见如故，在知道女孩的名字是沈念以后，便亲昵地一口一个"念念"地叫着。

小孩还没有醒，稚嫩的小脸上还有两行隐隐约约的泪痕。明明白天见到小宋远的时候，他还眨着大眼睛，开心地叫着自己姐姐。

沈念动了动，突然想起自己从家里带来的那个玩具，微微一顿，笑着从包里拿出史迪仔递给宋母，轻声说道："阿姨，这个玩具是我送给宋远的，希望宋远能够快点儿好起来。"

谁知，宋母看到这个玩具却微微一愣，想起儿子也有个一模一样的，眉毛舒展，笑着问道："这个是你的？"

虽然不知道宋母是什么意思，但是沈念还是乖乖点头道："是的伯母，这个小玩具陪伴了我很长时间，虽然过程有些曲折，但终归是我觉得最有意义的一件东西。不知为什么，看到这个史迪仔，心情就会莫名其妙地好起来。希望这个史迪仔同样能够带给小宋远快乐，希望他能够每天开心。"

宋母接过这个玩具，笑着点头答应。虽然不知道宋远会不会因为这个玩具好起来，但是要是让儿子知道了，肯定会吃好大一门子醋。

时间不早了，沈念也该回家了。虽然没有看到宋遇，但是得知小宋远没有什么大碍，而且还认识了这么善解人意的伯母，沈念还是很开心。

宋母拉着沈念的手，有些恋恋不舍地说道："念念啊，要不然再等等宋遇？"

沈念小脸一红，她等宋遇干吗啊，本来就是来看小宋远的。

刚想说话拒绝，病房门口传来一阵开门声。宋母的视线移向沈念身后，看到儿子的身影以后，声音突然愉悦了起来："哎哟，果然是来得早不如来得巧！"

沈念愣了一下，随后转过身去，正巧与宋遇有些错愕的眼神对个正着。

女孩跟宋母离得很近，不知道的还以为她们两个是一对母女。但是宋遇就不这么想了，看到沈念出现在病房的这一瞬间，视线先在她身上扫了一遍，确保她毫发无损并且很开心之后，心里才松了口气。

…………

夜色微凉，相比白天的燥热，晚上倒是多了一丝惬意，多了一丝凉爽。医院外面两边的栏杆上爬满了牵牛花，微风轻轻吹过，一片绿色的叶子随之轻轻地摆动，像是形成了一道无形又有力量的墙壁。

两人并排走着，宋遇心里莫名有些不真实感，看似目光直直地向前，实则余光总是控制不住瞥向旁边的女孩。

两人离得很近，宋遇甚至可以听到女孩浅浅的呼吸声，轻轻的，细细的。宋遇都不敢大声说话，生怕一不小心就惊扰到了女孩。

他垂眸看了她一会儿，终是忍不住笑出了声："还是不敢相信。"不敢相信她会出现在医院里，也不敢相信她就在自己的身边。

男生的声音从一旁传来，沈念捕捉到他语气里的丝丝愉悦，不由自主地迎上他的视线，下意识问道："不敢相信什么？"

沉吟了片刻，宋遇眼睛也不眨地伸出手指着天空某个方向，开口道："不敢相信今晚的月亮。她总是这么明亮，这么好看。"

男生话音刚落的同时，沈念抬起头往宋遇手指的方向看去。

一眼望去……整片天空黑沉沉的，哪来的月亮？

沈念看了一眼睁眼说瞎话的宋遇，憋了半天，才从嘴里挤出一句话："你改个名吧。"

"宋·胡说八道·遇，如何？"说完话以后，沈念下意识抬头去看宋遇的表情有没有变化。

谁知宋遇好似已经把她的话听进了耳朵，但是并没有生气，反而眼睛里浮上一层笑意，故作无辜地说道："我没有胡说八道啊？"

说罢，宋遇盯了沈念一会儿，突然俯下身来，凑近沈念的耳朵说道："你不觉得她很好看吗？还是说……只有我看得到？"

沈念的耳尖渐渐有点发热，稳了稳心神，故作淡定地往前走，嘴里冒出来一句："就说了，你是宋·胡说八道·遇。"一天天的，就知道跟自己开玩笑。哼，干脆快些被宋伯父送出国好了，省得整天在自己身边惹得自己心烦。

看着沈念落荒而逃的模样，宋遇低低地笑出了声。

路边的灯一闪一闪的，昏黄的路灯照耀在两边，"盛华小区"四个大字格外明显。

走到沈念的楼下，宋遇突然开口问道："念念，你刚才为什么这么开心？"

沈念听到宋遇这么问，一时没有回过神来，脱口而出："也没有多开心吧，毕竟以后你就不能带我去吃好吃的了。"

时间静止了一秒，沈念顿了一下，抬起头与宋遇漆黑的眸子对个正着。

男生的语气很平淡，听不出什么情绪来，他问道："我咋不能带你去吃好吃的了？"

沈念有些心虚，恨不得把自己的嘴巴给封上。但是此时此刻还是决定先蒙混过关再说。

于是女孩伸出手指了指自己身后的住户楼，闭了闭眼，一口气说完："时间不早了，宋遇，你快回去吧，要不然宋伯母肯定会担心，小宋远醒过来看不见你也会很伤心，我先上楼了，路上小心！"

说罢，娇小的身影飞快地蹿进身后的住户楼。

还不等沈念松一口气，下一秒，沈念整个人被猛地一下拽了回来。

对上宋遇那张人神共妒的脸，沈念有些心虚地挣脱开，下意识摸了摸自己的鼻头，讪讪道："时间真的挺晚的了，有什么事，我们明天再说好吗？"

　　宋遇低头看了一眼有些不自然的沈念，思考了一瞬，缓缓低下了头，嘴角上扬："现在不能跟我说？"

　　沈念下意识躲开宋遇的视线，磕磕巴巴地说不出话来。过了半晌，才从嘴里挤出几个字来："我……我还没有想好怎么说。"

　　说完以后，沈念才意识到自己说了什么，瞬间有一种想哭的感觉，干吗要说自己没有想好啊？！

　　果不其然，沈念说完这句话以后，宋遇嘴角的弧度越来越大，他轻轻放开女孩，语气十分愉悦："好，我等你的回答。"

　　宋遇后退了一步，又深深地看了女孩一眼，轻声说道："先上楼吧。"

　　沈念倏地松了一口气，天知道宋遇的气场为何突然这么强大。

　　楼上隐约传来一阵说话的声音，随后便听到电梯的"叮咚"声。下一秒，楼梯间的声控灯突然就亮了起来，透过楼层正好有一束光照下来。地面上形成了一道白色的光线，逐渐向前延长，最后渐渐变暗，变得昏黄。

　　沈念收回视线，伸出手撩起耳边的碎发，轻声说道："那我先上去了？"

　　宋遇静静地看着她，点了点头："好。"

　　一步，两步。

　　沈念很清晰地感受到，身后某人的视线直直地落在自己的身上。

　　沈念莫名其妙地想起了上一次，同样也是宋遇送自己回家。但是具体是什么事情她已经忘记了，唯一让她印象深刻的是他带给自己的感觉。

　　就像是，他一直在自己身后，从来没有离开过一样。

　　一种莫名的情绪突然涌上心头，像是自责抑或别的，她说不清也道不明。

　　走到电梯门口，电梯上的数字渐渐地变小，沈念的目光静静地盯着那串数字，从10慢慢地变成5，再慢慢地变成3。就在它马上要变成1的时候，沈念抿了抿唇，突然转身往身后来的方向跑去。

所幸那道熟悉的背影还没有走远,沈念心里一喜,大声喊出他的名字:"宋遇!"

宋遇的身影顿住,回过头来,女孩正往自己这个方向跑来。

宋遇眼底浮上一层惊讶,还不等自己说话,女孩已经来到了自己的身边,轻轻喘着气,缓了一会儿,气息依旧有些不稳。宋遇伸出手轻轻抚了抚沈念的后背,语气里带了一丝责怪:"你跑这么快干吗?叫我一声,我过去不就得了?"

沈念小幅度地摇了摇头,又叫了一遍男生的名字:"宋遇。"

"嗯?"

夜色已深,但不时从小区不远处的广场传来音乐声,夹杂着孩童的欢笑声。

对上宋遇漆黑的眸子,不知为何,沈念突然觉得心底有一种十分安心的情绪蔓延开来。

沈念思考了一瞬,小声解释道:"一开始我不知道怎么跟你说,但是我觉得要是不告诉你的话,又不是很好,所以我又折回来了。"

不等宋遇说话,女孩又接着说道:"你有没有想好自己的未来?"

女孩的声音很轻,轻到宋遇微微俯身,才勉强听清楚她大致的意思。

未来吗?说实话,在遇到沈念之前是没有想过的。但是现在还用说吗?

广场那边又传来音乐声。许是宋遇心情还不错的原因,竟觉得连一首广场舞专用曲子都这么好听。

宋遇没有说话,只是静静地看着沈念,眸子里就只有她的身影。

见男生半天没有说话,沈念不自觉地舔了舔唇,想了一下,也许是这个问题太奇怪了?关于未来什么的,要是有人突然这么问了她一句,她肯定也回答不上来。

这么想着,沈念有些不好意思地看了宋遇一眼:"那我换一个问题,你有没有想好以后要上哪所大学啊?"

这下宋遇倒是动了动,十分正经地看了沈念一眼,似是在诱导:"没想过,要不然你举几个例子,我听听看?"

举例子?沈念想了想,干脆拿自己想报考的学校作为例子,乖乖地给宋遇解释道:"嗯,就比如说 S 大吧。虽说这所学校距离容德市比较远,但是相对来说,校园环境和师资力量都是蛮不错的,有很多人都很想去这所学校。虽然录取成绩要高一些,但是只要好好学习,应该是可以考上的。有很多人都拿这学校作为目标,这么说你应该懂吧,我的意思是,你有没有类似的、比较心仪的学校?"女孩眼睛眨呀眨的,静静地等待着宋遇的回答。

S 大?宋遇在心里重复了两遍这个学校的名字,觉得有些熟悉。师资力量厉不厉害他不知道,但有一点他倒是有所耳闻,听说 S 大附近的小吃很出名?

沈念不知道宋遇已经把自己心里的想法给猜测出来了,轻踮脚尖,语气里带了三分娇憨问道:"想好了没?"

男生顿了顿,眼底浮上一层笑意,语气十分愉悦:"原本没有,但是现在有了。你说的 S 大就不错,大学四年估计都不能把当地的特色小吃全部吃上一遍。"

沈念噘了噘嘴,似乎对宋遇的想法并不认同:"那可不一定啊,每天吃一样,很快就会把特色小吃都吃一遍的好不好?"

"真的?"

"当然了!"女孩信誓旦旦地点了点头。

宋遇嘴角微勾,故意接话道:"看来我得好好监督你,看你大学四年能不能把特色小吃都吃一遍。"

听到男生这么说,沈念不服气地说道:"喊,监督就……"

话说一半,沈念突然停住,这才回味过来宋遇的话是什么意思,抬起头看向男生,语气里多了一丝难以置信:"你也要报 S 大?"

宋遇垂眸,故意轻叹一声:"看我多好,为了监督你,竟然也动了考 S 大的心思。"

话虽如此,但是两人都清楚,以宋遇现在的成绩,别说是 S 大了,就算是 S 大周边的学校都不一定能考上。

于是两人都陷入一阵沉思中。

宋遇多少有些后悔,后悔没早了解到沈念想考的学校,后悔没早努力学习,甚至他曾经动了当艺术生的念头。但是他舍不得,舍不得离开沈念,舍不得不跟她同一所学校。哪怕只是几个月的时间他也不想。

沈念没有宋遇想的那么多，满脑子都在想如何委婉地把宋伯父打算把他送出国的想法表达给宋遇。她好怕从宋遇脸上看到不开心的样子，这样她也会不开心。

沈念有些纠结的表情被宋遇看在眼里，他顿了顿，实在是忍不住，轻轻拉着她往楼道的方向走，故意放轻松语气说道："没事的，考不上就考不上，大不了就找个离你近一点的学校啊。"

宋遇的话多少带了一丝安慰的语气，但不知为何，沈念莫名有些想哭，也不知自己怎么想的，拉住宋遇就停了下来，眼眶也渐渐变红："要是学校真的很远很远呢？或者说，你自己都对以后做不了主呢？"

沈念只觉得眼眶酸酸的，看向宋遇的视线也渐渐变得模糊。似乎是觉得自己有点丢脸，女孩垂下眸，下意识抹了把还没有掉落的眼泪，有些委屈地抽噎道："我不是故意的，就是有点忍不住。那天我偷听到了宋伯父跟我爸的对话，说要是你不好好学习，就会把你送出国的。"

想到这儿，沈念就更难过了，眼泪噼里啪啦往下掉，掉眼泪的同时还不忘记跟宋遇说道："这样肯定不行啊，我怕你出去一趟再回来就忘了我。你忘了我也没事儿，但是你不能忘了带我去吃好吃的啊……"

看着沈念这副梨花带雨又不忘记吃的样子，宋遇觉得又心疼又好笑。他靠近她，伸出手，动作十分轻柔地把她的眼泪擦干，才轻叹了一声："哭什么啊，不用担心，我不会出国的，我爸让我去我也不去。"

沈念半信半疑地抬起头，语气里还是有些哽咽："真的？"

宋遇扬起嘴角，耐心地回答道："当然是真的，不是说好带你吃好吃的？"跟女孩许下的事情，当然得做到了。

宋遇几句话就把沈念哄得差不多了。沈念突然想起什么，噘了噘嘴，喊他名字："宋遇。"

"嗯？"

"你真的想考 S 大吗？"

"嗯。"

"那……万一考不上呢？"

倒不是沈念故意打击宋遇，她只是单纯地想听听宋遇怎么回答。

宋遇歪头想了想，再垂头看向沈念，嘴角不着痕迹地笑了起来："沈念，我想试试，和你考一所学校。"

沈念跟沈母回清源市的那天，天气很好。

因为是出远门，又是去外婆家，所以沈念已经提前跟宋遇打好招呼，这两天只帮他看看题，要是有不会的等回家之后再给他讲。

沈念的外公外婆在年轻的时候，都是清源市很有名的教师，从事教育事业好几十年，桃李满天下。

两个老人在看到沈念的时候，笑得合不拢嘴。每年能见一两次到就不错了，所以要说不想孩子，那是不可能的。

外婆家里养了两只小狗，它们跟沈念倒是格外亲，从沈念进门开始便围着沈念转个不停，尾巴摇啊摇的，十分热情。

中午吃完饭，沈念便回到外婆给自己准备的卧室里，打算帮宋遇检查一下他发过来的作业。

女孩认认真真做题的样子被外婆看在眼里，经过沈念卧室好几次以后，外婆既开心，又有些心疼："哎哟，念念，都学很长时间了，快来歇歇。"

沈念乖乖地摇了摇头，笑着说道："不用啦外婆，等下就做完了。"

恰巧顾漫丽走了过来，听到两人的对话，忍不住打断她们，笑着对沈念外婆说道："妈，你就不要管她了，这是帮同学检查作业呢。"

说完话以后，顾漫丽也往卧室里沈念的方向看去，女孩拿着红笔一点一点地更正着什么，脸上没有一丝的不耐烦。

沈念外婆来了兴趣："念念在家里也是这样？"

不等女儿说话，沈念外婆接着说道："那敢情好，你看哪，要是念念愿意的话，回头问问她有没有兴趣以后当老师啊？"

提到教师这个行业，顾母整个人都精神了起来，轻轻把顾漫丽拉到一旁的沙发上坐下："漫丽哪，要是念念当老师的话，我和你爸可是双手赞成。"

顾漫丽微微一顿，有些无奈地看向母亲："妈，念念自有她的打算，您老就别操心了。再说了，咱家从事教师行业的人还少吗？"

这可真是所谓的书香家庭了，从沈念的外公外婆到沈念的父亲母亲，都与教育行业脱不开关系。

顾漫丽一向尊重女儿自己的意愿，听到母亲这么说，也没往心里去。

"这哪能一样？"顾母一眼就猜中了女儿的心思，语重心长地说道，"漫丽哪，孩子的事儿你得多上点心，不光是平时，学习上你怎么样也得多关注一些，她现在读高三，总归是有些压力的。"

知道顾母也是为了自己的女儿好，顾漫丽笑了笑，顺着顾母的话说道："知道了妈，我会上心的。"

顾母轻轻瞥了顾漫丽一眼，拿出自己做老师的威严来："光上心哪行？你平常得好好跟念念谈心。"

…………

卧室门没有关得很紧，依稀还能听到外婆跟老妈正在说些什么。沈念捕捉到几个字眼儿，什么"念念当老师""上心""谈心"之类的。两人是在讨论自己以后的职业吗？

沈念双手托腮发了会儿呆，心里有些迷茫，虽然还没有想好自己以后从事什么职业，但是也不可能是老师吧？

沈念的脑海里莫名其妙浮现出这么一幅画面：整个班里的学生都一脸认真地看着自己，但是自己却觉得每一个人的模样都差不多……

一想到这，沈念竟打了个寒战，这种感觉多少有些怪异。

又过去了一个小时。沈念终于把宋遇做的题目一一批改过来，因为长时间保持同一个姿势没有活动，沈念的脖子也越发酸痛。轻轻揉了揉，得到缓解，沈念便打算把自己圈点出来的错题给宋遇发过去。还不等沈念点击发送，宋遇那边就发了一条消息过来：

？

还附带了一张照片。

照片上是小宋远抱着那个沈念送给他的史迪仔不撒手的照片，如果仔细看，还会发现小宋远噘着小嘴，一脸倔强。不得不说兄弟两个还是有相似的地方的。

沈念没忍住笑出了声，随后回复道：

是我给他的，那天去医院看他，就给他带过去了。

下一秒，宋遇的电话便打了过来。

沈念站起身走到窗台边，理了理头发，随后接通，轻声道："宋遇？"

男生那边沉默了一会儿，再开口时，语气里有些许幽怨："他喜欢，你就可以随便送人吗？"

这突如其来的委屈是怎么一回事儿？沈念后知后觉地眨了眨眼，这个史迪仔是自己的啊。考虑到某人好像不是很开心的样子，沈念委婉地说道："宋遇，他是你弟弟啊。"

"哦。"男生的语气十分平淡，有理有据道，"明明史迪仔陪伴你的时间更长一些。"

宋远静静地坐在病床上，看着他哥脸色黯淡的样子，突然觉得生病的人好像是他。

接着只见他哥不着痕迹地瞥了自己一眼，面无表情地说道："史迪仔认识你一年了，但是宋远才认识你一天。"

沈念有些发呆，张了张嘴，脑海里闪过一丝什么，她飞快地抓住。她好像从来没有跟宋遇说过这个史迪仔陪自己将近一年了。沈念眯了眯眼，问道："那到底为什么你心情不好呢？"

身在医院里的宋遇不着痕迹地瞥了瞥宋远手里那个小玩具，内心在咆哮：因为这是我送给你的啊！

从他进病房那一刻开始，他就一眼瞄上了那个和自己家里一模一样的史迪仔。

仔细观察后，他百分百地确定，宋远手里这个史迪仔就是一年前自己亲手做来送给沈念的那个生日礼物！

原本十分激动，十分开心，但是一想到沈念又把自己送的第一件生日礼物送给小宋远……

不得不说，他有点不高兴。

听到女孩那边传来清浅的呼吸声，宋遇的心突然安静下来。他抿了抿唇，觉得还是解释清楚比较好："不好意思，念念，我就是一时没有忍住。既然是你的东西，那我就尊重你的决定。"

说完以后，宋遇掀起眼皮又瞥了一眼小宋远，以至于小宋远整个人都吓得往床头挪了挪位置。妈妈哟，哥哥的眼神好犀利，我好怕。

就在宋遇打算说挂电话的时候，那边突然出声："宋遇，你等等！"

紧接着女孩声音也变得清晰起来，同时还带有一丝愉悦："所以说，这个史迪仔是你送给我的对吧？"

外面的阳光透过窗户照在地板上，留下一道光线。屋子里弥漫着刚刚摘下来的鲜花的味道,沁人心脾,一如沈念的心情。

沈念突然有很多问题想问宋遇,比如你是不是好久之前就认识我了?那为什么不告诉我呢?可是话到嘴边她又不知道该怎么问出口。想问的问题实在是太多,她干脆先把这些问题放在一边,等找一个恰当的时机再问他。

沈念眯了眯眼,小声地问道:"你还在医院吗?"

宋遇轻"嗯"了一声,然后说道:"刚刚从病房里出来,一会儿去给宋远办出院手续。"

听到宋遇不在病房里,沈念不用顾忌小宋远,于是语气上扬,似有些愉悦:"宋遇,要是我知道这是你送给我的,我就不给小宋远了。"

过了好久,沈念才听到那边传来的声音,宋遇似乎是心情很不错的样子:"没关系,反正我已经要回来了,等你回来我就给你送去。"

好的,是亲堂哥没错了。

沈念一只手托腮,纤细的手指抚过干花的叶子,想了想,接着说道:"要不然就放在你那儿吧,明天就回学校了,到时候你再给我。"接着补充道,"我今天晚上很晚才会回家。"

假期最后一天了,晚上回去的话,到家怎么着也得凌晨了。

宋遇静静地听着沈念说话,等沈念说完,才轻声说了一句:"好。"

隐约还能听到外婆和沈母两人在外面客厅里的说话声,沈念眼皮动了动,组织了一下语言,轻声问道:"宋遇,你觉得……我当老师的话,会教好孩子们吗?"

女孩的声音带了一丝不确定,似乎觉得这是一件不可能的事情。

走廊里走过一两个护士,宋遇轻轻让路,然后走到拐弯处,眼睛里带了一丝笑意:"想当老师吗?"

"就是提一提嘛。"

沈念的声音逐渐变小:"假如,假如的话,你觉得我会教好他们吗?"

"会的。"

"为什么呢?"

宋遇不由自主地想到女孩认真给自己讲题的样子,勾了勾唇,一字一句说得清楚:

"因为沈念很优秀啊,又很有耐心。最重要的是,因为沈念值得。"

因为沈念值得,所以你想做到的,就一定会做到。

第七章

寝室大乱斗

十月的天气依旧很热，但相比中午而言，现在的天气简直是凉快了很多。

学校里的人不算多也不算少，大多数住校生是刚刚才来，拖着行李箱匆匆忙忙地往寝室楼的方向走去。

沈念在寝室楼最左边的树荫下停住了步子，转过身来看向身后的宋遇："一会儿你就直接回家吗？"

宋遇没有选择住校，也是在她的意料之内的，况且宋遇家离学校也并不是很远。

宋遇抬腕看了眼手表，现在的时间还不算很晚。他点了点头，出声道："你先上楼，等下我把史迪仔给你送来。"

沈念"啊"了一声，没有想到宋遇还记得这个，伸出手理了理自己的头发，打算说"没有关系的，先放在你那儿"。但是对上宋遇的清澈干净的眸子，沈念咽了咽口水，下意识顺着他的话说道："好的。"

没办法，就是有这么一种人，让她天生拒绝不来。

沈念拿着一堆宋遇硬塞给自己的零食，认命地一边吭哧吭哧地爬楼，一边在心里默默地骂了宋遇一百遍，干吗要买这么多的东西！

因为太过劳累，她完全忘记了，回来的路上全程都是宋遇一声不吭给提回来的。

走到寝室门口，她发现寝室门是开着的，应该是新室友搬了进来。沈念缓了几秒，才推开门走进去。

寝室里另外两个床铺都已经收拾好了，但只有一个女生坐在桌子前，认真地写着什么。

门口有动静传来，李欣然下意识抬头往那个方向看去。

一个长相十分好看的小姐姐提着大包东西站在门口，给人一种有些疏离但是又不会让人感到不舒服的感觉。

李欣然眼里闪过一丝惊艳，随后站起身来，对着门口的沈念打了声招呼，表情有些腼腆地说道："你好呀，我是（6）班的李欣然。"

沈念微微一顿，想了想，从袋子里拿出一包零食来递到李欣然面前，弯唇回之一笑："你好，我是（10）班的沈念。"

毕竟是一个寝室的，虽然平时不在一个教室上课，但是好歹晚上要一起相处的。

十分钟过去，两人之间也慢慢熟悉了起来。

李欣然看着是挺内向的一个小女孩，但是不一会儿就暴露了自己话痨的本色。她眨着一双像是会说话的大眼睛，双手托腮靠近沈念，语气格外兴奋："没有想到竟然能跟这么好看的小姐姐一个寝室欸。"

李欣然倒不是夸张，重点是她觉得沈念长得是真好看，比班里的那些女生都好看。这年头长得好看又好说话的小姐姐已经很少很少了吧。

想了想，李欣然干脆搬过一旁的椅子坐到沈念旁边，露出自己的两颗小虎牙，开启了话痨模式。从他们班主任再说到他们班上一些有趣的事情，再说到班里一些长得比较帅气的小哥哥，越说越起劲。

说到苏洵南的时候，李欣然想到什么，突然抬起下巴，看了看自己床铺正对面的那张床铺，小声说道："这个床铺是我们班段瑶瑶的，她刚刚收拾完东西就离开了，也不知道干吗去。哦，对了对了，她之前还为苏洵南弄了个包厢聚会，但是苏洵南都没怎么搭理她。"

沈念的目光移到段瑶瑶的桌子上。桌面上满满的都是化妆品，零零散散的还有几件大牌。

沈念的目光停留了两秒，随后漫不经心地移开，轻声问道："然后呢？"

李欣然和段瑶瑶并不怎么玩得来，甚至还觉得这人有些奇怪，听到沈念这么问，耸了耸肩膀，不在意地说道："当时这事儿在我们班闹得挺大的，她可能觉得苏洵南这种性格的人应该不会让她难堪吧，没想到最后弄得不太愉快，后来她就像变了一个人一样。"

提起这件事，李欣然吐了吐舌头，开始吐槽："段瑶瑶本来就是很奇怪的一个人,经历了这件事情以后就更奇怪了,在班里,还因为一些小事儿对别人发火。"

说完以后,李欣然轻轻抚了抚自己的胸口,表情说不出来的微妙:"鬼知道我竟然还会跟她分到一个寝室里,这该死的缘分。"

听了个大概,沈念多少了解了一些,虽然还没有见到这个段瑶瑶,但是心里替孟欢松了一口气。

手机嗡嗡作响,沈念收回思绪,拿起手机看了看,是宋遇打过来的。

李欣然也听到了动静,转过头来看了沈念一眼,肉眼可见沈念的目光逐渐变得柔和。李欣然眨了眨眼睛,眼里闪过一丝了然的神情,应该是"好"朋友吧。

沈念顺了顺自己的头发,觉得还是要对李欣然说一声比较好,指了指楼下的方向,说道:"欣然,我下去一趟,一会儿回来。"

李欣然点了点头,并没有在意:"好,那我去洗一些水果,我妈早上非要给我装来的。"

走出寝室,沈念深深吐出一口气,轻轻接通电话:"喂,宋遇?"

……………

女孩渐渐走远,隐约听到"宋遇"两个字的李欣然却慢慢睁大了眼睛,心里涌起一阵惊涛骇浪。

"怎么觉得好像听到了宋遇的名字?"

沈念拿着手机下楼,走进大厅,在拐角的位置正好与一个走得十分匆忙的身影对个正着。

沈念下意识往左边躲开,但是已经来不及了,与那个女生手里拿的黑包撞个正着。不知女生的包里放着什么尖锐的东西,沈念只觉得胳膊一痛,下意识微微皱了皱眉。

还不等沈念说话,那女生"哎呀"了一声,脸色不是很好看地拿起自己的包包看了两眼,确认没有任何刮伤以后,才抬起头,语气不快,说出来的话与年龄十分不符:"我的包包被撞坏了,你赔得起吗?"

忽略胳膊上的刺痛感,沈念重新扫视了一下女孩手里拿的黑色包包,轻轻挑了挑眉。确实算是个牌子,但也是几年以前的老款了,要是别人也许就信了，但是沈念多少了解一些，自然也知道这包即使是再买一个，也花不了多少钱。实在是想不明白这包包有什么好赔的，况且责任也并不在自己。想起还在外面的宋遇，沈念不想把事情搞得太大，抿了抿唇，给她一个台阶下："不好意思。"

女生又重新看了沈念一眼，轻轻"哼"了一声，转身向楼上走去。空气中弥漫着一股浓妆艳抹的香味，莫名有些刺鼻。

沈念没有多想，重新看了那道背影一眼，然后转身走出大厅。

段瑶瑶回到寝室的时候，寝室里只有李欣然一个人。她轻轻瞥了一眼正在写笔记的李欣然，眼里闪过一丝不屑，把自己的鞋子踢开，随后把包扔到床上，提高了自己的声音："那两个没有见过面的室友怎么还没有回来？"

李欣然正在专心致志地写着自己的物理笔记，旁边突然冒出个人来说了一句话，猛地被吓了一跳。回过头见是浓妆艳抹的段瑶瑶，李欣然这专心致志写笔记的好心情都消失了一半，继续写自己的笔记，同时小声嘟囔了一句："有病一样，你不是也刚回来吗？"

段瑶瑶拿起桌面上的化妆镜，用另一只手揉了揉自己有些发痛的肩膀，往椅子上一坐，想起刚刚撞到自己的那个人，没好气地自言自语道："现在的人走路都不长眼睛吗？着急忙慌的，不知道的还以为赶着去投胎。"

段瑶瑶回想起刚刚那个女生的模样，皮肤白皙，一张未施粉黛的小脸十分精致，一双眼睛十分吸引人，可偏偏在看向自己的时候又显得格外疏离。一想到这，段瑶瑶心里顿时又来了火气，忍不住把化妆镜摔到桌子上，发出一阵"咣当"的响声。

李欣然背对着段瑶瑶，听到动静以后，轻轻地翻了个白眼，对段瑶瑶有些无语，于是伸手拿起一旁的耳机塞进自己的耳朵里。面对这种人，最理智的行为便是无视！

树荫落下一片来，宋遇所站的地方正是刚刚两人说话的地方。

男生五官精致，一只手里拿着史迪仔，另一只手插兜，轻轻垂眸，不知在想些什么，只是简单地往这里一站，便吸引了从旁边经过的女生似有若无的目光。

沈念下来以后，一眼就看到了不远处的宋遇，他身形修长，一如既往地利落干净。心里闪过一丝念头，沈念放慢了自己的脚步，打算绕到宋遇的身后去吓吓他。还不等自己迈开步子，某人便轻轻抬眸，视线准确无误地落在了沈念的身上，与沈念怪异的姿势对个正着。

宋遇轻轻挑眉，似乎已经看破沈念的想法，嘴角微勾，不急不缓地往女孩的方向走过去。

顾长的身影渐渐移了过来，沈念浑身一僵，乖乖地站直，顿时有些不好意思。

宋遇的心情倒是莫名地好了起来，趁女孩没有反应过来，伸出手用轻柔的力道捏了捏她的脸，随后又将手放下，笑了笑："还想吓唬我？"

被人突然捏了一下，沈念的脑袋瞬间放空，抬眼轻轻瞥了他一眼，十分不客气地把史迪仔从宋遇的手里拽了过来，眼神幽幽地看着他："干吗捏我脸？我这人很记仇的。"不等宋遇说话，沈念接着补充道，"说不定下次什么时候就突然出现在你身后吓唬你一次。"

宋遇倒是巴不得天天看到沈念，顿了顿，十分不要脸地说："我胆大，你多吓唬我几次也没有关系。"

沈念不想理他，气鼓鼓地说道："你快回家吧，等再晚些没有了公交车，你就只能跑着回去了。"

宋遇却没有多在意，反正没有公交车，还有出租车，回家的办法有的是。最重要的是，回家哪有跟沈念在一起开心！

宋遇为了多跟沈念待一会儿，开始主动找话题："寝室里的人好相处吗？"

沈念点了点头："还好吧，就只见到一个。"

想到什么，沈念抬起头左右看了看，确定周围没有人，凑近宋遇，用只有两个人能听到的声音小声说道："我们寝室的两个室友是你们班的。"

宋遇挑了挑眉，似乎没有想到沈念会跟自己说这个，下一秒只见女孩眼睛里透出一种十分八卦的气息，接着说道："宋遇，我能向你打听打听这两个人怎么样吗？"

虽然像沈念这么直白的女生已经不多了，但是宋遇一只手插兜，语气淡淡，果断地撇清自己跟别的女生的关系："不能。我不认识，我不熟。"

沈念张了张嘴，一时不知道该说些什么，舔了舔唇，接着说道："毕竟是你们班的嘛，最起码的了解总归是有的吧？"

说完之后，沈念满怀期待地向宋遇投去了真挚的目光。

接收到信号，宋遇又看了沈念一眼，表情十分认真，慢条斯理地说道："我在我们班里从来不和女生说话的，我一直以为我们班里的人都是男的。班里有女生吗？下次我注意一下。"

沈念有些发呆，自己好不容易向别人打听人，竟然连名字都没来得及说出口，就被劝退了？

既然宋遇都这么说了，沈念也不好再说什么。

手机嗡嗡作响，拿起来一看，是孟欢给沈念发过来的消息，说是马上到宿舍。

还不等沈念回复，身后不远处传来孟欢的声音："念念！"

沈念转过头，一个十分欢脱的身影朝着自己小跑过来，后面还跟着一个拿着黑色书包的男生。

孟欢跑得很快，即使离这还有一段距离，宋遇还是下意识把沈念往自己这边拉了拉。

孟欢气喘吁吁地来到两人身边，视线在两人身上转了两下，随后语气兴奋地说道："你们也是刚回来吗？"

苏洵南在后面不紧不慢地往这边走着。孟欢不等沈念两人回答，又转过头向着苏洵南说道："哎呀，你怎么这么慢。"

苏洵南不知道有没有听到孟欢说话，自顾自地以原来的速度往前走着，只是嘴角微微上扬，表达自己的好心情。

孟欢有些气急，干脆三两步走上前，伸出手扭了苏洵南两下："你听到我说话没？我就跟对牛弹琴一样。"

下一秒，苏洵南有些无奈的声音传来："听到了，我这不是走快了吗？"

"蜗牛都比你走得快。"

两人还在说些什么，沈念弯了弯唇，收回视线，看向宋遇："既然孟欢来了，那我们就先上去了，你和苏洵南也正好顺路。"

宋遇点了点头，视线从沈念手里的史迪仔上一晃而过，刚想收回视线,看到沈念胳膊上有一道红色痕迹,似是在哪里不小心碰到的。

宋遇微微皱眉,走上前,伸出手轻抬起沈念的胳膊,随口问道:"怎么弄的?"

沈念白皙的皮肤上猛地出现了一道泛红的划痕,即使不严重,看着也有些吓人。

沈念愣了一下,顾不上回答,只觉得被男生握住的胳膊莫名有些滚烫。不知出于什么心理,沈念抿了抿唇,小声地说道:"没事儿,就是下楼的时候,不小心和别人撞了一下。"

宋遇眉头紧皱,似乎对沈念的回答并不是很满意:"没有看清那人是谁?"

沈念有些不好意思地把胳膊收了回来,声音糯糯的:"我怎么看清嘛,即使看清了,下次见面又忘记了。没有关系的。"

宋遇懊恼地揉了一下头,莫名有些自责,最后妥协地应了声:"嗯。还疼吗?"

沈念揉了揉自己的胳膊,还略微有些刺痛。看着宋遇一脸的不愉快,沈念笑着摇了摇头:"不疼了。"

走进宿舍楼,经过大厅,走到一楼楼梯的拐弯处,两个女孩小心翼翼地趴在一个十分隐蔽的窗口,悄悄地往外面望着两个身材修长、渐渐远去的背影。

孟欢轻轻"啧"了一声,戳了戳旁边的沈念:"还真别说,走在一起的这两个人哪,绝对是容德一中的半壁江山。"宋遇和苏洵南,一个有财,一个有才,简直完美。

等了半天,沈念都没有说话。孟欢顿了顿,转过头来看向一旁的沈念。女孩安安静静的,垂眸看着手里的一个什么东西。孟欢没有注意到沈念拿着的是什么东西,但是略微有些印象,念念从刚才开始,好像就一直拿着这个。

孟欢悄咪咪地凑近沈念,出声道:"干吗呢?"

沈念回过神来,"啊"了一声,抬起了头,弯唇把手里的史迪仔举到孟欢面前:"就是在想一件特别神奇的事儿。"

淡蓝色的史迪仔十分可爱,孟欢接过它以后仔细地观察了一番,莫名觉得有些眼熟："哎？我怎么感觉之前好像在哪里见过呢？"

两人一起转过身往楼上走去。

听到孟欢这么说，沈念弯唇笑了笑，心里莫名有些感慨，眨了眨眼睛："你还有印象吗？就是很久很久之前，一个特殊的日子里，我偶然在桌子上发现了一个特殊的礼物呀。"

孟欢重新仔细地看了两遍史迪仔，突然回忆起了一些什么，语气里带了一丝不确定："这是去年那个生日礼物？"

她隐约还有些印象，去年沈念收到了一个没有署名的生日礼物，送礼物的人也一直没有找到，后来她还拍了一张照片去礼品店帮忙问……

回忆猛地袭来，孟欢这才回过神来，眼里满是惊讶："天哪，所以说这个史迪仔是宋遇送你的？"

沈念没有想到孟欢竟然会这么惊讶，点了点头，有些不好意思地说道："之前我也不知道的，后来因为一些事情，我才慢慢猜出来这是宋遇送给我的。"

想来也是，要不是因为宋远，可能她这一辈子都不会知道这个史迪仔是宋遇送给自己的。

送？怎么简单地说是送的呢？

孟欢把史迪仔还给沈念，轻轻摇了摇头，语气里满是对宋遇的赞赏："这分明是人家亲手做出来的好不好。当时我还在想，给你送礼物这人也太用心了吧，竟然做出个史迪仔来，还这么惟妙惟肖。没想到是宋遇。"

孟欢说的话，一字一句地敲进沈念的心里，掀起了一阵阵的涟漪。

再上一层楼，正对着的就是两个人的寝室。孟欢突然停住了脚步，"嘿嘿"笑了两声，看向沈念的眼里满是八卦之意。她小声说道："念念，你们两个是不是很早之前……就认识了？"

话没有说完，孟欢突然顿住。

面前的女孩低垂着眼，眼眶红红的，似乎是沉浸在自己的世界里。只见她一只手拿着史迪仔，另一只手从史迪仔的眼睛上不着痕迹地划过，又慢慢地划向史迪仔的耳朵……

动作轻柔，缓慢而又虔诚。

不知为何，孟欢脑海里竟然浮现出宋遇坐在桌子面前认真做这个史迪仔的画面，渐渐地，与面前沈念的模样缓缓地重合。一切都没有答案，又好似答案就在眼前。

孟欢的眼角莫名有些湿热。她抹了一把眼角根本不存在的眼泪，走上前，轻轻地抚了抚沈念的肩膀。想了想，她还是小声地说道："念念，宋遇真的对你超级好的。"

真的很好，是明目张胆的那种好，恨不得把所有好的东西都给你的那种好。

沈念这才有了反应，小声"嗯"了一声，不知是害羞还是怎样，随后小声嘟囔了一句："我对他也挺好的，连我最喜欢吃的甜品都记得跟他分享。"

原本有些感动的氛围，瞬间被沈念的一句话给打破了。孟欢呆了呆，听清沈念说的话以后，"扑哧"一声笑出来："哈哈哈哈，你要笑死我了。哪一次的甜品不是宋遇买给你的？"

被孟欢这么一笑，沈念脸上慢慢地浮起一抹红霞，越发害羞起来，忍不住向前一步，轻轻地捂住孟欢的嘴巴："你干吗笑这么大声。"虽然这么说着，但是沈念的心情莫名就好了很多。原本埋藏在沈念心里的小种子也破土而出，渐渐地长出了一朵朵小花。

沈念突然就想明白了，她知道宋遇对她很好很好，所以她也想对宋遇很好很好。

她们回到寝室，李欣然已经写完自己的物理笔记了，正在拿手机给别人发消息。屋里倒是安静，孟欢先进门，十分自来熟地跟李欣然打了声招呼后，眼神不由自主地往另一张床位的方向上瞥去。

因为孟欢经常去（6）班门口玩，李欣然很早就认识她了，此时看到孟欢不断地往段瑶瑶的床铺看去，后知后觉地想到，这两人也算是半个情敌。

李欣然站起身，拿起果盘里刚刚洗过的水果递到两人面前，轻抬下巴看向门外的位置，小声道："段瑶瑶应该是去洗漱了。"想到刚刚段瑶瑶回到寝室就开始发疯的场景，李欣然想了想，对两人说道，"她这人有点奇怪，平常少搭理她就好了。"

沈念没有说话，轻轻点头表示自己听到了。虽然还没有见到这人，但是莫名其妙地对这人没有什么好感。她向来是随遇而安的性子，也实在是不想因为一些无关紧要的人扰乱了心神，李欣然这话也正中了她的下怀。

倒是孟欢"啧"了一声，接过李欣然递过来的水果，狠狠地咬了一口，才慢慢地说道："她要是不惹事儿还好，要是她敢惹我，那我跟她没完！"

听到这话，李欣然的眼皮轻轻地跳了一下，看向孟欢的眼神逐渐变得有些崇拜。

沈念也笑了起来，走到桌子面前，把手里的史迪仔摆放好，抬眼轻轻看了一眼孟欢，弯唇，眼里闪过一丝狡黠："你啊，不要总是这么冲动，其实有的事情根本不需要你出手的。"

像是苏洵南，别看平时一副清高的样子，但凡有人敢说孟欢一点不是，他也不会坐视不理，所以根本不需要孟欢出手。

李欣然眼睛一亮，先是看看孟欢，然后目光又落在沈念身上，随后想到了什么，双手一拍，显然比两人还要激动："孟欢有苏洵南，沈念有宋遇！要是段瑶瑶敢闹事，我们直接稳赢啊！哈哈哈哈哈哈哈。"

冷不防地从别人嘴里听到自己跟宋遇的名字，沈念蒙了一瞬，随即只觉得自己的耳朵莫名地热了起来，说起话来也有些不利索："这……这关宋遇什么事儿啊。"她承认，她是对宋遇有好感，但是两人现在什么事儿都还没有啊。

李欣然"啊"了一声，语气有些不确定："难不成刚刚我看错了？我刚刚去水池那边洗水果的时候，从窗户那往外看正好看到你跟宋遇的身影了啊。哦，对，过了一会儿我还看到了孟欢跟苏洵南也来了。"

李欣然的声音渐渐变小，回想起之前看到的场景。

"难不成是我看错了？不应该呀，明明身形很像的。"

原本觉得没有什么，但是被李欣然这么一说，沈念莫名有些心慌，小声反驳道："那……那……肯定是你看错了嘛。"

孟欢把沈念可爱又有些纠结的表情看在眼里。沈念深呼吸了两下，抬起头来，视线与这两个满怀期待的女孩的眼睛对个正着。过了许久，女孩们眼里荡开一圈又一圈的笑意。

搬进寝室的第一天，大家相处倒是意外和谐。

段瑶瑶洗漱完回来以后,看都不看几人一眼,直接跑到床上去,开始玩手机。李欣然对她这种十分无礼的行为已经见怪不怪,把手里的几个水果分完以后,便拿着水果盘去外面清洗。

见段瑶瑶连表面样子都懒得装,孟欢倒也乐得自在,坐到自己的桌子前,打开手机并插上耳机,继续复习自己昨晚上没有复习完的资料。

倒是沈念,目光轻轻瞥到段瑶瑶床头挂的那个黑色的包包,微微一顿。回忆起刚刚下楼的时候,不小心与某女生相撞的场景,沈念轻轻挑眉,刚刚那人就是新室友段瑶瑶?她下意识地往段瑶瑶床上的位置看去,段瑶瑶的床上安置了一整套深色的床帘,把里面遮挡得严严实实,什么都看不清楚。沈念收回视线,漫不经心地拢了拢自己的头发,坐到自己的桌子前。

史迪仔就摆放在沈念的桌角,旁边是沈念粉嫩嫩的水杯,一蓝一粉,却莫名和谐。

手机嗡嗡作响,沈念回过神来,看到某人新发过来的消息:

　　我到家了。

这么快?

沈念眼里荡开一圈圈的笑意,心里流过一股暖流。

　　那你就好好写一下我之前给你布置的作业吧。

男生回得飞快:

　　再聊一会儿。

接着又补充了一句:

　　等下我去写。

瞬间某人又怂又硬气的气质显露无遗。

沈念眼睛亮亮的,不由自主地笑出了声。有什么好聊的嘛,反正在一个学校,又不是说多久都不能见一次面。

她白皙的手指在屏幕上飞快地敲打:

　　才不要和你聊天,好好学习才是正道。

然后宋遇发过来一个委屈巴巴的表情包。沈念才不管他,把手机放到一边,平复了一下心情,也开始看起书来。

自从明白了自己的心意以后,沈念便顺其自然。女孩的变化被宋遇看在眼里,喜在心里,越发不要脸地找机会出现在女孩的身边。

两人相处得倒是愉快，彼此也心照不宣。

国庆节放假回来以后，前桌刘泽阳再也没有主动靠近过沈念。许是之前宋遇那招管用，两人虽然还是前后桌，但刘泽阳明显老实了很多，除了学习上的必要之处，轻易不会去找沈念说话。沈念对此也乐得自在，住校生活也变得忙碌和充实起来。

第八章

学习经验传授大会

一周之后。

很快到了"学习经验传授大会"那天。

因为算是学校探讨大会，所以不分文理科，整个高三年级的学生都会去听讲，班级的位置是按数字排列，从小号排到大号。

"学习经验传授大会"在学校的大礼堂里举行。礼堂很大，容纳千百号人绰绰有余。

因为前不久刚刚翻新过，整个礼堂明快敞亮，台上两边的落幕帘是大红色的，为整间礼堂增添了一抹亮色。

一大早，高三所有班级的同学都排队有秩序地入场，同学们在老师的带领下陆续入座之后，礼堂里瞬间热闹起来，叽叽喳喳说什么的都有。

在台上落幕帘的后面，三三两两站着十几个正在等待上台的学子。

每个班里都有那么一两个优秀的学习代表，十几个班加起来人数也有将近三十个人，就这样一个班一个班地排，到了（10）班也不知道是什么时候了。

沈念有一搭没一搭地看着自己之前写好的学习经验，心早就不知道跑到哪里去了。要是知道演讲竟然会这么麻烦，她干吗要来啊，拿出这时间来帮宋遇多看一道数学题不好吗？直到台上传来有些熟悉的声音，沈念才缓过来些许精神，往最边上的位置站了站，透过帘幕看向台上自己的室友。沈念也是昨天晚上回寝室之后才知道室友李欣然是（6）班的学生代表。

李欣然梳了一个很清爽的马尾辫，显得清爽大气，说起话来条理也十分清晰："大家好，我是高三（6）班李欣然……"

（6）班正对的位置刚好是帘幕前面，沈念上台之前还特意留意了一下宋遇所坐的位置，视线由前往后轻轻滑过（6）班，但是并没有发现自己要找的那道身影。虽然有些许疑惑，但沈念并没有在意，回过神来，继续认真地听李欣然演讲。

李欣然照例讲了自己的一些学习经验，说到最后，李欣然顿了顿，看向了（6）班的位置，露出一个灿烂的笑容，声音也越发高昂："借此机会，希望我们（6）班越来越好，希望每个人明年高考都能旗开得胜，取得理想的成绩！"

全场都安静了一下，下一秒（6）班的几个男生猛地站了起来，一边鼓掌，一边大声喊了句："好！"

（6）班一直是一个备受质疑的班级，要说（6）班好，但是学校垫底的差生都在这个班里；要说（6）班差，可偏偏理科班的年级第一还次次都出现在（6）班。虽然众人都不说，但是在心里多少对（6）班有一些不一样的看法。而此刻掌声响起，持续不断，响彻整个礼堂。

沈念微微垂眸，听着前面不断传出来的掌声，也不由自主地跟着鼓起掌来。

李欣然说得没有错，即使（6）班备受质疑，但他们每个人依旧是最好的自己，活得最肆意、最潇洒。

见沈念情绪有些不对劲，刘泽阳只以为她是因为第一次上台演讲紧张。她推了推眼镜，温声道："沈念，不用紧张，第一次都是这样的，等会儿上了台就好了。"

沈念不知有没有听清刘泽阳说的话，微微顿了顿，抬眸看向他，抿了抿唇，继续说道："班长，我想出去走走，一会儿就回来。"

"这……"

刘泽阳有些无措，随后回头看了看正在台上演讲的（7）班学习代表，忍不住道："那你快些回来啊。"

帷幕后面有一个十分细窄的台阶，沈念迈着步子轻轻下了台阶。不知为何，李欣然的话一遍遍地在她的脑海里重复，一遍又一遍地回荡……

沈念脑子很乱，她也说不出个所以然来。心里有事情，沈念一下没注意，脚下猛地踩了个空，脑袋闪过一丝空白，还来不及出声，整个人就因为惯性一下子往前面倒去。已经预料到将与大地来个亲密接触的沈念，因为害怕疼痛，紧张地闭上了双眼。

"小心！"

一个紧张的声音从旁边响起。

"看路。"

略带嘶哑的声音从沈念的头顶传来，她立马被扶住了。

这个地方正巧是前面演讲台的死角处，两边的落幕帘挡着，一时没有人注意到两人。

还不等沈念说话，倒是宋遇先开了口，语气里略带了一丝后怕："别告诉我你是不小心的！"

天知道他要是晚出现一秒，沈念会怎么样。

一想起沈念差点摔跤，宋遇的心像是被针扎了一样疼，语气也越发严肃："沈念，你平时就是这样看路的？"

虽然宋遇眼里闪过的那一抹紧张并没有逃脱沈念的眼睛，但是听到宋遇这么连名带姓地叫自己的名字，沈念还是有一些愣怔。明明就是不小心嘛，干吗要这么生气。

宋遇似乎看透了沈念的想法，抿了抿唇，下意识拉起沈念的手往前面走了两步，随后转过身来指着身后细窄的台阶，一本正经地说道："不管是在哪里，以后如果看到这种台阶，就不要走神，玩手机也不行，要是没有人在这儿怎么办？要是你摔倒了没有人看到你怎么办？"

沈念噘了噘嘴，一边听男生不断地数落自己，一边悄咪咪地动了动自己的脚尖，完好无损嘛。

男生一条一条地罗列得很清楚，把自己想说的都说完以后，才分过一个眼神来看向沈念，微微皱眉："我刚刚说的，你都听清楚了？"

当然没有。沈念眼睛一弯，看向宋遇，笑得像朵花一样，乖乖地点了点头："听清楚了！"

宋遇真是拿她这副样子没有办法，抿了抿唇，实在是说不出什么严重的话来。鬼知道刚刚那严肃的表情，已经是他的超常发挥了。

宋遇严肃的样子真的是蛮吓人。

沈念眨着眼睛，故意转移话题，伸出手指了指手里的稿子，笑眯眯地说道："宋遇，这份学习经验绝对没有之前我给你写的那一份详细。"

想起之前自己帮宋遇写的那份关于数学的学习经验，沈念都要被自己给感动哭了。瞧瞧自己多么伟大，随便给宋遇写个东西都比写演讲稿还要认真。

宋遇没有说话，静静地看着她。然而沈念并没有在宋遇的脸上发现一丝的感动。

沈念默默地安慰了自己两秒，继续说道："等下我上去演讲的时候，你要听吗？"

这句话说完，宋遇的脸上终于有了一丝变化，轻"嗯"了一声。

沈念满意地点了点头，又重新看了宋遇一眼，想了想，试探性地问道："你怎么会出现在后台啊？"

就是因为后台没有人，沈念才打算下来走走的，可偏偏还在这个地方碰到了宋遇。下一秒，一个莫名其妙的想法从沈念的脑子里冒了出来。幕帘外面，即将上去演讲的班级是（9）班……这不是马上轮到自己班了？

宋遇该不是为了近距离看自己，所以才莫名其妙地跑到后台来的吧？沈念眯了眯眼，突然觉得智商真是个好东西，还好这种东西自己也有。

宋遇不知沈念已经看透了自己的心思，想了想，十分自然地接着说道："我们班的位置在最后面，我听不清台上的人讲了什么，然后就往后台来了。"

别以为我没有看到，台下离得最近的班，就是你们（6）班！

沈念缓慢地眨了眨眼睛，嘴角微弯，拉长了自己的声音："哦，是这样的啊。"面上不显，心里暗自点了点头。好的，虽然说这是一个善意的谎言，但是不得不承认，宋某人已经练就了撒谎不眨眼的功夫。

明明女孩在笑，但宋遇莫名觉得心慌，微微一顿，看向沈念，试探性地问道："要上台了吗？"

话音刚落，前面帘幕的一角突然被掀开，一束光打进来，正好照在两人身上，紧接着刘泽阳略带着急的声音响起："沈念，休息好没有，马上到……"话没有说完，刘泽阳微微一顿，视线与沈念旁边的男生对个正着。

沈念旁边的人正是宋遇，两人离得很近，似乎正在说着什么，甚至女生嘴角的微笑都没有来得及收住。原来沈念出来，是为了见宋遇？

看到突然出现的刘泽阳，宋遇的表情由柔和逐渐变得冷淡。

刘泽阳深深吐出一口气，不自然地收回自己的视线，看向沈念，笑着把刚刚没有说完的话继续说完："马上就到我们班了，你们两个要不然等一下再聊？"说完之后，刘泽阳没有忍住，又把目光转到两人的身上。不知是不是刘泽阳的错觉，总觉得这次再见到两人，两人之间的氛围明显变化了，变得越发和谐。想到这，刘泽阳嘴角的笑容终于维持不下去了。

沈念没有看到刘泽阳一系列的变化，点了点头，看向宋遇，眼睛弯得像月牙一样好看。

"那我就先上去啦，等下你回班里坐着就好了。"顿了顿，沈念接着说道，"别以为我不知道，你们班级的位置就在演讲台的正下方。"虽然加重了语气，但是女孩的声音依旧软软的，丝毫没有震慑力。

宋遇一时没有忍住，低笑了两声，心情愉悦地说道："好。"

礼堂里坐满了人，密密麻麻的。

直到站到了台上，沈念才发现，原来宋遇真的没有骗自己。虽说（6）班的位置确实离演讲台的位置很近，但是依旧有个十米左右的距离。

就在沈念走神的一小会儿，宋遇已经回到了（6）班的位置，不过他并没有回到自己的原位置，反而走到第一排的一个男生面前，微微俯身跟男生说了几句话。

因为离得太远，沈念听不清宋遇说了什么。只见男生愣了一会儿，往沈念的方向看了一眼，转过头去连忙站起身来把位置让给了宋遇。随后他动作十分迅速地往后排的位置走去，生怕宋遇叫住他一样。

宋遇倒是怡然自得，丝毫不愧疚地往第一排一坐，目光直直地往沈念的方向看来，嘴角微勾，似乎是在暗示："瞧瞧我厉不厉害？"

男生坐在众人之间，瞬间吸引了注意力，虽然懒洋洋的，给人一种十分慵懒的感觉，可偏偏男生的目光十分认真地盯着台上的位置，嘴角时不时微勾一下，不知在想些什么。尤其是隔壁班的女生，连台上说的是什么都不想去听了，一个个都开始目光闪躲地看向一旁的男生。

放肆和温柔同时在一个男生身上出现是什么感觉？看看宋遇就知道了。

沈念没有心思去注意台下，视线下意识从宋遇的身上掠过，才慢慢拿起演讲稿，嘴角微弯，露出一个自信满满的笑容来。

…………

五分钟过去。

直到女孩演讲完，全场响起了热烈的掌声，宋遇仍有些意犹未尽地皱了皱眉。怎么这么快就讲完了？

看着女孩微微鞠躬，往后台的方向走去，宋遇下意识站起身跟过去。旁边突然冒出一个紧张又略带激动的女声："你好，我……我能加一下你的联系方式吗？"

宋遇微微一顿，看都不看女生一眼，语气漫不经心："不好意思，不太方便。"

说罢，男生干脆利落地、直直地站起身来往沈念离开的方向走去。留下后面的女生脸色白一块红一块的。

用了上午三节课的时间，"学习经验传授大会"终于圆满结束。在后台站了一上午，沈念的腿着实累得有些不行了，只想早些吃完中午饭，回寝室去睡一觉。

自从沈念演讲完以后，孟欢的表情越发兴奋。念念也太棒了吧！往台上一站，那通身的气派，直接秒杀众人啊！

两人经过超市的时候，沈念照例买了一包之前喜欢吃的薄荷味口香糖。

吃完饭回寝室的路上，孟欢实在是憋不住了："我家念念就是厉害。念念，你是没有看到咱班里那些人诧异的目光，对对对，还有（6）班那个段瑶瑶。"

孟欢揽住了沈念的胳膊，想起刚刚段瑶瑶的表情，不由自主地摸了把胳膊，接着说道："咦！我刚刚还特意看了她一眼，她的表情太欠揍了，阴森森的，什么人哪。"想到之前段瑶瑶跟苏洵南那件事，孟欢心里又是一阵恶心，"天哦，为什么会有这样子的人啊。"

沈念笑了笑，没有说话，剥开一个口香糖塞进孟欢的嘴里："想她干吗，徒增烦恼。"

嘴里弥漫了一股浓烈的薄荷味，十分爽口，孟欢"嗯"了一声，一边嚼口香糖，一边说道："嗯，不提她了，你说得对，干吗总是提起这么讨厌的人呢。"

沈念没有说话，眼睛亮亮的，给自己也剥了一颗口香糖塞进嘴里，轻轻舔了舔嘴唇，拉着孟欢继续往前走，边走边调侃地说道："你忘了刚认识宋遇的时候，你对他的评价啦？"孟欢随着沈念一起走，边走边回想之前跟沈念的对话。原话是这么说的——

"宋遇你应该听说过吧，他跟苏洵南是一个班的，不过和苏洵南不同的是，苏洵南是好学生，宋遇就不一样了，什么都敢做。他家巨有钱，每年都会给学校捐赠好多钱，所以只要宋遇做的事情不是很出格，学校就睁一只眼闭一只眼，不怎么当回事了。"

但接触了以后，她发现宋遇简直不要太好了，尤其是对她家念念！简直要比苏洵南好一百倍！

孟欢开始默默地反思，原来很久很久之前的自己，差一点就因为口误破坏了两人的好感。于是孟欢眨了眨眼睛，故作迷茫地问道："嗯？我说过什么？我记不清了呀。"

寝室格外安静，另外两人还没有回来。刚从外面回来，又爬到三楼，两个人都热得不行。

沈念走去桌子前给两人各倒了一杯水，孟欢大大咧咧地往床边一坐，忍不住拿起床上的书来回给自己扇着风："念念，让沈伯父向上级反映反映，能不能给寝室里安上空调啊，孩子真的受不了了啊。"

十月中旬的天气已经不是很热了，但是寝室里依旧很闷。一想起过几个月冬天来临，孟欢已经预料到自己被冻得鼻涕直流的场景了，忍不住打了个寒战："我太佩服历年的高三生了，绝对是应了古人说的那句话：天将降大任于斯人也，必先苦其心志，劳其筋骨，饿其体肤……"

"嗯，我已经预料到以后这十分'幸福美满'的日子了。"

说完以后，孟欢心血来潮编辑了一条朋友圈文案，轻点发送：

　　容德一中什么都好，就是寝室没有空调，呜呜呜，我和我的小姐妹要热昏小脑袋瓜啦。

沈念认真地想了想孟欢说过的话，想到上一届高三生也提过寝室安装空调的事情，沈父向上级反映后，经研究，最终卡在了资金问题上。

原因是没有赞助商，他们也很困难。即使沈父有心，最终也没能批下来，这件事情就一直拖到现在。沈念看了孟欢一眼，想了想，接着自言自语道："要是有赞助商就好了。"

可是这赞助商，哪是想找就能找到的？

门口轻轻作响，有人从外面开门进来，下一秒便听到段瑶瑶略带些嫌弃的声音传来："寝室是什么味道啊？"

沈念轻轻吸了吸鼻子，并没有闻到什么味道，倒是刚进门的段瑶瑶，身上有一股刺鼻的劣质香水的味道。

沈念和孟欢对视一眼，动作整齐地转头，回到自己的桌子前，理都不理段瑶瑶一下。

段瑶瑶见两人不说话，脸上闪过一丝被人忽略的难堪，随后视线又从两人身上扫过。只能看到沈念的侧脸，挺翘的鼻尖上有一层细汗，越发显得皮肤白皙细腻，细碎的发丝散在耳朵两侧，整张脸都柔和了起来。

虽然之前在寝室楼下与沈念起过冲突，但是听说最近沈念跟宋遇倒是走得近，她也不想多生事。

段瑶瑶轻"哼"了一声，视线转移到孟欢身上。虽然孟欢长得也算是可以，但何德何能让苏洵南对她另眼相看？一想起苏洵南，段瑶瑶眼里闪过一丝恨意，随后隐藏好自己的情绪往孟欢的方向走去。

孟欢回到自己的桌子前坐好，从抽屉里拿出耳机来戴上，随后又拿出自己的笔记本来。还不等自己动笔，只觉得肩膀猛地被人撞了一下。下一秒，孟欢的耳朵被刮得生疼，耳机线也被扯了下来。孟欢整个人都蒙了一下，随后才感受到耳朵上传来一阵火辣辣的感觉。

这时，身后的段瑶瑶才突然停住，看向有些愣怔的孟欢，微微一笑，直直地举起手里那根带线耳机，语气十分夸张地说道："哎呀，没事吧？怎么就把你耳机给拽下来了啊，实在是太不好意思了。"

虽然这么说着，但段瑶瑶眼里没有丝毫的歉意，反而撩了撩自己的鬓发，拿起孟欢的耳机轻瞥了两眼，就是很普通的配套耳机，没有什么特别之处。

段瑶瑶轻"啧"了一声，随后用十分怜悯的眼神看了孟欢一眼，有些恍然大悟的样子："怪不得我没有使劲儿就不小心拽下来了，原来是这耳机的质量不行啊。我说孟欢，回头得给自己换一个好一点的耳机啊。这么劣质的耳机，不用也罢。"简单的三两句话，句句透露着冷嘲热讽。

从刚刚段瑶瑶碰到自己的那一刻，孟欢的脸色便沉了下来。她站起身从段瑶瑶的手里一把把耳机给抢了回来，看向段瑶瑶，冷冷地笑出了声："劣不劣质关你什么事儿？你眼瞎放着好好的路不走，往我身上撞？"寝室就这么大点儿，要是看不出段瑶瑶是故意找事儿，她孟欢两个字倒过来写。

段瑶瑶比孟欢矮一些，一头的鬈发，脸上还画着不算精致的妆容，粉底厚得都可以用来糊墙了。

孟欢真是不知道她这浑身的优越感从何而来，本着大事化小的理念，孟欢看向她的目光也越发不耐烦："道歉，走人。"

段瑶瑶像是听到了什么笑话，将两只手摊平，故作无辜地说道："刚刚不是跟你道歉了吗？没有听清可不是我的事情了。难不成还耳聋了？这可不是什么小病哪，得治。难怪苏洄南也不搭理你。"这么说着，语气也越发地冷嘲热讽。

听到这里，孟欢再也忍不住了，"哼"了一声，看向段瑶瑶的眼神也越发烦躁。

怪不得故意找碴儿，说到底还是跟苏洄南有关，孟欢又重新看了段瑶瑶一眼，心里十分不爽："一码归一码，提苏洄南干什么？"

心思被揭穿，段瑶瑶表情有些不自然，不由自主地挺直了身体："明明就是嘛，干吗不让人说。"

不只是孟欢，就连沈念也被气笑了。这是什么歪理，见过有病的，没有见过这么有病的。

孟欢不想再看到段瑶瑶，哪怕是多看一眼都觉得恶心，抓起她的手使劲往后一掰："你管得着？"

不算是很疼，只是最简单的防身招数，谁知段瑶瑶眼睛一转，故意大声地哀号道："打人了！寝室里有人欺负人啊！有没有人管啊！"

中午正是人多的时候，尤其是一些刚刚吃过饭经过走廊回寝室的同学。

段瑶瑶突如其来的一招，让孟欢和沈念还来不及反应。寝室外面已经零零星星地围过来几个同学。有的人好奇，便轻轻推开门往里面瞧了瞧，一边推门一边小声道："怎么了啊？"大有一副看好戏的样子。

孟欢也不傻，段瑶瑶刚喊了一声，她便立马把手松开了，随后轻轻走到沈念的桌子前，有些埋怨地说道："念念，她这么大声都要把我吓到了，我好怕怕哦。"声音里还带了一丝嫌弃，面上的表情把刚刚段瑶瑶装腔作势的模样学得十有八九。

沈念在心里给孟欢比了个赞，面上不显，悄悄地对孟欢眨了眨眼。随后转头，视线从段瑶瑶的手上一扫而过。她轻轻皱了皱眉，语气里带了一丝担心："手指没什么事吧？"

手指？沈念话音刚落，寝室外面围观的同学都往段瑶瑶的手上看去。但她们并没有看出个所以然来，这两只手不是都好好的吗？

段瑶瑶自知被两人摆了一道，伸出手直直地指向孟欢，脸色逐渐变黑："是她！刚刚就是她把我的手使劲往后掰，而我只是不小心碰到了她而已，谁知她竟然得理不饶人。我的左手现在都没有知觉了，说不定还是内伤，我以后可怎么办呀？"

于是众人的目光又往孟欢的身上看去。围观的几人里，已经有人慢慢地认出孟欢来了，想起她之前好像还跑出去玩，被教导主任罚写检讨以后便老实了很多。这么一想，段瑶瑶的话倒是有点可信度了。

段瑶瑶很有一套，三言两语地便转换了众人的焦点。等众人再看向段瑶瑶时，表情也变得有些同情。

孟欢才不管别人怎么想，反正她行得正坐得直，也没什么好解释的。段瑶瑶故意惹事儿是真，她以其人之道还治其人之身也是真。要是段瑶瑶刚刚不号那一嗓子，她早就一巴掌扇过去了。没别的理由，她就是看段瑶瑶不爽，仅此而已。

见众人的表情微变，段瑶瑶的目的达成，嘴角微微勾起。

倒是沈念，听段瑶瑶说完了话，沉吟了片刻，回头往寝室门口的方向走去。走到门口，沈念又转过身来看向段瑶瑶，嘴角微弯："那就去校医务室？"

什么？段瑶瑶嘴角微僵，下一秒又恢复自然，笑了笑，故作大度地说道："算了，其实也没这么严重，只要孟欢给我道个歉就没事儿了。"

孟欢没想到段瑶瑶竟然能说出这么不要脸的话来，满眼难以置信。这家伙是真疯了吧，又不是自己的错，凭什么要自己道歉？越想越气，孟欢已经捋起袖子，准备跟段瑶瑶大干一场了。平时只是懒得搭理她而已，还真把自己当成病猫了？

还不等孟欢有什么动作,旁边沈念伸出一只手来轻轻安抚了她一下,随后缓缓地开口道:"怎么能说不严重呢?我看你和孟欢都得去一趟医务室。你不小心撞在了孟欢身上,又不小心把耳机从孟欢的耳朵上拽了下来,虽然比不上你的伤严重,但终归也算是伤,要是不去看看,我还不放心呢。"沈念声音极缓,把整件事情给流畅地说了出来。

众人都恍然大悟,原来错不在孟欢?大家一边想,一边把目光移到孟欢的耳朵上。

孟欢正好站在沈念的桌旁,侧对着大家,大家正好能看到孟欢有些发红的耳朵。与孟欢发红的耳朵相比,段瑶瑶的手指根本就算不上什么,一看就是她故意找碴儿。

段瑶瑶脸上的笑容已经挂不住了,脸色也渐渐发红发紫,不知是羞的还是恼的。

沈念才不管她,朝着孟欢招了招手,笑着说道:"走,铁柱,我们快陪这位室友去看病,要是耽搁了,那可就酿成大错了。"

别看沈念面上看着无争无害的,到了关键事儿上,这嘴上功夫可不是一般人能够比得了的。

孟欢一时没忍住笑出了声,心情也立马好了起来,她走到沈念的面前,附和道:"对对对,我也觉得某人的病不能拖,万一恶化了怎么办?"

两人一唱一和,堵得段瑶瑶一句话都说不出来,众人眼睁睁地看着段瑶瑶的脸色越来越黑。

到了最后,段瑶瑶突然情绪失控,猛地把一旁桌子上的东西掀翻在地:"我都说了不去,你们有完没完?"

桌面上的书籍乱七八糟散落一地,发出"噼里啪啦"的响声。一个粉色的水杯摔坏了,水从裂缝中漏了出来,把旁边的一本书浸湿了。还有一些小玩意儿,也都被掀到各个角落里。

众人惊呼了一声,没想到段瑶瑶竟然会有这么大的动作。

段瑶瑶掀倒的是沈念桌上的东西。沈念是最先反应过来的那一个,瞥到距离自己不远处的地面上那个有些裂痕的史迪仔时,沈念的目光凝住,心中一紧,下意识走上前把它给捡了起来。

看到屋里一片狼藉,孟欢的火气一下子就上来了,她猛地走上前,一把抓住了段瑶瑶的头发,使劲地往后扯:"你发什么神经?"

屋里的动静很大，恰好李欣然回来，挤开众人，看到里面的情景。她脸色微变，先是叫了一个人去告诉宿管阿姨，随后连忙走进屋里。

沈念手里拿着一个什么东西，嘴唇微抿，脸上的神色是李欣然从未见过的冰冷。而里面两人更是直接动手了。李欣然也发觉事情好像比她想象中的更加严重，连忙走上前去制止。奈何孟欢正在气头上，拉都拉不开，直到宿管阿姨出现在门口，屋里激烈的状况才得到缓解，两人的脸上都不同程度挂了彩。

几人都被请到了宿管部，李欣然不放心，也跟着一起来了。

孟欢跟段瑶瑶两人之间的矛盾比较大，两人直接被执勤老师带到里面去问详细的经过。孟欢倒是觉得没什么大碍，给了沈念和李欣然一个放心的眼神，便跟着老师一起去了办公室。外面一下子就安静了下来，偌大又空荡的走廊里，跟刚才那激烈的场景形成了鲜明的对比。

沈念伸出手轻轻抚过手里的玩偶，脸上看不出什么神色。

李欣然的目光扫过沈念手里的蓝色玩偶，这才看清是一个史迪仔，美中不足的是这个玩具的脑袋和上半身中间的位置有一道很明显的裂痕，应该是刚刚被段瑶瑶摔坏了。

来宿管部的路上，李欣然已经从沈念的嘴里知道了整件事情的经过，而事情的开端是段瑶瑶先挑起的。也是，沈念跟孟欢两人，怎么看都不像是会主动惹事儿的那种人。

李欣然收回自己的思绪，又看了一眼沈念。

沈念在跟自己讲述整件事情的过程的时候，情绪没有丝毫的波动，反而拿起手里这个玩偶的时候，好像心情不是很愉快，有一种好像是什么珍贵的东西损伤了才会有的失落感。

李欣然张了张嘴，一时说不出什么话来，想了想，伸出手拍了拍沈念的肩膀，轻声安慰道："念念，不要太在意，要不然等到放假的时候，我们一起陪你再去买一个一模一样的？"

沈念微微动了动，随后轻轻摇了摇头，声音小得几乎听不见："不会有一模一样的了。"这是宋遇亲手做出来的，独一无二的，所以不会有一模一样的了。

一想到这，沈念就越发伤心。她从看到这个史迪仔的第一眼，就打心眼里喜欢。整整一年的时间，这个史迪仔已经是她生活的一部分了。

后来知道这是宋遇做给自己的,她就越发珍惜这个礼物。可如今,她到底还是没有保护好它。

李欣然也意识到这个玩偶对沈念的意义不一般,把目光重新移到沈念手里的史迪仔身上,伸出手轻轻摸了摸这个小玩偶,没想到手感出乎意料地光滑,史迪仔的表情也是惟妙惟肖。

李欣然看向那道裂痕,也感到有些可惜。唉,挺好的一个玩偶……

那道裂痕不长不短,五六厘米的样子,里面应该是空心的,所以那条缝很明显。中间还有一点发白的感觉,里面像是有东西。

李欣然微微一愣,指了指这个史迪仔,脑袋里冒出来一个大胆的猜测,下意识说道:"念念,这个史迪仔里面好像有什么东西……"

二十分钟以后,孟欢跟段瑶瑶从办公室走了出来。

执勤老师也跟了出来,看了一眼站在自己面前的两个小姑娘,语重心长地说道:"我该说的都已经跟你们说了,回去都好好想一下自己错在哪儿。行了,检讨书也不用写了,身上要是有不舒服的地方,就先去校医务室看看,尽快处理一下。"

段瑶瑶脸上有两三道划痕,有一道划痕已经破了皮,隐约有血珠渗了出来,足以看出孟欢是下了狠手。而孟欢就好得多,只是头皮被抓痛了,听到老师这么说,连忙点了点头,笑着回应道:"好的,老师。"

执勤老师回到办公室,外面走廊立马又恢复了安静。

段瑶瑶咬了咬牙,瞪了两人一眼,转身离去。

沈念站起身来,看向孟欢,语气里有些许担心:"没事吧?你还有哪里痛?我陪你去医务室看一下。"

孟欢摸了摸头上还有些隐隐作痛的地方,不在乎地摆了摆手:"哎呀,没有关系的,我刚刚就是这么说说而已。"

看着段瑶瑶离去的背影,孟欢有些幸灾乐祸,眨了眨眼,小声道:"我看段瑶瑶才应该去医务室。我成心往她的脸上抓,看样子没个一两周是好不了的!"

原本想着趁中午放学的时间休息休息,谁知把这件事情解决完,一个多小时就已经过去了。虽说还能回寝室里待个二十分钟,但想起寝室里一片狼藉的样子,几人已经没有心情再回去了。对此,孟欢又对段瑶瑶的行为骂骂咧咧了一阵。想起是因为自己沈念桌子上的东西才受到牵连，就连宋遇送给她的礼物也摔坏了，孟欢心里又是一阵愧疚。

"念念，太对不起了，要不是我，你也不会受牵连。"

沈念的心情已经好多了，刚刚李欣然说过的话还回响在自己耳边。

她轻轻弯了弯唇，纤细的手指抵住从史迪仔身上的缝隙里透出来的一点点像是白色纸张的东西："没关系，铁柱。"

坏了就坏了，但好像，又发现了什么别的秘密。

容德一中里的超市是一对年轻夫妻开的，夫妻俩很有商业头脑，特意在超市门口搭了一个小棚子，方便学生在此短暂停留。

之前倒是没觉得有多方便，但此时此刻，三个人坐在棚子里，一边看着校园里的风景，一边喝着老板刚刚拿过来的冰镇饮料，简直是太幸福了。

半瓶冰镇饮料下肚，孟欢心里越发畅快。她坐直身体，对两人说道："你们不知道，刚刚我和段瑶瑶不是被叫进了办公室嘛，我就表现出一副贼听话贼乖的样子，然后一本正经地把段瑶瑶做的一系列过分的事情都给说出来了。当听到我说段瑶瑶把桌子都给掀了的时候，老师看了看段瑶瑶脸上的伤，皱着眉头问了一句，你是掀桌子的时候不小心摔倒在地上了吗？她说完这句话以后，别提段瑶瑶的脸有多黑了。"

孟欢把当时执勤老师的表情学了个八分像，脸上的表情十分认真，就好像执勤老师真的以为段瑶瑶自己摔到地上了一样："当场我就笑出声了，哈哈哈哈哈哈。"

沈念和李欣然一时没有忍住，也跟着笑出了声。李欣然眼睛眯成了月牙的形状，双手托腮："孟欢，我太佩服你了，简直太棒了。"

孟欢吹了吹自己的空气刘海，对着李欣然抛了个媚眼："那是！要是她以后再敢发疯，我还是照样收拾她，不带手软的那种。"

李欣然笑得更欢了……

宋家客厅里。

宋遇看了一眼正坐在沙发上看公司文件的宋越，随意地说道："哥，晚上我上晚自习，就不回来送你了。走的时候带着宋远，顺便把门关好。"想了想，宋遇一只手插兜，漫不经心地说道，"管好宋远，没有什么事儿别再让他来了。"省得他天天在自己面前嘟囔着要找漂亮姐姐玩。

宋越这次来宋家，一是来看看宋父宋母，二是来接宋远。从上次宋远住院到现在已经过去了大半个月，宋远的伤也差不多养好了。听宋遇说这小子的脾气也有所改善，想了想，宋越还是想把他接回去。毕竟没有上完的幼儿园还是要接着上的。

拉回思绪，宋越点了点头，沉稳地说道："好，要是他再不听话，我就把他送去季清扬家。"

宋遇挑了挑眉："我觉得成。"

季清扬是宋遇在清源市的发小，两人从小一起玩到大，即使现在宋遇来了容德市，两人依旧关系如初，时不时地联系着对方。

如果说宋家是经商世家，那季家在清源市算是出了名的军人世家。家庭教育更是严格，因此从季家出来的孩子不仅学习好，品德也是一等一的好。要是宋远被送去季家，那就不是简单的哭哭闹闹就能了事的。兄弟俩的意见难得一致。

还在楼上睡得正香的小宋远，完全没有意识到来自两个哥哥的嫌弃，以及自己已经被安排好了去军区大院锻炼的命运……

中午时间一晃而过，校园里也多了一些正在往教室方向走的同学。

沈念把手里已经喝光的饮料瓶扔进了一旁的垃圾桶里，想了想还是不打算把史迪仔带进教室，于是走到超市里面守着收银台的老板娘面前，微微弯唇："姐姐，我能把它先放在你这儿吗？等下午放学我再来取。"

老板娘正在查看超市的库存，一个软糯的声音突然响起，老板娘抬头，一张精致不失温柔的小脸映入眼帘。这个女孩儿长得漂亮，说话还这么好听，老板娘莫名地对沈念有了好感。她有印象，沈念就是外面那三个女生里面的一个。她笑着指了指电脑旁边那块没有放东西的地方："好啊，就放在这里吧，等下我拿到屋里面去。什么时候有空来找我要就成。"

沈念把东西放好，弯唇轻声说了句谢谢，随后回到两人面前，几人往教学楼的方向走去。

邱子博站在学校门口，一只手搭在窗台上，隔着窗纱跟里面的门卫大爷热火朝天地说着些什么。目光一转，看到不远处宋遇骑着变速车慢悠悠地过来。离得近了才发现宋遇背了一个黑色的包，鼓鼓囊囊的，似乎装了不少东西。

邱子博一乐，连忙迎上去，"嘿"了一声，说道："宋遇，这是带了些什么好玩意儿啊？"

宋遇不紧不慢地在距离邱子博三米远的地方停了下来，一只脚撑住地面，下车。随后把车往邱子博的方向一歪，就这么放开了手。

邱子博十分默契地把车接过来，单手扶着车把，问道："跟我的车停在一块儿？"

宋遇点了点头："嗯，我去（10）班一趟。"

（10）班是沈念的班级。

邱子博给了宋遇一个"我懂"的眼神，随后摆了个"OK"的手势，笑嘻嘻道："替我向沈念问好。"

不等宋遇说话，邱子博骑上宋遇的车就往学校里面的大道上驶去，远远地传来一声："宋遇，帮我带瓶饮料来，要冰镇的！"

只闻其声，不见其人。

门卫大爷从屋里面出来，双手叉腰，指着邱子博的身影，中气十足："小兔崽子，给我滚下来，学校里面禁止骑车！"

宋遇挑了挑眉，往上提了提自己的包，一只手插兜，从门卫面前经过，慢悠悠地往学校里面走。

马上就要上预备课，校园里来往的同学都加快了自己的脚步。与其他同学相比，宋遇的步子就显得格外悠闲，仿佛没有意识到即将上课了一样。

超市里开了空调，倒是十分凉爽。宋遇一只手插兜，直直地走向饮料区随意拿了一瓶气泡水，走去前台付款。

男生轻轻垂眸，把气泡水放在收银台上，手指轻敲桌面，言简意赅："付款。"

"好的。"收银台的那位老板娘站起身来拢了拢自己的头发，扫码后，习惯性地问了一句，"还要别的吗？"

宋遇摇了摇头，没有说话，随后打开手机调出自己的付款码来，目光一转，看到旁边一抹十分眼熟的蓝色。宋遇微微一顿，又看了史迪仔几眼，越发肯定这个就是之前送给沈念的那个。

史迪仔不知经受了什么，脖子下的部位有摩擦的痕迹，虽然有一道很明显的划痕，但也不算是太严重，初步判断应该是从某处掉落或是受到了重击。直到看到史迪仔腹部的一道裂缝的时候，宋遇的表情微微变了变，下意识眯了眯眼。

老板娘半天没有看到男生付款，抬起头看向男生，发现他的视线一直停留在一个位置，目光随着男生的视线看去，发现正是那个蓝色的玩偶。老板娘这才想起自己忘记拿进屋里去了，笑了笑，解释道："瞧瞧我这脑子。这是刚刚一个小姑娘放我这儿的，说是晚上放学过来拿。刚刚超市里人多，我一忙呀，就忘记收进去了。"

宋遇脸色不变，心里松了一口气。那就不是沈念摔的。

宋遇付完款以后，又看了一眼史迪仔，抬起头对老板娘说道："我能把它拿走吗？"声音清朗，且十分理直气壮。

老板娘微微愣住，看了看眼前这个个子高还十分帅气的男孩子，连忙摆了摆手，脸色有些为难："这不行的，你要是喜欢就去外面自己买一个，怎么能要人家小姑娘的东西呢。"

老板娘想起刚刚沈念很认真地把这个玩偶交到自己手上的模样，越发觉得自己说得没错："我看这小姑娘挺珍惜这个玩偶的，要是真给你了，那我不就成了罪人。你呀，还是自己去买一个吧。"

男生长得不赖，刚进门的时候也确实很有吸引力。但是不知为何，老板娘总觉得这个男生不像表面这么无害，就像……一座随时都会喷发的火山一样，说不定什么时候就突然爆发了。

谁知男生却低低地笑了两声，随后轻轻咳了两下，指着史迪仔，心情愉悦地说道："这个，是我送给那姑娘的。"

老板娘"啊"了一声，又重新打量了面前的男生两眼。

宋遇今天破天荒地穿了校服，他就像天生的衣服架子一般，身材挺拔。微微垂眸，浑身透着一股张扬又凌厉的气势。

联想起之前女孩的模样，老板娘暗自点了点头，露出一个意味深长的笑容，把旁边的史迪仔递到宋遇面前，又看了他一眼，有些感慨：

"姐姐相信你，拿去吧。"

道谢之后，宋遇把东西放进包里，迈着步子往教学楼的方向走去。一楼的楼道很空寂，尤其是（10）班的教室就在教导主任办公室的斜对面，因此谁都不敢太过放肆，生怕自己一不小心就被教导主任给提溜出教室。

宋遇一只手插兜，慢悠悠地走到窗户的位置。透过窗户，眼睛直直地往沈念的位置看去，看到女孩空空的位置以后，微微皱眉，怎么会不在呢？

孟欢还在照镜子看自己脖颈处被段瑶瑶挠的那一道抓痕。原本她没有注意，到了教室以后，她才发现原来还有这么一道印子，顿时心中一排无头野马飘过。没忍住又轻声嘀咕了两句段瑶瑶的坏话，眼睛下意识往老师经常爱偷窥他们的窗户那边轻瞥了一眼，在与某人对视了一眼之后，孟欢难以置信地张大了嘴巴。

宋遇！可是念念现在不在啊！

沈念十分钟之前刚被班里的一个同学拉了出去，不知道去干吗了，她也没有来得及问，谁承想宋遇会来啊！想到这，孟欢心中又是一排无头野马飘过。还是去跟宋遇说一声吧，让人这么干等着也不是事儿啊。

孟欢眼睛左右巡视了一圈，趁前排没有人注意，飞快地猫着腰从后门溜了出去。

"宋遇！"孟欢尖着嗓子小声喊了一句，"念念刚刚出去了，你有什么事儿吗？"

听到声音，宋遇转过身来，向后门的位置看去，看到了只露出一半脑袋的孟欢，随后往那个方向走去："念念去哪儿了？"

孟欢想了想如实回答："被我们班一个同学拉出去了，好像是帮什么忙，我没有问太清楚。"

宋遇没有说话，轻掀眼皮往教室里面看去，企图找出除了沈念，另一个不在教室的同学。

看到宋遇这副表情，孟欢想到什么，忍不住一乐："叫走念念的那个同学是个女生，你不用担心，没人跟你抢的。"

宋遇挑了挑眉，对孟欢的这句话十分满意。

因为不知道沈念什么时候回来，再加上马上就要上课了，宋遇把给沈念带的零食从包里拿出来:"东西你替她拿着。"

宋遇之前就想到了沈念应该会和朋友分享,因此就多拿了几包,如今看来确实是一个明智的选择。瞧瞧这一堆零食啊!不得不说,宋遇简直是有觉悟啊!

孟欢还想说些什么,眼睛一瞥,瞥到宋遇包里那个蓝色的史迪仔。她愣了一下,差一点没有控制住自己的面部表情。

谁能告诉她,那只被摔坏的史迪仔为什么会出现在宋遇的书包里?重点是念念不是放在超市了吗?完了,宋遇该不会误会什么了吧?

由于平时狗血肥皂剧看得过多,孟欢的脑海里已经构想出很多两人因为这件事不小心误会对方的场景来了。

一想到这,孟欢的脑袋一紧,紧接着说道:"宋遇啊,这个……这个史迪仔它不是故意摔坏的,也算是故意的啊,不对不对,不能算是故意的。"

一激动,孟欢连话都不会说了,平复好自己的心情以后,这才有条有理地说道:"就是今天中午,我们寝室那个神经病室友,我们之间有点不愉快的事情,然后她一气之下就掀了桌子,我觉得她一开始是想掀我的,可能是念念的桌子离她近,她就掀了念念的……"

看着宋遇的脸色由一开始的平静渐渐变黑,孟欢心里开始打鼓,语气也不自觉地小了起来:"那个……反正史迪仔不是念念摔的,她挺伤心的,你可别说是我把事情告诉你的啊。"过了会儿又补充了一句,"你也别告诉苏洵南。"

想起之前沈念跟自己提起过,她们寝室里另外两个人是(6)班的,宋遇心里大概有了个底:"叫什么名字?"

宋遇掀起眼皮,声音还算平静,但似乎又有种风雨欲来的感觉。

"啊?"孟欢摸不清宋遇的想法,一时也没了主意,生怕自己多说一句话就坏了事情,眼睛一转,接着说道,"我不能告诉你,等有时间你去问念念吧,念念要是想说自然会告诉你的。"

孟欢边说边停顿,终于磕磕巴巴地把这件事说完,生怕宋遇接着问下去,连忙指了指自己的位置,咽了咽口水:"那个,我先回去了啊,东西我会替你给念念的,再见!"说罢,头也不回飞速地跑进教室。

宋遇转了转身,回过头来倚在墙上,伸出手揉了把头发,深深地吐了一口气,微微垂眸看不清神色。

孟欢说话虽然有些磕巴,但他大体能听出一二来。今天中午发生的事情,都到了掀桌子的地步,肯定闹得不小。但两人聊天的状态一如平常,甚至女孩丝毫没有表现出不好的情绪来。她是不想让自己担心吧。

不知为何,宋遇心里有些发涩。她宁愿自己受这些委屈,也不愿吐露出来一点,害怕自己担心。

悠扬悦耳的上课铃声突然响起,宋遇置若罔闻,静静地、直直地站在(10)班的教室门口。

他想等沈念回来。

许是听到了宋遇心底深处的声音,下一秒,一双白鞋就停在宋遇的面前。

女孩眼睛亮亮的,张了张嘴,压低了自己的声音:"你怎么在这儿啊?现在都上课啦。"

一旁的同学见两人认识,忍不住打量了两人一眼。

因为已经上课,沈念的同学便快步走进了教室,随后又退回来一步,小声对沈念说:"沈念,说一会儿话你就快进来吧,我刚刚看到教导主任从那边来了。"

沈念弯了弯唇,点头道:"好。"

走廊里又只剩下两个人。安安静静的,就连对方清浅的呼吸声都能听到。

宋遇换了一只手撑着墙,垂眸看向女孩,漆黑的眸子里只有女孩一个人。他歪了歪头,轻声说道:"没有什么想跟我说的?"

一句莫名其妙的话,沈念就联想到了今天中午发生的事情。这件事情她是想给宋遇说,但是又怕他担心,所以一直没有说。

如今男生就在自己面前,静静地看着自己。沈念心头一紧,目光下意识避开宋遇,往另一个方向看去。她鼓了鼓嘴巴,干脆装傻:"你在说什么啊?我哪有什么事情要跟你说。倒是你,都上课了,在这儿干吗?"

都认识这么长时间了,沈念这种一心虚就不敢直视自己的小动作,宋遇早就摸得一清二楚。他也不生气,盯了沈念两秒,才笑着开口道:"想来就来了。"

这句话就这么随着自己的心意说了出来，竟然有种格外畅快的感觉。

"宋遇！"

一墙之隔便是全班同学，女孩心怦怦直跳，胸口最深处溢出一丝热意，渐渐变成一抹红霞涌上自己的脸颊。又怕宋遇乱说，女孩踮起脚，伸出一只手往宋遇的嘴巴上遮去，忍不住责怪道："你又胡说什么啊。"

就连沈念自己都没有发觉自己的语气里带着三分娇嗔，不仅没有起到制止的作用，反而让宋遇更加猖狂。

沈念咬了咬唇，眼神不自然地往另一个方向看去。

走廊的那一头，一道穿着黑色衣服的身影慢悠悠地朝着这个方向走来。沈念微微一愣，下意识抓住宋遇的校服衣角："宋遇，来人了啊。"

宋遇往那边瞥了一眼，轻轻"嗯"了声，语气里没有丝毫的紧张："教导主任。"

教导主任？沈念瞬间慌了神，这才想起来现在已经上课了。

一楼就只有这一条走廊，根本就没有别的出路，要是宋遇现在往回走，必然会跟教导主任撞个正着。

想起之前宋遇站在教导主任办公室门口罚站那次，沈念越发着急。她不想宋遇再被教导主任训啊，万一有什么不好的印象，那可怎么办？

沈念脑子一时短路，根本来不及思考，带着宋遇就往教室后门的方向走去，紧张得话都说不清楚："快快，你跟我进教室，我们老师不看人的，你跟我坐一起，坐最后一排也行。"

女孩的话说得有些快，甚至连自己都不知道自己说的是什么。她就只有一个想法：不能让教导主任看到宋遇。

男生依着女孩的力道走了几步，直到即将走进教室后门口的时候，宋遇突然慢悠悠地开口，语气里带了一丝笑意："念念，教导主任拐弯了。"

沈念又愣了一下，也不再往前走，迷茫地看了宋遇一眼，"啊"了一声后道："啊，拐弯了啊。"

宋遇被沈念的举动弄得摸不着头脑，学着她的语气，逗她说："嗯，拐弯了啊。"

随后微微俯身，轻轻贴近女孩耳朵的位置，加重了自己的语气，略带了一丝调侃:"你刚刚说,让我跟你进教室,是要和你坐一起吗?"

谁说了啊!

沈念慢慢地睁大了眼睛,满满的不赞同,噘了噘嘴:"我才没有。"

还不等沈念继续说话,身后不远处的位置突然传来一个略带威严的声音:"罚站也不好好罚站,交头接耳的像什么样子?"

两个人顿时愣住,慢慢地转过头,与不远处的教导主任对个正着。不知什么时候教导主任已经快走到两人跟前来了。

沈念整个人都是蒙的,看向宋遇的眼神似乎在说:"你刚刚不是说教导主任已经拐弯了吗?"

宋遇也没有想到教导主任竟然还会再转回来,不过此时也不是说这件事儿的时候。他给了沈念一个放宽心的眼神,慢悠悠地看向教导主任。

教导主任原本没有注意到两人的模样,只是看到有两个学生站在门口罚站。当男生抬起头,看到他漆黑的眸子的时候,教导主任才注意到这是宋遇。

教导主任顿时不知道该说什么了。要是其他人还好说一些,这宋遇可是很难搞。关键你说了他也不改,甚至还气得你够呛。

教导主任虽然心里这么想着,但是面上不显。

教导主任抬起眼,随后挺直了腰,看向男生,说出的话带着些许威严:"不好好去班里上课,你站在(10)班门口成何体统?想转班就直接跟我说。"

沈念原本挺紧张,但不知为何,宋遇在自己身边站着,她的心莫名就被安抚到了,渐渐意识到教导主任这是把两人当作正在罚站的学生了。

因此她也不再说话,乖乖地在一旁站着,尽量减少自己的存在感,心里期盼教导主任少说两句话,从哪儿来回哪儿去。

宋遇表情不变,十分冷静地说道:"主任,我是来找你的。"

主任压根就没有好好听宋遇说的是什么,哪怕宋遇胡诌了理由,他也就睁一只眼闭一只眼把宋遇放回去了。

听到宋遇说完,主任敷衍地摆了摆手,下意识说道:"行了,找完了就回去……"

还没说完,主任慢慢回味刚刚宋遇说的那句话,微微一愣:"来找我的？"

"嗯。"只见宋遇脸不红，心不跳，一本正经地说道，"我今天中午来的时候是直接骑着车子进的学校，违反了学校规章制度，所以来给您说一声。"

容德一中的规章制度向来十分严格，但是像宋遇这样明知故犯，犯完以后还来告诉你的人，还真是史上第一人。

教导主任只觉得自己身心俱疲，轻叹了一口气，心中五味杂陈。宋遇啊宋遇，你就不能让我省点心，你随便说个借口，这事儿不就过去了吗，做人怎么能这么实在？教导主任原本想着随便找个借口就放宋遇走了，还不等自己的话说出口，看清宋遇旁边站着的女孩时，整个人都愣了一下，突然觉得呼吸都不顺畅了。

为什么沈校长的女儿也会出现在这里？

他是想让宋遇走啊，但是这件事儿传到沈校长的耳朵里，自己是不是就算没有做好一个教导主任该做的事情？

教导主任顿时觉得事情变得复杂起来，默默地抬头仰望教室门口正上方的上课铃一眼，一行无形的眼泪瞬间就流向了心里。

大脑飞快地转动着，两秒钟以后，教导主任心中的天平已经倾向了沈校长。

他抬起头，看向宋遇，突然就又加重了自己的语气："你说说你，让我说什么好，怎么能直接骑着车子进校门呢？还明知故犯！"随后不顾及宋遇的反应，教导主任看向一旁正努力减少自己存在感的沈念，轻轻咳了两声，"你说是吧，沈念。"

莫名其妙被点了名的沈念不知所措地看了宋遇一眼，宋遇轻轻对她点了点头。沈念这才重新看向教导主任，声音小到不能再小。

"是的，主任。"

教导主任满意地点了点头。随后看向宋遇，接着语重心长地说道："宋遇啊，你这孩子很有天赋，又聪明，能不能把心思都用到学习上来？"

沈念微垂着头，很认真地听着教导主任的教导，不知是不是宋遇在自己身边的原因，沈念莫名觉得教导主任很可爱。这哪里是训宋遇嘛，明明是在夸他。

教导主任还在继续说着:"之前开学那天,你还故意迟到,全校就只有你一个人迟到,还找借口不穿校服?"

教导主任的话回荡在自己的耳边,沈念微微一怔,张了张嘴,却一时不知道该说些什么。

明明自己才是那个上课迟到的人啊,为什么教导主任要说宋遇?

下一秒,沈念的脑子里突然想起了什么。开学那天,幸而一个男生从自己的面前经过,往教导主任的方向走去,才让自己安全回到教室,逃过了一劫……

男生的身影和面前的宋遇渐渐重合,沈念的眼睛莫名地酸涩起来,心口涌起一种十分激动的情绪。

所以说,当时自己一直很想找到的"救命"恩人,就是宋遇。原来在很早很早之前,他就出现在了自己身边,默默地帮助着自己……

突然提起的往事,让教导主任有些不自然地轻轻咳了两声:"那些过去的事情我们就不提了啊,就说现在,以后可不能再这样了。行了,就先这样,你尽快回班。"

宋遇轻轻抬了抬眼:"主任,我这错有点大,就在你办公室门口罚站一节课吧。"

又是主动挨罚?

教导主任张了张嘴,轻轻咳了两声:"那行吧,你就……罚站一节课?"

"好的,主任。"

听到宋遇这么有礼貌地回应,教导主任深深地吐出一口气,虚擦了一把额头并不存在的冷汗,又把目光移到旁边沈念的身上。

这宋遇是因为违反了学校规章制度,那沈念又是为什么啊?

还不等自己问出口,只见女孩红着眼睛抬起头,哽咽着说道:"主任,我也想罚站……"

教导主任:"……"

一个人想要罚站没有关系,但当两个身份都不一般的学生突然都主动罚站的时候,他开始怀疑是不是自己不正常了。

宋遇心头一紧,下意识抬起头看向女孩,怎么突然就哭了?

年纪大了的教导主任实在是伤不起了,最后大手一挥:"那就随你们吧,我就先回办公室了。"唉,早知道事情会这么复杂,他就不来了,这是何必呢?

(10)班这节课是语文。语文老师一向和蔼可亲,站在不远处看到这边的情景,顿了顿没有打扰,走去班里继续上课。

教导主任走后,走廊里又瞬间安静了下来。

宋遇忍不住往前靠了一步,微微俯身,轻叹了一口气,伸出手擦了擦女孩的眼睛:"吓到了?"

才不是吓到了,就是莫名有些感动,控制不住自己。

沈念轻轻摇了摇头,拉起宋遇的手就沿着走廊走去。

走廊有点像环形的结构,沿着走廊走了几步,那边是没有监控的一片区域。这边离(10)班教室不远,而且环形结构的位置,正好挡住了这边的视野,是(10)班同学下课的时候经常来聊天的地方。沈念之前也跟孟欢来过,因此对这边很熟悉。

阳光透过窗户打在这边的栏杆上,两个人走了过来,能明显感觉温度升高了两度。

沈念停住脚步,转过身来,十分认真地看向宋遇。她盯了宋遇几秒,才缓慢地眨了眨眼睛,说了一句宋遇听不大明白的话:"救命恩人?"

宋遇怔了一瞬,忍不住伸出手摸了摸她的头:"什么救命恩人?"

沈念张了张嘴,语气轻缓地帮助宋遇回忆:"你没有印象了吗?就是开学的时候,你被教导主任看到上课来迟了,然后你可能没有注意,当时我就在旁边,你从我旁边经过,最后……"最后我就借此机会,偷偷地溜进了教室,然后躲过了教导主任的魔爪。

沈念突然不知道该怎么说了,虽然这些事情很清晰地浮现在自己的脑子里,但是宋遇并不知情啊,他甚至可能没有看到当时的自己,自己还把他当成"救命恩人"。

想到这,女孩的心情突然又复杂了起来,还是……不要跟宋遇说了吧……

收拾好自己的情绪,沈念重新露出一个笑容来,故作开心的样子说道:"没事儿啦,我们就安安静静地在这里罚站一节课吧。"

第一次见有人能把罚站这件事情说得如此开心快乐的。

宋遇忍不住笑了一声,心里软软的。

从沈念提到九月份开学的时候,宋遇就回想起那件事儿了,帮沈念是真,但他真的没有想到沈念竟然会记得这件事儿,忍不住心头一暖。

　　他接着刚刚沈念并没有说完的话,声音清朗地说道:"最后女孩回头看了男生一眼,趁男生不注意,悄悄地往教学楼的方向走去。男生见女孩的身影消失在了拐角口,心里松了一口气,面对教导主任更是无畏无惧。"

　　听着宋遇一字一句地说完,沈念心里涌起了一阵惊涛骇浪。

　　前一段是实实在在发生的事情,宋遇是真的看到了自己,并且是故意引开教导主任的。而后一段,是宋遇自己的想法,他真的在很久之前就认识自己了。

　　沈念脑子空空的,一时间不知说些什么,鼻头又有些发涩,轻轻垂眸,眼里浮上了一层热意,口是心非道:"你也太坏了些。"

　　宋遇真的好讨厌。世界上怎么会有这样的人啊,明明很优秀很善良,但是不求回报,就甘愿悄悄地躲在人群里,帮助自己做了这么多事情。

　　男生忍不住揉了揉沈念的脑袋,目光专注,顺着她继续说道:"是挺坏的。"

　　时间一分一秒地过着。

　　沈念背后便是一道墙,旁边是辅助性的栏杆,正巧也算是个拐弯的死角,从走廊那头往这边看,根本没有办法注意到这边的情景。

　　宋遇一只手撑在栏杆上,看了外面的风景一眼,转过头来看向沈念,虽然这么问着,但却是确定的语气:

　　"一会儿回去上课?"

　　沈念从来没有罚站过,但是此刻却一点都不害怕,摇了摇头,认真地说道:"这节语文课是老师带我们复习课本上的文言文,昨天晚上我已经全都看过并重新默写一遍了。"

　　也就是说,即使不上这节课,她的语文成绩也不会受到一点影响的。

　　宋遇心里猛地跳了跳。他很早之前就知道女孩很厉害,但是亲耳从她的嘴里听到这句话的感觉是不一样的,那种由内而外的自豪感怎么也掩饰不住。

　　自豪归自豪，但是课还是要上的，总不能因为自己，让女孩平白无故耽误一节课。

　　这么想着，只见宋遇往后退了一步，从包里拿出有些破损的史迪仔来。

　　看到熟悉的玩偶，沈念心头一跳。虽然并不是自己摔坏的，但她此时此刻的心情，就像是小孩子不小心弄丢了自己心爱的玩具却被家长抓包的心虚。

　　沈念不敢直视宋遇的目光，悄悄地把目光移到别处，有点像告状，但又不敢太大声："不是我摔的，是我们寝室一个室友不小心摔的。它坏了，我好伤心。"

　　真的很伤心。这可是宋遇送给她的第一件礼物。

　　宋遇的喉结滚了滚，眸子里席卷着一股别样的情绪，不是生气，只是觉得，沈念这副小傲娇告状的样子可爱死了。

　　宋遇没有说话，一步步走上前，当着沈念的面，修长的指尖轻抵史迪仔有些裂缝的腹部，轻而易举地就把里面的那张字条给扯了出来。

　　不是字条，是一张卡片。

　　这一刻，沈念感觉到自己的呼吸都无意识地放缓了。

　　比普通的卡片精致一些，细腻的做工及周边精致的花纹，无不表示这是一张被人精心设计且下了功夫制作出来的一张卡片。

　　因着合适的尺寸，这张卡片放在史迪仔的腹部正好，没有一点受损。

　　令沈念有些惊奇的是，卡片的中间画着一个Q版的小女孩，模样七分像自己。

　　最下面是一行手写字，笔锋刚劲有力。不知是不是练过很久，写这句话的人竟把九个字的神韵写得十分巧妙。

　　　　多喜乐，常安宁，岁无忧。

　　虽然只是简单明了的几个字，但是字里行间，无不透露出男生心里最真实的想法。

　　沈念整个人愣住，下意识抬头，竟与宋遇的目光对个正着。宋遇嘴角微微勾起一个弧度："念念，这就是一年前，我想对你说的话。"

这辈子，别的什么都不求。

只求你，多喜乐，常安宁，岁无忧，便足矣。

往年他不在沈念身边，亲手做了个玩偶送给她。那时他们还不认识，也许他做的这个玩偶她根本都不会知道，甚至连要都不一定会要，但他还是想试试。许是机缘巧合，幸运的是史迪仔在他不知道的一段时间里一直陪伴在她的身边。

一年多的时间，说长不长，说短不短。

还好他没有放弃。

还好他再一次见到了这个史迪仔，亲自对沈念说了那些从未说出口的话："念念，愿你多喜乐，常安宁，岁无忧。"

沈念轻轻垂眸，心里密密麻麻的感觉没有散去，眼睛里也渐渐浮上一层热意。在学校，在走廊，在两个人自愿罚站的时候，一种温暖的氛围蔓延在两人之间。

沈念张了张嘴，对上宋遇有些紧张的眸子，眼里浮上一层笑意，细碎的星光在女孩的眼底散开："嗯。"

这幅场景已经在宋遇心里幻想过很多遍了，但是如今真实上演，他还是止不住地开心。宋遇紧张得有些指尖发烫，组织了一下语言，深深吐出一口气以后，轻轻地凑近沈念，说话难免有些磕巴。

"念念，史迪仔坏了没有关系。"

什么时候见过宋遇这么紧张啊，沈念下意识看向宋遇的耳尖。果不其然，某人的耳尖……红了，通红通红的那种。

沈念眼里闪着光，终于抑制不住笑出了声。

过了一会儿，宋遇便送沈念回去上课，直到看着女孩喊报告，走进教室以后，他羞涩的情绪都还没有褪去，心情简直好得不得了，整张脸上洋溢着四个大字：我很开心！

是的，他终于做到了。

直到坐在了自己的座位上，沈念才慢慢地回过神来，轻轻地吐出一口气，整个人飘飘然的，似有一种不真实感。这一切都是如此顺利，再回到教室，感觉自己和从前已经不一样了。

沈念脸上的粉红泡泡太过吸引眼球，孟欢忍不住往沈念这边看了几眼。她突然想到什么，眼睛里闪过一道亮光，翻了翻自己的记事本，撕下一张纸来，在上面写道：

念念！快说！是不是有什么大事发生啦！！

这节语文课的任务确实是复习沈念之前已经复习过的知识点，因为已经提前看过，沈念并没有太担心。

看着铁柱给自己写的小字条，沈念脸上还没有散去的热意又渐渐地浮上来。她一只手托腮，借助语文课本的遮挡，悄悄地给孟欢回话。

孟欢悄悄把沈念写的字条拿过来，看到沈念写了一句意味深长的话，简直比沈念还要激动。一时没忍住，孟欢竟然笑出了声，下一秒才反应过来这是在教室，便下意识捂住了自己的嘴巴。

还好此时此刻并没有人注意到这边的情景，孟欢得以放宽心，轻轻地把手拿下来，在小字条上写道：

嘿嘿嘿，太开心了。

看到这行字以后，沈念想到什么，顿了顿，随后提笔接着写道：

还记得之前开学，我跟你提到的救命恩人吗？他就是宋遇。

这下轮到孟欢愣住了。孟欢呆呆地看着字条上这一行字，"英雄救美"这词用在宋遇身上简直再适合不过了。

沈念打开语文课本，翻到老师正在讲的这一页。女孩的书上做满了笔记，密密麻麻的，看得出她是多么的认真。

沈念看着这些笔记出了神。过了一会儿，她扯下一张粉红色的便利贴，轻轻抬笔，在便利贴上写下一行字来：

为了和宋遇考上同一所大学，下一个目标，那就拿两张一模一样的录取通知书吧。

第九章

无可救药

下午六点三十分，晚自习的第一堂课。

碰巧的是，今天晚上老师并不在教室，孟欢猛地松了一口气，悄咪咪地靠近沈念，小声道："念念，我出去了啊。"

不上晚自习的一天，孟欢难免心生愧疚，咬了咬牙，坚定地说道："就这一次，我以后一定好好学习，再也不带坏苏洵南了！"

虽然是苏洵南主动提出带她出去吃饭，但是不知为何，她心虚啊！这哪是一个好学生该做的事情，重点还是像苏洵南这种傻乎乎的、脑子里只有学习的人提出来的。

沈念点了点头，想了想："那我一会儿就多找些题给你，你晚上回宿舍再做一下？"

孟欢心下稳了稳，点了点头："好！"

两人不再多说，在没人注意的时候，孟欢悄咪咪地从后门溜了出去，且一路上完美地避开了监控区域。毕竟以前还翻墙出去过，所以这一切对孟欢来说，并不是多么困难。

和苏洵南约好的地方是校门口旁边的拐弯处，众多学生经常溜出学校在那儿会合。

不知为何，今天那儿竟少了一块栏杆，被人放了一捆木柴堵在那儿。远距离看不出任何破绽来，走近了才能发现，那块地方的大小，正好可以侧身过去一个人。前提是你得十分纤瘦。

孟欢到的时候，苏洵南已经在了，他一只手插兜，脚下轻踢着石子，不知在想些什么。

校门口的门卫处还亮着灯，孟欢猫着身子走过去，轻拍苏洵南的肩膀。感受到男生结实的肩膀，孟欢愣了一下，随后看向苏洵南的目光充满了怀疑。

似乎是觉得苏洵南这结实有力的身躯,想从这个地方钻出去,有些不太可能。

就这么想着,孟欢又看了苏洵南一眼,随后又往放木柴的方向瞥去。她咽了咽口水,不知想到什么,眼神有些微妙。

"苏洵南,我们还是回去吧,要是你过去的时候,不小心卡在那里,那就有点尴尬了。"

苏洵南轻瞥了她一眼,没有说话,在孟欢有些呆滞的目光注视下,往前走了走,轻而易举就从栏杆缺口的位置跨了出去。

随后他往下一跃,转过身来,看向孟欢,嘴角微勾,反问道:"我这么瘦,自然过得来。倒是你,千万不要卡在中间,把门卫给引过来就不好了。"

孟欢瞪了瞪眼,看了看自己十分纤细的腰身,再抬起头来看向栏杆外面的苏洵南,语气里满是难以置信。她压低了自己的声音:"你说的是人话吗,我这么瘦!你个男生都过得去,我还能过不去?"

说罢,孟欢握住旁边的栏杆,一使劲跃了上去,刚想从栏杆处钻过去,谁知校服的一角正好钩在了尖锐的铁丝上,孟欢怎么也弄不下来。

孟欢脑子放空,缓慢地抬起头来,对上苏洵南有些微妙的眼神,心里祈求苏洵南这垃圾不要说出什么过分的话来。

下一秒,她就知道她想错了,只见苏洵南薄唇轻启,丝毫不客气地说道:"真的卡上了啊?我就说你胖,你还不信。你是猪吗?"

苏洵南嘴角勾起一个弧度,走上前轻轻地把孟欢的校服给弄下来,然后退后一步,伸出手,看向孟欢,声音清朗:"你下来,我接着你。"

孟欢先是整理了一下自己的校服,确保没有什么大碍以后,这才放了心,根本不接苏洵南这一茬儿,往前一步,随后想着一跃而下。

台阶足足有一米高,要是不小心,很有可能会崴到脚。

还不等孟欢跃下去,旁边的苏洵南抿了抿唇,语气里听不出什么情绪来。

"你想摔断你狗腿?"

孟欢惊呼一声,在苏洵南的帮助下,稳稳地跳了下来。孟欢小幅度地咽了咽口水,嘴硬道:"我又不傻,我自己会看路的。想当年,我还翻……"

孟欢脱口而出的一句话，让空气突然安静了一秒，苏洵南的表情逐渐凝固。看着苏洵南微变的脸色，孟欢恨不得咬断自己的舌头。她说的这是什么鬼话啊！

孟欢干笑了两声，强行转移话题："苏洵南，咱们去吃什么啊？要不然去吃鸡排饭得了，晚上人少，老板肯定给我们大块的鸡排。"

"谁家的猪这么厉害，还会翻墙呢？"

孟欢莫名有些心虚，下意识挺了挺自己的腰板："反正不是我，我这么听话，你说是吧？不许说不是！"然后拉着苏洵南的胳膊就往学校对面的那片小吃街走去。她讨好道，"天大地大，吃饭最大，要不然咱们先去吃饭？我请你还不成吗？"

苏洵南冷冷地看了她一眼，似笑非笑地说道："那可别，我怕猪吃饱了饭，又有力气翻墙了，还是饿着的好。"

天色渐渐暗了下来，路边的灯也都零零散散地亮了起来，散发出微弱的淡黄色光芒。

原本以为苏洵南是在跟自己开玩笑，可是看着渐行渐远的小吃街，孟欢才反应过来苏洵南这是来真的。旁边的苏洵南身上散发着一种"我心情不好，你快来哄我"的情绪。

孟欢顿了顿，装作看不懂的样子问道："洵南哥哥，怎么表情如此压抑，是被仙女气到了吗？"

苏洵南不理她，双手插兜继续往前走着。

孟欢蹦蹦跳跳地跟在后面，继续说着："像你这样是没有朋友的，你应该学学宋遇呀，不过谁叫宋遇比你会来事儿呢？"孟欢越说越觉得自己有理，"真的，苏洵南你真的要向宋遇取取经，学习一下经验！"

听到孟欢说的话，苏洵南眼皮跳了跳，刚想开口说"自己最近正在向宋遇学习经验"，但还没来得及说出口，便听孟欢继续说道："要是跟宋遇学学，你肯定就不是现在这样了。要是还这样，那简直就是笨得无可救药了。"

"……"苏洵南一口气差点没上来。

能说自己笨的，除了这么没眼光的孟欢，还有谁？苏洵南做了两次深呼吸，平复了一下自己的情绪，暗示自己不能生气。

两人已经走很远了，孟欢停下了脚步，回头看了看。许是距离的原因，学校那边仅仅亮着微弱的光。

实在是走不动了，孟欢干脆坐在一旁的石椅上，捏了捏自己的小腿，随后对苏洵南摆了摆手，语气蔫蔫地说："快来坐一下吧，我好累，真的走不动了。"

苏洵南看了她两眼，然后不紧不慢地走到孟欢的旁边坐下，抬起手看了下手表，沉吟了片刻："还有五分钟。"

孟欢搞不懂啥意思，抬起头问道："什么五分钟？"

苏洵南不理她，微微俯身，指了指孟欢的小腿，问道："这里疼？"

孟欢看着苏洵南开心地说："现在好多了。"

苏洵南点了点头，随后缓缓地回答刚刚孟欢问的问题："你不是说要吃鸡排饭？五分钟以后就送到了。"

孟欢微微一愣，傻乎乎地说了一句："有没有跟老板备注要大块的鸡排？"

没有想到孟欢的关注点竟然在这里。苏洵南停住手上的动作，随后抬起头看向孟欢。直到盯得孟欢有些不好意思，苏洵南才纵容般地说道："两个鸡排都给你。"

孟欢顿时就开心了，露出一个甜甜的笑容来："苏洵南简直无敌好！"

外卖很快送到，两人坐在石凳上，周围没有了嘈杂的声音，竟显得格外惬意，孟欢简直爱上了这种感觉。

孟欢抿了小口的米饭，想到什么，抬头看向苏洵南："苏洵南，你为什么突然想着带我出来啊？"

路边的风很清爽，苏洵南的声音在风中荡开："我要是说，这件事儿很久之前就想做了，你信吗？"

很久以前就想这么做了，找一块安静的地方，抛开一切杂事，就只有他们两人。

孟欢似懂非懂地眨了眨眼睛，喃喃道："你真的被我教坏了吗？"

苏洵南："……"

苏洵南盯了孟欢半晌，终究不知问题出在哪里，忍不住拿出手机给宋遇发了条短信：

问一个冒昧的问题,突然觉得女孩蠢得可爱,是一个正常人该有的思维吗?

宋遇那边回得很快:

当你问出这个问题的时候,你已经蠢得无可救药了。

下了课,已经是晚上九点半。

沈念收拾完东西以后,教室里的人已经不算很多了。又帮着孟欢拿了两本书放进自己的书包里,沈念这才从后门出了教室。一出门便看到倚在对面墙上往这边看过来的宋遇。

见女孩走了出来,宋遇嘴角微勾,走到女孩面前,把她的书包接了过来,动作十分娴熟地往肩膀上一搁,心情愉悦地说道:"走吧。"

沈念愣了一下,对上宋遇带着笑意的眼睛,这才反应过来他是在跟自己说话。她的脸上浮上一层红霞,声音不由自主地放小:"你干吗这么大声!"

宋遇往沈念这边走了两步,轻轻咳了两声,倏地垂下了头,嘴巴靠近女孩的耳边,说出的话里有怎么都掩饰不住的笑意:"就……一时没忍住。"

天气越发有些凉爽,两人漫步在安静的校园里。走到寝室楼下不远的拐弯处,两人停住了脚步。

沈念有些怕冷,因此早早地就换上了秋冬季的校服。相比沈念,宋遇穿得就简单很多,一件黑色T恤显得十分清爽。

沈念眨了两下眼,看到宋遇一身单薄,语气里有些担心地说道:"现在天气越来越冷了,以后记得带着外套,尤其是晚上回家的路上,不注意保暖,万一感冒了怎么办?"

听出女孩语气里的担心,宋遇点了点头,沉吟了片刻,十分自然地说道:"那我以后就随身携带一件外套,这样你冷的时候还可以给你穿。"

沈念轻瞥了他一眼,纠正道:"是给你自己穿,我才不要。"

宋遇笑了笑,懒洋洋地说道:"那不成,必须得穿。"

沈念被宋遇搞得微微一愣,哪还有心思听宋遇说些什么。

淡黄色的灯光圈落在两人身上,拉长两人的影子。他们站着的地方算是一个拐角处,并不是很显眼,但来来往往这么多人,还是有一两个人控制不住自己的目光,总是往这边瞥来。

宋遇的个子很高,沈念静静地跟在旁边。

宋遇不时看向女孩,眼里荡开一圈笑意,嘴角勾起一点弧度。

头顶上传来一阵带着笑意的声音,沈念浑身一僵,忍不住小脸一红,挺了挺腰板,小声解释道:"我就是想看看你是不是真的不冷。"

宋遇挑了挑眉:"那你多看一会儿。"随后突然想起来什么,低头看向沈念,问道,"过两天星期六你有空吗,来我家玩玩?"顿了顿,接着说道,"宋远那家伙吵着要见你。"

宋远原本今天就该跟着宋越回去的,谁知屁大点小孩赖在家里死活不走,鼻涕眼泪一起流,嘴里磕磕巴巴地喊着要见漂亮姐姐。据宋越描述,这小孩的哭声快赶上杀猪的声音了。最后没辙,宋越只好把宋远的原话转给宋遇。

想起小宋远,沈念来了精神。自从上次去医院见过宋远以后,就再也没有见过他。小小一个"奶团子"又长得这么可爱,说不想念那是假的。

沈念连忙点了点头,声音软软的:"有空的呀,我也好久没有见小宋远了。你回家告诉他,姐姐超级想他的。"

听到沈念这么说,宋遇忍不住"哼"了声,拒绝道:"我不。"要是把原话告诉宋远,宋远肯定要飘起来了。沈念怎么能想别人呢?

看着宋遇这副小表情,沈念忍不住弯唇笑起来:"宋遇,你干吗和小孩子一样,宋远才多大啊,你让着他些。"

要是搁平时,宋遇早就醋意满天飞了,可是谁叫他这时候心情好呢。

某人认真地想了两下,点了点头:"那行吧,我再让着他几天。"

沈念对宋遇的表现十分满意,点了点头,接着问道:"小宋远喜欢吃些什么呀,水果还是零食?"不等宋遇回答,沈念又自顾自地点了点头,"之前看他很喜欢吃香蕉,那就多买一些水果吧,嗯……再买几个玩具。"

宋遇瞬间不满起来,伸出手揉了揉沈念的头,面无表情地说道:"算了。突然觉得,宋远这小屁孩,没有什么好让的。"

星期六下午。

跟父母打好招呼以后，沈念从家里出来，胳膊上还挂着一个包包。

包包不大不小，多多少少给宋远带了些昨天晚上特意买的零食跟玩具。

小区里有几个跑得飞快的小孩，时不时传出一两句嬉笑的声音，脸上洋溢着快乐的笑容。沈念迈着步子，小心地避开玩闹的孩子们。

小区门口，一个熟悉的身影骑在自行车上，轻靠着旁边的路灯杆子，一只脚撑在地面上。

见沈念出来，男生抬起头，眼睛往这边看过来，随后打了个招呼，嘴角微勾："念念。"

没有想到宋遇会出现在这里。沈念小跑到他面前，语气里带着惊喜："不是说在家里等着吗，怎么跑到这儿来了？"

宋遇没有等太久，调整了一下车子的方向，说道："来接你。"

沈念视线在自行车上扫了一圈，随后坐上自行车的后座，眼里荡开一圈笑意："那就麻烦宋司机啦。"

许是载着沈念的缘故，宋遇骑车很稳。大约过了十五分钟，远远地可以看到宋家的小区。一路上沈念向宋遇打听了很多事情，依旧紧张得不得了。

前面就是宋遇家所在的小区，沈念远远地看到保姆领着一个小孩，站在小区门口。

看到宋遇骑着车子，后面还带着漂亮姐姐，小宋远眼睛一亮，挣脱保姆阿姨的手就往这边跑来，一边跑一边兴奋地叫道："漂亮姐姐！"

看到远处跑来的小宋远，沈念紧张的心情稍微缓解了些，轻轻碰了碰宋遇腰间，示意他停下车子。

宋遇愣是把车又往前骑了一段，与宋远有个几米的距离才停下。他伸出脚撑住车子，回头看向沈念。

谁知沈念并没有注意到宋遇往这边看过来的目光，连忙下了车，把胳膊上挂的包包往宋遇怀里一塞，便往前面走去："嘿！小宋远。"

一听到漂亮姐姐叫自己的名字，宋远别提多高兴了，蹦蹦跳跳地跑过来，抱住沈念的一条腿，眨巴着眼睛，奶声奶气地说着："漂亮姐姐，宋远好想你，宋远好久没有见到姐姐了。"

　　沈念什么时候被小孩这么黏过啊，心都要化成蜜水了，蹲下身来抱住小宋远，与他平齐，弯了弯唇，笑着说道："姐姐也想小宋远呀，所以哥哥把姐姐带过来看小宋远了呀。"

　　突然提到宋遇，宋远噘了噘嘴。哼，才不是，臭哥哥才是一直不想让自己见漂亮姐姐的那个人。

　　宋远小脸一皱，突然觉得委屈起来："姐姐……"

　　还不等自己告状，旁边突然伸过来一只手直接糊在宋远的脸上，紧接着宋遇把沈念带来的包包往宋远的怀里一塞，语气带着警告："宋远，话不要太多，拿着姐姐给你的零食。"

　　沈念瞪了他一眼，似是警告。

　　他抬起头似笑非笑地看了沈念一眼，语气里带了一丝笑意："我又没有说错。"

　　沈念突然不想跟宋遇说话了，跺了跺脚，拉起小宋远的手就往宋遇家的方向走去。

　　她走了一段路，才回头看向后面正在优哉游哉跟着走的某人，没好气地出声："走这么慢干吗，还不快跟上来！"

　　被点名，某人却不恼。

　　只见宋遇嘴角的弧度越来越大，一只手插兜，迈开步子，三两步就走到沈念的身边，纵容般地说道："别生气啊，这不是来了吗？"

　　沈念才不吃他这套，"哼"了两声，继续往前走。

　　宋远目睹了两人相处的整个过程，眼睛里满是惊讶，小嘴张得都闭不上了。妈呀，一段时间不见，漂亮姐姐是越来越厉害了呢！

　　小宋远转了转眼睛，小跑几步，拉住漂亮姐姐的手，心里突然觉得自己安全了起来。

　　他不由自主地转过身给宋遇做了个鬼脸，意思似乎是在说，我有漂亮姐姐，你不敢欺负我！

　　宋家是很典型的欧式风格，一进门便给人一种轻奢华丽的感觉。

　　宋遇从玄关处拿出之前准备好的拖鞋给沈念换上。沈念换好拖鞋，又重新欣赏了一下房间内的设计风格，忍不住赞叹出声："这种设计风格真的好浪漫啊。"

沈念虽说对人脸并不是很敏感,但从小就对线条、数字之类的东西很感兴趣,因此家里也收藏了很多设计书,对此也多少有些了解。

不得不说进了宋遇家以后,她竟然有了一种焕然一新的感觉。

宋遇带沈念来到客厅,示意沈念坐到沙发上,这才说道:"这都是我爸按照我妈想要的风格来装修的。之前在清源的时候,我妈就想着给家里换一种装修风格,搬了家以后,她就正好实现了自己的愿望。"

原来如此。沈念默默地点了点头,心里越发敬佩宋母:"宋伯母真的好厉害。"

家里的保姆阿姨给两人倒了两杯水,笑容满面地看向沈念和宋遇:"来来来,刚从外面回来肯定累坏了,你们两个快来喝水。"

沈念笑着接过水杯,很有礼貌地点了点头:"谢谢阿姨。"

小宋远来到两人身边,手里还拿着沈念给他新买的蓝色小飞机。小宋远很快就研究出了飞机的新玩法,忍不住跟沈念分享,小表情越发开心,满脸求表扬的样子。

沈念看出小孩心里的想法,忍不住伸出手摸了摸宋远的头,故作惊讶地鼓了鼓掌,给宋远比了一个大拇指:"哇,小宋远好棒呀!"

被漂亮姐姐表扬过的宋远越发开心了,缠着沈念陪自己玩其他的玩具。

沈念倒是没什么,听到宋远这么说,自然也不会拒绝。她忽视一旁宋遇十分热烈的目光,对着宋远点了点头,弯唇道:"姐姐陪你玩。"

沈念竟然在自己眼皮子底下被拐走,宋某人的表情逐渐变黑。于是心怀怨恨的宋某人与天真烂漫的奶娃娃,兄弟俩产生了这么一段神奇的对话。

奶娃娃:"姐姐!姐姐!这个小猴子会爬树的!"

宋某人:"呵,会爬个屁。"

奶娃娃:"姐姐,你看这个乐高,是我和哥哥一起拼好的!"

宋某人:"呵,明明是我一个人拼的。"

奶娃娃:"姐姐,这是大伯给我变出来的限量版变形金刚。"

宋某人:"呵,这是我不要的。"

奶娃娃:"……"

宋某人："呵……"

宋远眨着自己的小眼睛，伸出小手看向沈念："姐姐，抱。"

还不等沈念有所行动，一旁的宋遇猛地把他提溜起来，面无表情："好意思？"

宋远在宋遇怀里动了两下，依旧逃脱不出宋遇的魔爪，忍不住小脸一皱，看向沈念，接着就"哇"的一声哭出来了。

"姐姐，哥哥欺负我。"

…………

看着面前两个斗智斗勇的兄弟俩，沈念表示自己累了。

只见宋遇把他放回地上，垂眼看他，听不出什么语气来："不许哭。"

宋遇三个字一说出口，整间屋子里瞬间没有了小孩的哭声。看着满脸委屈、鼻子通红、眼泪还在往下掉的宋远，沈念脑子里莫名浮现出了"宋远是真的好哄"几个字。然而下一秒，沈念就收回了自己的想法。

男生微微俯身，三两下把宋远脸上的泪痕擦干，说出的话听不出什么语气来："再哭信不信我现在就把你扔回清源？"

沈念缓慢地眨了两三下眼睛。好的，宋远好哄，但绝对不是小孩儿自己的原因，多半是因为他这粗暴的哥哥——宋遇。

下午两三点，正是小孩子最容易犯困的时候。宋远又和沈念玩了一会儿后，眼睛已经困得睁不开了。

宋遇实在是看不下去，干脆把宋远抱去楼上卧室睡觉了。

沈念看着宋遇抱宋远离开的背影，脑袋里不由自主产生这样一段对话。

"宋遇，小孩不听话怎么办？"

某人嘴角勾起一抹邪笑："多半是惯的，打一顿就好了。"

…………

宋远睡着以后，两人的耳边才清静了下来。

宋遇的卧室就在宋远的卧室旁边，沈念干脆跟宋遇去了他的卧室看看。

刚一进门，映入眼帘的便是对面墙上贴得满满的卷子和写满东西的便利贴。

沈念简直都要惊呆了。

走近了慢慢观察，她发现大多数都是自己之前给他订正过的错题，里面还有好些自己没有见过的题型，应该是宋遇自己平时整理的。沈念知道宋遇现在很认真，但是没有想到他竟会认真到这种地步。

宋遇也走近，难得压低了自己的声音，让人听不出他的情绪来："挺后悔之前没有好好学习的。"他现在每天疯狂地刷题，晚上很晚才睡觉，仍然觉得时间不够用。

沈念心里缓了缓，眼里浮上一层笑意，毫不吝啬地表扬道："已经很厉害了。"

过了会儿，沈念俏皮地吐了吐舌头，补充道："虽然现在学习任务很紧张，但也要劳逸结合，千万不要太辛苦。"能做到这个份儿上，你已经很厉害了。

女孩眼里泛着光。

宋遇捕捉到其中两个字，笑了笑，微微低头，看着她低声说道："现在不辛苦了。"

感受到女孩浑身一僵，肉眼可见她的脖颈红了起来，经常渐渐往上延伸，宋遇笑得更开心了："不好意思，下次一定提前告诉你。"

两人离得很近，近到宋遇不用低头，就能闻到沈念身上沐浴露的味道，像是橙子和西柚混合的水果味道，说不出的好闻。

两人都不说话，沈念一边静静地听着宋遇胸口传来的沉稳的心跳声，一边打量这间卧室。她一直以为自己的卧室已经够大了，没想到宋遇的卧室更大。

两人正好站在房间的过道里，最左边是一张大床，右边则是书桌和电脑桌之类的。电脑桌上放了一些装饰品，桌面上铺了几本还没有来得及合上的辅导书以及一两张草稿纸。在最右边的角落里还放着一个收纳箱，里面七零八落地放了一堆看起来价值不菲的模型。

因为离得太远，沈念只能看清最上面那一件模型，像是一架飞机模型。

看到那件模型最上面的一个钩子的时候，沈念愣了一下，后知后觉这些东西应该是宋遇之前挂在墙上的，后来为了不影响学习，毅然决然地把这些宝贝都给摘下来了。

沈念收回自己的视线，抬起头看他："宋遇，能给我讲讲你平时是怎么学习的吗？"

　　不知为何，她就是突然很想知道，想知道在她看不到的地方，那些关于男生的点点滴滴。

　　宋遇挑了挑眉，没有拒绝，拉着沈念往前面走了走，修长的手指划向书桌的方向，沉吟了片刻，实在是不知道怎么回答，便又收回手。

　　"平常就坐在这个位置上，度过我煎熬的学习时光。不过也还好，因为能跟你聊天，平常跟你聊上五分钟，学习动力长达两小时。"

　　学习动力可以续航这么久的吗？？

　　沈念眯了眯眼，突然就觉得自己的形象高大了起来，自己像一个充电器一样，能时不时给宋遇充电。

　　这种感觉简直太爽了。

　　这么一个让宋遇带自己出去吃好吃零食的好机会怎么能够错过呢？

　　沈念挺了挺腰板，眨着眼睛看向宋遇："我突然想到一个好计划，你要不要听听？"

　　女孩使劲地眨巴着眼睛，仿佛浑身都在说：快点头，快点头！

　　宋遇笑了笑，顺着沈念的意愿点了点头，接着问道："什么计划？"

　　"咳咳！"沈念来了精神，"绝对是一个互赢互利的好计划啊！我呢，是你宋遇的好朋友，好朋友给你发消息，你才能有学习的动力。"

　　沈念表情真挚，语气诚恳，小眼睛眨呀眨，缓慢地说道："但是我也会累啊，这时候只需要好朋友带我去吃一顿好吃的，我立马就有动力了，你说对不对呀？"

　　宋遇没有说话，就这样静静地看着沈念。

　　对于沈念这个小吃货，即使沈念不这么说，宋遇也会这么做的。但是现在看着沈念期盼的目光，宋遇突然起了逗弄人的心思，嘴角微微勾起一个弧度，反问道："带你去吃好吃的，你就不会累了？"

　　哦，是的！沈念舔了舔唇，尽可能地不把自己内心的激动展现在宋遇面前："还是稍微管那么一点点用的嘛。"

　　宋遇装模作样地点了点头："也不是不可以。"

　　沈念早就摸透了宋遇的性子，看他这副模样，就知道他脑子里肯定又憋了什么坏心思，摆了摆手，连忙往后退了两步，拒绝道："不可以就不可以吧,这朋友不要也罢,赶明儿我跟铁柱一起去吃好吃的。"宋遇看了她一眼,给她一个眼神,语气十分淡定:"你觉得可行?"

沈念吐了吐舌头,把锅甩回到宋遇身上:"那你是这么说的呀!"

宋遇凑近说道:"我刚刚说不是不可以,又不是不同意。"

紧接着宋遇抬眸,视线在沈念的唇上停留了一瞬,随后漫不经心地移开,语气格外认真:"带你去吃,随叫随到的那种。"

宋遇突然这么好说话,沈念总觉得有点不对劲,但说不出哪里不对劲来。她眯眼凑近宋遇,认真地看了他两眼,试图发觉点什么不对劲来。但是结果让她有些小失望,不仅没有发现什么不一样的地方,反而觉得人还是这个人,似乎又变帅了那么一点点。

女孩离得太近,宋遇甚至能看清她微颤的睫毛,以及那光滑细腻的脸蛋。宋遇滚了滚喉结,有些意欲不明。

沈念一时蒙住:"怎么啦,我就是想看看你的表情呀,有什么问题吗?"

随后宋遇轻叹了一声,带着笑意的声音在沈念耳边响起:"离我这么近,你想让我干吗?"

沈念眨了眨眼,实在是无话可说,脑子里就只闪过一个想法……

十一月底。

距离沈念开始给宋遇补习,又过去了大约一个月的时间。

这段时间里,宋遇的成绩肉眼可见地飞速提高。他像一匹黑马一样直直冲进了班里前二十名,不仅没有就此停住,反而有向班里前十冲的劲头。

就连(6)班班主任都连连惊叹,忍不住一次又一次地把宋遇请进办公室。

班里同学也都惊呆了,真可谓"士别三日,当刮目相待"。

之前宋遇去办公室是迫不得已,老师们一个个恨不得避开宋遇,现在倒好,宋遇成了老师们手里的香饽饽,一个个恨不得抢着请宋遇。

宋遇班主任的办公室在二楼。

宋遇去办公室的时候正是课间,来来往往的学生挤满了本来就不大的办公室。男生身上慵懒气息十足,一进办公室便吸引了众多学生的目光。宋遇没有在意,只是不舒服地皱了皱眉。

熟悉的身影来到办公室,(6)班班主任立马笑逐颜开地对宋遇招了招手,说道:"宋遇哪,最近班里同学和老师都在讨论你的成绩哪,不得不说这段时间你真的很用功,老师们感到十分欣慰啊。"

(6)班班主任喝了口水,又例行开始说那些老套的夸奖语,时不时地还加上一句"宋遇,你说我说得对不对呀"。

宋遇有一搭没一搭地听着,面上不显,心里着实有些心烦,轻轻垂眸,让人看不清眼里的神色。

见宋遇表情有些不耐烦,班主任终于开始步入正题,轻轻咳了一声:"不瞒你说,我家那个儿子啊,马上就要上高中了,成绩简直是一塌糊涂。宋遇,老师能向你打听一下吗,这教你的老师是哪个机构的啊?"

宋遇眼皮动了动,只捕捉到里面的两个字,随后不满地皱了皱眉。

儿子?刚想找个借口拒绝回答,门口传来一个十分软糯熟悉的声音:"报告。"

宋遇微微一愣,抬眸往声源处看去。不远处,沈念抱着一沓作业本走了进来,往(10)班班主任的办公桌走去。

沈念没想到宋遇也在办公室,看到这张熟悉的面孔,下意识就弯唇露出一个笑容来。宋遇眼里浮上一层笑意,脸上没有了半点刚刚面对班主任时不情不愿的情绪。

(10)班的班主任是语文老师索菲。

沈念低头把手里的一摞作业本放在班主任的桌子上,放缓了自己的语气:"老师,这是昨天晚上的语文作业,课代表有些事情,我帮她送过来了。"

索菲许是正在看什么文件,听到沈念这么说,连忙抬起头看向她,笑着点了点头:"好的,麻烦了,沈念。"

宋遇就在自己的背后,沈念甚至能感受到宋遇一直在后面看着自己,盯得自己有些心神不宁。

沈念瞬间紧张起来,稳了稳心思,咽了咽口水,抬起头来看向索菲:"老师……没有什么事情,我就先回去了啊。"

听到沈念这话,宋遇怎么会不知沈念心中所想,忍不住低低地笑出了声。

  索菲没有注意到沈念的不对劲，突然想起上午开会时学校发下来的通知，随后从桌面上翻出一份文件递到沈念手里："沈念，回去以后把这份文件交给班长。今年学校的联欢会提前一周举行，往年都是十二月底才举行，可是现在提前的话，就只有两周的时间了。老师知道你们现在的学习任务都很紧，但是也要劳逸结合啊。这次啊，你们就积极参加，多准备几个节目，到时候放松一下。"

  沈念点点头。她一心只在宋遇身上，实际上根本没注意听索菲说的是什么，随后应声道："好的，老师。"

  …………

  （6）班班主任刘胜武喝了一口刚刚沏好的茶水，也从桌面上翻出一份一模一样的文件，递给宋遇，笑着说道："要不是索老师啊，我都忘了这回事儿了。来来来，你拿回去，让几个班委也商量一下，一定要多拿出几个优秀的节目来。"

  宋遇挑了挑眉，顺手接过："好。"

  余光瞥到沈念跟索菲又说了两句话就转身走出了办公室，宋遇也没有心思待在这儿了，对班主任说道："老师，那我也先回去了。"

  刘胜武爽朗地笑了两声，摆摆手："好，那你先……"

  话还没有说完，突然想起叫宋遇来的目的，连忙叫住想走的宋遇，语气里还带着兴味："宋遇啊，你还没有告诉老师，你那个辅导机构叫什么名字呢。"

  宋遇回头看了看出了办公室的女孩，不由得嘴角勾起一个弧度，转过身来看向刘胜武，语气里带了一丝笑意："老师，我可没有报什么机构。"

  沈念出了办公室门，才缓缓地吐出一口气，整个人瞬间缓了过来，后背轻贴到墙面上，看了看手里的文件，回想起刚刚索菲说过的话，一阵头疼。

  这么想着，身前突然出现了一个人，往自己这边蹭了蹭。沈念蒙了一下，抬起头迷茫地看了一眼不知什么时候出来的宋遇。

  宋遇看到沈念这副样子，放肆地笑出了声。

办公室出来拐个弯便是楼梯，（6）班在三楼，（10）班在一楼。来来往往这么多同学，宋遇不带一丝迟疑地说道："我送你下去。"

沈念抬起头看他，随后往楼梯那边走了两步，指着正下方那间教室，笑着说道："那就是教室，你要送我去哪儿？"

宋遇沉默两秒，侧头问道："过段时间的联欢会，你准备报节目吗？"

听到宋遇问起，沈念小脸立马皱了起来，嘬了嘬嘴："刚刚班主任问的时候，我根本没有听清她说的是什么。"

"我才不想报什么节目。"

宋遇低低地笑了两声，顺着沈念的话往下说："都怪我，都怪我。"

沈念十分赞同宋遇的话，思考了一下，淡定地说道："没有办法，那你就多买些零食补偿我吧。"

"那下午放学一起吃饭？顺便带你去买好吃的。"

沈念思考了一瞬，突然想到什么，摆了摆手，十分开心地说道："明天我们再一起吃饭吧。这几天学校里安装空调，不知道哪一天就到我们寝室了，我还得跟铁柱回去把东西收拾一下，要是安空调的时候有灰尘弄脏床铺就不好了。"

安空调的事儿，也是沈念今天中午吃饭的时候从别人嘴里听到的，惊喜来得太突然，沈念还特意给爸爸打了通电话，确认有人投资了一笔资金。

宋遇着实没有想到沈念会这么开心，也不由自主地跟着她心情好了起来："这么开心？"

"当然啦，我可太敬佩投资方了。"沈念眯了眯眼，接着说道，"等我以后有了钱，我也一定要多做做公益。"

宋遇说道："好，到时候我陪你，我们一起。"

回到班里。

沈念把索菲给自己的文件，交到了刘泽阳的手里，便回到了自己的座位。

孟欢在很认真地准备自己的朗读稿。虽说寒假还有一个多月的集训，但不得不说，距离艺考的时间是越来越接近了。

看到沈念回来，孟欢抬起头，闷闷不乐地看向沈念，浑身没了力气一般趴在自己的桌子上："念念，你说我们为了考个好大学容易吗？"

现在的日子简直太难受了，早出晚归，日复一日地埋在书堆里，心里拧着这么一股劲儿，就为了以后上个好大学。

沈念有些哭笑不得，伸出手帮孟欢轻轻揉了揉后背，语气放轻："还有几个月的时间，我们就解放了。"

孟欢缓了缓神，重新找了个舒服的姿势趴下。过了一会儿，突然想起什么，凑到沈念的耳边，眼里透出一丝八卦神态："念念，刚刚好像是宋遇送你回来的？"

虽然离得很远，但正巧孟欢往门口那边瞥了一眼，两人真养眼啊！让人看着心情就莫名好了起来！

沈念弯了弯唇，有些不好意思地点了点头，小声道："就是在办公室碰到的，然后说了会儿话……"

孟欢眼睛一亮，急着打断沈念，语气里带了一丝调侃："哇哦，在办公室哦。"

沈念的脸更红了，连忙转移话题："不要提了，简直太尴尬了。过段时间不是有联欢会吗，我还稀里糊涂地答应班主任要上台表演节目，现在正在想办法推托呢。"

孟欢摆了摆手，立马来了兴致。

"念念，推托干吗啊，你不说我都忘了，沈伯母之前不是教过你舞蹈吗？咱俩到时候一起上啊，你跳舞，我唱歌，多好！"

沈念双手托腮："都是好久之前的事了，我动作都忘得差不多了，现在跟不会没有什么两样。"

沈念之前确实跟着妈妈学过一段时间的舞蹈。后来学习时间紧了，自然就不了了之了。现在想要重新拾起来，时间肯定来不及。

孟欢也想到了这一点，随意地点了点头："那（6）班是不是也要准备？回头我得问问苏洵南。"

孟欢这么一说，沈念想起她也还没有问宋遇，想了想，从抽屉里拿出手机，悄悄地给宋遇发了条短信：

宋遇，你联欢晚会打算报什么节目？

刚刚宋遇问自己的那个语气，十有八九他自己也会报个节目，要是沈念没猜错的话，很有可能是钢琴。

她没有正儿八经地听过宋遇弹钢琴，只是之前听过宋遇分享给自己的一首钢琴曲。沈念心中升起一个极其强烈的愿望，她舔了舔唇，在手机上打下一行字：

  宋遇，我觉得你弹个琴也蛮好。

像是心有灵犀一般，不等自己把这句话发出去，宋遇便回过来两行字：

  钢琴吧。

  我觉得你应该喜欢。

沈念纤细的手指轻点屏幕，眼里浮上一层笑意。不得不说她确实有那么一点点期待。

她把还没来得及发出去的文字删掉，随后重新打下一行字：

  好好表现啊，到时候全校人可都看着呢。

（6）班教室里。

宋遇轻靠在椅子上，有一搭没一搭地摩挲着手机外壳的边缘，直到手机再一次弹出来一条置顶消息，他这才微勾起唇角。

看到沈念发过来的最后一条消息，宋遇嘴角的弧度越来越大。

在全校人的面前，光明正大为沈念弹奏一首只属于她的曲子，当然会好好表现。

十二月的天气，最大的特点便是冷，冷到哈一口气都能看得清清楚楚。夜色加深，刚刚从排练室出来的沈念、孟欢两人，加快了回寝室的步伐。

联欢晚会的节目定下来了，（10）班全体同学一致决定演一场话剧，这样班里每个人都有参与的机会，也不必再为一个人上台表演节目却想不出什么新点子而费尽心神。

因为话剧排练需要一定的时间，因此（10）班班主任告知大家这两周可以不用上晚自习，每天晚上同学们都要去排练室排练，这可顺了同学们的心意。

直到进了宿舍楼，感受到与外面不同的温度，两人才犹如新生一般,渐渐缓过心神来。

穿着十分厚重的羽绒服的沈念有些迟缓地把两只手举到自己的嘴边,轻轻地哈着气。

泛着黄晕的灯光打在沈念的脸上,根根分明的睫毛微颤,渡出了一片阴影。

多少有了些暖意,沈念抬起那张被衣服挡得严严实实的小脸来,眨着眼睛看向一旁的孟欢,软声道:"铁柱,快快快,开门,我今早上没有带钥匙。"

孟欢没有想到晚上会这么冷,因此穿得比沈念还要薄一些,鼻尖被冻得透红。她点了点头,摸索了一会儿,突然睁大了眼睛,冷得话都说不利索:"我我我,也没带钥匙!"

两人都没带钥匙?

沈念瞬间傻眼,默默地看向孟欢,两人大眼瞪小眼,随后只得把希望寄托在还没有回来的李欣然身上。

许是因为寝室正对着楼梯,一阵刺骨的寒风猖狂地刮在两人身上,沈念动了动自己有些发僵的手指,拉着孟欢小步移到走廊最里面。

风力逐渐减小,两人才缓缓地松了一口气,整齐一致地转过头,趴在一旁紧闭的窗户边,愣愣地看向外面被大风刮得到处飘散的树叶。

沈念从兜里掏出手机,手机马上就要没电了。她打开聊天框,看到宋遇给自己发过来几条消息未读,刚打算点进去,手机立马就黑屏自动关机了。

沈念重新摁了两下,见手机没有动静,怀着对宋遇的歉意,慢吞吞地把手机塞回了自己的兜里。

不知过了多久,远处一个十分熟悉的身影映入孟欢的眼帘。树底下的灯光有些昏暗,孟欢使劲地看了两眼,才确定那道身影是李欣然。她不由得眼睛一亮,对着楼下正往这边走来的李欣然招了招手,语气格外兴奋:"欣然,我们在这儿!"

李欣然听到声音微微一愣,随后抬起头顺着声源处扫视了一下,与三楼窗户处正在往这边探头的两人的视线对个正着。她忍不住拽了拽自己脖颈处的围巾,露出嘴巴来,笑了笑:"哈哈哈,看到你们了!"

李欣然见到了室友,于是小跑进了寝室楼,走到三楼阶梯的时候,沈念两人已经从窗户那边走过来了，不断地对着手心哈气。

李欣然从包里掏出自己的钥匙，一边开门，一边问道："没有带钥匙？"

沈念脸上闪过一丝无奈的神情："我们两个都没带，幸亏你带了，不然今晚上我们三个就要在外面睡了。"

李欣然笑了笑，顺势把门打开："在外面睡的应该是我和孟欢吧，宋遇可不舍得让你在外面睡。"

进了寝室的第一件事儿就是打开空调，调到适宜的温度。

前段时间，发生了那件事儿以后，段瑶瑶便被调去别的寝室了，原本四个人的寝室不再那么拥挤，三个人倒也乐得自在。

在寝室里，沈念自然没有了什么顾虑，坐回自己的床上，舔了舔嘴唇，笑嘻嘻地反驳道："在我心中你们两个最大嘛。"

李欣然一脸"我懂的"表情，沈念一下子就羞红了，忍不住嘴硬道："才不会，要是真没有了钥匙，我宁愿露宿街头，也不告诉宋遇那狗。"

孟欢正在跟苏洵南打电话，正巧听到了两人的对话，转过头来，一脸迷茫："你们刚刚在说什么？"

不等沈念回答，苏洵南沉稳的声音从孟欢的手机里面传来："沈念说，宁愿露宿街头……也不告诉宋遇那狗。"

沈念："……"

孟欢："……"

李欣然："……"

三个人大眼对小眼，最后还是孟欢干笑了两声，活跃了一下气氛："别听他胡说，宋遇又不在身边，他就是开玩笑说着玩的。"

听到孟欢这么说，那边苏洵南停顿了一下，随后轻轻咳了两声，语气有些捉摸不透："我要是说，宋遇现在……就在我身边呢？"

那刚刚沈念说的话，宋遇都听到了？众人还没有松下的一口气一下子噎在喉咙。

苏洵南还想说些什么，孟欢害怕苏洵南这张嘴又说出什么不该说的话来，连忙眼疾手快地挂断电话。

孟欢回过头来先是看看李欣然，最后把目光落在沈念脸上，满脸歉意，想哭哭不出来："那……怎么办啊？"

沈念整个人呆住，内心也掀起了一阵惊涛骇浪。临近晚上九点钟，宋遇为什么没有回家，还和苏洵南在一起？！为什么还会这么凑巧地听到自己这番像极了嫌弃他本人的话？！

时间瞬间静止，气氛安静得有些吓人。

沈念眨了眨眼，咽了咽口水，欲哭无泪地看向两人："我还能见到明天的太阳吗？"

孟欢的声音逐渐减小："不只是你，准确地说是我们……"

李欣然弱弱地加了一句："这比露宿街头还可怕。"

沈念崩溃了一会儿，咬了咬牙决定自救。她连忙拿出自己带来的充电宝，给自己的手机充电开机，不一会儿，手机屏便亮了起来。

沈念颤抖着打开和宋遇的聊天框，看着刚刚没有来得及读的消息：

到寝室了吗？

念念，这两天排练，我跟老师申请了住校几天。

明天晚上来看我弹琴？

…………

沈念深深吐出一口气，连忙给宋遇打了过去。

那边接得极快，听不出来宋遇现在正在什么地方，只能听见电话那边传来一阵凛冽的风声。

心里很乱的沈念并没有多想，只是安静地等着宋遇说话。

宋遇的语气和平常没有什么不同："喂，念念？"

听到声音，沈念瞬间对刚刚说的那些话愧疚起来，眼睛眨了眨，主动示好："宋遇，我刚刚不是故意说你坏话的，你在我心中绝对是最好最好的人！"

毫无准备就被这么一顿夸，宋遇顿了顿，抓到了其中几个关键的字眼，随后若无其事地问道："你到寝室了？"

见宋遇没有把刚刚的小插曲当回事儿，沈念心里松了一口气，小幅度地点了点头。随后她又想起宋遇看不到，于是放轻了声音，随意地说道："嗯嗯，我刚到寝室。你呢？你和苏洵南也是刚到寝室吗？"

刚从钢琴房里出来，走到男生寝室楼下的宋遇独自在风中凌乱了一下，有些不理解沈念说的是什么意思。自己回寝室，跟苏洵南有什么关系？

因为要练琴，宋遇确实是申请了住校，但是并不是跟苏洵南一个寝室，而是跟另外同样有节目的男生一个寝室。

宋遇后知后觉沈念刚刚语气里的不对劲，轻轻眯了眯眼，换了个方向往女生寝室楼走去。

"嗯，也是刚到寝室楼。"

一边说话，一边给苏洵南发消息：

　　跟沈念说什么了？

发完消息，宋遇重新把手机放回耳边，问道："念念，寝室几点关门？"

想到宋遇现在也是一名住宿生，沈念没有多想，换了个姿势躺在床上，细声道："九点半吧，一般情况下，门禁时间跟熄灯时间是一样的，都是九点半，熄灯之前这段时间正好可以用来洗漱或者洗洗衣服。"

宋遇抬腕看了下自己的手表，现在已经九点左右，距离门禁和熄灯时间还有半个小时左右。

男生宿舍楼和女生宿舍楼距离不是很远，宋遇迈着沉稳的步子轻车熟路地走到女生宿舍楼下，抬眸往三楼的方向看过去。

从宋遇这个方向看去，只能看到三楼窗户那边昏黄的灯光。宋遇顿了顿，眸子里浮上一层笑意："你在干吗？"

沈念心里还在为刚刚的失言而愧疚，十分乖巧地回道："准备休息了呢。"

宋遇的手机"嗡"了一声，他把手机从耳边拿下来，看了看，是苏洵南给自己发来的消息：

　　嗯，没什么事。
　　就是和欢欢聊天的时候，偶然听到了她们正在说你的好话。

苏洵南的话半真半假，宋遇看了半晌也没有搞清楚到底怎么回事儿，不过根据他对沈念的了解，沈念在背后开自己玩笑倒是很有可能。

想到刚刚女孩故意讨好自己一般的语气，多半是说了什么不想让自己听到的话，宋遇揉了揉脑袋，不由自主被女孩的行为给气得笑出了声。

沈念浑然不知自己的小心思已经被宋遇摸得透透的，听到电话那边传来的笑声，傻乎乎地问了一句："你笑什么？"

宋遇叫着沈念的名字，轻轻咳了两声："说我坏话，还不让我笑了？"

猛地被人看透了心思，沈念脸上一片羞红，嘴硬道："我才没有说你坏话。"

宋遇不跟沈念绕弯子，看了看手表，漫不经心地说道："下楼来给我道歉，你要是再不下楼，可就到门禁的时间了。"

沈念愣住，下一秒猛地坐起身来，下意识问道："你在楼下吗？"

"嗯……就是有点冷。"

听到宋遇这么说，沈念内心挣扎了一下，立马往门口的方向走去，边走边哄着某人说道："马上啊，我这就下去。"

看着沈念急匆匆跑出去的样子，孟欢和李欣然都愣了一下："哎？念念干吗去？"

回答她们的，是沈念已经远去的背影。

一楼大厅里还有不断往里面走的学生，沈念小跑出了寝室楼，瞬间就被冷空气包裹住了全身，忍不住瑟缩了一下。

想起之前每次宋遇送自己回来的地方，沈念迈开步子往寝室楼拐弯处那棵大树的方向走去，果然看到了正在树下站着的宋遇。

男生穿了一件黑色长款风衣，额前浓密的刘海使人看不清他的神色，只有在看到沈念的时候，才心有灵犀一般慢慢地抬起头来。

漆黑的眸子与沈念的身影对个正着，看到沈念只穿了一件薄薄的毛衣就出来了的时候，宋遇微微一愣，随后快步走上前，语气里带了一丝责怪："怎么没有穿外套？"

沈念吐了吐舌头，一时不知道该怎么回答。总不能说，害怕你在外面等得着急，然后忘记穿了吧？

下一秒，男生就解开自己风衣上的扣子，让沈念把衣服裹上。

大约过了五分钟的时间，宋遇才轻声问道："现在暖和了吗？"

宋遇大大的衣服把沈念裹得严严实实，沈念整个人瞬间暖和了过来，笑嘻嘻地说道："暖和过来啦。"

看着女孩毛茸茸的脑袋，宋遇的目光渐渐变得柔和。他轻轻挑眉问道："刚刚说我什么坏话了？"

沈念的身体一僵，随后又放松下来，含糊道："哪有说你的坏话嘛。"

沈念的小动作并没有逃过宋遇的眼睛，宋遇继续面无表情道："哦，我一点都不难过。"

随后某人又强调了一遍："被朋友在背后说了坏话，我真的一点都不难过。"

这件事确实是沈念没理在先，沈念噘了噘嘴，不吃他这一套，"哼"了两声，故意转移话题："马上就到点了啊。"

宋遇轻"嗯"了一声："我看着你上楼，我再回去。"

沈念吸了吸鼻子，赌气般地把宋遇的衣服脱了下来："我才不要你的衣服。"

不是不想要，只是不想让宋遇在回去的路上冻着。

宋遇哪能不知道沈念心里怎么想的，轻叹了一声，似是在寻求沈念的意见："明天话剧排练完，来看我练琴？"

沈念顺着宋遇的心意点了点头，细声说道："好。"

不知为何，沈念莫名想起了上次宋遇发给她的那首曲子，忍不住好奇地问道："还是自己作的曲子吗？"

宋遇眼里浮上一层笑意，静静地看了沈念一会儿，直到沈念的脸上出现了一抹羞红，才移开了自己的目光，轻轻说了句："是。"

宋遇临走之前，千叮咛万嘱咐，以后不管去哪儿，一定要穿得厚一些。

看着宋遇那张不容拒绝的脸，沈念默默地咽下自己还没来得及说出口的拒绝的话，乖乖地说了声"好"。

不管怎么追问，宋遇还是不说自己究竟作了什么曲子，搞得沈念着实有些心痒难耐。

就连到了第二天上课的时候她都不在状态，这种情绪一直持续到傍晚。心里挂念着宋遇的曲子，排练完以后，沈念连忙跟孟欢打了声招呼，便离开了排练室。

宋遇所说的琴房离排练室并不是很远，走在走廊里，远远地就能听到琴房里传来一阵阵优雅的旋律。

沈念放缓了自己的脚步，轻轻走到琴房的窗户前，踮起脚往里面探头。

琴房很大,沈念一眼就看到端坐在钢琴前面,正垂眸认真敲着琴键的宋遇。

男生侧对着自己,看不清他脸上的神色,修长的手指不断地在琴键上跳跃着,紧接着整间琴房里流淌出一段格外好听的旋律,原来是一首宋遇自己作的曲子。

沈念眼睛里浮上一层笑意,目光直直地落在男生的身上。

琴房里的白炽灯照得整间屋子都很明亮,灯光打在宋遇的身上,让他整个人看着就像在发光。

和宋遇平时的样子不同,此时的宋遇格外认真。钢琴声停下,随后宋遇抬眸直直地往窗户这边看过来,轻轻挑了挑眉:"愣着干吗,不进来?"

沈念偷看某人的样子被抓个正着,她吐了吐舌头,没有丝毫愧疚地迈着步子走进琴房。

根据宋遇的指示,沈念乖乖地坐在宋遇特意为自己准备好的凳子上。不知是不是故意的,位置就在钢琴的正前方,只要宋遇稍微抬头就能跟自己的视线对个正着。

不知是不是有些紧张的缘故,宋遇竟然没有再调侃沈念,轻轻吐出一口气,看向沈念,试探性地问道:"准备好了吗,我开始了?"

沈念眨了眨眼睛,点了点头,乖乖地坐好:"准备好了,就是有点紧张。"

听到沈念这么说,宋遇愣了一下,以为她说的是他,随后才反应过来女孩说的是她自己。

男生垂眸,重复刚刚的动作,紧接着一首旋律十分优美的音乐从宋遇的指尖倾泻出来。这是一首十分特别的曲子。

说不上来哪里特别,但是不知为何,沈念竟然有一种心情平复下来的感觉。

沈念看着宋遇的身影,静静地出了神。她想起第一次和宋遇正式相见,是在爸爸的办公室。那时的自己,对宋遇避之不及,搞了一场乌龙,自己还错把宋遇当成了爸爸。

曲子结束,沈念的鼻尖还有些泛红。她吸了吸鼻子,抬头看向宋遇,使劲地鼓起掌来:"超级好听,宋遇!"

宋遇的脸上难得出现了一丝不好意思："那以后再弹给你听。"

时间已经不早了，落了锁以后，两人从琴房里出来。

教学楼安静极了，两边的教室差不多都灭了灯，隐约还有一两间教室依旧有同学在奋笔疾书。

沈念早已经缓过神来，迈着欢快的步子，蹦跶着下楼梯，两只手背在身后，转过头来看向身后的宋遇："宋遇，你刚刚弹的那首曲子，有没有起名字啊？"

有没有起名字？听到沈念这么问，宋遇眼皮跳了跳，脑海里浮现出那个自己早就想好的名字，想了想干脆反问道："你觉得起什么名字好？"

沈念认真地想了想，眼睛一亮："干脆叫《遇之歌》好了，有你的名字，有可能以后真的会被挖掘出来，再填上词，那简直就是很完美的一首歌。"

宋遇走上前道："那干脆叫《念之歌》好了，本来就是为你写的曲子。"

沈念顿时瞪大了眼睛，重复了一遍宋遇说过的话，还有些不敢相信："给我写的？那起名就不能太随便了啊。"

沈念干笑了两声，眯着眼接着说道："一定要起个超级无敌巨好听且有意义的名字，这才配得上你特意为我作的曲子。"

沈念脸上洋溢着开心的笑容，一副机灵鬼的模样："那刚刚不算，重新再取一个名字。"

女孩变脸好快，宋遇顿了一下，这才说道："就叫《念之歌》，多么有意义的名字。"

沈念沉默了片刻，突然踮脚拍了拍宋遇的肩膀，眼里带着一丝宋遇捉摸不透的神情。紧接着沈念轻叹了一口气："一首曲子都要用我的名字命名，我简直太感动了。"

两人朝着寝室楼的方向走，宋遇一边认真地看路一边臭不要脸地说道："没办法，自从第一次见到你就……"

沈念愣怔了片刻，一时不知该说些什么。

见女孩情绪有些不对劲，宋遇靠过去，打趣道："你别这样啊，不知道的还以为我欺负你了。"

沈念被宋遇这番话搞得既想哭又想笑，干脆闷声说道："你就是欺负我，仗着你多了解我一年就欺负我。"

宋遇故意"嘶"了一声。

沈念心里挣扎了两下，干脆放弃，轻瞥了宋遇一眼，实在是想不出什么骂人的话来。

宋遇见好就收，放缓了自己的脚步，轻声叫了声沈念的名字。

在女孩抬头看向宋遇的那一刻，宋遇伸出手抚上了女孩的眼睛，轻声说道："那首曲子叫 *Deserve*（《值得》）。"

第十章

一起努力吧

距离联欢会越来越近，大家排练的时间也越来越紧。晚上，沈念回到寝室的时候，只有孟欢一个人在。

孟欢脸上贴了一张面膜，手里拿着一本复习资料，手指轻动，似乎在做什么笔记。听到门口有动静，她立马转过身来。见是沈念，孟欢把自己面前的那盒糕点往前推了推，对沈念招手，因为贴着面膜，说起话来有些不利索："念念，快来，给你们留的。"

糕点盒子很精致，雕刻着精致的玫瑰花瓣，里面的每个糕点外层都包裹着椰丝，散发着一股浓烈的奶油味道。

沈念眯了眯眼，拿起一个轻咬了一口，甜甜糯糯的，入口即化，说不出的好吃。

孟欢看了看时间，随后摘下自己脸上的面膜，长长吐出一口气，对着沈念眨了眨眼睛："有没有觉得味道有些熟悉？"

想到李欣然还没有回来，沈念只吃了一个，赞同般地看向孟欢，眼睛亮亮的："是'红林'那家的对不对？"

虽说已经很久没有吃到过那家店里的甜品了，但孟欢的话一下子勾起了沈念的记忆。

孟欢打了个响指："答对啦，我拜托朋友带进学校的。"

沈念笑着点了点头，坐回自己的位置上，视线掠过孟欢桌子上早已经收拾好的书籍，忍不住开口："东西都收拾好了？"

已经十二月底了，再过段时间，孟欢身为艺术生还要出去集训一次。虽说时间仅仅一个半月，但沈念多少还是有些舍不得。

孟欢点了点头，双手托腮，难得正经了一次："念念，等我出去集训之后，你一定要照顾好自己。等我回来我们离高考又近了一步，我们都要好好努力，一定会考上自己喜欢的大学的。"

沈念忽略眼底的涩意，弯了弯唇，重复了一遍孟欢的话："一定会考上自己喜欢的大学的。"

孟欢"嘿嘿"笑了两声，站起身来伸了个懒腰，随后指了指门外的方向："那你学习吧，我去洗漱。"

…………

孟欢走后，沈念望着孟欢桌子上那堆书籍出了神。

还有半年的时间，时间不算短，但也不长，他们即将迎来一个新的转折点，原本没觉得有多紧张，现在具体到某个时间段上，突然觉得时间不够用了。

沈念回过神来，翻开桌面上的书，随后又拿过手机给宋遇发了条"中二"气息十分的短信：

少年到寝室了吗？快投入学习的怀抱吧！未来的国家栋梁！

看着这条自己发过去的短信，沈念不自觉地笑出声来。莫名其妙地收到这么一条消息，宋遇的表情一定会很傻。

不出沈念所料，下一秒宋遇就发来一串长长的问号：

？？？？？？？？

还不等沈念给宋遇回消息，那边的电话就打了过来。

沈念被宋遇的雷厉风行吓到了，磨磨蹭蹭地接通电话："干吗？"

宋遇那边安静了一下，像是走到了一个十分空旷的地方，随后才缓慢出声，语气里带了些许笑意："找我干吗？"

沈念被宋遇的脑回路打败，但是想想刚刚自己发过去的那段"中二"的话，莫名有些难以启齿："就是提醒一下宋同学好好学习。"

宋遇不为所动，要起滑头来。沈念拿宋遇没办法，干脆换个话题："这段时间没有监督你学习，你有没有好好复习？改天我会检查你的功课的。"

觉得自己的语气不是很有震慑力，女孩眯了眯眼，继续说道："要是不合格，就取消你复习的福利，反驳无效，你有权保持沉默。"

宋遇舔了舔唇，突然拉了长音，似乎有些为难："这……"

这次轮到沈念不为所动，她有些幸灾乐祸，眨了眨眼睛，故意往宋遇的伤口上撒盐："都说了反驳无效，让你这段时间不好好学习，要是成绩下降，有你哭的。"

宋遇一只手搭在走廊的栏杆上，听着电话那端女孩有些愉悦的声音，忍不住也跟着愉悦起来，"哼"了一声，接着说道："一想到我成绩下降，你就这么开心？"

女孩讨好般地笑了两声："当然不是嘛。"

宋遇轻轻笑出了声，转身往寝室的方向走去，一边走一边随口说道："十分不好意思，我这段时间十分勤恳地学习，恐怕要让你失望了。"

沈念被宋遇这不要脸的一番话搞得发蒙，遗憾地"啊"了一声，小声道："这样啊。"

走廊里一道寝室门突然打开，宋遇往左边靠了靠，换了只手拿手机。

两个男生从寝室里走了出来，低着头正要拐弯，紧接着一个声音传来。

"哎，你听说没，（6）班那个苏洵南好像过两天要去集训了。"

"不会吧，你听谁说的？"

"学校里都传开了，我和他是邻居，要是他妈知道他放弃文化课，肯定发脾气。"

男生顿了顿："看来他妈是不知道啊。"

"谁知道呢，别看苏洵南面上风风光光的，谁能想到摊上这么个妈啊。"

"他妈？"

"别提了，他妈是出了名的女强人，整个人强势得很，听说他爸当年就是受不了他妈的脾气才离婚的。他妈也是个狠人，硬是打了官司，让他爸净身出户了。"

"这样啊……"

"可不是吗，不过苏洵南也是挺牛的，敢跟他妈对着干。对了，我前几天早上路过他家门口的时候，听到他家里有人摔东西的声音，说不定就是他妈跟他发火来着……"

"唉，要是我可受不了，早就离家出走了。不过人家苏洵南在家这么惨，不是照样考年级第一吗？"

两人渐渐走远，宋遇收回自己的视线，沉思了片刻，对沈念说道："念念，我还有事儿，晚些打给你？"

听到宋遇这么说，沈念乖乖地点头，细声说道："好。"

"那就先挂断啦。"

宋遇看着挂断的电话，想了想，转身往苏洵南寝室的方向走去。

刚挂断电话，门口传来一阵轻微的响声，紧接着李欣然悄咪咪地扒头，往里面巡视了一圈，见只有沈念一人，忍不住轻轻松了口气。

随后她小步走进来，给自己倒了一杯水，看向沈念，问道："孟欢呢？"

沈念见李欣然情绪有些不对劲，指了指门口的方向："刚刚去外面洗漱了，怎么了？"

李欣然不知想到什么，眼里闪过一丝犹豫，最终闭了闭眼，还是开口道："是关于苏洵南的事儿。"

沈念微微一愣："苏洵南的事儿？"

"嗯嗯。"李欣然点了点头，小声道，"刚刚我还以为孟欢也在，就没敢出声。苏洵南不是打算报艺术生了吗？我们班里不知谁把这事儿传出去了，就觉得有些不可思议。"

李欣然继续说道："原本没什么事情的，但是听他们说，苏洵南是瞒着父母报的艺术生，准确地说是瞒着他母亲。

"他父母一早就离婚了，他母亲是一个很强势的人，经营了好几家公司，除了他的学习，平常根本就不管苏洵南。要是让他母亲知道苏洵南违背她的意思，报了艺术生，估计苏洵南连学都不一定能上得下去了。"

沈念整个人都愣住了，张了张嘴，还没有说话，门口突然响起一阵响声。两人一愣，转身往门口看去，孟欢站在门口，眼睛红红的，不知把两人的对话听进去了多少。

随后孟欢有些哽咽的声音传来："连学都上不下去了？"

李欣然有些无措："欢欢……"

沈念压制住心里的震惊，抿了抿唇，走上前把孟欢拉了过来。一时没有办法,她只能轻声安慰道:"铁柱,你先不要着急,现在最重要的是想办法。"

沈念的话音刚落,孟欢的眼泪直直地就掉了下来。她使劲地摇头:"没有办法的,苏洵南跟我提过他母亲,他和他母亲的感情一直不是很好,要是不劝苏洵南,他真的可能就没有学上了。"

她一直以为苏洵南报艺术生是经过母亲同意的,如今听到这个消息,孟欢整个人都慌了。

说着她便擦了把眼泪,走到自己的桌前:"我的手机呢?他为什么不告诉我啊?"

听到孟欢有些无助的声音,沈念心里也莫名地感到酸涩。

孟欢颤抖着手,给苏洵南打电话,但一直无人接听。孟欢都要崩溃了,像是没有了支撑一般,整个人都控制不住地瘫软下来,不断地重复一句话:"他怎么不早些告诉我啊?"

…………

沈念实在是心疼孟欢,想起宋遇这段时间也在男生寝室,忍不住给他发了条消息:

> 宋遇,你能去找下苏洵南,让他给孟欢发条信息吗?

就是一条信息也行,哪怕是一个字,孟欢也能少难受一点。

宋遇那边还没有回信。

沈念和李欣然对视一眼,两人把孟欢扶到床上。

孟欢整个人都是蒙的,眼睛也有些红肿,不断地抽泣,断断续续地说道:"我记住苏洵南了,他不接我电话,什么事儿都不跟我说,等这事儿解决了,我饶不了他!"

见孟欢的情绪有些好转,沈念轻轻松了口气。

李欣然也没想到孟欢反应会这么大,张了张嘴,轻声说道:"欢欢,你先不要难过,现在苏洵南他母亲好像还不知道,就是在学校里传开了,应该还有补救的机会。"

几人都心照不宣,所谓补救的机会无非就是两个,要么说服苏洵南母亲,让苏洵南母亲同意苏洵南参加艺术培训;要么说服苏洵南,让苏洵南放弃艺考,转攻文化课。

苏洵南母亲是个很强势的女强人,想说服她,困难程度可想而知。

相比之下，其实说服苏洵南这条路要好走一些。

没有人可以办到，除了孟欢。

孟欢愣了一下，毫不犹豫地点了点头："他是因为我才想参加艺考的，我去劝他。"

…………

孟欢拿着手机去了外面。沈念还有些不放心，但见孟欢态度坚决，便也没有再跟着去。

整间寝室瞬间安静下来，有一种说不出的压抑。

见孟欢走出寝室，李欣然轻轻叹了一口气，收回自己的目光，语气里带了一丝歉意："都是我不好，要不是我说这么多话，欢欢就不会这么伤心了。"

沈念伸出手安抚了李欣然两下，轻声说道："没关系的，大家都没有注意到。不过让她知道了也好，他们自己会解决好的。"

回到自己的位置上，沈念又胡思乱想了一阵。虽说传言不可全信，但对一个高三学生来说，不让上学，绝对是一件严重的事情。

沈念又看了一会儿书，有些困意，便把书收了起来，去外面洗漱。

经过楼梯的时候，正好看到孟欢坐在楼梯最下一级台阶上，低着头正在打电话。沈念没有打扰孟欢，她知道孟欢能处理好的。

洗漱完回来，沈念才看到有宋遇打来的两个未接电话。她坐回床上，给宋遇打了回去。

宋遇直接说道："刚刚从苏洵南那边回来。"

想到刚刚孟欢在楼梯口接的那通电话，沈念心里知道了个大概，看样子，宋遇也知道苏洵南艺考的事情了。

沈念躺在床上，看着天花板，一时不知道该说些什么。不管怎么样，她清楚地知道，要说服苏洵南的母亲应该还是有难度的。

宋遇那边静了一下，随后接着说道："刚刚在楼道里给你打电话的时候，偶然听到他们正在说这件事情，然后我就去找了一下苏洵南。

"苏洵南的母亲确实是一个很强势的人，而且，前段时间苏洵南主动向他母亲提起过这件事情，不出所料遭到了拒绝。"

沈念抿了抿唇："刚刚铁柱说，要劝劝苏洵南，让他专心上好文化课，不要再考艺术了。"

宋遇"嗯"了一声，并没有对此感到奇怪："毕竟目前的我们还不能反驳家长们的意见，孟欢是对的。"

宋遇倒是看得开，两人又聊了一会儿，沈念终于放心了。想起刚刚在楼梯口看见孟欢的背影，她忍不住又问道："宋遇，你觉得，铁柱劝苏洵南会成功吗？"

"应该会吧。"

孟欢是一个很有主见的女孩，只要她好好说，苏洵南应该会想通。或许这件事情的解决方法就目前来说，这是最有利的一种了。

时间不早了，沈念揉了揉有些酸涩的眼睛："这个世界上有太多事情，是我们现在把握不了的。"

不管是目前他们正在经历或是已经经历过的事情，抑或以后会发生的其他事情，真的有太多是他们没有办法把握的。

唯一能做的，便是不负当下，尽力地做好现在能做好的事情，等待自己羽翼丰满的那一天。

稍微放下心后，沈念不由自主地握紧了自己的手机，神志越发模糊，止不住的困意使眼皮不断地向下垂。

意识减弱，到了最后一刻，沈念声音不断减小，连自己都不知道自己在说些什么："宋遇，如果我们也……"不等宋遇回答，女孩噘了噘嘴，自言自语地低喃道，"才不会有那一天的。"

一定不会的。

电话没有挂断，两边都安静了下来，女孩清浅安稳的呼吸声透过电话，被男生听到了耳朵里。

明知女孩已经睡着了，但宋遇还是把手机轻轻地放在了胸口。

过了很久，宋遇才缓缓地开口，语气里是前所未有的虔诚："没有那一天的，宋遇很快会强大起来。"

成绩不好，他就尽全力提升自己的成绩。

现在的进步还远远不够，他的野心足够大，他要和沈念考同一所大学。其他的，就让他用实际行动来证明吧。

他捧在手心里的女孩，会得到最好的。比别人的，都更好。

天蒙蒙亮，沈念慢悠悠地醒来，睡了一觉，心情格外舒畅。

女孩坐起身来，揉了揉自己的眼角，忍不住轻轻打了个哈欠，目光瞥向一旁已经黑屏的手机，意识渐渐清醒过来。

不知想到什么，女孩微微一顿。昨晚她好像跟宋遇聊着聊着就睡着了。她怎么一点记忆都没有，昨晚上两人说了些什么啊？

沈念长长"啊"了一声，有些无力地又重新摔回自己的床上。

听到动静，斜对面床上的李欣然翻了个身，迷迷糊糊地说："念念，你醒了？"

时间还早，沈念有些不好意思地点了点头，小声道："欣然，你继续睡，我小声点。"

李欣然也没了睡意，坐起身来伸了个懒腰："我昨晚上睡得早，刚刚醒来一次了，又睡了个回笼觉。"

寝室里还有些昏暗，沈念往孟欢的床铺上看去，意外的是孟欢的床上早已经没有人了。

李欣然注意到沈念的目光："欢欢一早就出门了，应该是去找苏洵南了。"

李欣然回忆起大约是在六点，也就是说下面宿管阿姨刚开门，孟欢便出去了。

李欣然说话的时候，沈念想看看手机消息，但发现手机已经没电自动关机了。

联想到昨晚和宋遇聊着聊着就睡着了，沈念多少可以猜到，宋遇昨晚上肯定是开着语音睡着的。在心里暗骂了两声宋遇，又想起孟欢现在的处境，沈念轻叹了一口气："也不知铁柱现在的心情缓没缓过来。"

李欣然的精神头已经活跃了起来，穿着自己的棉拖鞋，小步往窗帘的方向走去。她轻轻拉开窗帘，房间里顿时镀上了一层光。

见沈念还在捣鼓已经关机的手机，李欣然随手把自己桌子上的充电宝递了过去，眨了眨眼睛说道："昨晚打语音电话忘记关机了？"

沈念噘了噘嘴，接过李欣然递过来的充电宝，轻声说了一句"谢谢"，才苦恼地说道："昨晚上不小心就睡着了，我以为宋遇会关的。"

她忘了关，宋遇也没有关，以至于手机都到了没电关机的地步。

李欣然拿着自己的洗漱用具往门口走去，想到什么，转身看向沈念："我有印象昨晚你还问了宋遇一个问题来着，具体是什么我忘记了，等我再往你那边看的时候,你已经睡着了。"

沈念愣了一下,下意识重复道:"问了宋遇问题吗？"

"对啊。"李欣然举了举自己的刷牙杯,"我去洗漱,等下你直接问宋遇不就好啦。"

房间里又只剩下沈念一个人,沈念愣了半晌,才摸索着自己的手机,解锁打开和宋遇的聊天页面。

果不其然,语音时间长达六个小时之久。

沈念着实想不起来昨晚上问了宋遇什么问题,心里越发有些纠结。就在自己组织语言,打算给宋遇发消息过去的时候,那边突然显示"对方正在输入中……"

这么巧？

沈念弯了弯唇,干脆先给宋遇发了个早安。

下一秒,宋遇的消息发了过来,一如既往的不正经:

  我还以为你输入半天,会给我来个清晨感言,原来是个早安啊。

  早安,念念。

沈念被气得笑出了声,这是什么人啊。

  你怎么起得这么早？

  心里想着你会给我发消息,然后打开手机看看,你说巧不巧。

不绕弯子,沈念继续打字:

  昨晚上,我最后说了什么啊？

出乎意料的是,宋遇那边停顿了一下,仅仅一下,便立马回过消息来:

  真想知道？

沈念立马回复消息:

  超级想,无敌想,巨想知道！

沈念有一个习惯,说不上好还是坏,就是在她睡得迷迷糊糊的时候,连她自己说什么都不知道。因为这件事儿,在家里没少受到沈母的嘲笑。

曾经有一次，沈念和父母一起出去玩。去玩的前一天，沈念收拾行李收拾得很累，刚躺回床上，沈母便来到了沈念的卧室，轻轻推了推沈念，温柔地出声道："念念，东西都收拾好了吗？"

沈念迷迷糊糊的，也分不清是现实还是在梦境中，口齿不清地说道："把行李装满薯片和甜甜圈吧，其他的就全拿出来，反正也用不上。"惹得沈母笑得合不拢嘴。

回忆收回，一想到同样的事情再次发生，并且对方是宋遇，沈念脸上蒙上一层羞涩。

宋遇那边故作神秘地安静了一会儿，随后给沈念发了一条语音，语气带了一丝调侃："昨晚，你说沈念最崇拜宋遇了。"又学着沈念的语气，重申了一遍，"超级崇拜，无敌崇拜，巨崇拜的那种。"

后面的话，沈念已经不想再听了，小脸瞬间羞得通红，连忙打断宋遇："我才不会这么说！宋遇你再这样，我就……我就不理你了。"

宋遇低低地笑出声来，哄着沈念："好好好，我不说了。其实我还有一句话没有说完，宋遇也超欣赏沈念，超级欣赏，无敌欣赏，巨欣赏的那种。"

时间一分一秒地过去，天际最远处出现了一抹亮白，早上特有的浓雾也渐渐散去。

孟欢往上拉了拉自己的羽绒服衣领，走到一个没有人的石坛坐下，揉了揉自己冻得有些发红的鼻尖，往不远处男生寝室楼门口看去。

大约过了五分钟的时间，寝室大厅的玻璃门被人从里面推开，一个熟悉的身影抱着书从里面走了出来。他出来以后，随手把门关上了。

孟欢猛地站直身体，揉了揉自己的眼睛，确认是苏洵南以后，往那边走去。

苏洵南和宿管阿姨打了声招呼以后，便往教学楼的方向走去。

想起昨晚孟欢跟自己说的话，心里那层原本雾蒙蒙的窗户也渐渐地打开。

"苏洵南！"

就在苏洵南心里想着孟欢的时候，前面不远处猛地传来一个女孩的声音，苏洵南愣了一下，随后抬起头往前面看去。

站在自己正前方四五米的位置，孟欢冻得小脸红红的，不停地往手心里哈着气，瑟缩着往这边走来，嘴里还嘟囔着："我刚刚在那边就叫了你好几声，你理都不理我就往前面走，教室有什么吸引人的啊？"

苏洵南皱了皱眉，走上前，心下微微一紧，语气里带着止不住的责怪："在这里等多久了？为什么不提前告诉我？"

孟欢没有吱声，有点心虚，下意识觉得苏洵南的语气里满是责怪，想了想还是忍不住反驳："我这不是想让你多睡一会儿吗？昨晚恨不得和我彻夜长谈的……"

昨晚挂断电话的时候确实已经很晚了，但是也没有到孟欢所说的彻夜长谈的地步。

苏洵南轻瞥了她一眼，竟没有反驳，拽着她转过身往男生寝室的方向走去。

孟欢下意识跟着走了两步，随后反应过来苏洵南要把自己往哪里拉，眼神里闪过一丝惊恐，大脑瞬间短路，吓得说话都说不利索。

"我错了我……我错了还不成吗？我不该……这么早……来找你，那你也不至于……把我往男人窝里拽啊……苏洵南你还是不是人！！"

眼看着离寝室楼越来越近，孟欢急得语调逐渐升高："停下！你这是十分不理智的行为！！"

被吵得耳朵生疼，苏洵南猛地停下了脚步，耳边来自孟欢的噪音瞬间止住。

孟欢松了一口气，连忙紧紧地环住自己，往后退了两步，心有余悸地看了一眼正在盯着自己的苏洵南，没好气地说道："你看我干吗！我这是合情合理地自救！"

天知道自己晚行动一秒，苏洵南会做出什么无厘头的事情来。要是引来一些人的关注，那自己多掉面子。

早上六点二十多分，陆陆续续已经有男生出了寝室，许是听到了这边的声音，他们都不自觉地往这边看过来，大多数还是往孟欢这边看。

孟欢脸上闪过一丝尴尬……好像已经引来了不少人的关注。

刚从寝室楼里出来的宋遇，看着不远处正在说话的两人，轻轻挑了挑眉，漫不经心地往两人的方向走去。

"寝室楼底下聊天呢？"

男生里面穿了一件米色毛衣，外面套了一件黑色羽绒外套，显得整个人利落干净。

孟欢眼尖，一眼就看出宋遇里面那件米色毛衣，沈念也有一件一模一样的。

孟欢眨了眨眼睛，对宋遇打了声招呼，想了想，说道："嘿！宋遇。"

宋遇愣了一下，随后眼里浮上一层笑意，心情十分好地"嗯"了一声。

倒是苏洵南神态自若，跟个没事人一样，双手插兜，重新看了一眼恨不得找个洞钻进去的孟欢，随意地说道："原本想着让你在没有风的地方等一会儿，我上去给你拿件衣服，但是现在看来，你好像不怎么需要。"

听到苏洵南的解释，孟欢脸更红了，不好意思地对着宋遇干笑了两声："外面没事儿。"随后使了七分力道，不客气地拧了下苏洵南的胳膊，对苏洵南说道，"不用拿衣服了吧，这多不好意思，再说了我皮厚，不冷。"

苏洵南挑了挑眉，随后缓慢地点了点头，语气里倒是十分赞同："这一点，你倒是说得没错。"

孟欢："……"

手机微振，宋遇低头，看了看沈念刚刚发来的消息，嘴角微勾，抬起头对着两人摇了摇手机："你们聊，先走一步。"

看到宋遇的神情瞬间变得柔和，孟欢知道是她家念念发来的消息，连忙点头："好的好的。"

宋遇的背影渐渐走远，而且方向是朝着女生寝室那边。

孟欢知道自己猜得没错，心里猛地松了一口气。看着宋遇的背影，她忍不住轻声感叹道："哇，像宋遇气场这么强的人，也只有我家念念可以掌控得住！念念，牛！"

苏洵南："……"

沈念收拾好自己的东西，走到楼下的时候，宋遇已经在等她了。看到宋遇，沈念眼睛一亮，忍不住往前小跑了两步。她走到宋遇的身边，微微歪头，忍不住打趣道："让我看看这是谁这么勤奋呀，这么早就来楼下等着。"

女孩的眼睛亮亮的，精致的小脸格外动人，宋遇学着她的语气说道："谁长得这么好看？"

沈念被夸，忍不住开心地"嘿嘿"笑了两声，表扬某人道："有眼光，真会说话。"

时间不早了，两人往餐厅的方向走去。

匆匆奔去餐厅的学生很多，长相如此出众的两人走在一起，一下子吸引了众多目光。

知道的人，对两人的行为早已经习惯。宋遇的成绩一天天变好，整个人的性格也逐渐变得温和了起来。能让宋遇变化如此之大的女生也太让人佩服了，大家的注意力逐渐转移到沈念的身上。

众人心里感慨万千，但是两人丝毫不受任何影响，去打了一份沈念最喜欢吃的饭菜，挑了一个靠窗户的位置坐下。

上次宋遇叮嘱过沈念一定要多穿些衣服以后，便时不时地检查沈念有没有乖乖听话。时间一久，不用宋遇叮嘱，沈念便乖乖地多套了几件衣服保暖。从寝室走到餐厅这段路，沈念的鼻头上已经出了一层细汗，忍不住把身上的外套脱下来搭在背后的椅子上。

宋遇帮沈念把粥分成两份，微微抬眸看向穿着米色毛衣的女孩，眼里拂过一丝笑意。

宋遇不动声色地把其中一碗粥递到沈念的面前，轻轻咳了一声，淡淡地说道："确实有点热。"

沈念眼里闪过一丝迷茫，不知宋遇说的是刚刚递过来的粥还是说的自己。

刚想问出口，只见某人慢吞吞地脱下了自己的外套，露出了里面的米色毛衣……颜色款式跟沈念身上的一模一样。

沈念怔住半响，低头看了看自己身上穿的这件，又看看宋遇身上那件，心里万马奔腾。天知道她身上这件私人订制的衣服，竟然还能跟人撞衫？重点这人还是宋遇！！！

想到平日里宋遇某些行为，沈念突然觉得这么"碰巧"的事情也应该习以为常了。

想到这里，沈念露出两颗十分可爱的小虎牙，故作惊奇地指了指宋遇的衣服，十分感兴趣地说道："哇哦，好巧哦，我们的衣服竟然一模一样欸。"

宋遇好心情地点了点头，极力控制自己微微上扬的嘴角，故作才发现的模样："有点像兄妹装？"

沈念忍住想打某人的冲动，眨了眨眼睛，接着装作兴致勃勃的模样说道："是的呢！你也是在地摊上花十块钱淘来的吗？"

天知道他为了搞个沈念同款，打听了好多店，说了好多好话，人家才同意做这么一件一模一样的衣服。

面对沈念的刻意刁难，宋遇点了点头，面不改色地说道："是的，十块钱，买不了吃亏，买不了上当，还能凑巧买件一模一样的衣服。"

沈念："……"

有孟欢同行，苏洵南也不急着去教室，带着孟欢往餐厅的方向走去。

孟欢蹦蹦跶跶地跟在苏洵南后面，到了餐厅，目光忍不住开始寻找沈念两人的身影。不出意外的话，两人肯定也来餐厅吃饭了。

果不其然，下一秒，孟欢就看到了坐在窗边吃饭的两人。从她这个角度，隐约还能看到两人真的穿着"兄妹装"！！！

孟欢眼睛一亮，下意识掏出手机就对着沈念和宋遇两人"咔咔咔"拍了几张照片。

苏洵南打好饭来到孟欢的身边，正好看到孟欢低头抱着手机，满眼放光的样子，瞥了一眼，并没看清是什么内容。

苏洵南轻轻移开目光，随意地问道："看什么呢？"

孟欢放大了一张刚拍出来的照片，十分满足地说道："看帅哥美女啊！"

苏洵南愣了一下，刚想继续问什么意思，孟欢随意地摆了摆手，往两人的餐桌方向走去，语气里满是对苏洵南的嫌弃："算了算了，你不懂，我不怪你。来来来，咱俩换个话题。"

苏洵南心想：这是趁机打击报复我刚刚的毒舌之仇吗？

直到坐到餐厅的位子上，几口热粥下肚，孟欢才渐渐暖和起来，感叹出声："哇，简直太棒了。"

苏洵南不动声色地看了她一眼，夹了口菜放进嘴里，细嚼慢咽完才问道："什么时候走？"

孟欢知道苏洵南说的是关于集训的事儿。

她喝粥的动作微微一顿，随后故作开心地笑了两声："就后天啊，到时候坐大巴就去了，不过一两个月的事儿，很快就能回来。"

苏洵南点了点头，目光看向桌子上的那盘小菜，过了半晌才叮嘱道："集训的时候不要太拼，照顾好自己。"

不用说，两人都知道，集训的日子相对来说要比在学校要艰苦，原本苏洵南还能陪着孟欢，但是现在苏洵南去不了了，就只有孟欢一个人。说不担心那是假的。

孟欢鼻头微微一酸，垂下头，控制好自己的情绪含糊道："我当然会照顾好自己了，等熬过了这两个月，我孟欢一定可以考到一所很好的大学。你不用担心我，你也要稳住自己，千万不要把年级第一这个名次让给别人啊，要是那样的话，你也太逊了点。"

听出孟欢语气里的担心，苏洵南眼皮轻颤，握紧了手里的筷子，最终应声道："好。"

那就一起努力吧，在看不到对方的日子里，一起努力。

联欢会在学校的大礼堂里举行。

虽说大家心里感慨万千，但在负责老师的带领下，他们用一整天的时间，把大礼堂布置得十分喜庆。

一眼看过去，红色的条幅，满地的五颜六色的气球，还有每个座位上精心放置的海绵荧光棒，都在诉说着这次联欢会有多隆重。

许是在容德一中最后一次参加联欢晚会的原因，高三学子相对高二高一的学弟学妹们来说，更珍惜这一次热闹聚会。

沈念班里的节目排在后面一点，而（6）班的节目大多集中在了中间。

沈念来之前还特意戴了自己的隐形眼镜。虽然自己近视度数并不是很高，但是为了把宋遇看得更清楚一些，她还是特意戴上了隐形眼镜。

孟欢偷偷地从包里拿出自己早早准备好的瓜子，悄咪咪地递到沈念手里："快快快，终极解压消磨时间单品，你值得拥有。"

沈念下意识接过孟欢递过来的瓜子。一小堆的瓜子静静地躺在自己的手心里，一个个黑亮黑亮的，看着就十分解压。

沈念弯了弯唇："谢谢铁柱。"

两人有一搭没一搭地聊着。时间过去了很久，礼堂的灯光猛地暗了下来，整间礼堂顿时安静了下来。

最前面的帘幕渐渐升起，一台钢琴被放在了最中间的位置，从后台缓缓地走出来一个十分引人注目的人。

人群猛地惊呼了起来，大家瞬间都来了精神，是宋遇啊！他竟然还会弹钢琴？

台上的男生并没有被同学们陡增的高涨情绪影响到。

相反，男生嘴角微勾，浑身透出一种不经意的懒散气息，漆黑的眸子直直地往台下中后方的位置看了过去。

不知是不是看到了他想要找的人，身上那股尖锐的感觉渐渐散去，取而代之的是一种愉悦的、无法言表的感觉。

沈念见宋遇往这个方向看了过来，忍不住弯了弯唇，也不知宋遇能不能看到，对着台上挥了挥手，在心里为他打气："不要紧张，加油哦！"

沈念的动作不是很大，但是周围已经有人认出沈念，看到了她冲着台上的宋遇招手。

孟欢被吓了一跳，连忙把沈念的手按了下来，提醒道："念念啊，你别忘了，沈伯父还在第一排坐着呢。"

听出孟欢语气里的担心，沈念小幅度地吐了吐舌头，眼睛亮亮的，轻声说道："没有关系的啦。"

台上的钢琴声响起，熟悉的旋律轻轻地拨动着沈念的心弦，在沈念的心中泛起了一圈圈的涟漪。

看着男生俊朗的侧脸和认真弹奏的身影，沈念猛地想起，那天晚上，两人从琴房出来以后，宋遇对自己说的话。

"这首曲子叫 *Deserve*。"

时间过得很快，很快就到了孟欢要去集训的那一天。

大家都特意赶来送孟欢，因为这一次告别，再见面就要很久很久以后了。

孟欢穿着厚实的衣服,拿着沉重的行李,难免有些力不从心。她崩溃地一屁股坐在行李上,长叹一声道:"我不行了,我现在重新考虑不去的话,还来得及吗?"

沈念哭笑不得地把孟欢拉了起来:"哪有你这样的,这么多困难都克服了,最后竟然因为行李太重想要退缩?"

孟欢借助沈念的力道站起身来,"嘿嘿"笑了两声:"不要想我哦,到了那边可能就不怎么用手机了。等着我回来,带你去吃好吃的。"

沈念心里莫名有些酸楚,点了点头,心里要说的话还有好多,最终千言万语汇成了一句话:"一定要照顾好自己。"

孟欢收拾好自己的情绪,往沈念的身后看了一眼,随后收回视线,对沈念眨了眨眼睛,安抚道:"好啦好啦,我先排队上车了。"

"好。"

队伍慢慢地往前走着,即将轮到孟欢的时候,身后不远处猛地响起一个深沉的男声:"孟欢!"

声音不是很大,但也足够让周围一圈人都能听到。

有女生眼尖,一眼就看到了身后不远处的宋遇跟苏洵南两人,不由得眼睛一亮,拉起旁边女生的手使劲摇晃了两下。

"你看你看,宋遇跟苏洵南也来了啊!"

女生的声音一出,周围一圈人更加躁动。远远地,两个大家都十分熟悉的身影往这边跑来。

还有十米远的时候,宋遇放缓了自己的步子,往沈念的方向走去。沈念弯了弯唇:"你怎么来了啊?"

宋遇笑了一下,随后轻声说道:"刚好下课,知道你可能在这边,就过来看看。"随后补充道,"也算是帮苏洵南壮壮胆。"

沈念缓慢地眨了下眼睛,帮苏洵南壮什么胆啊?

见沈念没有反应过来,宋遇轻抬下巴示意沈念往孟欢的方向看去,解释道:"苏洵南也来了,来送送孟欢。"

…………

孟欢看着渐渐向自己走来的苏洵南,一边有些开心,一边又十分庆幸,还好她父母早就走了,要不然她是有嘴也说不清啊。

这么想着，脚下的步子却不自主地挪到了队伍最后，待苏洵南走到自己面前，才伸出手拍了他一下，语气里有些兴奋："不是说不用来送我吗？"

苏洵南抿了抿唇，抬眼看了孟欢一眼："我怕不见你最后一面，某人可能又要哭鼻子了。"

孟欢"喊"了一声，嘴硬道："怎么可能，我巴不得不见你。有句话说得好，眼不见为净。看不见你的时候，我眼睛干净得很呢！"

苏洵南眼里浮上一层笑意："孟欢，这句话的意思可不是这么用的。"

孟欢才不管能不能用，反正嘴硬的女孩不能输！

"有什么要说的话，你就快说，我等下就要上车了。"

见孟欢有些急不可耐，苏洵南也不再打趣她，想了想，叮嘱道："你到了那边一定要好好学，知道你是个急性子，但是做事情一定不要毛毛躁躁。这段时间，我好好地整理一些知识点，等你回来的时候，刚好可以用到。"

孟欢认认真真地听着，心里暖暖的，但是嘴上还是有些别扭地含糊应道："行行行，这是你说的啊？"

苏洵南点了点头，认真地应道："嗯，我说的。"

排队的学生逐渐减少，孟欢的前面还有两三个人。

时间有些来不及，孟欢往前看了两眼，随后转过头来看向苏洵南，压制住自己内心的情绪，努力挤出一个笑容来。

"好了好了，等我到了那边，一定找机会跟你们联系。就先不聊了啊，你快回去吧。"

听不清两人在说些什么，不远处的沈念和宋遇两人只好静静地往这边看着。

马上就要上车，孟欢见苏洵南没说话，抿了抿唇，伸出一只手拽住车把手便要上车。

见孟欢真的要上车了，苏洵南心里猛地鼓起勇气来，往前一步扶住孟欢的手，在孟欢略带些不解的眸子的注视下，轻轻吐出一口气，眼神里是前所未有的认真。

"孟欢，等你回来。"

苏洵南的话一字一句说得很清楚,字字句句敲在孟欢的心底,孟欢的心怦怦地跳动着,她咽了咽口水,有些不确定地重复着刚刚苏洵南说的话:"等……等我回来?"

苏洵南眼底浮上了一层笑意,感受到孟欢手上传来的战栗,他又重复了一遍:"嗯,等你回来。"

车里的司机往车门口的方向看了两眼,提高了自己的音量:"同学上不上来?"

孟欢猛地回过神来:"啊!来了师傅,我上!"

孟欢连忙上了车,随后又回过头来,伸出手指勾起苏洵南还依旧停留在车把手上的手,眼睛亮亮的,小声说道:"苏洵南,等我回来!"

孟欢又深深地看了苏洵南一眼,转身往大巴车最后排走去。

以前总觉得自己心里有点空空的,但是现在她什么都不怕了……

大巴车陆陆续续开走,一切又恢复了往日的安静。一切好像都没有变,但一切又好像改变了。送走孟欢后,一行人结伴回到了学校。

三个长相十分引人注目的人慢慢地往教学楼的方向走去,远远地传来几人的对话。

沈念好奇地问道:"苏洵南,你刚刚和铁柱说什么了?感觉……铁柱很惊讶的样子。"

说是惊讶远远不够,简直是受宠若惊。

苏洵南顿了顿,用如沐春风般的语气,如实回答道:"大约就是为了让她好好学习,说会等她回来。"

沈念愣了一下,下一秒反应过来苏洵南说的是他自己,弯了弯唇,打趣道:"你们两个这是……"

话虽然没有说完,但是这句话到底是什么意思,大家都心知肚明。

教学楼里的铃声突然响起,三人微微一愣,互相看了一眼,异口同声道:"不好!"

只顾聊天,忘记上课了啊!

宋遇先反应过来,拽起沈念就开始往教学楼的方向跑。直到看到宋遇两人往一楼的方向拐弯了,苏洵南才出声道:"宋遇,跑错方向了!"

谁知宋遇连头都没有回,抬起手向后挥了挥:"我先送念念回教室。"

集训的同学走了一批以后,大考小考也接踵而来,高三学生的学习越发紧张。

沈念对宋遇的学习也越发上心,除了平时上课,两人也常常一起去学校图书馆学习、看书。

过了一个月,连续两次放假,沈念都没有回家,找借口留在学校,只为了多争取一些学习时间。

差不多还有一个月的时间,就要迎来寒假,到时候沈念肯定就不能拿出大把的时间来辅导宋遇了,所以说还不如趁现在多下点功夫。

沈念的想法,沈母浑然不知,一两个月没有见到女儿,自然是想得不得了。

"虽说爱学习是件好事儿,但也不用这么用功啊。"

沈父倒是没有多大反应,在学校里待的时间长了,自然也知道高三这一年,时间对他们来说有多紧,像念念这样爱学习的学生,更是十分常见。

"放心好了,念念自有她的想法,不要太担心。"

沈母被沈父这种习以为常、丝毫不担心的态度给搞得气不打一处来,一只手拧起沈父的耳朵,语调也止不住地升高:"你今天晚上回来的时候就把念念给我带回来。要是女儿不回来,你今晚也别回来了!住在学校吧!"

沈父只觉得耳朵一疼,连忙往上抬了抬头,缓解自己的疼痛,顺着顾漫丽的话继续说道:"好好好,晚上把女儿给带回来,先放手,先放手。"

顾漫丽又瞥了沈石蹊一眼,"哼"了一声,松开手转身往厨房的方向走去,好心情地嘟囔着:"我去看看家里还有什么菜,晚上给我们念念做好吃的。哎哟,念念肯定在学校不好好吃饭,我得去楼下超市多买些肉,做红烧肉……糖醋里脊也不错。"

沈父:"……"

耳朵上的火辣渐渐褪去,沈父望着自家媳妇儿的背影,仰头长叹一声。

沈父开车来到了学校,把车停好以后,便往教学楼的方向走去。一路上遇到几个学生,见到沈石蹊后,他们纷纷停下脚步,有礼貌地笑着向他问好。

"校长好。"

手机嗡嗡作响,沈石蹊拿起手机,看到是顾漫丽发给自己的消息,步子没停,继续往前走着。

顾漫丽发给自己的是两张在楼下超市拍的照片,一张是肉食区,一张是蔬菜区。

随后又发过来一条消息:

老公,你看还要买些什么?

沈石蹊愣了一下,随后有些无奈地笑着摇了摇头。

随便看着来点就行,这些我都会做。

看到顾漫丽这么问,沈石蹊就知道她的小心思。

果不其然,看到沈石蹊发过去的这条消息,顾漫丽下一秒就回道:

就等你这句话了。

那我就多买一些。

沈石蹊又回了两句话,再抬起眼,自己已经不知不觉地走到了二楼。

日理万机的校长往楼下望了一眼,这才想起来,忘记去找沈念了。

拿出手机看了一下时间,大约还有五分钟就上课了,想了想,干脆作罢,等下节课再下来找沈念吧。

这么想着,旁边班级突然出来两个同学往这边的楼梯口走来。最边上那个皮肤黝黑的男生猛地看到校领导,深吸了一口气,下意识就想往班里跑。倒是另一个男生,微微愣了一下,最后走到沈校长的面前,声音清朗地叫道:"沈伯父!"

沈石蹊微微顿住,转过身来,看向这个比自己还要高一些的男孩子。

男生身形修长,对自己说话不卑不亢,模样像极了他的父亲。

前段时间沈石蹊刚跟宋父吃过饭,两人还谈成了给学校赞助空调的事,当时宋遇也跟着去了。男生虽然年纪不大,但谈吐之间尽显成熟,不像是这个年龄段的人。

从那次开始沈父对宋遇这孩子便很有好感，但是在学校里碰到，还是第一次。沈父心情还不错，"嘿"了一声，随后笑着说道："宋遇啊，好久不见。"

宋遇沉稳地跟着笑了一声："好久不见，沈伯父。"

两人旁若无人地在一旁说着话。

宋遇这一声，直接让旁边的邱子博当场睁大了眼睛，紧张地咽了咽口水，心里瞬间对宋遇佩服得五体投地。

天啊，他宋遇也太牛了，他只服宋遇！

马上就要上课，沈石蹊也不再多说，例行问了一下宋遇的成绩，知道最近宋遇的成绩有了很大的进步以后，也是发自内心地开心。

"好好学，到时候考上一所好大学，沈伯父一定给你包一个大红包。"

宋遇笑着点了点头："那就先谢谢沈伯父了，借您吉言。"

沈石蹊点了点头，伸出手鼓励般地拍了拍宋遇的肩头："那我就先走了，要是有什么困难，一定要及时告诉我。"

沈石蹊走后，邱子博才像突然活过来一样，走上前一把揽过宋遇的肩膀，语气格外兴奋："宋遇！你什么时候打入沈念家庭内部的？我怎么感觉沈校长很看重你的样子，而且看你们两个说话，就跟父子一样。"

宋遇没理邱子博，挑了挑眉，问道："不去上厕所了？"

邱子博疑惑地"嗯"了一声，随后才反应过来，忍不住"嗷"了一声，撒丫子就往楼道最边上跑去："你不说我都忘了。"

能把上厕所这件事儿忘掉的，除了邱子博这么个呆傻之人，还会有谁？

宋遇十分嫌弃地看着前面那个跑得飞快的身影，忍不住摇了摇头。他在后面慢悠悠地走着，想起刚刚和沈父的对话，不禁嘴角微微勾起，好心情地笑出了声。

下午第三节课下课。

沈念刚把上节课老师讲的重点题型知识点和易错题目整理完，还没来得及收拾，门口突然有人叫了自己的名字。

"沈念，沈校长找你有事情。"

很久没有去办公室了,沈父这样把她叫过去,沈念多少感到有些不习惯。她点了点头,礼貌地对那位不知名的同学轻声说了句:"谢谢。"

一路上没遇到什么熟人,到了沈父的办公室,沈念悄咪咪地往里面探了探头,打量了一番,发现并没有什么客人,心里这才松了一口气。

熟悉的屏风与熟悉的摆件,让沈念忍不住轻轻弯了弯唇,她想起当初和宋遇的正式相遇,便是从这间办公室开始的。

不再多想,沈念放缓了自己的脚步,尽量把声音降到最低,慢慢地走进办公室。

越过屏风,见沈父正专注于批阅文件,沈念心念一转,深呼吸了两口气,刚想大叫一声吓唬吓唬老爸,谁知沈父慢悠悠地抬眸,开心地调侃道:"你老爸还没老到听不出自己女儿脚步声的地步。"

沈念跺了跺脚,拉长了声音:"爸——你明明听出来了,干吗装成若无其事的样子?"

沈父看了一眼沈念:"想看看我这傻女儿什么时候反应过来,谁知道就一傻到底了。"

沈念:"……"

沈念才不想听沈父继续调侃自己,她嘬了嘬嘴,伸手拿起桌子上那个有自己照片的相框,转身走到一旁的沙发上坐下:"那你到底叫我来干什么吗,这不是耽误我学习吗?"

相框里的照片又换成了沈念的另一张照片,原本那张照片自己穿着黑色长裙,显得端庄稳重,而这一张自己穿着红裙,显得皮肤更加白嫩,整个人也更精神一些。

沈念隐约对这张照片有些印象,是自己去年跟爸妈去清源外婆家的时候,在那边的长河公园拍的,是一张抓拍照。

原本并没有觉得很好看,但现在许是心境变了的原因,沈念竟然喜欢上了这种红色,忍不住伸出手轻轻勾勒了一遍裙子边缘的形状,小声嘟囔道:"明年一定还要穿这条裙子去拍一张。"

沈父没有听清沈念在自言自语些什么,轻轻咳了两声,步入正题:"你妈给我留了任务,晚上回家吃顿饭?"

沈念眨了眨眼睛:"可是今天并不是星期六啊,我还有晚自习的。"

沈父摆了摆手:"就破例一次,今晚上回家吃顿饭。"

说完这句话以后,又怕女儿说自己搞特权之类的,沈父接着补充道:"今晚我监督你自习,保证不会让你落下功课。"

沈念低下头,仔细想了一下,确实好久没有回家了。学习自然不会耽误,宋遇那边,只要自己说一声,他就会笑着说"好"。

想到这里,沈念也忍不住笑出了声:"好。"

沈念回到家的时候,妈妈已经做好几道菜了。

沈念进门,从玄关处换下鞋子,往里面探头,大声喊道:"老妈,我回来了。"

厨房里锅铲碰撞的声音逐渐停止,随后穿着围裙的沈母拿着铲子走了出来。见到女儿时,沈母眼睛一亮,连忙把铲子递给一旁关门的沈石蹊,围着沈念转了两圈,随后小声嘀咕道:"怎么还胖了点?"随后眯着眼睛,笑着说道,"这才好看,在学校吃得好,妈妈就放心了。"

沈父笑着走进厨房,声音从厨房里传来:"我们学校食堂里的饭菜可是物美价廉,有句话怎么说来着?哦,想起来了,这学校里的食堂阿姨啊,从来不存在手抖现象。"

沈父的话音刚落,客厅里的母女俩瞬间笑出声来。

原来沈大校长深藏不露啊,竟然也知道"手抖"是食堂阿姨一贯的手法。

沈母在两人没回来之前已经做好了两三道沈念爱吃的小菜了,沈父回来以后,做菜的重任也就转移到了他的身上,不到半个小时,餐桌便摆得满满当当。

许是沈念好久没有回家的原因,夹一口父母做的菜放进嘴里,好吃得简直都要哭出来了,家里的味道,简直太棒了。

沈母例行问了沈念在学校里的学习情况,知道沈念的成绩一直很稳定,心里的石头也慢慢地落下来,又夹了沈念喜欢吃的红烧肉放进她的碗里,嘱咐道:"念念哪,妈妈知道你学得认真,但是一定要劳逸结合知道吗?平常也要注意饮食,把身体照顾好才是最重要的。"

沈念乖乖地点头,笑着说道:"知道了,老妈。"知道沈母这是关心自己,沈念的心里暖暖的。

其实自己就算在学校里不好好吃饭,也会有宋遇叮嘱自己。宋遇听话的时候是真听话,但强势的时候也是很强势的。比如不好好吃饭这一条,要是她不好好吃饭,宋遇真的会有一大堆道理等着自己。

想到宋遇,沈念悄悄吐了吐舌头,也不知道宋遇到家没。

见沈念很听话的样子,沈母也不再多说,转过头来又看向沈父。

沈母先是看了沈父那不可言说的大肚子一眼,随后又抬眼看了看他正在大口吃肉、十分享受的模样,一时间忍不住皱了皱眉:"你看看你身材走形成什么样子了,能不能多吃些蔬菜,你老是肉食吃起来就没完是怎么一回事儿?"

善解人意的妻子突然转变为专注合理饮食的健康大使,沈父一时间没有反应过来,愣了一下,下意识问道:"嗯?"

沈母瞬间没了脾气,哭笑不得地把沈石蹊筷子底下那块没有吃完的肉"解救"出来,态度故作强硬地说道:"嗯什么嗯!多吃菜!"

十分想吃肉的沈父可不敢跟媳妇儿对着干,慢吞吞地看了看那块自己没有吃到的肉,转过头去,轻叹一口气,默默地夹了一筷子蔬菜。

…………

沈念在一旁关注着两人的对话,忍不住咽了咽口水。哇哦,原来自己不在家,她老爸竟然已经混到如此惨淡的地步了啊。

沈念克制住自己十分想笑的心情,无奈地耸了耸肩。

沈父快速地转了转眼珠,挑起一个话题:"媳妇儿,你猜我今天在学校里看到了谁?"

沈母才不吃这一套,眼神都不分给他一点儿:"学校里能碰到什么大人物,无非是你的同事,或者是那些学生。"

沈念抬眸看了爸爸一眼,拿起杯子喝了一口水。

沈父不觉尴尬,爽朗地笑了两声,接着说道:"答对了,我就是碰到了学生。"

沈母:"……"

沈父趁沈母不注意,飞快地夹了一块肉放进自己的嘴里,一边快速咀嚼,一边慢悠悠地说道:"说来也巧了,是老宋家儿子。"

沈母夹了一口菜放进碗里:"之前来咱家的那个宋总?"

还不等沈父说话,沈念一口水没咽下去,"扑哧"一下子就喷了出来，呛得脸色通红，咳个不停。

爸爸说的是……宋遇？

沈母眼里闪过一丝担心，连忙扯了两张纸巾递到沈念面前，伸出手轻轻拍了拍沈念的后背："怎么这么不小心，喝个水还能呛到？"

沈念接过纸巾顺势擦了擦嘴，借机遮挡住自己脸上不自然的神色，装作漫不经心地问道："爸，你怎么会认识宋伯父的儿子啊？"

沈父没有察觉到沈念的不自然，虽然觉得女儿这个问题有些奇怪，但也说不出哪里奇怪。他一边吃饭，一边回答道："之前和他父亲谈事情的时候，他正好也在。别说，我对这小伙子还蛮有好感。"

明明再正常不过的一句话，沈念还是觉得自己羞红了脸，如坐针毡一样。宋遇可从来没有跟自己说过，他竟然和爸爸有交集啊，重点是印象还蛮好。

沈念在心里暗骂了宋遇两句，但连她自己都没发觉，自从沈父夸了宋遇以后，她的嘴角弯起来就没有再下来过。

吃完饭，沈念帮沈母收拾完餐具以后，便回到了自己的卧室。

卧室里还是老样子，和自己回学校之前一模一样。沈念卸下一身的疲惫，懒散地平躺在自己的床上，看着天花板出了会儿神。过了十分钟，女孩才翻过身来，拿起一旁的手机。巧的是刚打开手机页面，宋遇便发过来一条消息：

吃过饭了？

沈念不知该说是两人有默契还是宋遇在自己身上安了监控，竟然猜对了，弯了弯唇，给某人回复道：

刚刚吃完，回到了卧室。

刚把消息发过去，沈念就收到了宋遇回过来的信息：

不介意打会儿电话？

沈念想了想，没有再回复，干脆给宋遇打了过去。

下一秒，男生就接了起来，语气里带了些许笑意："行动派念念？"

念念眨了眨眼，细声说道："当然啦，行动派就是我，想给你打，就立马给你打过去了。"紧接着就调侃道，"你说是不是，宋·小心翼翼·遇？"

宋遇确实是挺小心的，倒不是不想沈念，主要是想到沈念刚回到家,肯定有很多话要跟父母说。

要是他冒昧地打了电话过去,碰巧被沈伯父和沈伯母听到了,先不说自己,就是怕念念难堪。

收回自己的思绪,宋遇笑出了声:"要是不小心翼翼些,真害怕你变成蝴蝶飞走了。"

"谁会飞走啊?"沈念小声反驳了两句,想起刚刚在餐桌上沈父说的话,忍不住眯了眯眼,"宋遇,如实交代,你跟我爸是不是早就认识了?"

宋遇那边顿了一下,也不知是不是心虚,竟开始转移话题:"念念,你看今晚上的星星好亮好美啊。"

沈念不吃宋遇这一套,面不改色,奶凶奶凶地说:"你觉得星星会救你吗?不会的,我想欺负你,就算'破喉咙'来了也救不了你。"

"破喉咙"无辜中枪。

宋遇确实不占理,放软了语气,有求饶的成分在里面,声音里故意带了一些平日不常有的沙哑:"那我喊破喉咙,你一定舍不得。"缠绵又有些温柔。

宋遇的声音丝丝缕缕地透过话筒,有一下没一下地敲打在沈念的心上。

沈念心里一热,脸上竟浮上了一层热意,咬咬唇,压低了自己的声音,小声强调:"你不要以为用了计谋,就可以不告诉我到底是怎么一回事了。"

虽然这么说着,但是宋遇明显感觉到电话那边正在说话的女孩语气越发不坚定了。想到这,宋遇低低地笑出了声,决定不再跟女孩开玩笑,一本正经地说道:"今天中午的时候,在楼道里正好遇到了沈伯父,原本心里十分慌张,但是想到你,我一鼓作气走上前,决定在校长面前表现一番。看看我多么勇敢啊。"

虽然没有看到两人面对面说话的场景,但听到某人一本正经的语气,沈念已经在脑海中想象出两人见面的场景了,忍不住笑出了声:"你也太憨了点,见到他打声招呼就好了,怎么还聊上天了?能和我爸聊起来的,也就只有你宋遇了。"

宋遇那边停顿了一下,随后认真地说道:"我当然要提前好好表现。"

沈念脸上又浮上一片热意,想到刚刚沈父对宋遇的评价,女孩舔了舔唇,小声哼哼了两句:"目前为止,我爸还是蛮欣赏你的。"

沈念这句话,让宋遇瞬间情绪高涨了起来。他想了想,自顾自地点了点头:"那我以后还得多制造一些偶遇的机会。"

时间不早了,两人又说了会儿话,便挂断了电话。

宋遇把手机塞回兜里,在露天阳台看了会儿黑漆漆的天空,决定回卧室去写会儿作业。

想起上次沈念来自己家,自己曾经说过,只要和沈念通话五分钟,他就有两个小时的动力来学习。

不知是不是很符合宋遇现在的心境,某人竟没忍住笑出了声。今天晚上,他可充满了写作业的动力。

…………

在宋遇没有注意的身后,宋母悄悄地把门给带上了,眼睛亮亮的。宋母转过身对着电话那边的好友继续说着,语气里是止不住的喜悦:"清扬妈妈啊,原本想让我家遇遇来给你说两句话的,但是他现在可能十有八九有心事儿。等回头你和清扬爸爸带着清扬来容德,我们一定好好款待款待你们全家!"

对面的清扬妈妈并没有在意,听到宋遇妈妈这么说,更是笑得合不拢嘴:"哎好好好,这么长时间没有见你,确实有一肚子话要跟你说呢。清扬他爸又去部队了,等过两天啊,我一定带着清扬去容德市拜访你们。"

…………

两人又聊了一会儿,才恋恋不舍地挂断了电话。

正巧宋父从公司回来,放下车钥匙,随后在玄关换下鞋子。他看着正坐在客厅,一会儿笑一会儿愁的宋母,忍不住好奇地出声:"在想什么呢?"

宋母回过神来,对宋父招了招手,随后一脸神秘地指了指阳台的位置。宋父愣了一下,随后顺着媳妇儿的目光往阳台看去。

露天阳台很大,窗台和墙角摆满了宋母精心挑选和养护的绿植。仔细一看,儿子正站在阳台那边,背对着两人,不知正在想些什么。

宋父一脸迷茫地转过身来看向宋母，声音沉稳："你到底让我看什么？"

能看什么，当然是看你儿子啊！

宋母瞥了宋父一眼，随后站起身来，有些恨铁不成钢地点了点宋父的脑袋，接着说道："你也不想想，你儿子像是会陶冶情操的人吗？和你年轻时候一个德行，不去惹什么麻烦事，我就谢天谢地了。"

觉得一两句话说不清楚，宋母干脆把宋父又拉回沙发上坐好，一本正经地说道："老公，你不觉得你儿子最近变得很奇怪吗？"

宋父想了想，确实很久都没有见到宋遇和他的那些朋友一起出去玩了，更多时候就是窝在自己的卧室里，不知道在干些什么。

宋母看到正在沉思的宋父，不知想到什么，一时间兴致上来了，语气上扬，尽量用最小的声音继续说道："刚刚清扬妈妈来电话了，我想着让宋遇跟他季伯母说两句话，就去阳台叫他。你猜我听到什么了？

"结果听到了他正在跟女孩子打电话，重点是那语气……你儿子跟我说话，可从来没有那样温柔过。"

宋父摸了摸耳朵，通过宋母的话，也猜出个大概来，这小子十有八九有些不对劲。

但考虑到现在正是学习压力大的时候，此外他们两个人也拿不准宋遇的具体情况，于是夫妻俩决定再观望观望。

第十一章

比吃小甜点更快乐的事

距离寒假越来越近，高三又进行了一场摸底考试。

整整两天考下来，沈念只觉得身心俱疲，恨不得现在就回到寝室睡上个三天三夜。

宋遇见沈念那有些不明显但是确确实实存在的黑眼圈，有些心疼，二话不说就把女孩送回了寝室，随后又去餐厅帮沈念买了饭。

孟欢自从上次集训走后，每周只能发一次信息，给沈念报平安，即使想说的话多得数不完，也只能简而言之。比如这次时间紧迫，她就只给沈念留了几条消息，就连忙上缴手机了。

念念，我还有不到一个月的时间就可以回来了，应该可以赶在过年之前。

还有还有，一件超级巧的事儿！我跟陈泽君在集训的时候竟然被分到一个班了！你说巧不巧，他竟然也报了播音主持，不过这件事儿我还没有给苏洵南说，主要是怕"苏大冰山"吃醋，哈哈哈哈哈哈。

…………

把孟欢给自己发过来的消息一一看完，沈念便认真地给孟欢回了消息。

宋遇之前提起过，自从孟欢去集训以后，苏洵南便开始很认真地准备一本接一本的复习资料。如果猜得没错，那应该是给孟欢准备的。

虽然没有明说，但是大家都用自己的方式努力着。似乎未来那条路，已经隐约可以看得见灯塔了。

寒假伴随着各科很厚一沓的各种复习卷子悄悄来临。

寒假第一天，沈念终于体验了一次久违的睡到自然醒的美觉。

她刚刚缓过来些许意识，便隐约听到楼下传来一阵阵门铃声。

沈念翻了个身，用枕头蒙住自己的脑袋，铃声丝毫没有减弱的意思。沈念的意识渐渐变得清晰，她干脆坐起身来，把枕头丢到一边，随意地套上了一件衣服，嘴里含糊道："老妈，有人敲门。"

过了几秒钟，隔壁房间响起一阵脚步声，伴随着沈母由近到远的声音："念念继续睡，妈妈出去看看啊。"

沈念没有吱声，揉了揉眼睛，随后拿过床头的手机，习惯性地看了一下时间。将近九点，怪不得睡得这么舒服。

沈念小声嘟囔了两句，随后打开昨晚和宋遇的聊天框。最后一条消息显示是晚上十点四十六分宋遇发过来的：

念念，明天见。

晚安。

沈念依稀记得她看到了这条消息，但是困意来得太猛，她还没有回复宋遇便睡着了。如今醒来再看到这一条消息，却感觉十分突兀。

要是平时肯定没有什么不正常，但是现在已经放假了啊，还怎么"明天见"？

沈念没有多想，只当是宋遇一时没注意，忘记已经放假了。她弯了弯唇，给宋遇发了条消息：

早安啊。

随后她习惯性地打开音乐软件，放了一首最近比较喜欢的音乐，调到最大声以后，才把手机放回原处。

赤脚踩在地板上，感受到地暖传来的热意，沈念走到衣柜旁挑选了两件足够保暖的衣服换上，轻声应和着音乐的旋律，去洗手间洗漱。

女孩走后，床上的手机屏幕突然亮起，是宋遇发过来的消息。

一条不长不短的语音。

…………

沈念洗漱完以后，沈母正好送走刚刚敲门的客人，转身上楼。

沈念一只手扶在栏杆上，笑着对沈母打了个招呼："早上好，沈太太。"

沈母看了沈念一眼："饿不饿？给你留了饭。"

沈念摇摇头，随后走上前像小时候那样，轻轻挎住沈母的胳膊，娇笑道:"老妈,女儿放假在家的第一天,有没有感觉到十分幸福?"

沈母被沈念这副古灵精怪的模样逗笑,伸出手轻轻点了点沈念的脑袋,笑着说道:"当然开心了。不过念念,妈妈一会儿还要去培训机构,中午家里就只有你一个人了。"

沈念长长地"啊"了一声,慢慢接受了中午要一个人吃饭的事实。

沈父一大早就去学校开会了,虽然学生们放假,但是并不代表所有的校领导和老师也跟着放假,总得把学校里一些还没有处理完的事情重新安排一下。

沈念表示十分理解两人的工作,但此时此刻忍不住半开玩笑道:"你和老爸该不会又和以前一样,偷偷商量好一起出去吃饭了吧?"

沈母有些没好气地瞥了沈念一眼,随后笑道:"你这丫头,要是出去吃饭,我回来接你好不好?"

沈念对老妈的回答十分满意,但还是扮了个鬼脸,笑嘻嘻地说道:"我才不当电灯泡。再说了,我也可以和我朋友一起出去吃饭啊。"撂下一句模棱两可的话以后,女孩十分开心地哼着歌往自己的卧室走去。

以前是以前,但是现在自己再也不是那个家里瓦数最高的电灯泡喽。

回到卧室,沈念才发现手机被她随手丢在了床上,忘了充电。

手机只剩百分之八九的电量,沈念连忙给手机充上电,这才发现宋遇给自己回的消息是一条语音。

沈念顿了一下,然后轻轻点击,把手机移到了自己耳边。

男生带着些许笑意的声音从手机传来:"念念,中午要不要出来吃饭,顺便带你认识一个朋友?"

见个朋友?沈念伸出手理了理自己的头发,慢慢地回想,宋遇身边的朋友,邱子博那几个,她几乎都见过了。

既然现在突然要带自己去认识,那就肯定不是当地的,要不然也不会拖到现在?

用了半分钟的时间来理顺思路,沈念弯了弯唇,所以说这位朋友是宋遇在清源市的朋友了?

正巧沈母敲了敲沈念的门,随后轻轻推开:"念念,妈妈出门了。"

沈念立马转过身来,下意识地吐了吐舌头,随后摆手:"好的好的,等下我也出门。"

沈母没有多想，只以为是沈念的普通朋友，叮嘱了两句，便出了门。

沈母出门以后，沈念深深吐出一口气，抱着自己的手机躺回床上，笑嘻嘻地给宋遇发消息：

好的好的。

中午十一点，沈念换好衣服，精心打扮了一番，便出了门。

不知是不是宋遇故意的，相约的那家店离沈念家并不是很远。她还没有走到餐厅门口，便远远地看到一道熟悉的身影，倚在一旁的柱子上，垂眸转着自己的手机。像是有心灵感应一般，下一秒他便抬起头来，准确无误地捕捉到沈念的身影，露出一个笑容来。

在见到宋遇的那一刻，沈念心下立马踏实了起来，对男生挥了挥手，连忙小跑着过去。

沈念穿了一件白色长款羽绒服，脖子上还围了一条围巾，随着她跑动，松松垮垮的围巾有脱落的趋势。沈念那小巧精致的脸蛋被围巾半裹住，露出两只黑漆漆的眸子，娇嫩的皮肤在冷风的吹拂下，越发显得粉红。

宋遇笑着走近沈念，沈念笑嘻嘻地说道："等久了吗？"

宋遇细心地把沈念的围巾重新围好，笑着摇摇头："没有。"

两人靠得近，许是沈念心理作用，竟觉得透过羽绒服，依旧能感受到宋遇身上传来的温度，炙热的温度包裹着她。

许是看出沈念的不自然，宋遇眼里闪过一丝笑意，声音故意压低："今天这么好看，怎么办，不想带你过去了。"

沈念确实是精心打扮了一番，于是低低笑了两声，连忙转移宋遇的注意力，眨了眨眼睛，感兴趣地问道："哥哥，你要带我见谁啊？"

三分娇憨，七分软糯。

宋遇深深吐出一口气，细细解释道："一起长大的发小，叫季清扬，比我大两岁。今天刚和季伯母从清源市过来，就带你认识认识。"

沈念听着宋遇的话，慢慢点了点头。她之前听宋遇提起过这个名字，小宋远前段时间好像就是被送到了季家。

虽然沈念的外公也是清源市的，但是沈念对清源市那边的事情不是那么了解，对于官场、商场什么的，也并没有过多在意。如今被宋遇这么一提，沈念觉得季家莫名有些熟悉，不由得又想起一些往事来。

她外公的书房里挂着一张合照，之前因为感兴趣，她就多看了两眼。照片上那两位均是二十出头的年纪，一位温文尔雅，一位英姿飒爽。

依稀记得外婆曾经说过这张照片是很早之前拍的，两人是同窗好友，一个从文，一个从武，如今均已年届花甲。

没想到宋家竟然跟季家还有渊源。想到这，沈念不由自主地确定了一遍："清源市世代都是军人的季家？"

宋遇点了点头："对，不过季清扬是个特例。他一心研究民国时期那些物件儿，倒也是个人才。"

两人说话的时间，便到了宋遇订的那间包厢。暗紫色的花纹勾勒出门牌号，显得雍容大气，沈念忍不住深深吐了一口气。

感受到沈念的紧张，宋遇放轻自己的声音，语气里还带了一丝神秘的笑意："不用紧张，不是只有季清扬一个人。"

嗯？沈念眼里闪过一丝迷茫。还不等自己反应过来，包厢门竟然从里面被人推开了。随后一个小脑袋从里面慢吞吞地探了出来，一个活泼可爱的小人儿出现在她面前，正是机灵鬼宋远。

沈念又惊又喜，好久没有看到"小奶团子"，不由得心中暖暖的："宋远。"

宋远也十分开心，眼睛一亮，立马从门里出来，忽略旁边宋遇不善的目光，一把拉住了沈念的胳膊，软声软气道："漂亮姐姐，小远好想你，小远在伯伯家超级乖的。"

虽然这么说着，但是沈念也听出了小孩语气里带着些许委屈，不由得弯了弯唇，蹲下身轻轻理了理小孩的头发："小远真棒！"

被漂亮姐姐一夸，宋远的小脸上立马浮上一层红晕。呜呜呜，小远好喜欢漂亮姐姐。

宋遇着实看不下去，轻轻咳了两声："走吧，带你去见清扬。"

进入包厢以后，还要往里走一段，过了一个屏风以后才是正间。

一个看不清身影的男人坐在包厢里，垂眸轻按着自己的手机，明明只比宋遇大两岁，却给人一种十分深沉、稳重的感觉。和宋遇这种表面看似漫不经心，实则内心像明镜一般澄澈的人相比，季清扬则是给人一种清冷的感觉，由内而外的冷。

物以类聚，人以群分。季清扬是和宋遇不分上下的人，浑身都透出一种说不出来的气质。许是军人世家的缘故，他的骨子里多了丝血性，一看就知平时有不少女孩子追求。

沈念连这人的脸都认不清楚。她下意识看向一旁的宋遇，眼神带了一丝求助的意味。

宋遇迎上女孩的目光，不由得嘴角勾起，随后抬眸看向最里面那道身影，慵懒道："季清扬。"

男生的话刚刚落下，季清扬才慢慢地抬起头，看向面前的两人，毫无波澜的眸子里闪过一丝笑意，整个人身上的清冷感褪去了不少，语气沉稳地调侃道："接回来了？"

毫无意外，这说的是沈念。

"是啊，接回来就放心了呗。"宋遇对季清扬挑了挑眉，"羡慕？"

季清扬丝毫没有被宋遇刺激到，自顾自地站起身，十分绅士地帮两人把凳子拉出来，这才缓缓反问道："一年不见，变了不少，什么时候这么会耍嘴皮子了？平时没少练吧？"

宋遇："……"

好你个季清扬，竟然揭我老底！

季清扬一句话，让沈念的紧张感褪去了不少，她微微弯了弯唇。

从小一起长大，宋遇也自然知道季清扬这人表面君子，实际上腹黑得很。为了保持自己的良好形象，他轻轻咳了一声："不说了，先吃饭，先吃饭。"

沈念抿了抿唇，看向里面的季清扬，笑着问好："季大哥你好，我是宋遇的朋友，初次见面，请多多关照。"

女孩声音柔软，不管是语气还是内容，都饱含客气，尽到了礼数。

倒是季清扬，客气地笑了两声："不用紧张。"

宋遇挑了挑眉，一段时间不见，季清扬也变了，倒是变得会说话了。

时间一长，沈念也逐渐放松下来，低下头，静静地享受着宋遇给自己投食。

宋遇虽然和季清扬说着话，但眼神总是不自觉地往沈念的身上瞥去。只要沈念的目光在一道食物上停留的时间超过两秒，宋遇便细心地将那道菜品转到女孩的面前，帮其夹到碗里。除了帮沈念准备了她爱吃的甜品，宋遇还特意为女孩准备了水和温奶。

沈念听两人说着话，自己有时候接上一两句，不涉及自己的事，便和坐在自己旁边的宋远说说话，时间倒也过得快。

于是饭还没有上全，女孩已经有七分饱了，抬眸看向宋遇，只见男生虽然跟朋友说着话，目光却是看向自己这边的。

沈念不由得心中一软，下意识给宋遇露出一个笑容来，示意他不要担心。

宋遇眼里浮上一层笑意，收回自己的目光，看向季清扬："这次来容德，不光是来我们宋家吧？"

季清扬确实还有一件事情，见宋遇问起，便点了点头，有条不紊地接着说道："机缘巧合得到一块玉佩，找人打听了一下，知道这枚玉佩背景的，现在就只剩下一位老人，目前在容德市居住，虽然不确定能不能找到，但还是想试试。"

"还在钻研民国时期的东西？"

"对。"

虽然季清扬只比宋遇大两岁，但马上就要大学毕业了。

季清扬从小便是别人家的孩子，不管是心性还是为人处事，都很让家里人省心，唯独上大学时违背了季伯伯的意愿，没有考军校，而是自己报了考古专业。

在季清扬的坚持下，季家终于让了步，让季清扬学这个专业，但是大学毕业以后必须进部队。不得不说季清扬这人还是挺执着的。

宋遇沉吟了片刻："要是需要我帮忙，不必客气。"

旁边的宋远噘了噘嘴，拉了拉漂亮姐姐的衣袖，小声说道："姐姐，上厕所。"

沈念弯了弯唇，小声道："那姐姐带你去。"

女孩示意宋遇她出去一下，便跟宋远手牵手，一大一小往门口的方向走去，直到女孩的身影消失在门口，宋遇才慢悠悠地收回自己的目光。

季清扬不动声色地轻轻"啧"了一声，酒杯放在嘴边轻抿，随后轻轻勾起嘴角："你行了啊，目光就没从姑娘身上离开过。"

宋遇倒是自在，双手往后扣住自己的脖颈，语气里带了一丝笑意："不能怪我啊，'情不自禁'这词可不是白白出现在字典里的，我就是典例。"

季清扬似乎是对宋遇这么不要脸的行为已经习惯，面不改色道："听宋伯母说，来到容德市以后，你的改变很大，看来多亏了这位姑娘啊。"

宋遇继续"不要脸"地说："知道你为什么比我大两岁还没有女朋友吗？就因为你没有我这努力上进的决心。"

季清扬："……"

我这条件，还用得着继续努力？还让别人活吗？

季清扬一瞬间的沉默并没有逃脱宋遇的眼睛。

宋遇舌头抵住上颚，眯了眯眼，语气里带了一丝兴趣："哟，你这也是有情况了？"

季清扬眼里难得闪过一丝波澜，随后又平复如初，下意识想到一道娇软的身影，不由得舔了舔唇："也不算是，就一老爱玩失踪的小狐狸。"

什么小狐狸不小狐狸的，宋遇不理解季清扬这是什么比喻，反正世界上最美好的女孩模样，就该是念念的模样。

季清扬难得语气里多了丝认真，迟疑了片刻说道："找到玉佩上的地址，说不定就能找到她了。"

宋遇对季清扬这件私事儿不感兴趣，摆了摆手，随意地说道："行啊，回头帮你联系。好好加油，等下次再聚，说不定我们就四个人了。"

季清扬却抿了抿唇，没有回答。

他要是说喜欢上了这件玉佩的主人，宋遇还会这么平静吗？

季清扬修长的手指下意识放进兜里摸了摸那块已经被岁月打磨得光滑的玉佩，又想起那个神秘的女孩，静静地出了神。但愿……有那么一天吧。

沈念很快和宋远回来，几人又说了会儿话，吃饱喝足以后才一起离开餐馆。

宋远还没有跟沈念玩够，抱着沈念的大腿不撒手，小嘴里嘟囔着："我不要回家，我要继续和漂亮姐姐玩。"

宋遇才不管小屁孩怎么想，臭着一张脸把宋远从沈念身上弄下来，随手扔给季清扬,语气里满满的嫌弃,仿佛在说小屁孩是不自量力。

"把他带回你们季家,下次就不要带来了。"

季清扬:"……"

沈念:"……"

宋远:"……"

终究是没有敌过宋遇,季清扬没有办法,抬起眸子看向被宋遇强塞过来的宋远,不知是不是可怜宋远,语气难得温柔了一次:"跟季哥哥回家?"

小宋远眨巴着眼睛,一瞬间眼睛里浮上一层水光,鼻头一红,似有要哭的意思。沈念特别容易心软,尤其是对小孩。她轻轻戳了戳宋遇,随后走上前,半哄着宋远:"不理哥哥,姐姐带你去玩好不好?难得见我们小宋远一次,姐姐好好陪陪小宋远怎么样?"

听到女孩这么说,宋遇也没了办法,还能怎么办,短暂地容忍一下这个小屁孩呗。

告别了季清扬,三人漫无目的地在街道上走着,直到走到一家甜品店门口,宋远才慢慢停住了脚步,小手一指,奶声奶气地说:"姐姐,想吃小蛋糕啦。"

宋远这句话简直说到沈念的心里去了。

沈念暗戳戳地对小宋远竖起一根大拇指,嘴角忍不住微微上扬,凑近宋遇悄咪咪地说道:"你看小宋远这么想吃,我们就给他买一些吧。听说最近刚上的新品是西柚口味的哦,很不错的。"

女孩三两句话就把自己撇得干干净净,偏偏宋远还跟着眼睛一亮,兴致勃勃地说:"想吃西柚口味小甜品。"

宋遇挑了挑眉,看向故作一脸无辜的女孩,忍不住放轻了声音:"想吃?"沈念"嘿嘿"笑了两声,舔了舔嘴角,接着说:"要是再来几个草莓味的夹心小蛋糕就更好了。"

宋遇睫毛微微下垂,看着女孩一脸开心的样子,不由自主地勾起了嘴角:"好。"

蛋糕店门口有个彩色的牌子,上面写着每天供应的一些糕点甜品。

沈念小跑上前,看着牌子上已经被划掉的"西柚味小蛋糕"六个字,不由自主地"啊"了一声,慢慢鼓起了自己的腮帮子,微微垂眸不知在想些什么。

不等沈念反应过来，宋遇伸出手捏了捏沈念的脸蛋："去那边坐着，我们去给你排队。"

明明是给宋远买的嘛！

宋遇和宋远听不到女孩心里的声音，手牵手走到门口去排队。

沈念看了两人的背影一会儿，走到一旁的长木椅上坐下，不知是不是想到刚刚宋遇排队之前说的最后一句话，忍不住哼唧了两声，有些不自然地小声说道："我才不是被宋遇一个小蛋糕就能诱惑的女生。"似乎觉得自己底气不足，过了半晌，沈念慢吞吞地自言自语道，"怎么样也得两个。"

…………

明明门口只有两个正在排队的人，加上宋遇和宋远也不过四个，但是不知为何，沈念竟然觉得，宋遇没有在自己身边的这一小会儿，像是过去了很久的时间。

由于穿得十分厚，此刻她坐在椅子上，以一种十分怪异的姿势，目光不断地往身后宋遇的位置看去。可偏偏宋遇一本正经地排队，只留给沈念一个修长挺拔的背影。

沈念嗷了嗷嘴，回过头来，打算给孟欢发消息，但是想到孟欢此时此刻还在集训，便又默默地放下了手机。索性又等了一会儿，宋遇和宋远终于买完甜品糕点回来了。

看着宋遇手里大袋小袋的一堆甜品和糕点，沈念有些蒙，怪不得她觉得宋遇用好长时间，他这是买了多少！直接买空蛋糕店了吗？

宋远一脸十分开心的样子，把手里其中一个精致的小甜品递到漂亮姐姐的手里，一脸骄傲："哥哥可厉害了，买了好多蛋糕，蛋糕店的叔叔就同意帮哥哥做两个西柚味的小蛋糕。"

沈念微微一愣，宋远的话不难理解，沈念心里明白了些什么。

买了这么多蛋糕，一定没少花钱，老板一开心，自然会答应宋遇的请求，重新做两个已经售罄了的西柚小蛋糕。

如今甜品就静静地摆在自己的手心里，但是沈念却有些舍不得吃了。她现在的心情就像被精致包装盒装起来的小蛋糕上面那泛着小气泡的果酱一样，甜甜的，软软的，还有种要往下滴的趋势。

果酱可能是因为挤太多，快要溢出来了。

想着想着，沈念的眼圈竟有些控制不住地泛红。她能明明白白地感受到，宋遇对待她真的是把细节做到了极致。

蛋糕店里面没有可以坐下歇脚的地方，再加上宋远一来，沈念多少想带宋远好好玩一下。

这附近不远处有一个儿童乐园，但是沈念从来没有去过。之前听住在自己家楼上的阿姨说过，这是个陪孩子陶冶情操的好地方。虽然不知道为什么要用"陶冶情操"这四个字，但沈念想了想，决定和宋遇带宋远去这个儿童乐园看看。

几人打了车过去，出租车到达目的地，沈念几人从车上下来，才发现这个儿童乐园竟然是一家书店，打着儿童乐园的名义，实则是来看书、学习知识的。

沈念一时有些回不过神来，默默地与宋遇对视了一眼，有些不知所措。

倒是宋遇先回过神来，俯身牵起宋远的手，轻轻挑了挑眉，似乎很喜欢这个好场所，对他调侃道："带你陶冶情操？"

沈念："……"

书店里面布置得很精美，每一层都充满了孩童气息，最顶上是星空设计，满满的小星星点缀在墙壁上，阳光透过玻璃窗晒进来，竟然是金黄的颜色。

书店一共有三层，旋转式楼梯，两边都做了很好的安全设施，每级台阶上都被精心地贴上了防水贴纸，上面都是不重复的小知识。包括一些汽车小模型、小型旋转木马，还有芭比娃娃等玩具，应有尽有，沈念在心里赞叹，怪不得这儿叫"儿童乐园"。

令沈念有些惊喜的是，第一层最左边靠窗的位置还有很多空位，正好可以坐下来看看书，吃吃糕点什么的。沈念这么想着，又有点担心，不知道有没有他们这个年龄段看的书。

宋遇看出沈念心中的想法，把沈念带到靠窗位置一个软沙发上坐好，轻声嘱咐道："你先坐在这儿，我带宋远去找一些他感兴趣的书，也顺便找找有没有你想看的书。"

沈念乖乖地点了点头。毕竟还有一堆蛋糕在这儿,她坐在这儿,也正好可以守着蛋糕。

两人的身影再一次离开,沈念忍不住一只手托腮,伸出另一只手打开袋子看了看里面的小蛋糕。嗯……几乎都是自己喜欢的口味。

手机嗡嗡作响,沈念回过神来,发现是孟欢给自己发过来的消息,大体的意思是说,差不多可以在过年之前赶回来,不过他们时间很紧,就只放了六天假。也就是说,过完年以后,大年初四,就要回去继续集训了。

沈念轻轻叹了一口气,时间很紧,任务很重,高三学子太不容易了。

女孩手指轻轻在键盘上敲击着,给孟欢发了几句鼓励的话,并让孟欢一定要好好照顾自己。孟欢那边没有再回消息,沈念自知孟欢那边时间很紧,自然不会太在意。

抬头。

沈念微微一愣,再次确认了这条消息是宋遇发过来的,于是下意识有些迷迷糊糊地抬起头,结果看到的是最顶上的一片空白。

沈念所坐的桌子是靠窗的位置,而星空墙是在最中间楼梯正上方,所以从沈念这个位置并不能看到什么,只能看到一片空白。

宋遇倚在楼上第三层的栏杆上,看着傻乎乎往自己头顶上看的女孩,不由自主地笑出了声。怎么这么憨?还是憨得可爱的那种。

沈念看了半晌,并没有看到什么东西,反而因为长时间仰头搞得自己的脖子十分酸痛,忍不住噘了噘嘴,给宋遇回消息:

什么吗?

宋遇不再跟女孩开玩笑,他原本是陪着宋远上来找几本小孩感兴趣的书的,别看宋远年纪不大,倒是对一些国外的中英翻译的小故事很感兴趣,时间一久,现在自己一个人也可以完完整整地读下来一个故事了。

宋遇又转了两圈,拿出几本散文集,又拿了两本名人自传,沈念之前提过一两次喜欢看什么类型的书,宋遇便牢牢地记在了心里。

拿好书以后,宋遇对不远处抱着两三本绘本的宋远招了招手,语气慵懒:"行了,拿上两本就好了,物以稀为贵,拿多了你反而看不进去了。"

话糙理不糙,宋远突然觉得哥哥说得很有理,转了转眼睛,转身把自己手里的书籍都按原位摆好，开心道："太好了！"以后妈妈要是再让自己看不喜欢的书，就有理由和借口啦！

宋遇不知宋远的开心从何而来，又低头看了他一眼，才动了动身子，打算往楼下走去。

还不等自己迈开步子，余光瞥见一道陌生的身影往沈念的桌子面前走去。那个人十分有礼貌地敲了敲桌面，似乎在询问着什么，顺便掏出了手机，打开了一个什么东西放在了桌子上。

宋遇不知那人要干什么。

楼下那位不知死活的男生正背对着自己，宋遇看不清他长什么样子，心里的烦躁感越发强烈。他皱了皱眉，一把提起宋远的领子："别选书了。"

不知哥哥为什么突然暴躁了起来，宋远尿尿地由着哥哥拽着自己的衣服，跟着往前走。

两人下来的时候，楼下那人已经消失了，只剩下沈念一个人安安稳稳地坐在原位，脸上没有一丝的变化，似乎刚刚那人没有出现过一样。

宋遇顿了一下，依旧臭着一张脸，把宋远的领子松开。

沈念愣了一下，不知道宋遇突如其来的烦躁是怎么一回事儿。她下意识往旁边的宋远看去，心里说着："你哥哥这是受什么刺激了？"

宋远也蒙蒙的，小眼睛眨啊眨的，一脸无辜地看着沈念，好像在说："我不知道哇。"

想了想，沈念舔了舔唇，站起身把宋遇拉到位置上坐下，柔声道："让我看看，给我拿的什么好看的书呀？"

宋遇拿的是几本散文集，两人似有心灵感应一般，这几本自己之前多少也都看过。

女孩睫毛微颤，在窗外阳光的照射下，细腻白皙的眼睑下映出一片阴影。她小嘴嘬了嘬，小声嘟囔道："宋遇，这些书我之前都看过的呀。"

宋遇抿了抿唇，见沈念始终不提刚刚那男生的事儿，终于忍不住了，轻轻咳了一声，装作不经意地问道："刚刚有人来问路吗？"

沈念愣了一下，安静几秒。她终于知道宋遇为什么这么不自然，眼里浮上了一层笑意。

沈念没有说话，伸出手从袋子里拿出那盒西柚蛋糕来。长时间静置的原因，里面的果酱已经流了一些下来，好在周围还有一层奶油，小蛋糕让人十分有食欲。

女孩用手指小心翼翼地打开盒子，用一次性叉子轻轻叉了一块蛋糕递到宋遇的嘴边，笑嘻嘻地说道："尝一下？"

虽然这么说着，沈念才不给宋遇拒绝的机会，一口塞进了他的嘴里。浓郁丝滑的奶油味夹带着酸酸甜甜的西柚果酱，甚至还带了些许西柚果粒，可口的滋味弥漫在宋遇嘴里。

宋遇原本并不太喜欢吃蛋糕，但也许是被沈念影响了，现在也没有觉得蛋糕甜腻的滋味有多难忍受。

女孩眼睛亮亮的，似乎在等宋遇的回应："好吃吗？"

宋遇没有说话，抿着唇，似乎还在纠结刚才的事儿。

沈念眨了眨眼睛，又伸出手指了指手里的蛋糕，小声道："宋遇，你知道我超级喜欢吃小甜点。"

原以为吃小甜点已经是让人十分快乐、十分享受的一件事情了，但是后来她才发现，有比吃小甜点更快乐的事。

最后一句话倒是触碰到了宋遇的心底，刚刚那股烦躁也渐渐消失。

女孩乖乖地从袋子里又拿出一个类似的蛋糕塞到宋遇手上。

"你吃这个，这个也好吃。"

宋遇挑了挑眉，漫不经心地打开沈念刚刚递过来的蛋糕，轻咬了一口，觉得没有什么味道。

小宋远吃完了自己手里的蛋糕，便乖乖地坐在自己的位置上，看起了刚刚在楼上挑选的绘本。

因为宋遇给自己拿的那两本沈念之前已经看得差不多了，所以眼神止不住地往对面的宋遇身上看去。

许是室温有些温暖的原因，男生把外套搭在沙发后面，身上穿了一件黑色卫衣，袖口微微向上卷起，露出骨节分明的手腕。男生半靠在软沙发上，手里拿着一本书，漆黑且深邃的眸子里映着书的倒影，读完一页，他那修长的手指便轻轻地翻到下一页。

沈念轻轻地掏出手机，找了个角度悄悄拍下了一张男生的照片，弯着嘴角，默默地把自己的手机壁纸换成了宋遇的照片。

很早之前就想拍一张宋遇一个人的照片了，但是一直就没有找到机会。两人之前也拍过一些照片，但不是两人的合照便是沈念的单人照。

一想到宋遇的手机里满满的都是自己的照片，而自己手机里宋遇的照片却少得可怜，沈念便有一些遗憾。

这一次终于拍到，沈念心满意足，要是下一次再有人过来搭讪，就直接打开自己的手机不就好了！

沈念连续拍了他好几张照片，虽然都十分有感觉，但沈念还是艰难地选择了其中一张宋遇正在翻书的抓拍照作为手机壁纸。男生帅气的脸庞，那修长的手指，那深邃的眼眸……

女孩沉迷在换壁纸的快乐之中，同时对自己的行为十分感动。沈念十分兴奋，低头摆弄着自己的手机，却没有注意到，对面的男生不知什么时候抬起了头，静静地看着女孩，眼里满满的都是纵容。

他从刚刚沈念拿出手机的那一刻就知道她要干什么了，没有揭穿她，反而摆出一个上镜的姿势，利于女孩拍照。但是他着实没有想到女孩竟然把自己的照片拿来当作手机壁纸。

沈念弄好以后便抬起头看向宋遇，结果某人还在认真地看着手里的书。刚刚是自己的感觉出错了？明明觉得对面有一道目光直直地看着自己啊。

还没等沈念想个明白，倒是宋遇老实地把手里的书放下，慢慢地抬起了头，嘴角微勾，似是有些苦恼："你老是这样看着我干吗？"

沈念默默地翻了一个白眼，目光一瞥，看到宋遇的水杯旁边放着的那块就吃了一口的蛋糕，伸出手指了指，下意识问道："是不喜欢吗？"

宋遇随着沈念指的方向看了眼，看到的是刚刚沈念塞给自己的那块蛋糕。宋遇收回了自己的目光，毫不犹豫地说道："东西不能对比，尤其是蛋糕。"

就像现在，自从吃了那块西柚味的蛋糕以后，他对什么口味的都不感兴趣了。

女孩看向宋遇的眼神多少有些不赞同，她轻轻摇了摇头，语气真诚："只不过口味不同，也不能只吃一口就扔到一边了啊。"

宋遇被责怪，但是没有丝毫愧疚，反而声音里带了些许笑意："你觉得，我真的是因为口味不同才不喜欢吃的吗？"

沈念愣了一下，随即想明白了什么，不由得耳边一烫，连带着脸蛋都浮上一层热意，话都说不利索了。

"什么……跟什么呀，明明刚刚是……刚刚是你让我……"大概是觉得自己没理，沈念的声音越来越弱。

宋远听到两人的动静，不由得抬起头，先是看了一眼已经坐在自己原位上笑个不停的宋遇，再看看脸蛋红得像苹果的漂亮姐姐。虽然不知道两人之间发生了什么事情，但还是忍不住奶声奶气道："小远也要被姐姐喂蛋糕！"

沈念脸色更红了……倒是宋遇，拿起刚刚那个被自己放在一边的蛋糕，凑近自己身边的小孩，一本正经道："姐姐只能喂我蛋糕，至于你……我大发慈悲喂你一下吧。"

看着如此不要脸的宋遇，沈念默默地转移了自己的目光，拿着你自己不喜欢的蛋糕喂小宋远，这样真的好吗！

第十二章

厨房杀手

离新年越来越近，假期也过去了一个多星期。宋家也要收拾东西，准备回清源市老家过年。

宋遇没有什么好带的，随意收拾了几件平时穿的衣服，拿上了作业，还不忘把之前自己特意淘来的那件和沈念一样的衣服带上。

那件衣服，他美其名曰"兄妹装"，虽然沈念不怎么想承认。

宋母收拾完东西已经是将近傍晚了，去宋遇的卧室敲了敲门，嘱咐了两句："遇遇啊，东西收拾好了没？明天一早我们就要回清源市了，你的东西今晚一定要收拾好啊。"

宋遇漫不经心的声音从卧室里面传来："知道了，妈。"

宋母悄悄把门缝打开，往里面看了一眼，看到她儿子正在镜子面前整理自己的衣服，表情十分认真，左看右看，东瞧西瞧。

宋母微微一愣，脑海里下意识就冒出沈念的身影，随后嘴角止不住地往上扬，脸上笑开了花。

瞧瞧她儿子这副模样哦！

一时没有忍住，宋母轻轻咳了两声，故意提示道："遇遇啊，马上就要去清源了，没一个星期是回不来的。这么长时间不回容德，有些人想见就要及时去见，有话没有说就要及时说哦。"

屋里面安静了一瞬，就在宋母还要打开门看一眼的时候，宋遇突然从里面把门打开，手里拿着装着东西的袋子走了出来。经过宋母的时候，他还不忘点了点头，语气上扬："谢谢老妈提醒。"

看着远去的宋遇，宋母突然激动地拍了拍手，得！不用自己出手，儿子自己就可以了！这情商，一定是随了自己。

夜色渐浓，沈念刚刚吃完饭，跑到阳台上吹吹风。

室外天气十分寒冷，与室内气温形成鲜明对比，沈念整个人都精神了起来，忍不住往上拉了拉自己的衣领。

容德市的夜晚不见几颗星星。

沈念仰望着天空，突然就想到了隔壁清源市的外婆家。清源市的空气很好，下雨后的空气很清新，傍晚十分安逸，尤其是晚上还能看到星星。

上次回外婆家，沈念还记得晚上和老人一起坐在庭院里，赏月喝茶，互相讲一些自己的所见所得。不过马上就过年啦，过段时间自己又可以回清源市了，到时候还可以给宋遇一个惊喜。她还没有告诉宋遇，过段时间自己要回清源市探望外公外婆。

小区里一辆轿车驶过，照得小区里的小路一亮。轿车开走之后，小区里又恢复了宁静。

路灯微亮，泛出一片淡黄色的光晕，把路灯下的影子拉得很长。沈念有一搭没一搭地来回看着，目光落在灯下不远处的一道正往这边走过来的身影，微微一愣。

男生已经走到路灯不远处，一只手插兜，脖子上围着一条厚厚的围巾。他轻轻仰头，露出一条下颚线，似乎是察觉到沈念的目光，下意识停住步子，往楼上看过来。

沈念眼睛一亮，下意识就伸出手跟宋遇打了声招呼，随后指了指楼下，示意自己会马上下去。

宋遇没想到这么巧，沈念恰好就在阳台，眼里浮上一层笑意，随后打开自己的手机给女孩发消息：

不要着急，穿厚点下来。

他又想起上一次沈念只穿了一件毛衣就从寝室跑下来的事儿了。

沈念从阳台回到客厅，沈母还在客厅里看综艺节目。

沈念快步走到玄关处拿下自己的外套穿上，随后看了看还在客厅看综艺的老妈，悄咪咪地打开了门……

直到下了楼梯，看到对面不远处路灯下的宋遇，沈念激动的心情才渐渐地平复了下来，笑嘻嘻地小跑着。

"不是明天一早就要回清源了吗，怎么这么晚还来找我呀？"

沈念果然又没有穿好外套就跑出来了，宋遇仔仔细细地把沈念的外套整理好，又帮她拉好拉链，一时间听不出什么语气来："一周都见不到面，我见见还不成？"

嗯，语气有点闷闷的，像是有些埋怨。

沈念用两秒钟的时间，大约猜出了宋遇的情绪，忍不住悄悄地吐了吐舌头。要是过两天宋遇知道自己也去了清源，该开心死了。

为了给宋某人一个巨大的惊喜，沈念一点也不心虚地说道："没关系的，七天一晃而过。集齐七天，即可召唤我，你要坚持住。"

宋遇被沈念这副古灵精怪的模样气得笑出了声："这是什么歪理。"

时间不早了，夜色渐渐加深。

一旁有几个小孩拿着几根烟花棒，从楼道里跑了出来，叽叽喳喳地嬉笑打闹。

其中一个小女孩似乎是看到了这边的两人，腼腆地笑了一下，转身往小伙伴的方向跑去。

沈念笑了笑，看了那个小女孩一眼，随后又收回目光："是住我家隔壁的小姑娘，学习特别好，每次见面都和我打招呼。"

小女孩穿了一件粉红色的羽绒服，乖乖巧巧的，跟着小伙伴很快离开。她手里的烟花棒已经点燃，亮亮的，随着孩童的欢笑声，散发着光芒。

宋遇随着沈念的目光看了一眼那一群玩得十分开心的小孩，轻轻挑了挑眉："很乖吗？"

"当然啦，很有礼貌的一个小朋友。"沈念想了想，接着回答道，"她现在应该差不多七岁了，算是我看着长大的。"

宋遇了然地点了点头，顺着说道："那以后，一定也要请上小姑娘一家。"

"什么啊？"

宋遇笑了笑，凑近沈念耳边说了一句话，然后似是预料到沈念可能会害羞，于是转身跑了。

果不其然，听到宋遇在自己耳边说的话，沈念微微一愣，瞬间红了脸，连忙跑去打宋遇，声音有些气急败坏："你瞎说什么啊，说什么请不请的！"

宋遇不再跟沈念闹，连忙跑过来哄她，不过哄归哄，还是重复了一遍刚刚的话，然后找准了沈念的痒痒肉就挠了两下。沈念笑得停不下来，嘴硬道："帅哥多的是呢！"

见宋遇又马上醋精上身的样子，沈念连忙干笑两声："骗你的还不成吗，谁能帅得过宋遇呀。"

宋遇勾了一下她的鼻头，轻声嘟囔了句："没良心，亏我还给你带了零食，就应该饿着你。"

这下沈念才注意到宋遇手里还拿了个黑色的纸袋，鼓鼓的，似乎装了不少东西。

沈念接了过来，沉甸甸的，她好奇地想打开："里面是什么呀？好多东西的样子……"

宋遇给了她一个微妙的眼神："回家再打开。慢慢看，不着急。"

一听这话，沈念更好奇了，连忙对宋遇摆了摆手，语气十分兴奋："那你快回去吧，我这就上楼。"

宋遇："……"

在宋遇的软磨硬泡下，沈念又在楼下待了十分钟，才恋恋不舍地上了楼。

沈母给沈念打开门，微微一愣，指了指沈念卧室的位置，"咦"了一声，有些疑问："不是在楼上吗，什么时候出去的呀？"

沈念"嘿嘿"笑了两声，敷衍道："就刚刚你在看电视的时候嘛，我说了来着，但是你好像没有听到。"

随后抱着黑色的纸袋子匆忙转进了屋里，连外套都忘记脱了。

沈母一脸蒙地看着匆匆离去的沈念，不知道该说些什么，按了按自己的额头，有些纳闷道："刚刚有跟我打过招呼吗？"

…………

沈念回到自己的卧室，第一件事情就是打开灯，然后跑到窗户那儿看楼下的宋遇。

果然，看到沈念卧室的灯一亮，宋遇笑了笑，对沈念挥了挥手，这才放心地往回走。

沈念心中暖暖的，把黑色的包装袋小心翼翼地放在桌子上，一时不敢打开。天知道宋遇又给自己送了什么来。

沈念隔着黑袋子摸了摸里面的东西，这更让她没头绪了，只好慢慢打开。

先入眼的是好几罐牛奶和一些糕点之类的，上面细心地贴上了标签。沈念数了数，一共七张标签，每一张上的字都不一样，但都是让沈念好好吃饭、不要吃垃圾食品的意思。

沈念快速明白过来，因为宋遇要去清源市七天，所以这是给自己规划好了。

果然了解沈念的还是宋遇。

沈念一开始就想好了，因为早上起不来，所以她都做好了不吃早饭的准备了，没有想到宋遇还专门给自己带了糕点。沈念莫名有些心虚，眼睛不敢看向这些糕点，自言自语道："那……七天也不够嘛。"

这时候沈念的手机嗡嗡作响，宋遇的消息发了过来：

糕点我就做了两天的，回清源市以后我再做一些别的糕点，到时候给你邮过来。

沈念微微一愣，整个人都怔住了。

糕点是宋遇自己做的？女孩眼睛眨了眨，又连忙拿起糕点来仔细观察了一下。

如果宋遇不说的话，自己还真的看不出来这是出自他之手。一个个的小糕点简直太精美了！

蛋糕上面的图案也都不一样，个个散发着甜甜的麦香味，中间的部位微黄，有些焦脆，被烤箱烤得刚刚好的样子。

沈念脑海里已经浮现出了一幅场景。

男生穿着一件围裙，小心翼翼地把刚做好的糕点放进烤箱，然后小心翼翼地看着时间，眸子里透露出认真，静静地等待糕点烤好。

沈念眼眶微热，不争气地吸了吸自己的鼻子，心里暖暖的。宋遇这么笨，这得做了多少次才成功的呀？

屋子里安静极了，安静到只能听到墙上钟表秒针走动的声音。

下一秒，楼下便传来一阵阵清脆的嬉笑声。是刚刚那几个小孩。

"是住我家隔壁的小姑娘，学习特别好，每次见面都和我打招呼。"

"她现在应该差不多七岁了，算是我看着长大的。"

……………

沈念脑海里浮现出邻居家小孩的模样，不由得想起刚刚宋遇在自己耳边说的话。

"那以后，一定也要请上小姑娘一家。"

沈念再次红了眼睛，泪水溢满眼眶，不知想到什么，竟又笑了两声。

拿起手机拨通了宋遇的电话，宋遇那边接得很快，一如既往温柔的语气："怎么了，念念？"

沈念吸了吸鼻子，打断他，声音小却虔诚地说道："宋遇，以后，一定要请小女孩一家。"

宋遇在电话那边愣了一下，随后低低地笑出声："好。"

"还有。"沈念揉了揉自己的眼睛，说了一句，"以后还是我做给你吃吧。"

沈念说到做到，第二天起了个大早，便开始让沈母教她如何使用烤箱，并把做糕点需要用的材料准备得十分齐全。

跟着沈母学了个七七八八，又看了一些网上做糕点的小视频，终于做出了一份还说得过去的糕点来，只是那味道多少有些怪怪的。

沈念拍了两张照片发给了自己的好朋友们，没有例外地遭到了全员的嘲笑。

李欣然：

  念念，你做的这是个什么啊？哈哈哈，确定真的可以吃吗？你确定沈伯母回来看到你做的这个，不会感到害怕吗？

孟欢：

  终于找到沈念的一个弱点了！天生的厨房杀手啊！

  等我下午回家，一定去你家当面嘲笑嘲笑你！哈哈哈……

只有宋遇，连续发了好几条消息，像极了沈念找的托儿：

  做得真好！

  我好想飞回容德市，吃一口你做的糕点。

  再等等，还有六天我就可以回去了。

  …………

沈念心想，才走了一天，有什么好想的。

——给几个人回了消息以后,沈念把手机扔到一边,转身又跑去重做糕点。

嘿,她就不信了,宋遇能做好,她也一定可以。

可是两个钟头过去,沈念还是没有做出自己满意的糕点,搞得脸上、衣袖上好多面粉。她哭丧着脸给宋遇打电话,语气闷闷的:"怎么办啊,我做不好糕点?"

宋遇轻声安慰道:"没关系啊,我会做不就好了,我做给你吃。"

沈念快哭出来了:"你都会做了,我还不会做,这是为什么啊?"这对一个吃货来说,简直太不公平了。

沈念莫名想到一幅场景,万一以后某一天自己跟宋遇吵架了,宋遇做了一堆糕点摆在桌子上,自己却只能眼睁睁地边流口水边看着他吃……

这也太残忍了啊。

沈念鼓了鼓腮帮子,暗暗地想,以后还得乖一点,不能让宋遇生气。

经过了五次失败,沈念终于在隔天上午做出了自己满意的糕点。

虽然依旧不尽如人意,但是她有了拿去给朋友尝试的勇气。

一盘看着一般的糕点递到自己的面前,孟欢一脸拒绝,但是看到沈念十分期待的样子,终于还是闭着眼塞进了嘴里。

和自己想的不同,糕点的味道还算可以,外皮虽然稍微硬了点,但是里面的材料十分丰富,满口的果仁味道。

孟欢意犹未尽地点了点头,对沈念竖起大拇指,赞叹道:"还不错,还不错,可以出师了!"

孟欢是昨天下午回来的,也差不多放一星期的假,在家里过完年便要继续回去集训。她一大清早便来到沈念家,两个好朋友一起说说话什么的。

听到孟欢这么说,沈念的眼睛亮了亮,小声道:"真的?那可太好了,回头多做一些,回清源的时候给宋遇带一些。"

还有外公外婆,宋伯母宋伯父,也要给他们分享。

外皮酥脆的糕点摆在桌子上,再想起宋遇给自己做的糕点,沈念突然又没了信心。转身扑到孟欢身边,沈念"嘿嘿"笑了两声,有些苦恼地晃了晃孟欢的胳膊:"铁柱,你不用安慰我,不好吃的话,我再去重新试一下。宋遇做的糕点那么好看,我总不能比他差太多吧。"

孟欢伸出两只手捏了捏沈念的脸蛋,语气十分诚恳:"沈念念同学,你已经百分之百可以出师了!做得十分好吃,品尝官孟欢本人表示,你已经合格了。"

孟欢随后转身走到客厅,拿起茶几上刚刚洗过的苹果啃了一口,给沈念一个"你懂"的眼神。

"宋遇这么宠你,你就是把糕点烤煳了,他也敢睁着眼不带犹豫地一口吃掉,转过头来还夸你做得好吃,你信不信?"

当局者迷,旁观者清。作为旁观者的孟欢,可是把两人的情形看得明明白白的。就算所有人都觉得念念做的糕点不好吃,他宋遇也绝对说不出一个"不"字。

相反,宋某人还会把所有人忽略掉,转过身去鼓励支持念念继续做她喜欢的事情。

沈念舔了舔嘴唇,没有说话。

她当然相信宋遇会这么说,也会这么做,但也正是因为如此,她才会想做得更好。就像宋遇一直把最好的都给她一样。

沈念轻轻一瞥,发现苏洵南给孟欢发来了消息。

看到苏洵南问孟欢现在在什么地方的时候,沈念忍不住笑了笑:"你要不要去找他,你回来以后好像还没有跟苏洵南见面吧?"

孟欢给苏洵南回了消息以后,回过神来看向沈念,慢慢地红了脸,说起话来也有些不利索,声音越来越小:"昨晚上就见到了……还莫名其妙被他堵在花园里,支支吾吾的,真不知道他要搞什么。"

手机"叮咚"响了一声,是苏洵南发过来的。

不知苏洵南发的是什么,只见孟欢突然睁大了眼睛,颤抖着手指着苏洵南发过来的消息,有些悔不当初。

"这该死的,第一天就想压迫我学习!我才刚回来啊!和姐妹的温存都没有续够!"

突如其来的反转,让沈念笑得停不下来,能让孟欢瞬间暴躁起来的,也就只有苏洵南本人了。

沈念忍不住催促了孟欢两下,克制住自己的笑意:"说什么玩笑话,快去吧，不要让苏大学霸久等了。"

孟欢垮着脸，长叹了一口气，不情愿地站起身来，拿起自己的包包，一边往门口走，一边嘟囔道："哼，看我不收拾他。"

走到门口的时候，孟欢突然想起什么，转过身来，看向沈念："念念，你什么时候回外婆家？"

沈念想都没有想，直接回答道："还有两天。"

过完年，就可以和爸妈一起去外婆家了，也就是说还有两天，她就可以见到宋遇，给他一个惊喜了。

沈念对春节并没有太多的感受，历年来都是如此，和爸爸妈妈吃个年夜饭，一起看个春晚，这个年就算是过完了。

但是不知为何，今年，她却对新年有了新的期待。

小区里挂满了灯笼，张灯结彩的，热闹极了。

沈父买来两副对联，沈母还不忘叮嘱沈父送给邻居家一份。

家里被沈母打扫得干干净净，除夕这天晚上，一家三口的手机响个不停，一声接一声的热闹极了。

沈念早就习惯了这种氛围，由于爸爸妈妈工作的原因，逢年过节便会有之前带过的学生发来祝福语，虽然只是一个小小的举动，但是这种感情却是旁人没办法理解的。

家里开了空调，倒是格外暖和，沈念换上了沈母之前去商场给自己买来的淡紫色毛衣，此刻正安安静静地坐在沙发上，有一搭没一搭地跟宋遇微信聊天。

晚上我要去季清扬家吃饭。你吃饭了吗，念念？

女孩不动声色地把自己的衣领往上拉了拉，遮住了自己微红的脸蛋，只露出两只眼睛，并默默地抬高自己手机的高度，慢吞吞地给宋遇回消息：

还没呢，妈妈包了肉饺子，大概还要再等一会儿。

屋里有些热，女孩的鼻尖渗出一层细汗，她像是不自知一样，继续拿着手机聊天，嘴角微微弯起，看得出来心情很好。

沈父也感觉到了屋里的温度有些高，他从沙发的那边站起来，拿起空调遥控器，看了一眼上面显示的三十摄氏度，疑惑地看了一眼沈念：

"念念,刚刚是你调的温度?"

某女孩垂头看着手机,一点也没有听到沈父在说什么。

沈父重新看了一眼沈念,眼里闪过一丝疑惑,随后轻轻咳了一声。

沈念猛地回过神来,有些迷茫地看了一眼站在不远处的老爸,意识到情况似乎有些不对劲,吐了吐舌头,有些不好意思地问道:"老爸,你刚刚说什么?"

沈父收回了自己的目光,慢悠悠地把温度调到适宜的温度,抬头往厨房的位置一瞥,沉稳地说道:"帮你妈端菜去,总是看手机多不好,快去快去,活动活动。"

沈念轻轻地吐了口气,快速地站起身来,把手机往兜里一塞,连忙迈开步子往厨房的方向走去,还不忘对着沈父摆了摆手:"老爸你继续看电视,我这就去端菜。"

沈父不着急坐下,看了一眼女儿离开的背影,笑着摇了摇头,哼着不成调的小曲:"女大不中留了啊。"

…………

吃完饭,一家三口又坐在客厅看了会儿春节联欢晚会。

联欢晚会此刻正播放着小品,伴随着外面的噼里啪啦的烟花鞭炮声,客厅里传来一阵欢声笑语,沈父往电视的方向抬了抬头,语气里带了丝调侃。

"念念哪,这联欢晚会你可得好好看看,里面蕴含的中国传统文化和一些国家大事,说不定你们高考会涉及这些方面的内容。"

沈念往沈母那边靠了靠,轻轻地倚在老妈身上,哼哼了两声,含糊道:"知道啦,每年你都这么说,但是哪年考到了嘛。"

沈母也忍不住笑出了声,伸出手拢了拢女儿柔软的头发,轻轻瞥了沈父一眼:"你这么厉害,怎么不叫你去出高考题啊?女儿有自己的想法和复习方案,你跟着添什么乱哪。"

"嘿。"沈父摆了摆手,"好好好,你们俩是同一战线的,我让着你们还不行吗?"

沈念也不由得笑出了声,目光瞥向墙上的钟表,时间将近九点。

沈家没有类似守夜的传统习俗,什么时候想睡觉了,直接回卧室就好。

沈念眼睛转了转，坐直了身体，伸了个懒腰，故意打了个哈欠，揉了揉自己眼睛，随意地说道："爸妈，我先回卧室啦。"

随后她站起身来往楼梯的方向走去，突然想到什么，眨了眨眼睛，给两人做了个飞吻的动作，古灵精怪地说道："老爸、老妈，新年快乐哟！"

"去吧去吧。"沈母温柔地对沈念摆了摆手，见沈念上楼，这才俯身重新抓了一把瓜子，有些纳闷地自言自语道，"去年也没见念念这么早回卧室啊，这是去睡觉了吗？"

沈父集中精神看电视上的相声，也没有听清媳妇儿说了什么。

沈母干脆不再多想，舒展了眉毛，集中精神，也继续看春节联欢晚会了。

沈念回到卧室洗漱完以后，便爬到床上拨通了烂熟于心的电话号码。这个时候宋遇应该还没有睡觉，准确地说应该还没有聚会完。

果不其然，宋遇那边接得很快："念念？"

入耳的先是一阵十分热闹的起哄声，应该是宋遇在清源市的朋友们。

宋遇是高二那年才来的容德，在此之前都是在清源读书，那些好友自然也是从小玩到大的。

好像是有人注意到了有人给宋遇打电话，看着宋遇原本懒散的模样瞬间变得温柔了起来，几个兄弟都有眼力见，起哄道："哎哟，宋遇，是不是沈念打来的电话啊？"

"让沈念说两句话呗，兄弟们听听沈念的声音啊。"

"就是啊，宋遇！"

起哄声一声比一声大，通过电话传到沈念这头，沈念忍不住脸上一热，就像是已经被带到宋遇和好友们的聚会上去了。

下一秒是宋遇拉开椅子的声音，随即男生低低地笑出了声："等下次专门带她来跟你们认识认识，她胆子小，别把她吓坏了。"

许是宋遇已经从包厢里出来了，最后一句话听着更清晰一些。沈念听得十分清楚，一时搞不清他是在跟自己说，还是跟他那些好朋友说。

沈念忍不住往自己的被子里钻了钻，小声嘟囔道："谁胆子小啦。"

她胆子真的很大的好不好，反正见宋遇那些好朋友她是不怕的，就像之前宋遇带自己去见他的好友季清扬一样。

自己也没有害怕呀，就是有那么一点点紧张而已，哼。

女孩的声音很小声，像是小奶猫的叫声一样，轻轻的，软软的。宋遇忍不住心中一颤，眸子里染上一层笑意，顺着女孩的话往下说："念念最胆大了，是我不对，不该说你胆子小。"

男生的声音比平时沙哑一些，沈念眨了眨眼，心里像被挠了一下，酥酥麻麻的……

去清源市那天，沈念起了个大早，在父母惊讶的眼神中，"嘿嘿"笑了两声，开始帮爸妈把行李装到车上。

虽然也就在外婆家待两三天的时间，但爸妈带的东西倒是十分齐全。

她并没有提前跟宋遇打招呼。

只是在回清源的前一天晚上无意间问了一下宋遇这两天的行程。

令自己满意的是宋遇这两天并没有什么事，就单纯地待在家里学习。

沈念十分含蓄地表扬了一下宋遇，毕竟春节期间还不忘坚持学习的学生不多，最起码她沈念没有这么自觉。

沈念之前为了给宋遇一个惊喜，已经悄悄地从宋遇口中套出了好多信息，比如宋遇家的地址。

到外婆家已经临近中午。

沈念把自己做的糕点拿了出来，先是给外婆和外公分了些，随后眨巴着眼睛，期待着来自外公外婆的表扬。

"尝尝好吃不好吃？你们的乖念念做的哟。"

顾漫丽有些哭笑不得地点了点沈念的头："哪有你这样的，后面还加一句乖念念，这下即使不好吃，你外公外婆也不好意思说呀。"

外公爽朗地笑出了声，轻轻咬了一口沈念做的糕点，赞不绝口："真的很好吃啊，我们念念又学会了一项新技能啊！"

外婆脸上也笑开了花，不由得拍了拍沈念的手，语气里满是怜爱，缓慢地说道："我们念念这么懂事，以后可不知便宜哪个臭小子咯。"

外婆随口一说的一句话，倒是让沈念有些不自然地轻轻咳了一声。她摸了摸鼻头，终究是没有说出什么话来。

沈父在外面停车还没有进来，顾漫丽看了一眼垂头不知想些什么的女儿，忍不住说了句："她学做糕点啊，也就三分钟热度，转过身去就忘了。我觉得男孩子要是会点厨艺，还是蛮加分的。"

沈念默默地咽了咽口水。

老妈，您当这是考试吗？怎么还跟加分有关系……

谁知外婆一本正经地点了点头："我觉得也是。就像我当年看上了你爸，你当年看上了念念爸，一部分的原因不都是他们做的饭很好吃吗？做饭好吃太加分了。"

沈念："……"

哦，奇奇怪怪的知识又增加了呢。

这种奇怪的氛围一直维持到开饭之前。

吃完饭以后，沈念连忙找了个借口，回到了自己的卧室给宋遇发了一条消息：

会做饭吗？

这条莫名其妙的短信，让宋遇愣了一下，但他还是很快回复道：

会的。

为了以后能让沈念吃得更好，他现在已经具备了做出一桌子饭菜还不重样的技能了。

沈念长长地吐出一口气，盘着腿坐在床上，眯了眯眼，给宋遇回复道：

太加分了！

不知为何，正打算刷套卷子的宋遇，看到这条消息莫名就紧张了起来。

这股突如其来的紧张，是他的错觉吗？

两人又聊了会儿天，沈念便找了个借口，让宋遇做自己的事情去了。

现在时间不早了，她之前从手机地图上看两家的距离不算很近，一个在城南，一个在城中，要是打车过去的话，也是要花不少时间的。

想好以后，女孩便哼着歌洗漱化妆去了。

那边宋遇把手机放下,重新回到自己的书桌面前。

写了两道题,他忍不住又拿起手机在朋友群里发了一条消息:

> 做饭会加分是什么意思?

这个群里都是宋遇从小玩到大的发小,加上宋遇一共是五个人。这个群平常不怎么活跃,但活跃起来没人能招架得住。

看到很少在群里说话的宋遇发来的消息,群里瞬间活跃了起来。

刘盛宴:

> ??
>
> 什么情况?宋遇你要去当厨师了吗?新东方欢迎您。

陆仲昊:

> 宋遇肯定是说想要报考厨师专业吧,就你宋遇这颜值,分分钟米其林经典头牌!

武宣坤:

> 哈哈,你们确定吗?
>
> 你宋遇这脾气,还会给人做饭?不把厨房炸了就不错了。

…………

宋遇看着这群不靠谱的人发的这些消息,渐渐地陷入沉思之中,自己太武断了。

他到底有多想不开,才往群里发这条消息?

又过了几分钟,季清扬才在群里发了一条消息:

> 女孩问的?

一句话瞬间秒杀刚刚那堆不靠谱的人。

群里安静了片刻,刘盛宴颤悠悠地问了句:

> 宋遇,您真的会做饭了啊?!

天啊!宋遇竟然会做饭,说出去谁会信!

宋遇眉头轻轻舒展,漫不经心地在群里回复道:

> 会做了啊。

刘盛宴:

> 啧……我一点也不羡慕。

陆仲昊:

> 啧……我也一点不羡慕。

武宣坤:
> 喷……我也一点不羡慕。

宋遇笑了一声,不管群里怎么说的,返回页面去私聊季清扬:
> 刚刚我说的那个,你觉得是什么意思?

明明是很普通的一句话,但宋遇就是觉得落下点什么。

季清扬:
> 如果没有猜错,这个加分指的是好感度。

季清扬的智商很高,这一点宋遇十分认可。

看到季清扬发过来的消息,宋遇挑了挑眉:
> 好感?

季清扬:
> 家人好感。

宋遇微微一愣,下一秒就明白过来家人好感指的是什么,嘴角忍不住上扬,下意识把手机往空中抛了一下。

得!无意间给自己加了分!

心里美滋滋的宋遇,给季清扬秒回一条消息:
> 谢谢兄弟,回头请你吃饭啊。

搞清楚事情的原委,宋遇整个人都放松下来,连带着看桌面上的卷子都顺眼起来。他转了转笔,很快进入学习的状态。

…………

两个小时以后,沈念终于来到了宋遇家所在的小区。

女孩微微翘了翘唇,目光扫视了一下小区里的环境,大都是两层小洋楼,每户之间相隔并不是很远。

小区里的绿植也很多,一簇簇高高的被修剪成椭圆形的树正好可以把沈念遮挡起来。

沈念在距离宋遇家最近的树下藏好,给宋遇打了一通电话。

宋遇接得很快,心情似乎十分愉悦:"念念?"

沈念平复下自己有些紧张的心情,故作平静地说道:"我刚刚给你定了外卖,马上就要到了。你要不要下来拿一下?"

宋遇停顿了一下,问道:"外卖?"

紧接着,沈念听到电话那边传来一阵走路的声音。

沈念越发紧张，咽了咽口水："对……对啊，外卖。"

女孩稍微有些紧张的声音没能逃过宋遇的耳朵。宋遇挑了挑眉，打开门往楼下走去，故意弄出了一些声响，仔细地听电话那边的声音。

果不其然，女孩那边的呼吸声更重了。

一个大胆的想法浮现在自己的脑海里，宋遇下意识停住脚步，眼里闪过一丝难以置信，又装作不经意地说道："好，我现在去拿。你在家吗？"

女孩的语气已经恢复如常，软软的。她听宋遇这么问，连忙说道："对啊，我在家，刚刚不是还给你发消息了吗？"

宋遇听着女孩的声音，心里那个猜想越发肯定，眼里浮上了浓浓一层笑意。

女孩说话的时候，宋遇已经走到了走廊拐弯处，下意识透过窗子往楼下看了一眼。

目光轻轻掠过楼下，一个躲藏在树后面的身影映入眼帘，正是他日思夜想的那个人。

虽然已经猜到了大概，但在看到女孩的时候，宋遇还是忍不住颤抖了一下。他加快了自己下楼的脚步，声音越发温柔："那……你让她再等一等。"

沈念不知道宋遇已经发现了自己，以为他说的是外卖员，点了点头，故作镇定地说道："好的好的，外卖员十分尽职尽责，会好好等你的，不要着急！"

害怕宋遇又问一些奇怪的问题，沈念想了想，胡诌了个借口道："啊，哥哥，快挂断电话吧，要是外卖员给你打电话会被占线的！"

沈念觉得自己真是太聪明！

为了缓解自己的紧张，沈念把带给宋遇的糕点放到一旁，悄悄地伸了个懒腰，又在原地小幅度地跺了跺脚。

这时，沈念全然不知宋遇已经看到了自己，并绕了个路走到了自己身后。

又等了五分钟，宋遇还没有出来，沈念咂巴了下嘴，又重新掏出手机看了看宋遇的地址，又看了看自己的定位，傻乎乎地自言自语道："没有走错哇。"

女孩的声音憨憨乖乖的,宋遇原本还想逗逗她,但此刻见到她本人,脑子里闪过的任何想法都没有了。

宋遇声音有些嘶哑:"没有走错,念念,我在这儿。"

熟悉的气息瞬间萦绕沈念,沈念微微一怔,脑海里只闪过一个想法——

她!沈念!辛辛苦苦准备的惊喜,就这么被宋遇发现了!!

沈念莫名觉得自己有些委屈,语气闷闷的,好像是在强调什么,但此时听起来竟有一些好笑般的惆怅。

"宋遇,我此时的身份是外卖员,你竟然这样对你的外卖员。"

两人好久没有见面,原本想着给宋遇一个惊喜,没想到被宋遇识破了。

沈念慢吞吞地把带给宋遇的糕点拿过来,深深地看了宋遇一眼,有些遗憾地轻轻叹了一口气:"我还没来得及体验当外卖员的快乐……"

沈念拿来的糕点被分成了两份,装在精致的袋子里。女孩认真地给宋遇解释,其中一份是给宋伯母和宋伯父的,另一份是给宋遇的。

想了想,沈念转过身来仰起头看他,舔了舔唇,委婉地说道:"你要不要先尝一口?"

沈念有自己的打算,她让宋遇先尝一口,不然万一不好吃,还送给宋伯母他们,那也太尴尬了。

想到这里,沈念又眨了眨眼睛,用温柔的语气商量道:"嗯?可不可以?"

两三句话便萌化了宋遇的心。宋遇的喉结随着吞咽的动作滚动。他深呼吸了几下,带着女孩就往反方向走。

沈念回过神来的时候,自己已经被宋遇带出去了好远。看着距离两人刚刚站立的地方越来越远,沈念感到莫名其妙。

"我们去哪儿啊?"

再往前面就是死胡同了。

走过去以后,沈念才发现原来不是死胡同,准确地说像是一户人家的小花园,两边是墙,连接着洋楼的拐弯处。

宋遇语气里带了一丝笑意:"不是要吃糕点吗?这个地方没有风,

可以安安心心地吃糕点。"

这是什么歪道理哦,不过……确实挺挡风的。

沈念"嘿嘿"笑了两声,把纸袋子放在宋遇的手里,然后低头打开袋子上的蝴蝶结,随意地说道:"宋遇,你想吃什么口味的呀?"

"我做了两种,一种里面是坚果,满满的果仁味道,还有一种是玫瑰酱的……"

女孩很认真地挑选糕点,从宋遇的角度正好可以看到她那白皙的脖颈。宋遇睫毛微颤,意味不明地说道:"你喜欢什么味道?"

"我吗?"沈念从袋子里拿出其中一个小巧的玫瑰酱的糕点,在宋遇面前晃了晃,眼里亮亮的,"我喜欢玫瑰味道的呀,你要尝尝吗?"

宋遇嘴角微勾,轻轻俯身,沈念下意识抬手把糕点递到宋遇的嘴里,眼睛一眨不眨地看着宋遇的表情,试探性地问道:"好吃吗?"

浓郁的玫瑰味儿在口中爆开,似乎有种蔓延到四肢的感觉,宋遇恋恋不舍地吃下肚去,嘴里依旧留有玫瑰的香甜味。

这是他吃过的最好吃的糕点。

"好吃。"

宋遇的声音有些小,沈念没有听到,忍不住往宋遇面前凑了凑:"你说什么?"

宋遇发现,女孩睫毛微微扇动,漆黑的眸子里映着自己的身影。他注意到女孩今天的妆容很好看,吹弹可破的皮肤上泛着细碎的光芒。

宋遇心里一紧,嘴角微勾:"好吃不好吃,你自己尝尝啊。"

沈念觉得宋遇变了,变得越来越坏了。

…………

今天,两人在清源市第二次见面,临走之前,宋遇竟然主动跟沈念要了一支口红。

沈念紧紧地抱住了自己的包包,一脸警惕地看着面前这个男生,语气奶凶道:"你想干吗?要口红没有,要命一条!"

她算是看出来了,乖巧的那个总是会被欺负,只有自己强势起来,才能守住自己的地位!

想到这,沈念越发……奶凶。

宋遇看了她一眼，也不解释，轻轻挑了挑眉，转换话题极快："带你去吃饭？"

沈念不相信宋遇，又确定了一遍："真的？"

直到他们坐到了烤肉店里的座位上，服务员上满了一桌子色香味俱全的美食以后，沈念才回过神来，对宋遇讨好地笑了两声："开饭吧，哥哥。"

强势并不适合自己，还是乖巧一些比较好。

宋遇还不忘口红的事儿，等沈念吃饱饭以后，又重新提了一遍这件事情。

毕竟吃人嘴软，拿人手短，沈念十分痛心地把自己随身带来的一支口红递到宋遇手里，眼睛巴巴地看向他："你一定要好好爱护它，它还小……"

宋遇有些想笑，一本正经地把口红塞进兜里，十分郑重地点了点头："我会的。"

沈念咬了咬唇，满脸难过："不，回头你就不爱它了……"

宋遇："……"

在沈念锲而不舍的追问下，宋遇总算说出了要口红的原因。就像女孩送给男孩小皮筋一样，他宋遇脑回路比较不正常，竟然想要把口红放在自己身边。

沈念十分怜悯地看了宋遇一眼，好心地说道："宋遇，你要是想要一个我的东西，我回头给你一根小皮筋不就好了，你干吗要口红啊？"

宋遇分给沈念一个"你不懂"的眼神，十分微妙地说道："我的地位是一根小皮筋配得上的吗？只有口红才能配得上我。"

沈念："……"

第十三章

因为有你在

距离孟欢回去集训的日子越来越近。要去集训的前一天,孟欢总算从苏大学霸给她构筑的题海中逃了出来。

沈念给孟欢开门以后,孟欢便一把挽过了沈念的肩膀,用仅存的一点点理智看向沈念:"念念,沈伯父和沈伯母不在家吧?"

见孟欢的情绪有些不对,沈念连忙摇了摇头:"今天他们刚好有事儿出去了。"

孟欢心里猛地松了一口气,随后便马上哀号起来,一把鼻涕一把泪地控诉苏洄南的"罪行"。

"啊!呜呜呜……念念啊。苏洄南也太不是人了,他竟然敢往死里给我布置作业!"

一想起苏洄南那面无表情地坐在她对面,随手递给自己一沓又一沓试卷的样子,她这心里就止不住地发抖。

原来这才是他的真面目,呜呜呜!

孟欢沉浸在自己的崩溃中,现在见到沈念,更有一肚子的苦水要倒。她抽噎了两声,两只手展开比画了一大圈,语气上扬:"他给我搞的笔记,展开以后就有这么……这么……这么长!简直太吓人了!学习哪有一蹴而就的啊,这对我这种小渣渣来说,简直是一种折磨加伤害!"

沈念有些哭笑不得:"哪有你说的那么夸张。"

苏洄南虽然有些毒舌,但是也不至于到这种地步吧。

听沈念这么说,孟欢更想哭了,抱着沈念的胳膊不撒手来回地晃,语气闷闷的:"你是不知道苏洄南有多霸道。现在倒好,把你们都给收买了,我才走了多久啊,你们都跟他站到一边去了。苏某某以前并不是这样的,哼!"

看着孟欢这副样子，沈念莫名其妙地就想到了宋遇。怎么感觉苏洵南给孟欢布置作业的样子，像极了自己给宋遇布置作业的样子呢？

孟欢有些凄惨的声音还响在耳边，沈念下意识眨了眨眼，越发心虚。宋遇……该不会也这么黯然神伤过吧？

沈念开始有些心软，连忙给孟欢倒了一杯蜂蜜水，润润嗓子。

孟欢接过，小口小口地喝着，时不时地抽噎出声，小声骂着苏洵南，越发显得可怜。

沈念坐到孟欢的身边，见她平复了心情，一只手轻轻抚了抚孟欢的后背，想了想然后试探性地问道："那要是作业少点呢？"

孟欢瞬间挺直了腰板，冷笑了一声，觉得这种可能性几乎为零。

"虽然这种可能性很小，但我还是想说一句，要是作业少点，我心甘情愿地叫苏洵南一声大哥！"

当天晚上，沈念在给宋遇通电话的时候便提到了这件事情。

最后一道题目讲完，沈念有些口干舌燥，给自己倒了一杯水喝，想起中午孟欢说起的那件事情，眼睛一眯，笑嘻嘻地说道："宋遇，要是我给你布置少一点作业，你会不会开心啊？"

事情转折得太快，十分不正常。

宋遇那边沉默了一会儿，下意识问道："我是不是做错什么事情了？"

卑微的气息渐渐弥漫开来。宋遇开始忍不住反思自己，但是想了半天，不知道自己到底错在哪里了。为何跟自己想象的不太一样？

沈念眼里闪过一丝迷茫，一时间竟不知该怎么说，舔了舔唇，十分委婉地说道："就是……宋遇哥哥平时在学习上不觉得有什么压力吗？"女孩的声音很软，轻轻地、试探性地问道。

宋遇笑了笑，一语击中："心疼我？"

"心疼"这个词用在这里似乎有点不对，沈念默默地咽了咽口水，眼睛都不带眨的，继续说道："是啊，要是你想让我少布置一点作业的话，也不是不可以的。"

宋遇现在的成绩与刚上高三那会儿的比，好得已经不是一星半点了。沈念依稀记得上学期最后一次期末考试，宋遇发挥得很好，还惊呆了班里一堆同学。

李欣然就是其中之一。知道是沈念给宋遇补的课以后,她对沈念简直佩服得五体投地,能让宋遇进步这么大,沈念绝对是第一个,也是最后一个。

如此看来,稍微给宋遇少布置一些作业也不碍事的。

想到这,沈念心情也好了很多,宋遇的努力她一直看在眼里,也知道就算是自己不监督宋遇,以宋遇现在的自制力来看,他的成绩也绝对是只会提升不会下降。

宋遇那边长时间没有说话,以至于沈念以为电话挂断了,忍不住轻声叫了一声"宋遇"。

"不可以。"宋遇的语气微微上扬,直直地拒绝了沈念的"好心"。

沈念一瞬间没有反应过来,长长地"啊"了一声,声音变小:"为什么呀?"

明明以你现在的能力,已经不再需要找人辅导了呀。

后面这句话沈念没有说出口。

男生的声音里带了丝丝笑意:"我不累的,倒是觉得现在做这些事情很开心。以后你就知道了。"

…………

还没有完全从假期状态里面恢复过来的同学们没有想到,开学第一天,学校就给了他们迎头一击。

整整两天的开学考试,还没来得及复习的同学们,简直都要崩溃了。

考完试以后,铃声响起,监考老师拿着收上来的试卷走后,(10)班才慢慢地发出了鬼哭狼嚎般的叫声。

艺术生去集训后,班里又重新调换了位置,人数明显减少,教室里显得空荡荡的。

沈念被调到了正对黑板第三排的位置,是一个视线很好的位置。

沈念的新同桌是一个长得很小巧的女生,叫于晓鑫。她平时不怎么爱说话,但成绩在班里也是靠前的,性格十分平易近人,和沈念相处得十分愉快。

这场开学考试和往日不同,试题的难易程度和第一次模拟考试的题目有得拼，比平日里大家刷的那些题难很多。

同学们一个个都蔫蔫的，还没有从考试的"磨难"中脱离出来。

只有沈念和于晓鑫两人脸上的表情十分轻松，与其他学生形成了鲜明的对比。

沈念把刚刚考试用过的中性笔笔盖扣上，随手塞进了笔袋里，随后又从笔袋里拿出一支红色的改错笔，开始在自己的错题本上记录着什么。

于晓鑫看了沈念一眼，小幅度地往沈念这边歪了歪头："沈念，刚刚考的英语，你有把握上一百四十分吗？"

沈念很喜欢于晓鑫的性格，说话从来不拐弯抹角。

这一次英语试卷上的题目比平日里刷的题目难一些，沈念认真地想了想，放低了自己的声音："要是放在平时应该差不多，但是这一次有点悬。"

于晓鑫又看了沈念一眼，轻轻摇了摇头，似乎不同意沈念的观点，说的话像极了一个经历过很多的小大人："不可能的，要是连你都觉得难了，那这题简直可以用没人性来形容了，你不用这么委婉的。"

沈念："我真的没有委婉。"

开学意味着冲刺高考的第二轮复习开始了。

和上学期有些区别的是，这学期要综合复习，总攻难点了。

时间比之前还要紧，沈念和宋遇两人对学习也越发认真，虽然在一起的时间没有以前多了，但是两人却没有因此产生隔阂，反而变得更加有默契。

沈念去办公室问题目的时候偶尔能看到宋遇，他们相视一笑，心里已经很满足了。虽然平时见面的时间少了，但是两人晚上依旧互相监督学习。

日子一天天地过去，终于找到一个契机，两人都能喘口气，放松一下了。

春天再次来临，换上了轻薄的衣服，浑身都舒坦了很多。

和往常一样，沈念打开自己翻了很多遍的课本，又打开自己做过的题目，准备再次熟悉一下。

班主任从教室外面走了进来,卷了卷手里拿着的课本,然后轻轻敲了敲桌面。过了一会儿,班主任又抬起头环视了一圈,脸上浮现满意的神情。

她提高了自己的音量:

"同学们这段时间的努力老师一直看在眼里,相信每个同学心中都定下了自己的目标,也有了自己想考的学校。

"从明天开始呢,就陆续有高校开始发布招生简章了,我会每天把新发布的消息及时通知给大家,大家可以结合自己的条件与能力选择适合自己的专业和学校。

"另外,距离高考只有两个月了,时间很紧,所以学校准备组织大家多多锻炼,活动起来。

"具体的安排我会通知班长。"

S大一直是沈念很想去的学校,起初是因为那边的小吃很多,能够满足沈念这个小吃货的食欲。后来真正了解这所学校以后,沈念才慢慢地对它有了新的认识。

班主任很快便把第一批高校的招生简章发到了同学们的手里。

沈念轻轻地翻动着页面,翻了大约四五页的时候终于找到了S大的招生简章,无非是介绍一些专业和学校环境。

沈念特意留意了一下某些专业往年的录取分数,想想宋遇上次的考试成绩,已经在分数线内。看到这里,沈念心里的石头总算是落了地,随后是欣喜。

她知道宋遇平日有多努力,所以当宋遇的成绩足够考上S大的时候,她才会有种高兴到想哭的冲动。她很想第一时间冲到宋遇的面前,然后笑盈盈地把手里的招生简章递到他的面前说:"你看,我们的努力没有白费,这所学校终于向我们敞开了大门。"

所以说,努力总会有回报的呀。

第一件足够惊喜的事情还没消化完,班主任又公布了第二个好消息。

未来的一个月里,大家可以减少一节课的晚自习,时间用来锻炼身体,没有兴趣的同学可以继续在班里学习,有兴趣的同学可以以班级为单位报名,由老师组织同学们去操场上跑跑步,锻炼一下身体,放松一下身心。

距离高考的时间越来越近,在操场上吹着风散散心,确实是一件十分解压的事情。

晚上回寝室跟宋遇通视频的时候,沈念提到了这件事儿,宋遇没有任何意见,便同意了和沈念一起去锻炼。

于是第二天,沈念心情很好地在报名单上填写了自己的名字。

报名单交上去的当天晚上,老师们便召集了报名的同学来到了操场上,拿出名单,挨个儿点名。

令老师们意外的是,操场上聚集了一百多号学生,而这些学生都有一个共同的特点,成绩在各自的班里都排名十分靠前。

虽然有些匪夷所思,但带跑老师并没有表露出什么来,他让同学们以每排五人的组合排好队,准备开始跑圈。

宋遇和沈念偷偷地溜到了最后一排。夜色暗淡,操场上的路灯发出昏暗的光。男生的校服拉链微微敞开,露出里面黑色的衣服。他站在沈念的旁边,就像是一道墙,给了沈念足够的安全感。

最近两人一直是在视频上见面。察觉到沈念微微走神,宋遇俯身凑到沈念的耳边,声音上扬:"当着我的面走神?"

宋遇身上的清香味瞬间包裹住沈念。沈念心里猛跳了一下,竟然不争气地红了脸,磕磕巴巴道:"宋遇,你往那边儿……靠靠嘛,我有点不自在。"

女孩一本正经地说着自己不自在,让宋遇忍不住笑出了声,心里柔软得一塌糊涂,吊儿郎当地说道:"那就让你少一点点不自在。"宋遇装出一副很宽容大度的模样。

旁边的男生是跟宋遇一个班的,从宋遇带着一个长得很好看的小姑娘往后排走过来的时候,他便注意到了。这个男生默默地咽了咽口水,转移了自己的目光。妈呀,宋遇竟然还会笑啊!

不知名的男生莫名地打了个寒战。

队伍逐渐排好,老师吹了声口哨:"大家先跑一圈适应一下,热热身。"

一圈而已，并没有多大困难。

沈念轻轻看了宋遇一眼，语气停顿了一下："你可以吧？"

宋遇眯了眯眼："这么小瞧我？"

沈念吐了吐舌头，转过头去："那等会儿你累了，可不要跟我埋怨。"

被提前打好预防针的宋遇顿感无语，到底是谁跟谁埋怨？校园操场很小，在沈念的记忆里是这样的，但事实证明了沈念大错特错！

一圈下来，沈念竟有些喘不过气来了，倒是宋遇就跟没事儿人一样。

在沈念看过来的时候，宋某人竟然还欠打般地对着沈念勾起了嘴角，明知故问道："累了？"

沈念一噎，表情有些不自然，深深呼着气："我才不累好不好。"

宋遇看着精疲力尽的沈念，好心地往她身边凑了凑，小声说道："靠一下。"

不只是沈念一个人累成这样，在场的女生或许是长时间不锻炼的原因，一个个的额头上都冒出一层虚汗，脸色煞白。高三时间紧张，同学们几乎形成了"寝室—食堂—教室"三点一线的规律，对于锻炼这件事儿几乎就放弃了。在操场上跑了一圈以后，她们才知道自己有多么力不从心。

沈念缓了一会儿，总算是恢复了一点力气。她拽了拽宋遇的衣袖，男生应声低下了头。

沈念轻轻靠近宋遇的耳边，小声嘟囔，竟带了些许的委屈："宋遇，这跟我想象的不一样。"

她以为是在夜风的吹拂下散散步，谁知道老师竟然真的带他们一阵狂跑。想象和现实的差距简直太大。

宋遇挑了挑眉："剧情总会翻转的。"

什么意思？沈念给宋遇一个"神经病"的眼神，让他自己去好好体会一下。

同学们差不多都缓了过来，老师又轻轻地吹了一下口哨，摆了摆手："今天就先跑一圈吧。再在操场上慢走一圈，大家就可以回教室了。明天还是这个时间到这里集合，如果有想退出的，那就提前给我打报告。"

老师扫视了一遍站得整齐的队伍，挥了挥手，便走到一旁去监督了。他一点都不担心这些学生会乱跑，毕竟学习自觉的孩子，有谁会不喜欢呢？

人群中传出一阵喜悦的声音，随后嘈杂的声音逐渐蔓延开，同学们逐渐分散，按照刚刚老师说过的，三两个人结伴去操场上慢走。

沈念睁大了眼睛看着反转的这一切，默默地为宋遇竖起了一根大拇指。

宋遇嘴角一勾，往前慢悠悠地走着。走了一会儿，他回过头来看她："怎么不说话？"

沈念的想象成真了。

夜晚的操场格外好看，黄灿灿的灯光并没有把操场照得很亮，只是可以勉强看得清操场上矮矮的绿草和橡胶跑道。

带有一些凉意的春风吹拂在脸上，让人不由得心情好了很多，舒适极了。

一切都是这么美好。

沈念深呼吸了两下，幽怨的小眼神紧紧地盯着前面那个停下步子看着自己的男孩，尽量让自己露出一个比较和善的笑容来："宋遇，我快赶不上你了。"

宋遇微微一愣，下一秒才明白女孩说的是什么意思。此时，沈念离自己两米远……

宋遇忍住了想笑的冲动，站直身体，小声说了一句："抱歉。"

沈念仰起头看他。

这是沈念自好长时间以来，第一次近距离地仔细看男孩儿的模样。

她之前不是错觉，宋遇真的变了，下颚线要比以前更清楚了。莫名的心酸浮上心头，沈念眨巴了一下眼睛："宋遇，虽然你比以前更帅了，但是请不要因为学习，就这么虐待自己好吗？"

宋遇微微顿住，抬眸轻瞥她："我变帅不好吗？"

沈念轻叹了一口气："已经很帅了，给别人留条活路吧。"

宋遇："……"

在操场上走了一圈以后，沈念整个人的心情都好了很多，想起今天看的那个招生简章,忍不住回过头来看向宋遇:"宋遇,我之前看了一下招生简章。有个好消息要分享给你,在我们不懈的努力下,你的成绩现在可以上 S 大了哦。"

宋遇之前确实不知道这回事儿,但如今听到沈念这么说,他心里也没有太大的波动。这个结果,其实他很早之前就已经想到了。

但是现在看着女孩亮亮的眸子,眸子里还透露出些许笑意,她是真的很开心,比他自己还要开心。

宋遇突然觉得一切都值了。

男生嘴角微勾,歪了歪头看她:"念念,还记得我之前说的吗?"

宋遇心里想着,还记得我之前说的吗,你怕我累到,然后打算少给我布置一点作业,我却拒绝了。那时候我说:"以后你就知道了"。

现在你知道了,我可以和你一起上那所你喜欢的大学了。所以,我不怕累的,因为,累也值得。

一切好像都变了,一切好像又都没变。

距离高考还只剩下一个月,紧张的氛围压得大家都喘不过气来。

不知苏洵南和孟欢说了什么,孟欢艺考回来以后,便把所有的精力都放在了学习上。孟欢平时和沈念一起专心学习,沈念问起,孟欢便支支吾吾说,想要和苏洵南考同一所大学。

沈念和宋遇的相处没有太大变化,唯一变化的是宋遇的成绩还在不断提高。

星期六休息,宋遇临时有事要回家一趟,于是沈念和往常一样来到了图书馆。

图书馆里满满当当到处是复习的学生,几乎没有空位,沈念找了个偏僻的位置坐下,拿出自己的书籍开始复习。

手机一直静音,沈念把计划要看完的书看完以后,这才把自己的手机拿过来,看了看朋友们发来的消息。

最上面是宋遇发过来的消息:

又去图书馆了吗?

每次放假的时候沈念都会来图书馆坐坐,看看书之类的,宋遇大多数时候会陪着沈念来,但是偶尔有事的时候便是沈念一个人来。

沈念乖乖地回了消息：

  对呀，不用担心，过一会儿我就回寝室了。

下一条是孟欢发过来的消息：

  念念，我马上做完最后一道题，你现在在哪儿呢？我去找你呀。

孟欢应该是跟苏洵南一起去学习了，沈念想了想，然后回了消息，并把自己在图书馆的位置告诉了孟欢。

计划看的题目差不多已经看完，但是孟欢要来找自己的话，应该还需要一会儿。时间还有些早，沈念干脆站起身来往身后不远处的书架走去。

沈念的目光扫过书架上的书籍，大多数都是自己看过的书。沈念注意到从上往下数，第四排，以下的书架摆放的都是一些和高考相关的图书了。

众多书籍里面有一本紫色封皮的练习题，她印象深刻，因为宋遇也有一本同款。她之前看宋遇做过，只是当时看得并不仔细。

想到宋遇，沈念嘴角微弯，伸手将那本同款紫色封皮的书籍拿了出来。书籍崭新，但是她记得宋遇的那本已经被他翻旧了很多。

沈念心里突然升起了一股想做题的冲动。这是一本数学练习册，刚好可以从里面随机选择几道题目做一下，也可以简单地测试一下自己的水平。

回到座位上以后，沈念把自己的练习本拿了出来，随便翻到一页，从上面找到了一道自己有些感兴趣的题。她一边看题目，一边在自己的演算纸上计算。

题目很简单，沈念前后差不多花了四五分钟的时间，便在草稿纸上把这道题规整地解答了出来。

一想起这道题宋遇也做过，沈念的心里就产生了一种奇异的感觉。

没有停住，沈念又看向下一题。下一道题明显比刚刚那道题难了很多，女孩舔了舔唇，越发有了想把这道题做出来的兴趣。

三分钟过去，五分钟过去，十分钟过去……

草稿纸上零零散散地写满了公式和已知条件，但是却没有清晰的思路。沈念深深吐出一口气，盯着自己在草稿纸上罗列的公式，心里莫名产生一种烦躁感。

就差一点点了……

沈念有些无奈地抬起手想把刚刚没有厘清的思路画掉，重新再写一遍。

不等沈念把刚刚那些公式画掉，旁边突然俯过来一道黑色的身影，男生略带些笑意的声音从沈念头顶上传了过来："就差一步了，确定要画掉重新整理思路？"

不知什么时候，宋遇出现在了沈念的身后。

男生一只手抵在桌角，微微俯身，另一只手拿起沈念手里的笔，在沈念刚刚写过的公式下面重新罗列了一个条件。

笔尖停住，沈念缓过神来，愣愣地看了背后的宋遇一眼，眼里浮上一层惊讶："宋遇，你不是回家了吗？"

宋遇伸出手揉了揉沈念的头，低声回复道："回家了，放心不下，又回来了。"

沈念不由得脸颊微烫，随后回过神来，垂眸看宋遇写的那个公式，很平常的一个公式，却让沈念眼睛一亮。

对啊，她一开始怎么就没有想到。可以说，宋遇的这个方法要比自己做的还要简单，甚至可以省去一半的烦琐步骤。

沈念豁然开朗，不一会儿便把这道题做了出来，抬起头笑盈盈地看向宋遇："现在是不是做对了？"

宋遇的目光扫过沈念做的那道题，微微点了点头："非常完美。"

得到肯定答案的沈念，心里越发升起一股想要做题的欲望，她拉了拉宋遇，指了指旁边的位置，小声道："宋遇，你坐在这儿看会儿书，我再做几道题。"

宋遇笑了笑，没有反驳，绕到桌子的另一边，坐到了沈念的左手边。他将一只手懒散地搭在沈念椅子的靠背上，歪了歪头，含糊道："慢慢写，不着急。"

这本练习册远远没有沈念想象的那么简单，沈念又做了几道题，毫无疑问又有了磕绊的地方。

虽然最后还是可以解出来，但是用的时间比平时多了三分之一。

沈念暗暗咂舌，这种题目要是出现在高考试卷上，肯定要花很多时间。这让沈念不免有了一丝消极的情绪。

宋遇看出女孩有些沮丧，低声询问道："怎么了？"

沈念噘了噘嘴，脑袋一歪，语气有些沮丧："怎么办呀，这些题目都好难，我有些支撑不住……"

沈念倒不是做不出来，主要是本以为自己复习得已经足够有把握了，直到遇到了这本练习册……

沈念忍不住长叹一声，想起这是在图书馆，只好小声地对着宋遇嘟囔，嘟囔来嘟囔去，最后变成了她和宋遇两个人的"吐槽大会"。

"宋遇，刚刚我很快做了一道还算简单的题目，谁知道后面的题会这么难。

"倒不是做不出来，就是感觉很费时间嘛，为什么我之前没有练习过呢，感觉自己整个人都没有了自信，还有不到一个月的时间就高考了。万一考砸了，那怎么办啊……"

宋遇愣了一下，忍不住小声安慰："这题是理科专用的，里面有很多文科没有接触到的知识，所以做的时候难免会有些困难，我之前刚接触的时候也是一样的。"

"啊……"

沈念长叹了一声，下意识翻到封面一看，右上角标注了"理科专用"四个小字。沈念默默地看了宋遇一眼，重复着宋遇说的话，语气渐弱，逐渐变得有些不好意思："这是……理科生做的题啊。"怪不得我做的时候有一点点不顺利。

男生的一两句话让沈念整个人如释重负，心情瞬间恢复过来。

宋遇轻轻"嗯"了一声，随后往沈念那边靠了靠，试探性地问了一句："我们一起做一遍这几道题？"

沈念乖乖地点了点头，笑着说道："好。"

刚刚沈念在做题的时候，宋遇一直都在关注。这时，他在心里把步骤重新回忆了一遍，按照平时沈念做题的思路，和沈念一起把这几道题重新讨论了一遍。

十几分钟以后，两人把所有的题看完，沈念觉得自己就像开辟了一片新大陆，这种心情比在路边捡到宝贝还要爽！

收获了新知识，并且还学到了一两招十分简单的解题技巧，沈念十分开心。她在桌子底下挠了挠宋遇的手心,"嘿嘿"笑了两声,赞不绝口:"宋遇,你简直太棒了。"

宋遇眼里闪过一丝笑意,缓慢地说道:"那是因为沈念教得好。"

是沈念的耐心教导,让他开辟了一个新的世界。

他没有别的目标,只想努力一点,再努力一点……

孟欢背着书包到图书馆以后,用目光巡视了一圈,找到沈念的位置。还不等孟欢看仔细,旁边突然伸过来一只手扯住了她背后的书包,一把将她拽到了一边。

孟欢愣愣地回过神,下意识握紧了自己的书包带,后退了一步,看向面无表情的苏洵南,有些心虚地挺直了自己的腰板:"你跟着我干吗?"

苏洵南不为所动:"溜出来的?"

两人约好在一间空教室里学习,苏洵南出去买饮料的时间,孟欢便溜了出来。等苏洵南再回去的时候,教室里面已经没有人了。

孟欢张了张嘴,眼里瞬间流露出一丝丝的委屈,故意压低了自己的声音:"可是我已经写完了,只不过没有等你而已嘛。再说了,我已经跟念念说好了要来找她的,我不能做个背信弃义之人啊!!"

被孟欢这么一说,苏洵南一瞬间没有了脾气,垂眸看了她一眼:"不是故意的?"

虽然孟欢很想说自己是故意的,但是此刻看到苏洵南这张"冰山脸",浑身一抖,下意识抬起手做了个发誓的动作:"真的不是故意的!"

苏洵南抿了抿唇,拉过孟欢的书包:"那我和你一起进去。"

孟欢小声"哼哼"了两句:"去就去。"反正,她已经提前和念念说好了,哼!

进入图书馆,走到书架那边人少的一条过道,孟欢看着沈念刚刚说给自己的位置,隐约觉得有些不对劲,虽然被书架挡住了一部分,但是她很明显地感觉到,那应该是两个人。

紧接着,过了书架,两人总算是看清了桌子那边坐着的两人,一男一女正在轻轻说着什么。女孩还时不时地弯弯唇,男生的目光则一刻都没有从女孩身上离开过。

孟欢转过身来重新看了一眼苏洵南，一把拉住了他的领口，转身就往回走。

苏洵南挑了挑眉，明知故问道："怎么了，不过去了？"

孟欢瞪了他一眼："能不能有点眼力见儿！"

苏洵南跟着孟欢往前走，听到孟欢这么说的时候，突然停住了自己的脚步。

孟欢没料到苏洵南会突然停住脚步，往后退时一下子撞到了某人……

图书馆门外发生的事情，此时正在专心复习的两人一概不知。阳光透过窗子照在书架上，缝隙间透出三两点光芒。在最角落的一张桌子上，两个长相十分引人注目的人小声地说着话。

"宋遇。"

"嗯？"

"宋遇。"

"嗯。"

"我好开心，嘿嘿嘿。"

男生笑："开心什么？"

"嗯……不告诉你，反正就是开心。"

"那我也开心。"

"咦？"

"因为你开心，所以我也开心啊。"

这种共同努力的感觉，真的很好。

…………

高考前几天，学校里所有学生都放了假。

来来往往的学生忙着从寝室里将自己的东西搬出来。

李欣然家住得很远，家长早早地就来帮着收拾行李。临走前，她和沈念两人依依不舍地拥抱了一下，祝愿对方能够在后天的考试中取得很好的成绩。

沈念的东西不是很多，再加上之前零零碎碎地让沈父带回家里一些，因此收拾到最后只有一行李箱的衣服和书籍。

去楼下交了钥匙，走出寝室楼，沈念轻轻吐出一口气，又重新回头看了一下这一栋虽然没有住很长时间，但是倍感亲切的宿舍楼，心里有一种别样的滋味。

不久之后，又会有新的一批心怀理想的学生，再次填满这里。

孟欢在远处对沈念挥了挥手，大声喊道："念念！"

她很快走了过来："东西都收拾好了？"

她穿得很简单，一条宽松的阔腿裤和一件白色T恤，以及不知从哪里搞来的一副大大的黑框眼镜架在耳朵上，显得脸格外小巧。

沈念点了点头："东西不是很多，之前已经搬过一些了。"

两人拖着行李箱往前走着，孟欢摸了摸自己的鼻尖，语气有些不舍："原以为马上就要解放了，应该会很开心的，但是不知道为什么，现在竟然觉得有些舍不得呢。"

没有想象中的那么激动。上完昨晚的晚自习以后，班主任又例行开了最后一次班会，再然后就收拾东西，准备回家。

一切都是这么平淡，仿佛高考只是一件再简单不过的事情。

沈念眨眨眼："我们以后可以再回来啊。"

孟欢有些感慨道："你说高一高二那些学弟学妹，是不是十分感谢我们？将近一个星期的假期啊，简直太感人了。"

沈念笑了笑，看了孟欢一眼，揶揄地补充道："以身试险，为学弟学妹们迎来假期时间。"

…………

明天还有一天的复习时间，到了最后关头，高三的学生只能给自己一些心理安慰，让自己不那么紧张。

沈母请了几天的假，在家里陪着沈念。学校里现在没有什么事了，沈父例行去学校转了一圈，然后也待在了家里。

平日里，一家三口一起在家的时间很少，此时此刻温馨的氛围，让沈念少了一些焦虑感。

虽然平时沈父对沈念的要求很严格，但是临近高考，他还是忍不住对女儿叮嘱道："念念啊，放松心态，不要给自己很大的压力。不管最后结果怎么样，我们都可以坦然接受。"

沈念笑了两声："知道了，爸。"

当天晚上，沈念跟宋遇打了一通视频电话。

窗户微微打开，一阵清凉的风从外面吹进来，窗帘两边的轻纱来回地摆动。

沈念惬意地趴在床上，接通了宋遇打过来的视频电话。

"在干吗？"男生那边还是黑屏，带着熟悉的笑意的声音从那边传了过来。

沈念微微一愣，下意识以为是自己这边网络不佳，随后重新点击了一下手机，柔声道："宋遇，你等一下啊，网络不是很好。"不等沈念挂断电话，男生轻轻咳了两声："等一会儿。"

"哦，好的。"

沈念乖乖听话，托着腮，对着手机那边的黑屏道："还有几十个小时就要高考了，你紧张吗，宋遇？"

…………

宋遇那边的黑屏传来一阵窸窸窣窣的声音，随后有了一点亮光。沈念换了个姿势拿着手机，手机右上角是自己这边的情景。

沈念刚洗了澡，头发还有些微湿。女孩注视着手机，等待着视频那边的某人。

视频那边的场景移动了一下，随后手机被男生固定在了床头的支架上。沈念看到的是宋遇整间卧室的场景。

之前她去过宋遇家里一次，对宋遇卧室的场景多少有些记忆，大体的情形没有多少变化，只是沈念觉得对面的墙上贴的卷子又多了很多。

沈念心里产生一种特别的感觉，还不等自己说话，宋遇走进了自己的视野。宋遇拿着毛巾轻擦着自己的头发，他的皮肤越发白皙，唇色也比平时更红一些，漆黑的眸子往沈念这边看过来的时候，还带了些许的笑意。

两人聊了一会儿，讨论起了题目，你一句我一句的，挂断电话的时候已经晚上十一点多了。

沈母见沈念屋里的灯还亮着，忍不住敲了敲门，语气十分温柔："念念，还不休息吗？早点休息，明天早上再学习。"

沈念把刚刚和宋遇一起讨论出来的解题方式重新在本子上梳理了一遍，听到沈母从门外传来的声音，忍不住弯了弯嘴角："知道了，妈。"

收拾好东西，沈念把窗户关上。

屋外的路灯前两天坏了，不知是谁临时换成了蓝色的灯。沈父原本要给物业打电话说这件事，但沈念觉得，蓝色的路灯照在地面上倒也挺好看的，于是这件事儿就搁置了。

现在，沈念站在窗口微微俯身往下面看，淡蓝色的灯光映在地面上，有一束光透过树叶缝隙照下来，地面就像是波光粼粼的湖面一样。

就像是一片湖？

沈念微微一怔，脑袋里突然浮现了之前和孟欢一起去找人的时候看到的那片湖。

回到卧室，沈念在床上滚了一圈，拿过一旁的手机来，舔了舔唇，给宋遇发了一条消息：

　　宋遇，等过两天考完试，我带你出去玩？

每一次都是宋遇带着沈念去玩。

沈念第一次提出要带宋遇出去，她觉得自己的形象一下子就高大了起来。

宋遇那边回得很快，没有询问去哪儿，直接回复道：

　　好。

下一秒电话就打了过来，宋遇挑了挑眉："怎么还不睡？"

刚刚两人挂断电话之前，沈念说的是要去睡觉……

沈念莫名有些心虚，像是被人抓住了把柄一样，颇有一番诱哄的意味："嘿嘿嘿，我这就去睡觉。晚安晚安，宋遇。"

不等宋遇再说什么，沈念便机智地替他说道："好的好的，知道了。我会好好休息，晚上会关好门窗，盖好被子，做噩梦或是睡不着会打电话给你！晚安哦。"

宋遇微微一愣，随后才明白过来。这些话都是平时他叮嘱沈念的。

宋遇眼里浮上一层笑意："那我就放心了。"

…………

第十四章

带你去个地方

收卷铃声响起,交卷的那一刻,心里是一种什么感觉?

高考宣布结束。

反正走出校门的一瞬间,沈念是开心的,整个人都放松了下来。

这意味着即将有三个月的假,可以睡到自然醒,想去哪里就去哪里。

宋遇拿着两人的书包,不紧不慢地走在沈念的旁边,目光瞥向这娇小的身影,眼里止不住地荡开一圈圈的笑意。

炎热的天气,校门外面又聚集了很多家长,等两人挤出来以后,沈念的鼻尖上都浮上了一层薄汗。

不知是不是对这场考试很有把握的原因,两人都心照不宣地不提关于高考的事情。

沈念先跟沈父回了家。高考结束的晚上,当然要好好庆祝一番。

后视镜里,沈家的车渐渐地开远,宋遇还是没有收回目光,直到黑色的轿车拐了弯,无影无踪……

宋越轻轻"啧"了一声,一只手转着方向盘:"没救了。"

宋遇才慢慢地收回目光,双手交叉放在脑后,学着宋越的样子,轻轻"啧"了一声,说道:"你不懂的。"

宋越:"……"

宋父公司里有事儿,正巧宋越来容德市出差,就来接宋遇,见宋遇表情十分惬意,轻瞥了他一眼:"考好了?"

他听说宋遇成绩今非昔比,如果不出意外,能够考一所很好的学校。

宋遇懒洋洋地闭上了眼,嘴角微勾:"嗯,还行。倒不是因为考得好才开心。"

正赶上前面红绿灯，红色的数字闪烁着，从 6 变到 3。

宋越慢慢地启动了车子，下意识问道："那你为什么笑得如此荡漾？"

时间安静了几秒。

宋越再看向宋遇的时候，捕捉到宋遇眼里闪过的一丝调侃，不祥的预感瞬间袭来，还不等宋越拒绝，宋遇笑了一声，十分欠打地说道："因为沈念今晚上要带我出去玩啊，好奇心怎么这么大！"

宋越脸色瞬间有些不好。好想把宋遇从车上扔下去。

…………

晚上，沈念找了个机会从家里出来。

姻缘湖在市中心一家饭店的附近。

她有印象，之前（6）班聚会的时候去过那个地方，但是她不知道宋遇当时在不在那里，也不知道宋遇知不知道姻缘湖的故事。所以，沈念没有告诉宋遇去什么地方，只是简单地说了一下是在市中心附近。

沈念出来的时候，宋遇已经到了，站在路灯下的他十分引人注目。

沈念眼里闪过一丝狡黠，慢慢地溜到了宋遇的身后。男生没注意到她，低头摩挲着手机，不知在想些什么。

下一秒，身后一阵带着淡淡花香的味道袭来，宋遇微微一怔，刚想回头，女孩踮脚从后面伸过手捂住了他的眼睛，故意压低了自己的声音："惊不惊喜，意不意外！"然后伸出手拽着宋遇道，"带你去一个好地方。"

…………

和上次来的时候并不太一样。市中心人很多，街道两边早早地便亮起了路灯。小吃街里的叫卖声此起彼伏，还有远处飘来的麻辣烫和米线的浓香味。过了小吃街，喧嚣的街道才慢慢地安静下来。

天色渐渐变暗，旁边的自行车发出清脆的铃声，车主慢悠悠地骑着拐了弯。

姻缘湖正对的是一家规模很大的饭店。再一次来，竟然有一种熟悉感。离近了以后，视野逐渐变得开阔，银白色的栏杆将整片人工湖都围了起来。泛着浅蓝色光芒的湖水给人一种心静的感觉。

铁柱以前跟自己说过姻缘湖那个浪漫的传说。是挺浪漫的，一男一女，站在这么漂亮的人工湖面前，男生俊朗，女生娇羞，许下一生一世的诺言。

她也曾经说过以后会把喜欢的人带到这儿来，但是并没有抱太大的希望。不知从什么时候起，有一个念头隐隐地埋在了沈念的心里。

她想带宋遇来一次，来姻缘湖看看。

宋遇的目光渐渐地往远处看去。沈念微微一怔，随后下意识抬起头往宋遇的方向看过去。宋遇像是有话要对自己说。

果不其然，下一秒，男生垂眸看了女孩一眼，放缓了自己的声音："还记得你之前来过一次吗？"

沈念当然记得，上次还是陪着孟欢来的。

她眨了眨眼睛，突然觉得有些不对劲。不出意外的话，当时她和宋遇还不认识啊，宋遇怎么知道自己来过这里？

男生看出女孩眼里的疑问，笑了笑："想问我是怎么知道的？"

沈念忍住没有笑出声，嘴硬道："我才不想问。"

要是自己没有猜错的话，当时（6）班来的人里面也有宋遇，也许就是那个时候，宋遇看到了自己？

沈念脑袋转得飞快，几秒钟的时间已经猜了出来。

宋遇注意到沈念来回打量自己的眼神，忍不住伸出手轻轻揉了揉她的头发，放低了自己的声音："不问的话，那我就自己说好了。"

栏杆这边没有灯光，远处只有从酒店门口霓虹灯映过来的光，灯光不是很亮，宋遇大半个身影都像是被灯光罩住，越发显得温柔。

沈念表面装作不在意的样子，但下意识地挺直腰板，睁着眼睛，静静地看着宋遇。

宋遇想了想，认真地说道："当时我们还没有认识吧，准确地说是我单方面认识了你，喜欢上了你，但当时你还什么都不知道。"

沈念脸上浮上一层热意，什么叫什么都不知道啊……

"那天我在聚会包厢的对面又开了一间包厢，在里面待了一会儿，刚想出来，就在门口听到了你的声音。我当时想，这声音这么好听，还很耳熟，脑海里突然就浮现出了你的身影。"

沈念整个人愣住，这些事情……她自己怎么没有印象啊？

也不是完全没有印象，毕竟当时（6）班对面的那个包厢十分高档的样子，她当时还以为里面有什么大人物，没想到里面的人竟然是宋遇，而宋遇跟自己说的这些多多少少跟自己经历的版本有些出入。

自己当时好像是陪铁柱来找苏洵南，然后苏洵南听到了孟欢口不对心的抱怨就走了，于是铁柱去找苏洵南，后来她给自己打了电话，然后自己就走了，所以也没有注意到，自己走后宋遇就从包厢里面出来了。

想到这里，沈念心里有那么一丁点懊恼，要是当时晚点走就好了，自己还能跟宋遇对个正着，说不定是一次难忘的邂逅！

沈念长长地叹了一口气："唉，宋遇，没有关系，不要太难过，后来才认识也不算晚。"

宋遇听着女孩语气里微微的失落感，轻轻地挑了挑眉，一时不知道是该哭还是该笑。他盯了沈念半晌，轻轻咳了两声，最后说了句模棱两可的话："我当时出去的时候，你还没有走远。"

"哦，我还没有走远啊。"沈念轻轻点了点头，重复了一遍宋遇刚刚说的话，突然觉得哪里有些不对劲。自己当时还没有走远，也就是说当时自己说的话，宋遇也可能听到了。她突然想起来了，当时她的原话是这样的：

"容德一中什么都好，就是长得帅气的男生太少太少，尤其是咱们这一届，也就你那个（6）班的苏洵南还入得了眼……"

沈念脑海里突然有一种不祥的预感，后背一凉，忍不住浑身一抖。她干笑了两声，莫名地不敢回头看宋遇那张脸。

原本那些在脑海里已经不怎么明晰的话语，突然一下子就从脑海里冒了出来。沈念咽了咽口水，不敢直视宋遇的眼睛，带了一丝修饰的意味："那个……当时还不认识你嘛。再说了，我就是随口这么一提。你也知道的呀，我有脸盲症，认不清别人的。主要是，我当时不是得安慰安慰铁柱嘛……"

沈念的小表情一下子戳中了宋遇，宋遇语气有些愉悦："现在谁最帅？"

沈念"嘿嘿"笑了两声，眼睛眨呀眨："当然是你啦，谁都比不上宋遇帅！"

没有什么时候比现在更轻松了，尤其是听到女孩的解释后。

宋遇垂眸，极力想要压住自己扬起的嘴角，笑出了声："嗯，有眼光。"

沈念吐了吐舌头："我们回去吧，想带你来的地方已经来了。"

时间已经不早了。她听宋遇说了，由于工作原因，宋伯父今天没来接他。这个时候宋伯父应该已经下班了，虽然不知道他怎么想的，但是站在宋遇的角度上，肯定也是很想和宋伯父说说话，分享一下考完试以后的感受吧。

宋遇当然也知道沈念是怎么想的，缓了缓，意味深长地看了沈念一眼："不着急，我还有话没有说完呢。"

沈念不明所以地看了宋遇一眼，不知他又搞什么名堂，于是一边走一边说道："那边走边说呀。"

随后她眨了眨眼睛，带着商量的语气，古灵精怪地说道："我们先去买两根冰激凌吧，你吃杧果味的，我吃草莓味的，好不好？"

虽然这么说着，但是沈念心里已经乐开了花。宋遇是不喜欢吃冰激凌的，所以买两根最后都会进到自己的肚子里，还是两个口味的！

宋遇看了她一眼，把沈念的小心思猜得透透的，语气不容商量："就只能买一根。"

只能买一根啊……看来宋遇是真的不想吃冰激凌欤。

沈念表情微滞，挣扎了一下，有些不情不愿地说道："那好吧……你不喜欢的话，那就买一根吧。"

宋遇面不改色，伸出一根手指在沈念的面前摇了摇："是我自己吃一根。"

沈念下一秒瞪大了眼，刚想说出拒绝的话，对上宋遇的眼神，瞬间戾了些许，微微垂眸，莫名觉得有些委屈。她拉了拉宋遇的衣袖，软糯地说道："宋遇，已经考完试了啊……"

所以是可以吃冰激凌的呀！

看着沈念这副样子，宋遇着实有些心软，但是想起之前沈念因为吃冰激凌肚子疼，脸色苍白的那一幕，他的心瞬间又坚硬了起来，轻轻挑了挑眉："你忘了之前吃冰激凌，肚子不舒服的事情了？"

沈念有些心虚，眼神不断地闪躲，但还是想为自己争取一下，便提高了自己的声调："那只是一场意外嘛，后来再也没有发生过呀。"

沈念甚至有些后悔，早知道当初就不吃那根冰激凌了，还刚好被宋遇看到。

原本没什么事儿，可是到了下午沈念肚子就有些不舒服，去了医务室拿了药，才稍微好了一些。她还记得当时宋遇一脸焦急地跑到医务室来找自己。见到自己，确保自己没有什么大碍以后，宋遇才深深地吐出一口气，放下了心。

虽然当时宋遇并没有说什么，但是现在想起当时的情景，沈念也开始有些犹豫了。沈念舔了舔唇，坚定了自己的想法，抬头看向宋遇，小声地说道："要不然不吃了吧……也不是很想吃了。"

沈念眨巴着眼睛看着宋遇，她在等着宋遇的答案。要是宋遇让自己吃的话，那就去买，宋遇说不让的话，那就不买了！

也不知道话题怎么就突然转到吃不吃冰激凌了，明明自己想对沈念说的话还没说啊。

宋遇有些哭笑不得，也不耽误时间，从自己的兜里摸出一个小小的盒子，在沈念有些懵懂的目光注视下缓缓地打开，然后拿出里面小小的东西，递给沈念。

手指上传来丝丝凉意，沈念一脸惊讶地看着手上的那枚戒指，心里猛地掀起一阵波浪，她甚至不知道宋遇什么时候准备的。

随后男生的眉目舒展，看着女孩手上的那枚戒指，表情愉悦地把盒子递到女孩的面前，轻抬下巴，看向里面的另一枚同款的戒指。

沈念顺着宋遇的意思，默默地拿起了小礼盒里的另一枚男士戒指。

宋遇不等沈念说话，主动把手递到沈念面前，比自己要低了一头的女孩拿着戒指停顿了一下，嘴巴微张，不知在想些什么。

宋遇没有生气，甚至有些紧张，他静静地等着沈念思考。

这份礼物他已经准备好久了，他没有告诉女孩，自己一直把戒指带在身上，甚至想了很多个浪漫的地方与方式，都确定不下来如何把戒指送给她。当女孩把自己带到这里来的那一刻，宋遇心里一下子就豁然开朗了。

姻缘湖那个传说，他也听说过。

周围并不安静,犹如两人那不平静的心。

沈念脑袋是空白的,但是直觉已经促使她的手拿起了戒指。

戒指很简单也很好看,女士的那一款戒指中间有一点点镂空的设计,点缀着细闪的碎钻,碎钻的下面是宋遇的英文缩写:S·Y。

而盒子里的另一款,没有细钻,但同样刻着两个英文字母,是沈念名字的英文缩写:S·N。

"原本还在想什么时候送给你,现在觉得这个场景也还不错。在姻缘湖这个浪漫的地方表白,你说我宋遇会不会是第一个?"

⋯⋯⋯⋯

她从来没有想过宋遇会在这个地方——姻缘湖,像是变魔法一样,突然从兜里拿出一个精致的戒指盒子来,然后不由分说地送给自己。

沈念吸了吸鼻子,拿着那枚戒指,想了想,还是决定要说一番比较庄重的,和现在这么浪漫的氛围相符合的话来。

"宋遇,我们已经认识这么久了,平时你总是爱护我、呵护我、疼爱我、照顾我,虽然偶尔不让我吃冰激凌什么的,但是你总是带给我很多小惊喜。我们两个会一直一直在一起的。"

就跟我带你来这个地方的想法是一样的。我们都有私心,那就是都不想和对方分开。

男生眼神温柔,静静地听着女孩说话,听到最后一句的时候,怦怦直跳的胸口还是控制不住地缩了缩。

"⋯⋯会一直一直在一起的。"

女孩眼皮轻颤,一手拿着那枚凉凉的戒指,另一只手轻推着宋遇伸过来的手,眼睛亮亮的,带着不可忽视的认真,慢慢地给宋遇戴了上去。

那一瞬间,空气仿佛静止了一般。宋遇的指尖微微颤抖,戒指戴在手上的那一瞬间,他心里猛地松了一口气,摩挲着戴在手上的那枚戒指,随后对着沈念举了举手,嘴边突然扬起了微笑。

"从来没有觉得自己的手这么好看过。"

沈念愣住,慢慢地明白宋遇是什么意思。

宋遇的手指很好看,修长的手指骨节分明,尤其是弹钢琴的时候,手指随意地从琴键上滑过,一段格外好听的旋律便从指间流淌出来了。

但是现在他说从来没有觉得自己的手这么好看过,是因为戴上了只属于沈念和宋遇,并有着世界上独一无二寓意的戒指。

沈念弯了弯唇,歪了歪头,同样地伸出戴着戒指的那只手举到宋遇的面前:"我也这么觉得。"

从来没有觉得,自己的手这么好看过。

第十五章

有幸遇到你

容德市有一路公交车正好是从城南开到城北。

两人从来没有关注过这辆车的起点、终点在哪儿。但是有一点两人都知道，那就是途中既经过了宋遇家小区，也经过了沈念家小区。

晚上已经过了下班的高峰期，公交车也没有那么拥挤了。

找到最后一排的位置坐下，沈念好心情地把车窗打开，窗外带着一丝凉意的微风轻轻地从外面吹了进来。

宋遇坐在沈念的旁边，一只手搭在沈念的背后。

沈念笑嘻嘻地把手搭在自己的腿上，戒指随着沈念的手轻轻跟着跳动，上面折射出来的光照在了车窗上。只是单纯地看着，沈念就知道这枚戒指十分昂贵精美。

女孩玩得不亦乐乎，宋遇顿了顿，下意识伸出大手把沈念的小手包裹住。

沈念转过身，看了宋遇一眼，舔了舔唇，还是没有忍住。她凑近宋遇的耳边，神秘兮兮地试探性问道："宋遇，这么贵重的……"

这是宋遇很用心给自己准备的东西，不能轻而易举地就用"礼物"两个字来代替。

沈念顿了一下，还是决定先组织好语言："宋遇，这么大的惊喜，你准备了多久啊？"沈念有一种小小的试探心理。她也想了好多能够带给宋遇惊喜的好主意，也做了很多攻略，甚至前段时间她就在计划一场两人的假期旅行……

原本她是打算今天晚上就告诉宋遇自己准备了一场两人旅行的，但是现在她有了一点点的犹豫。

旅行是一定会去的，但是时间还要往后面再延一点。一场完美的旅行，是要花费一定的心思和精力的。

宋遇不知道沈念心中所想，捏了捏沈念的手，想了想，随口说道："我也不知道多久了。"

说不出一个确切的时间来，不知什么时候便动了这个念头。

戒指不只是礼物，也不只是惊喜。它是一种承诺，是宋遇对沈念的承诺，是沈念对宋遇的认定。

沈念淡定地看了宋遇一眼，舔了下嘴唇，柔声道："宋遇，我准备了一场旅行，你要不要和我一起？"

只有我们两个人。就像你给我准备了很大的惊喜一样，我也准备了一个只有我们两个人的惊喜。

喜欢一个人是要有准备的。

那天晚上回到家以后，沈父沈母还没有睡觉。听到门口的声音，沈父从沙发那边转过身子来。

"回来了？"

"回来了，爸。"

沈母把刚刚洗好的葡萄端了过来，放在桌子上。看着还愣在门口的沈念，笑了笑："愣着干吗，回来得刚好，冰箱里还有些葡萄，快过来尝尝甜不甜。"

沈念"嘿嘿"笑了两声，把门带上，走到客厅来，从果盘里拿了一颗葡萄放进嘴里。

见沈念的表情有了些许的变化，沈母以为是葡萄有点酸，笑着说道："这葡萄啊，再放放拿出来吃才甜，昨天买回来的时候还是有点酸的。"

葡萄刚刚从冰箱里拿出来，汁水里带着一丝酸甜可口的凉意。沈念轻轻地摇了摇头，赞叹地说道："这葡萄好吃欸。"随后又从果盘里拿了一颗放进嘴里。

沈母"咦"了一声，笑着看了沈念一眼："有这么好吃吗？"

沈父抬头看了两人一眼，慢慢地站起身来，走到桌子面前，俯身也从果盘里拿了一颗葡萄。他笑了两声，说："你闺女你还不知道吗，向来是不吃酸只吃甜的人，这葡萄能让沈念给出这么高的评价，看来是真的一点都不酸啊。"

沈念对妈妈眨了眨眼:"我爸说得没错。"

沈母像是有话要说:"可是……"她明明记得有一串葡萄是酸的啊。

下一秒,刚吃完一颗葡萄的沈父便咳了两声,表情十分微妙地把嘴里面酸得要命的葡萄咽了下去。

沈念蒙了一瞬,下意识从旁边扯过抽纸递给沈父:"爸,你这反应也太大了吧,葡萄有这么酸吗?"

见沈父的反应这么大,沈母自然知道是怎么一回事,笑着摆了摆手:"这下好了,就一串比较酸的葡萄还这么幸运被你爸吃着了。"

沈母还想说些什么,瞥到沈念正在拿葡萄的手时,微微一愣:"念念……"

"嗯?"沈念下意识应道。

沈父听见沈母的声音也往这边回过头来。

沈母眼疾手快地把沈念的手拉了过来,盖住,把手轻轻地搭在女儿的肩膀上,装作若无其事地看了沈父一眼:然后指了指他手底下的那串酸葡萄:"酸的这串就扔掉吧,剩下的都是甜的。我突然想起来还有事跟念念说,我们两个先上楼了。"

不等沈父反应过来,沈母便轻轻地拉着沈念的手往楼上卧室的方向走去。

两人的身影上楼以后,沈父不着痕迹地瞥了一眼果盘里的那串酸葡萄,小声嘀咕:"再放放不就甜了吗……"

…………

被沈母拉住手的那一瞬间,沈念便知道了妈妈看到了自己手上的戒指。

沈念在戴上戒指的那一刻,便已经想明白了,自己是不会把这枚戒指主动摘下来的。

她原本想找个机会说一下,哪怕爸爸妈妈并不是很同意,自己也要试一下。也许父母觉得自己还小,不过是才刚刚成年,但是她现在明白自己在做什么,慢慢和父母谈谈就好了。而且有些事情,父母能比自己理解得更透彻。

但不管怎么说,沈母下意识掩护自己的行为,还是让沈念没有想到。

回到卧室，沈母把门从里面关上，把沈念拉到床边坐下，又看了看沈念手上那枚戒指，脸上这才多了一丝不知所措的情绪。

沈母又往门口看了一眼，组织了一下语言，把自己的声音压低："怎么回事啊，念念？这戒指，是真的？"

沈母着实是惊到了，她大概也能猜到是什么事儿了，先不说这戒指是怎么来的，就沈念的心思，她之前竟然连一点都没有看出来。

沈母轻叹了一口气，有一种说不出的心情。

虽说沈母明白女儿懂事，不会做什么出格的事，但还没上大学就恋爱，她还是有些担心的，这戒指一看就知道价值不菲。

"妈……"

沈念小心翼翼地拉了拉妈妈的胳膊，见沈母的表情里只有些震惊，没有不赞同的时候，心里轻轻地松了一口气，软声说道："妈，你要是想问的话，我会全部毫无保留地告诉你。我从来没有想过瞒着你们的。"

宋遇那么好，好到她从来没有想过要把两个人的事情瞒着家里人。

听着沈念这么软糯的声音，沈母生不了什么气，坐在沈念的旁边轻轻地拍了拍她的肩膀，轻叹了一声："这种事情哪是三两句就讲完的。念念，妈妈从来不会说限制你什么，但是你想想你爸那边……"

爸爸那关肯定不好过啊。

沈念突然想起了之前爸爸赞扬宋遇的那幅场景，要是知道宋遇就是那个拐走自己女儿的人，也不知爸爸还能不能笑得出来。

沈念深呼吸了一口气，试探性地开口："妈……要是我说，这个男生，老爸也认识，而且还对他印象很好的话……"

沈母愣了一下，显然没有想到还有这么一出，下意识说道："你爸也没怎么夸过人啊……前不久，那个宋总家的孩子，他倒是提过几次……"

说到一半，沈母突然顿住，她好像明白了什么。

"宋遇？"

沈母眼里闪过一丝惊讶，随后又变得了然，怪不得宋总这么极力赞助学校，这跟宋遇那小子肯定脱不了关系……

沈念又说了一些两人的事情。

沈母心绪复杂，她没有想到两人之间还有这种渊源，也没有想到宋家小子竟然会为了女儿做到这种地步。

转过头来，想想沈父，沈母的表情突然微妙了起来。

得，怪不得今晚上那串酸葡萄偏偏被他吃了，这以后酸的时间还会少吗？

沈母从楼上下来，正巧沈父站在落地窗那边打电话。

顾漫丽一时间也不知该如何跟沈石蹊开口，但这件事儿是要告诉他的。

念念像是很中意那个男孩子，但自己确实也没有接触过，之前只听沈石蹊嘴里提到过一两句，想来这男生的品性什么的也是好的。

人向来是不会啬啬赞扬别人，但是如果牵扯到自己女儿的话，心态就会有所变化吧……

沈石蹊挂了电话，转过身来，看见媳妇儿坐在沙发边上，不知正在想些什么。

"想什么呢，这么入神？"

"啊。"顾漫丽回过神来，决定还是试探一下沈石蹊的态度。

先提一提宋家，要是他的态度还算好的话，那就干脆说出来，也没有什么大不了的。

"老公，学校里之前资金的问题解决了吗？"

"嘿。"沈石蹊爽朗地笑了两声，指了指自己的手机，"你说巧不巧，刚刚就是老宋打的电话。"

沈母顿了一下，没明白他是什么意思。

沈石蹊优哉游哉地坐回自己的位置，缓缓开口："刚刚老宋给我打来电话，说过两天，两家一起吃个饭。"

沈父和宋父最大的交集原本是学校的事情，之前也一起出去吃过两次饭，就这样一来二去的，两人也成了好友。

宋父刚刚打来电话，谈了一些学校的事情，是关于以后继续赞助学校的事情。

不得不说，这件事算是解决了沈石蹊心头一大难题。

但是解决归解决，有一件事情他还是没有想明白。

沈石蹊想了想，伸出手摸了摸自己脑袋，语气里带了些许的疑问："有一件事儿，我一直搞不明白。

"原来老宋赞助学校是情理之中，但是现在宋家小子都已经毕业了，还有兴趣为学校赞助，倒是我没有想到的。"

顾漫丽的表情瞬间变得有些微妙起来。原本她没有什么感觉，但是现在知道了念念和宋遇的事情以后，再从沈石蹊嘴里听到"宋家小子"四个字就有了不一样的感觉。

顾漫丽的左眼皮跳了跳，心里冒出了一个想法。要是以前还好说，现在她怎么觉得，这宋家像是故意在沈石蹊面前博好感呢？想到这，顾漫丽看了一眼还什么都不知道的沈石蹊，莫名觉得沈石蹊头上顶着"可怜"两个字。

宋家全员出动，马上就要把你女儿拐走了，自己还啥也不知道呢。

沈石蹊不知道媳妇儿在想些什么，也没有追问下去，拿着自己的水杯，慢悠悠地站起身，摆了摆手："回房间了。"随后哼着小曲往房间走去。一边走一边寻思着之前过年的时候，沈念那段时间的不正常行为，又想到宋家那小子……

沈石蹊有些遗憾地摇了摇头。宋家那小子……好像也不错，是个值得培养的好苗子。

两家相聚的那一天，沈念才从沈母口中知道了这件事儿。

沈念和沈母站在同一战线，经过了解，沈母已经确定了，宋家这次邀请沈家一起吃饭，绝对不是简单地吃一顿饭这么简单，十有八九也是因为沈念和宋遇的事情。

这倒让沈母有些纠结了，毕竟她也不知道沈父是什么态度啊。

沈念才不会想太多，干脆订了机票，将自己和宋遇的旅行提前了，只要自己走得早，爸爸就逮不到自己。于是，在沈父十分不解的目光里，沈念拖着大小行李箱离开了家。

沈父也没想到沈念会突然把自己旅行的时间提前，提出把沈念送到机场，沈念忙不迭地拒绝了。

等沈念走后，沈父才一脸不解地看了一眼沈母："你不觉得今天的念念十分反常吗？"

事到临头，沈母倒是没有多焦虑了，嗑着瓜子，随口说道："没有感觉啊。"随后又给了沈父一个"好好想想"的眼神，委婉地说道，"今天即将经历的，可能比较意外，你要提前做好思想准备啊。"

沈父更蒙了。

中午十一点十一分，沈念和宋遇两人即将登机。

距离飞机起飞还有一段时间，沈念估摸着这时候两家人差不多已经见面。原本已经做好准备迎接沈父打来的连环电话了，但是手机上除了两条新闻推送消息，其他的什么都没有。

沈念眨了眨眼睛，有点不敢相信这么不合常理的一幕。正常情况下，沈父应该不会这么冷静吧。除非是因为沈父知道了两人之间的事情，激动得忘记了自己还有个外出旅行的女儿了。

想到这里，沈念被自己天马行空的想法吓了一跳，下意识摇了摇头。嗯，这个可能性应该不会很大。

沈念不再多想，试图把这些事情抛在脑后。先不说爸爸对这件事情什么看法，反正自己已经出来了，那就和宋遇一起好好玩玩，哪能被这些事情烦心呢。

宋遇办完登机手续过来，沈念正坐在位置上，双手托腮，来回巡视着什么。见到宋遇以后，她眼睛一亮，小跑到宋遇面前："都办好啦？"

他们这次去的是 S 市，那边离海很近，也有很多好玩的地方。

宋遇拉过沈念的手，重新回到位置上坐下，表情愉悦："办好了。一会儿先去安检，然后我们登机。"

沈念乖乖地点了点头，后知后觉地看了宋遇一眼，表情似乎是在说："明明是我带你来旅行，怎么还是有一种你是老大的感觉。"

宋遇猜透了沈念的想法，伸出手揉了揉沈念的头发，有些纵容道："都一样的。"

我想照顾你，和你想照顾我，都是一样的。

沈念鼓了鼓腮，眼睛亮得像是揉碎了的星星："那你以后可是要照顾我一辈子的。"

宋遇眼睛里闪过一丝笑意，伸过手揽住沈念的腰："一辈子可不够。"

一辈子的时间,他总觉得还不够。

"还有一件十分奇怪的事情,我爸到现在还没有给我打电话……"沈念声音有些小,但宋遇还是听到了。

宋遇歪了歪头,把沈念的手包裹住,沉吟片刻:"一开始,我是打算今天和爸妈一起登门拜访的。"

说实话,昨晚他都紧张得没怎么睡,早早地便起床打扮自己,还不等自己全都准备好,便接到了沈念的电话,说是旅游提前了。

在宋父宋母的再三保证下,他终于算是放下了心。其实他是有些遗憾的,没能亲自拜访沈父沈母,但是也不用着急,毕竟以后日子还很长。

人来人往的,没有人注意到小小角落里的这对情侣。

沈念伸出手钩住宋遇的脖子,往上踮了踮脚,先是捏了捏宋遇帅气的脸庞,再是轻轻柔柔地拽了拽他的耳朵,像是在确定什么。

女孩手上的戒指轻碰在宋遇的脖颈处,传来一阵淡淡的凉意,虽然凉,却甜到了宋遇的心里。

宋遇微微俯身,由着女孩。

五分钟以后,沈念终于恋恋不舍地把手放了下来,神秘兮兮地说道:"宋遇,我这辈子能认清楚的人不多,你就是其中一个。原本,我想的是,要是有下辈子,一定要把每一个遇见的人都记住,但是现在我不想了。我觉得这样挺好的。

"茫茫人海中,一下子就能认出你的感觉,真的超级好的。"

宋遇微微愣住,眸色微暗,颤抖地伸出手把女孩抱进怀里:"下辈子,让我来只记住你一个人。"

他很幸运,能和沈念有个未来。

他很幸运,遇到沈念,成为更好的自己。

…………

"念念,你相信一见钟情吗?第一次见到你时,我就信了。

"原本我就想在一旁看着你闪闪发光,我甚至有些胆怯,害怕突然闯进你的生活会给你带来不便,但是想见你,想和你说话这种感觉,真的会上瘾的,所以给我个机会,让我陪着你,多喜乐,常安宁,岁无忧,好不好?

"史迪仔坏了没有关系,还有我呢,一辈子爱你的那种。

"为了沈念,我想变得更好啊。

"沈念,你怎么着也逃不掉的。

"说哥哥坏话,还不让笑了?

"没办法,第一次见你的时候,就已经情不自禁了。

"你看,我们的努力没有白费,S大终于和我们有了交集。

"在姻缘湖那么浪漫的地方,给喜欢的女孩戴上戒指。你说我宋遇会不会是第一个?"

…………

她大概是世界上最幸运的那个人吧,上天才会奖励给她这么好的宋遇。

一件件往事历历在目,由远及近,沈念鼻头一酸,忍住眼眶里泛出的涩意。

他会一直在,如兄如父,教会自己很多知识,带着自己成长,一起面对生活中的酸甜苦辣。

路还很长,未来也很值得期待。

两人相视一笑,互相握紧了对方的手。

…………

沈念想,炙热与理想,或许他们都做到了。

余生还很长,那就继续一起前行吧!

番外一

一眼万年

他从未想过遇到一个女孩,从而应了一眼万年那句话。

直到,像他们的名字那样。

遇念。

由于宋父工作的原因,宋遇一家人搬到了容德市。搬过来的第二天,宋父便给宋遇办好了入学手续。

容德一中一直是容德市升学率最高的高中,校风更是出了名的严格,宋父能在短时间让自己入学,宋遇还是挺惊讶的。后来问了才知道,原来是宋父财大气粗地给容德一中捐了一栋楼……

宋遇第一次见到沈念,是在校长办公室门口。

宋父工作很忙,是他的助理来帮自己处理好入学的相关事项的,助理临走前想起宋总嘱咐的话,于是好声好气地跟宋遇解释,自己还要再进去跟校长说两句话。宋遇实在是对两人说什么不感兴趣,于是站在门口,边玩手机边等着助理。

手机嗡嗡响了两声,是原来的同班同学,跟宋遇玩得好的那几个。

宋遇,你新学校里是不是有很多好看的女孩子啊?

宋遇嗤笑了一声,似乎是在嘲笑他的天真。他微微垂眸,修长的手指在手机上飞快地打字:

嗯,挺多的。

那边直接一通语音电话打了过来,只听刘盛宴笑着开玩笑道:"宋遇,咱实验高中女孩子也不少。"

宋遇冷笑,扯起谎来眼睛都不眨一下:"我之前算过命了,老先生说容德市是块风水宝地,过两年我就能找到女朋友。倒是你,刘盛宴,你这辈子都不一定找得到女的过日子。"

宋遇刚想继续，他的目光下意识往旁边轻瞥，微微顿住。自己旁边两米远，站着一个小姑娘，穿着宽松的校服，小小白白的脸蛋，手里拿着一张试卷半遮着脸，嘴里念叨着什么，表情一会儿难过，一会儿开心。

宋遇隐约觉得女孩似乎是在自顾自地嘟囔着什么。

"爸，我这次考得不是很理想……

"不能这么说，不能这么说。"

女孩自顾自地摇了摇头，随后抬起头："爸，其实这一次我们全班都没有考好……"

宋遇看了她一会儿，歪过头去，身体往旁边斜了斜，声音压下来："老先生说我未来女朋友长得干净好看，皮肤看着就挺白的，声音柔柔的，主要是眼睛好看，就像是会说话一样。"

他说完以后，感觉电话那边突然就安静了下来。

刘盛宴被宋遇这一番话搞得猝不及防，愣了愣憋出来一句："宋遇，回头你问问算命的老先生还缺徒弟吗，我去！"

"……"宋遇面无表情地挂断电话，转过头来又瞥了女孩一眼。

宽松的校服包裹着女孩姣好的身材，她随意地扎了一个马尾，零星的碎发散落在耳鬓两旁，白皙的皮肤，纤细修长的脖颈，小巧的鼻子，亮晶晶的眼睛，水润的嘴巴张张合合……

她似乎很纠结，时不时紧张地拿卷子拍打着自己的小脑瓜。

宋遇注意到她手里的试卷，其实并没有多少错题，足以说明女孩的学习成绩很好。

宋遇还注意到她胸口处别着的胸牌，离得太远他看不清楚，只能隐隐约约看到"高二"的字样。

上课铃声响起，女孩浑身一滞，有些难以置信地看了看自己的手表，又往办公室里探了探头，看里面的两人根本没有要停下的意思，于是接受了这个事实，满怀失望地离开了……

宋遇愣愣地看着女孩的背影渐渐消失，后知后觉地发现一件事情，这个女孩从头到尾都没有往自己这个方向瞥过一眼。

哪怕是一眼都没有。

宋遇看着女孩离去的背影，舔了舔唇，迈开步子，大大咧咧地跟在女孩的后面，丝毫都不心虚。

　　直到女孩走到一间教室门口，轻声喊了句"报告"，他才停住脚步，咧嘴一笑，慢悠悠地往回走去。

　　他回到校长办公室时，宋父的助理已经跟校长沟通完了。

　　沈石蹊看到正在外面等待的宋遇，招了招手示意他进去。

　　宋遇原本没打算进去的，但是想到女孩在门口嘟囔的那些话，宋遇微微一顿。

　　眸中闪过一丝了然，于是乖乖地走进办公室。

　　看着长相跟女孩有几分相似的沈石蹊，宋遇在助理诧异的目光下，弯了弯腰，对着这位中年人很有礼貌地说了一句："校长好。"

　　大大方方，从容不迫，是沈石蹊对宋遇的第一印象。

　　在宋总助理的描述中，宋遇这孩子虽然长得一表人才，但总归是闹腾了点，但是现在看到跟助理形容的完全不一样的宋遇时，沈石蹊心里隐约有了判断。

　　他面上不显，轻轻地对宋遇点了点头，沉吟了片刻，说道："来到一中就好好学，要是有什么事情可以找你们班主任，也可以来找我。还有什么事情吗？"

　　宋遇点了点头，看向校长，眼睛里透露出认真，语气越发平静："校长，我确实有一件事情。我希望可以把我调到（10）班。"

　　"……"

　　宋遇如愿以偿来到了（10）班，但是跟自己想的不太一样，女孩根本就不搭理自己，准确地说是她根本就没注意到班里多出来一个新同学。她只在前三排的范围内活动，从来不往后三排来。

　　过了两天，临近放学的时候，女孩帮助别人收作业。她走到自己桌子面前，轻轻敲了两下，语气平和："同学，麻烦交一下作业。"

　　宋遇微微愣住，脑海中闪过一堆想法，说忘带了，还是说没有写？

　　他的视线对上女孩的眼睛，从他这个角度来看，女孩美丽极了。一束阳光透过窗子照进来，正好落在她的胸牌上，一闪一闪的。

　　这是女孩第一次跟自己说话，自己也是第一次可以清晰地看清她的胸牌。

他乖乖地把作业交到女孩手里，不等自己说些什么，女孩转身就走到另外一个同学面前，轻轻敲了敲桌面，语气柔软："同学，麻烦交一下作业。"

那个男生大大咧咧地对着沈念笑："等会儿交成吗？"

沈念想了想，随后点了点头："那你一会儿放在我桌子上，我就先不记你名字了。"

男生点了点头，拍了拍自己的胸口，露出自己四颗大白牙，说道："谢谢沈念同学，改天请你喝饮料。"

等沈念走远以后，宋遇才蔫蔫地趴回桌子上，低声骂了一句。早知道自己就不乖乖地交作业了。他怎么就没有想到请喝饮料？

…………

沈念长得好看，人缘也好，有很多同学都喜欢跟她玩。但是不知为什么，一看到有男生跟她说话，他这心里就烦躁得很，即使沈念已经表现得十分疏离了，他还是很不爽。带着自己的郁气，趁女孩不在教室，宋遇发了一通火。大家都被宋遇吓到了，都觉得他莫名其妙，不敢再招惹他。

宋遇乐得自在，而且他还养成了一个习惯，上课的时候总是控制不住自己往女孩的身上瞥，瞥着瞥着一节课就过去了。

有天下了课以后，女孩拿着粉嫩嫩的水杯出了教室，应该是去接水。宋遇眼皮轻跳，抄起旁边邱子博的水杯就往教室门口走去。

果不其然，女孩就站在开水房门口排队。

宋遇心口一跳，慢悠悠地站到了女孩的左边。和她站一起，她身上若有若无的香味飘进了宋遇的鼻子里，他心里弥漫了一层说不清道不明的感觉。这是她第一次离自己这么近，虽然只是短短的两分钟。

又过了几天，宋遇一如既往来到教室，却发现班里十分嘈杂，问过才知道原来是要文理分班了。

宋遇倒是没有太强烈的感受，分班就分班吧，回头打听一下沈念在哪个班，他跟着去就行了。然而一切都怪他想得太过美好，这一次分班是按名次分班，从第一名开始，根据学生自己填的志愿进行分班。宋遇直接就愣住了。

他才转学过来，考的哪门子试啊。

于是女孩凭着考试成绩留在了（10）班，因为自己没有考试，便被随机分到了（6）班。

两人不在一个班了，也不在一个楼层。一个读文科，一个读理科。甚至她连自己叫什么都不知道。

日子一天天地过着，他要来了女孩的联系方式，但从来没有聊过天，他的联系人列表里终于有了一个女孩子。她就一直安安静静地待在他的联系人列表里。

也许有一天两人就突然有联系了呢！

宋遇偶尔会异想天开一下，应该，会有那么一天吧？

一定会的。

…………

番外二

想见你

高考成绩出来那天，孟欢正和之前高中几个同学一起打游戏。手机上收到一条消息，是苏洵南发过来的。

孟欢愣了一下，下意识停了下来。

对面的人开着语音，看着孟欢手下的人物一动不动，有些干着急："欢姐继续啊，愣神干吗？一会儿该死了啊！"

孟欢没有丝毫动作，语气比刚刚打游戏的时候还要开心一些："不玩了，先撤了。"

不等对面说些什么，孟欢便挂断了语音，结束了游戏。

手机上没剩几格电了，孟欢摸了摸鼻子，从床上坐起来，走到桌子前给自己的手机充上电。

苏洵南给自己发来一条语音，和平时语气没有多大的差别，丝毫听不出一点紧张来。

"高考成绩出来了，你查了没，欢欢？"

比起苏洵南，孟欢更能沉得住气。她眨了眨眼睛，长长地"啊"了一声，后知后觉今天好像是可以查成绩的日子。

重新听了两遍苏洵南发过来的语音，孟欢面前已经浮现出苏洵南说这句话时的场景了。想起苏洵南那张已经将近一天没有见过的英俊面容，孟欢心里有些小痒痒。

自顾自地笑了两声，她干脆给男生打了一通电话。

苏洵南那边接得很快，几乎是同时，孟欢听到了一阵轻微的关门的声音。

"苏苏，你要出门了吗？"孟欢下意识问道。

苏洵南轻轻咳了一声，解释道："已经很久没有见到你了。"

也不算是很久,昨天晚上两人还一起吃了一顿饭,现在是上午十点左右。准确来说,两人仅仅只是十二个小时没有见面而已。

苏洵南的话正中自己下怀。

孟欢顿了一顿,笑出了声:"那你来找我啊,我也觉得时间有点久了,嘿嘿嘿。"

苏洵南嘴角微勾,说起话来却一本正经:"那电话就不要挂了,在我们还没有见面之前。"

孟欢点了点头,想到苏洵南现在看不到,学着他一本正经的语气:"看在你这么真诚的分儿上,那我就勉强同意吧。"

苏洵南被气得笑出了声。原本查成绩是一件很紧张的事情,被两人这么来来回回的几句话,搞得一点紧张的气氛都没有了。

苏洵南刚刚已经查过了成绩,和自己预估的成绩出入不大,六百八十分,自己已有很大的选择余地。至于孟欢就更不用紧张了,高三艺考结束以后,拿到了几个一本学校的合格证,接下来的时间她便和苏洵南一起学习。

虽然苏洵南这人有些严厉,也有些不善解人意,但是在苏洵南的"压迫"之下,孟欢高考之前的一模、二模成绩都有了很大的提升。

孟欢打开网站,一边开始查询自己的高考成绩,一边跟苏洵南聊天。想到昨天晚上沈念给自己发的消息,孟欢舔了舔唇,神神秘秘地对着电话那边说道:"宋遇太厉害了,全家都很厉害。"

话题跳跃得有些快,苏洵南眼皮跳了跳,随口问道:"怎么了?"

孟欢想了想昨天晚上沈念给自己说的话,重新组织了一下自己的语言,不由得有些赞叹:"之前刚高考完的时候,宋家便很热情地邀请沈伯父和沈伯母一起聚餐,反正听说当时的排面超级大。也不知道两家说了些什么,关系竟然比以前更好了。后来大家才知道,包括聚餐的场所还有当时的环境布置,都是宋遇亲力亲为的。"说到最后孟欢的语气越来越激动,"念念不愧是念念!"

苏洵南仔细地听孟欢说完,轻轻挑了挑眉,问道:"你的成绩查到了?"

看孟欢一点都没有查成绩的样子,还对别人的事情这么感兴趣,苏洵南有些无奈。是不是平时和孟欢在一起的时间还是有点少,以至于孟欢这么喜欢听别人的八卦！

苏洵南想了想，还是决定到时候和孟欢报考同一所学校好了。

孟欢语气不变，轻车熟路地输入密码，查看自己的成绩。页面上规规整整地写着对应科目的成绩，最后是总成绩。

孟欢眼睛不眨地看了一下总成绩，心里最后一丝顾虑总算是消失不见。

五百一十一分。

也就是说，如果不出意外，之前她拿到证的那几所学校她都能报了。孟欢仔细地想了一下，B 大好像还不错，她记得苏洵南之前也赞扬过这所学校。

孟欢把成绩截图发给苏洵南，然后认真又庄重地小声问道："苏苏，以你的成绩，报考 B 大，委屈吗？"

她的成绩应该能报上这所学校，但是她又怕委屈了苏学霸。

B 大是和 S 大不相上下的一所高校。对苏洵南来说，也说不上是委屈。不过此时此刻，听到孟欢这么小心翼翼地说了这句话，不得不说，苏洵南的心里产生了一种极其酸涩的感觉。孟欢真的是足够努力了。

艺考过后的每一天，对两人来说都是紧张的，可如今成绩真正出来，结果就摆在两人的面前，像是在毫无疑问地说：看，孟欢和苏洵南可以上同一所大学了。

兴奋和激动已经无法形容苏洵南此时此刻的心情了。他将自己轻颤的眼眸闭上，尽力放缓了自己的语气，却无法控制自己有些微颤的声音："欢欢，我们会在同一所学校的。"

他从来没有说自己委屈过什么，包括录取到哪一所学校。不管是 B 大，还是其他学校，他一点也不会觉得委屈。

孟欢听出苏洵南说话时的颤音，刚到嘴边的话，也倏地哽住。她轻轻地"哦"了声，放低了自己的声音："你快点来啊。"觉得自己有些肉麻，孟欢红了脸，连忙转移话题，"还有就是，我也觉得你不会委屈，毕竟我拿到合格证的那几所学校都是蛮厉害的。"

…………

这时，门口传来一阵阵微的敲门声，于是两人又简单地说了两句话，孟欢便挂断了电话。

进来的是孟欢的母亲，一个十分和蔼可亲的女人。

她掐算着日子，自然也是知道今天便是女儿高考成绩公布的日子。她刚刚从电视上看到了关于高考的一些要点新闻，终究还是没有坐住，敲响了孟欢的门。

"欢欢，成绩查到了？"

孟欢没有否认，走过去，环住孟妈妈的腰身，古灵精怪地眨了两下眼睛："老妈，你猜我考了多少分？"

女儿的情绪还算不错，表情也很正常，似乎比往常还要生动活泼一些……

孟妈妈放宽了心，大体也能猜到孟欢这次考得应该还算不错，脸上忍不住露出一个笑容来。她伸出手勾了勾女儿的鼻尖："妈妈哪能猜到，不管考得怎么样，放平心态是最好的。我们欢欢已经为此努力过了，不管结果如何，爸爸妈妈都会为你感到骄傲。"

孟母的话被孟欢听在耳里，心里不由得泛起一圈圈波澜，下意识点了点头，露出一个十分开心的笑容来："老妈，你这么善解人意，怪不得老爸当初追了你这么多年都舍不得放手，哈哈……"

话题转得太快，孟妈妈一时间没有反应过来，等自己反应过来以后，孟欢已经跑远了。

孟妈妈转过头来，看着孟欢的背影，被气得笑出了声："这是说些什么呢！"

合着自己没有问出女儿的成绩，还被女儿调侃了一番。

孟妈妈顿了顿，提高了自己的音量："去楼下储物间里拿一小袋子大米上来，中午我给你煲粥喝。"

"知道啦。"孟欢远远地招了招手，懒洋洋地说道。

储藏室是楼下最左边的一间房间，孟欢走到门口把灯打开。里面的东西放得十分规整，是被人仔细收拾过的。孟欢找了找，在一个柜子的最上面发现了米袋。

她走过去，把米袋拿下来，柜子下面的一个小箱子吸引了她的视线。

孟欢微微愣住，然后弯下腰重新看了一眼，小箱子的最上面已经被粘上了胶带，角上还有一朵画得歪歪扭扭的小花朵。

熟悉的记忆扑面而来，这是她很久之前便放在这里的箱子，里面也没有别的物件，全是关于苏洵南的。准确地说，是她当初单方面给苏洵南写过的东西，后来又被还回来了。

再后来她写的那些东西，也不知苏洵南看没看，也有可能是被随手扔进了垃圾桶里……

孟欢噘了噘嘴，一想到之前自己写的这些东西他甚至都没有看，心里便生了一股怒气。

下一秒，孟欢猛地把一箱子之前给苏洵南写过的算是情书一类的信件抱了起来。到算账的时候了。孟欢离开房间的时候还不忘把那袋米拿上。

把米交给孟妈妈以后，孟欢便抱着自己的小箱子，随意地挥了挥手，对着老妈说道："妈，我出去一趟啊，等中午再回来。"

"欢欢，出去玩可以，但是一定要注意安全，最近天气不是很好，你去加件衣服。"

听孟妈妈又嘱咐了几句，孟欢连忙点头应声道："好好好，我知道了知道了。"

孟欢去卧室拿了件外套，随意地披在身上，然后拿着自己的小箱子便往门口的方向走去。她气冲冲的模样怎么看都不像是正常出去玩的样子。

孟妈妈欲言又止："欢欢……"

孟妈妈知道自己的女儿是个什么德行，虽然和沈家念念关系亲似姐妹，但是两个人的性格却是截然不同。如果说沈家念念是人见人夸的乖乖女，那她女儿孟欢便是活泼捣蛋的鬼精灵。虽然她不怎么限制女儿平时的交友风格，但是这副走路的姿态，像极了之前被老师叫家长的那一次。

毕竟现在孩子已经毕业了，虽然不会再发生那种事情，但是孟妈妈还是委婉地问了一声："欢欢啊，你这是要去找谁啊？"

孟欢自然是不知道孟妈妈心里怎么想的，头也没回地拉开门："去报仇！"

"……"

欢欢她倒是不怎么担心，毕竟她家欢欢是练过跆拳道的。

跆拳道……

孟妈妈只觉得脑袋一阵抽痛，揉了揉自己的额头，轻叹了一口气。

唉，是谁这么不长眼，又惹了她家欢欢这个祖宗了啊？

苏洵南早早地在离孟欢家不远的一家咖啡店里等着了。

店长是一个很淡然的大哥哥，也不知是不是和苏洵南投缘，一来二去，两人关系也算很不错。

今天天气有些阴，咖啡店没有多少人，虽然空荡，但是也比往常更安逸一些。苏洵南给店长打了声招呼，便找了个靠窗的位置坐下。

店长给苏洵南冲了一杯咖啡拿过来，随意地问道："今天怎么就你一个人？"

往常都是苏洵南带着孟欢一起来的。两人来的次数算是很多了，每次来都要在店里坐一下午才走。其他客人许是带着好友，来喝杯咖啡消磨消磨时间，但是这两人却不一样，他们拿着书籍来，互相监督学习，偶尔小声讨论，两人之间那种亲密又令人羡慕的氛围，是别人所没有的。

苏洵南接过飘着香醇味道的咖啡，礼貌地说了声"谢谢"，随后回答店长的问题，谈吐之间也带了些许自己都没有发觉的轻松。

"她马上就到。"似是想起什么，苏洵南语气里带了些许笑意，"以后再来，可能不会再因为讨论学习而担心和咖啡店格格不入了。"

店长听出苏洵南的言外之意，挑了挑眉，语气里也带了祝贺之意："考得怎么样？"

苏洵南轻靠在软皮沙发上，呈现放松姿态："还可以，能和她一所学校，也不会留下什么遗憾。"

男生浑身的愉悦气息都不带遮掩的，和平时清冷的样子完全不一样。

店长轻轻"啧"一声，坐到苏洵南的对面，感叹道："真是令人羡慕啊。"

咖啡杯里飘着浓浓的咖啡香气，还带着丝丝的热意，与现在的季节十分不符。店长看着这杯咖啡出了神，过了半晌，才缓缓地说道："我和她认识的时候也是在上高中，她常常说想喝一次我亲手给她泡的咖啡，但是没有你们这么幸运。她考得比我好，读大学的时候去了另一座城市。去年年底再见到她，她已经有了另一半。这家咖啡店是我为她开的，当时的想法很简单，世界这么小，万一有一天她回来了，也许有机会就喝上了我为她泡的咖啡呢。"

苏洵南的表情没有什么变化，他轻轻端起咖啡细品了一口。咖啡浑厚甘醇，甘苦润喉。

他轻轻垂眸，问道："不是有另一半了吗？"

店长苦笑了一声，站起身来："骗我的。她去世了，年前走的，不想让我担心。"

可是他这一辈子都不会放心了，没有让对方喝上自己亲手泡的咖啡，终究还是一种遗憾。

苏洵南抬起手腕看了眼时间，也随着店长的动作站起身来："走吧。"

店长顿了一下，抬眸看他。

苏洵南面容依旧清朗，却忍不住把声音放低："教我如何泡杯咖啡，她应该会喜欢。"

店长更悲伤了。

苏洵南上手很快，店长讲解了一下基本的操作方法，苏洵南便点了点头，开始了自己手上的动作。

店长倚在门框边，看着里面那道清冷的身影，忍不住提醒道："还是我来吧，要是你做得不好，砸的可是我的招牌。"

苏洵南不为所动，将自己刚刚研磨好的咖啡粉倒入小罐里，认真说道："不会的，我做的东西，她会喜欢。"

店长："……"

冲注一共是三段，在第二段的时候，苏洵南尤其仔细，用细水流，慢慢地画圈注水，水流控制得十分细心。

又过了五六分钟，一杯咖啡萃取成功。确实还不错。

店长看了一眼，便知道对第一次上手的苏洵南来说，咖啡冲泡得还不错。店长半开玩笑道："以后干脆你来接手我的店算了。"

长得帅，又这么聪明，生意肯定不会太差。

苏洵南把咖啡倒在杯子里，然后又加了些许糖，嘴角勾起一抹笑意:"不用了,煮咖啡这件事,就从来没有想到过还会为别人做。"

孟欢那祖宗,可不是个好脾气的。他也从没有动过给别人煮咖啡的念头。

店长还想说些什么,店门口的棕色风铃猛地响起,熟悉的声音传来,语气里还透露出不爽来:"店长哥哥,苏洵南来了吗?"

是孟欢。苏洵南整个人呆滞住,嘴角的笑容还没有来得及落下。

孟欢还没有注意到在里间的苏洵南,只看到了倚在门框处的店长。店长给苏洵南使了个揶揄的眼色,然后转过身去应声道:"还没呢。"

走近一看,女孩怀里还抱着一个箱子,店长轻咳了一声,故意提高了自己的音量:"怎么还抱了个箱子?考试考得怎么样啊?"

孟欢随意地摆了摆手:"还行吧,反正勉强能和苏洵南一所学校。"

店长有些哭笑不得,对这两人问了同一个问题,得到的回答竟然也是差不多的。

孟欢走到刚刚苏洵南坐的位置,把箱子放在桌面上,伸出一只手点了点这个箱子,给了店长一个神秘的眼神。她回答刚刚店长的问题:"这个,是用来报仇的。"

"报仇?"

"对啊。"

因为没有意识到苏洵南已经来了,所以孟欢说起话来也完全没有顾虑。

孟欢点了点头,伸出一只手托腮,噘了噘嘴,有些添油加醋的意思:"苏洵南别提有多过分了,我当时给他写了好多信,他一封都不带看的,眼睛都快长到天上去了。"

孟欢开始了自己的碎碎念,心里越发不平。她轻轻"哼"了一声:"等他来,我就把这些信啪啪拍在他的脸上!"

店长已经能想到那幅场景了,乐呵呵地笑了两声,有点想知道现在苏洵南心里是怎么想的。刚刚还在帮别人煮咖啡,下一秒就要被人"报仇"。

苏洵南早就听不下去了,脸色一黑,端着自己刚刚煮好的咖啡便走了出去。空气有一瞬间的安静。

孟欢还没有意识到苏洵南已经从后面走过来了,还在幻想一会儿该怎么整治苏洵南。

孟欢眯了眯眼:"他要是没有意识到自己的错误,我还得罚他给我写一百封信,一天写一封,还要每天读一封!"

苏洵南看着背对着自己的那道娇小的身影,嘴里还嘟囔着什么,一时间脸色有些微妙。店长有眼力见地离开了。

面前突然放了一杯咖啡,颜色醇厚,味道也还不错。孟欢眼睛一亮,连忙抬起头说道:"谢谢店……"

话没有说完,对上苏洵南那张似笑非笑的脸,孟欢直接噎住,一脸无辜地看他,不打自招。

"我没有说你坏话啊……"

苏洵南扯了扯嘴角:"……"

孟欢挺了挺腰板,下意识把面前的小箱子往自己面前拉了拉。

苏洵南伸出手抵住她的动作,重复刚刚孟欢说过的话:"信打我脸上?一百封?每天读一封?"

苏洵南说一句,孟欢的脸上就多了一丝的羞赧。她磕磕巴巴地小声反驳道:"哪……哪有这回事儿……"

苏洵南慢悠悠地说完以后,坐在孟欢的对面,轻抬下巴:"先喝咖啡,一会儿该不好喝了。"

和以往的咖啡不同,这一杯明显不是店长冲泡出来的。孟欢微微一顿,指了指面前的咖啡:"苏苏,这么好喝的咖啡一定不是店长哥哥冲泡出来的吧?"

苏洵南显然被取悦到,轻轻"嗯"了声,眼里闪过一丝笑意:"刚刚学会的。"

目光缓缓地扫过孟欢旁边那个边角有些泛黄的箱子和那朵歪歪扭扭的小花,苏洵南轻轻咳了一声,随后道:"里面的东西,你又重新打开了?"

孟欢试探性地看了他一眼,有些不明白苏洵南是什么意思。那个时候她正在气头上,知道苏洵南把自己写的东西原封不动送回来以后,打都没有打开,全都一股脑地放进了一个箱子里,然后拿到了楼下的储藏室里。后来她还因为这个跟苏洵南单方面冷战了一段时间。但是现在听到苏洵南又重新提及这件事儿,孟欢的心里猛跳了一下。

她还真的没有再打开过……

孟欢脸上的表情被苏洵南看在眼里。他不说破，嘴角微勾，轻声道："回去以后，你再重新打开看一下。"

"哦……"一个念头闪过脑海，孟欢下意识应道，"干吗非要回去看，我现在就可以看呀。"

苏洵南脸色变得有些微妙，孟欢快速地抬眼看他，然后忐忑不安地打开了箱子。五颜六色的信封，夹带着几只自己之前闲来无事叠过的千纸鹤。那个时候，她没怎么认真听课，经常在本子上写苏洵南的名字，再或者突发奇想地就想给苏洵南写些什么东西。

一些烦琐的小事儿、想对苏洵南说的话……说不上多么费心，只是想到什么就都写下来了。现在重新回忆起这些东西来，觉得一切都那么遥远，一切又那么熟悉，就像是昨天刚刚发生的那样。

最上面的那一张字条，写的是一些自己平时零碎的小事儿。

　　学校外面的鸡排饭超级好吃，强烈推荐给你哦！
　　其实是宋遇给念念买的啦，宋遇情商超级高的！嘿嘿嘿，你什么时候，带我去吃鸡排饭啊？

这张纸是孟欢从本子上随便扯下来的一张，边角上有一点点褶皱，她伸出手轻轻展平，随后看到了角落里的那句话：

　　以后带你去吃。

字迹张扬，是苏洵南的字迹。

孟欢整个人愣住，他看到了，然后也认真地回复自己了。孟欢只觉得眼眶有些微热，抿了抿唇，再次伸出手打开字条。

　　孟：我也不知道你哪里好。说肤浅点，可能是看你长得帅；说深奥一点，可能是看你学习好一些。
　　苏：嗯，肤浅点好，我也肤浅。
　　孟：也不知道你有什么好的，太烦人了。
　　苏：我会变得更好。
　　孟：我决定了！我要好好学习，我要跟你一样，考一所好一点的大学！
　　苏：我帮你，考同一所大学吧。
　　…………

毫无例外，自己写在每一张纸上的内容都有苏洵南的回复，他在仔细地看，也在认真地回复。

咖啡店里像是突然注入了一道光线，明黄色的。

高考成绩已经出来，未来可期的两人有了同上一所大学的机会。

咖啡店里，她正和苏洵南面对面地坐着，桌面上还摆着一杯他亲手为自己研磨的咖啡。孟欢的嘴角止不住地上扬，心脏也怦怦直跳。最惊喜的是，原来那些不经意的岁月里，他也在悄悄地做着回应。

孟欢终究还是没忍住，开心地笑出了声。此时，苏洵南清澈的眸子里映着自己的身影。

孟欢缓缓地开口："苏苏，要不要去我家吃个饭？"

苏洵南顿了一下，也笑了："好巧，我也是这么想的。"

…………

番外三

谢谢你来爱我

婚期渐近，不知为何，沈念已经接连好几天没有睡过一个安稳觉了。

她从小便觉得自己不完美，就连日常最简单的和人相处，也因为脸盲这件事情变得格外不简单。

沈念拿起相册，一页一页地仔细翻看。和宋遇日常相处的点点滴滴随着一张张照片，就这样清晰地浮现在自己的眼前。

从高中毕业到大学毕业，从放学一起回家到现在下班一起回家。

或许是因为宋遇的出现给沈念带来了很大的改变，在那些一成不变的日子里，他像是给自己投射了一束很奇妙的光。

原本以为只是惊鸿一瞥，却没想到这束光为她停住了，并坚定不移地渐渐走向她。

而如今，两人已经领了结婚证，婚礼就在两天后举行。沈念依旧觉得这像是一场梦一样。

从相识、相知、相爱，到最后步入婚姻的殿堂，进程很快，又像是期盼了很久很久。

她翻开照片看了很久，时而看着照片下意识地笑起来，时而又因为回想起那个时候的宋遇做了令她感动的事情，悄悄落下几滴眼泪。

天色逐渐亮起的时候，困意渐渐涌起，沈念才合上相册，进入了睡梦中。

不久后，厨房传来了早餐的香气。

很快，她听到了外面有人走动的声音。门被轻轻打开，宋遇的声音由远及近，极尽温柔地喊她起床："起床了，念念。"

沈念一晚上没睡好,困得不行,磨蹭了好一会儿才不情愿地从床上起来。

她揉了揉眼睛,一边指挥宋遇去衣柜里拿今天要穿的衣服,一边听宋遇的碎碎念:

"早饭做了你最喜欢的小笼包,还有,昨晚不是说想喝豆浆了吗?等下我出门去买。

"今天还要去婚礼现场测试设备……"

他侧身从最里面拿出一件米白色的连衣裙来,询问沈念:"说的是这件吗?你好像说过想穿这件去现场拍照来着。"

连沈念都要想好一会儿,才能回想起来自己好像确实说过的话,却被宋遇很自然地记在了心里。

看吧,在意你的人会永远把你的话放心上。

沈念走到宋遇身后环住他,侧过头去忍不住笑道:"这几天总感觉睡不安稳。"

宋遇没敢说自己也是同样的情况,十分淡定地替沈念找借口:"你总是喜欢大半夜爬起来喝咖啡。"

"以前喝咖啡也没有出现过这种情况。"沈念的声音很软糯。她缓缓地说道,"宋遇,我就是太激动了,也太紧张了。"

宋遇捏着连衣裙的手紧了紧,故意逗她:"你紧张什么?"

"《致橡树》里有一段话,我印象很深刻。"沈念一字一句说得认真,"我必须是你近旁的一株木棉,作为树的形象和你站在一起……互相致意。"

不知想到什么,她的眼圈已经开始泛红了。

宋遇转过身来,弯腰抱住她,把后面两句话补充完整。

"我们分担寒潮、风雷、霹雳;我们共享雾霭、流岚、虹霓……这才是伟大的爱情。"

宋遇和沈念的婚期定在两人大学毕业后的那年秋天。

两人在同一所高中相识、共同努力,又在同一所大学相知相恋,是大家心目中典型的模范情侣。

当他们把婚期告诉亲朋好友的时候,无一例外地收到了所有人的祝福，甚至有一种发生在自己身边的梦幻电视剧，终于迎来大结局的紧张感和期待感。

孟欢全程都跟着策划婚礼，甚至还帮忙想了很多婚礼上用得到的新奇点子。

沈念喜欢红色，于是整场婚礼风格都以华贵的鎏金色和红色为基调，有着中世纪的欧式风情。

婚礼举办的场地在容德最繁华的地段，孟欢有幸去过几次，一直念念不忘。

酒店风格是复古的欧式宫廷风，庄重又沉稳。穹顶则是运用了大量人工雕刻出的精致繁复的花纹，再加上周围细碎水晶吊顶的渲染，给人的第一印象就是奢华典雅、大气十足。

最让孟欢震惊的是，婚礼上用的花朵是特意从国外空运过来的厄瓜多尔皇家玫瑰，足足有一百万朵。

婚礼从开始到结束，礼堂有无数花瓣从空中浪漫地、缓缓地飘落，且无间断。当天，二人结婚的场景便被很多人发到了朋友圈和各大社交媒体，惹人羡慕不已。这场婚礼可以算得上是世纪婚礼。对此，孟欢对宋遇那雄厚的家产有了新的认知。

"不得不说，宋遇是真的有钱。"浪漫是真的浪漫，烧钱也是真的烧钱。

毕业之后，几人有机会聚在一起聊天，大家才在无意间知道了这家酒店是宋氏公司旗下的，实际早就是宋遇在管理了，并且还经营得蒸蒸日上。别看他天天像是不务正业，认真起来也是没几个人能赶得上的。

大家调侃宋遇瞒得紧，也着实佩服他在二十出头的年纪就已经能独当一面，取得这么出色的成绩。

宋遇坐在包间最里面，将手中酒杯里的酒一饮而尽，像是将大家的赞赏全都喝了下去。他随意地笑道，语气格外谦虚："管着玩呢，这酒店能活下来也多亏大家照顾。"

他那时候也没有想别的，只是觉得好玩，后来觉得管理酒店也不错。亲自策划和沈念婚礼的念头，也是在那个时候产生的。

孟欢感叹道："在同样的年纪，宋遇已经买得起一百万朵皇家玫瑰了,而我还在犹豫要不要辞掉工作。工作可能不需要我,但是我太需要这份工作。"

苏洵南一边在备忘录里记下自己举办婚礼的时候可以借鉴的内容,一边忍不住回应道:"让人感动的不是花,而是用心去培育花的人。"

"什么?"孟欢呆住了,觉得这个念头着实是匪夷所思,"这花是宋遇自己种的?"

在孟欢难以置信的目光下,苏洵南点了点头。

这场婚礼宋遇策划了太久,像是蓄谋了几千个日夜,连苏洵南都知道,这一天宋遇已经等待很久了。

沈念的婚礼誓词也让孟欢感动得泪流满面。她在旁边听着,一把鼻涕一把泪的,停不下来。

周围的一切像是自动消了音,那些早已经准备好的誓词,在此刻没有一句是能被沈念完整背出来的。不过好在她临场发挥得还算成功。

那是沈念最紧张的时候。她站在礼堂的正中央,无数花瓣从空中飘落下来,对面站着的是她的爱人。

"我是那么普通的一个人,却拥有了小说里的爱情。遇见了宋遇,然后被宠成了公主。

"在你身上,我找到了想要拥有的一切。"

谢谢你来爱我。

图书在版编目（CIP）数据

他的小炙热 / 幼儿园的卡耐基著. — 成都：天地出版社，2024.3
ISBN 978-7-5455-8118-8

Ⅰ.①他… Ⅱ.①幼… Ⅲ.①长篇小说－中国－当代 Ⅳ.①I247.5

中国国家版本馆CIP数据核字（2024）第016473号

TA DE XIAO ZHIRE
他的小炙热

出 品 人	杨　政
作　　者	幼儿园的卡耐基
责任编辑	杨　露
特邀编辑	周子琦　张开远　宋艳薇　张禾伊
责任校对	梁续红
封面设计	安柒然
责任印制	白　雪

出版发行	天地出版社 （成都市锦江区三色路238号 邮政编码：610023） （北京市方庄芳群园3区3号 邮政编码：100078）
网　　址	http://www.tiandiph.com
电子邮箱	tianditg@163.com
经　　销	新华文轩出版传媒股份有限公司

印　　刷	天津鑫旭阳印刷有限公司
版　　次	2024年3月第1版
印　　次	2024年3月第1次印刷
开　　本	880mm×1230mm 1/32
印　　张	11.5
字　　数	366千字
定　　价	42.80元
书　　号	ISBN 978-7-5455-8118-8

版权所有◆违者必究

咨询电话：(028)86361282（总编室）
购书热线：(010)67693207（营销中心）

如有印装错误，请与本社联系调换。